Tan triste como ella y otros cuentos
PALABRA EN EL TIEMPO
1 1 8

COLECCION
DIRIGIDA POR ANTONIO VILANOVA
SERIE DE NOVELA

JUAN CARLOS ONETTI

TAN TRISTE COMO ELLA Y OTROS CUENTOS

Prólogo de Joaquín Marco

EDITORIAL LUMEN

Publicado por Editorial Lumen,
Ramón Miquel y Planas, 10 - Barcelona.

―――――

Primera edición: 1976

―――――

Depósito Legal: B. 11830 - 1976
ISBN: 84-264-1118-5
Printed in Spain

INDICE

LECTURA DE LAS NARRACIONES DE JUAN CARLOS ONETTI: ALGUNOS RECURSOS

Se ha escrito ya mucho —y no siempre con el necesario equilibrio— sobre el llamado *boom* de la narrativa latinoamericana. A un grupo inicial se le fueron sumando aquellos autores que poco o nada tenían que ver con la rápida expansión de una literatura que penetró, no sin motivos, más allá de las fronteras naturales de la lengua. No entraremos aquí en el fenómeno —que es mucho más que un simple fenómeno publicitario, político o literario—. No podemos pasar por alto, sin embargo, el hecho de que Juan Carlos Onetti obtuviera, finalmente, un bien merecido, aunque tardío, puesto en la llamada "nueva novela latinoamericana". Carlos Fuentes[1] en un ensayo que debe ser considerado casi como un verdadero manifiesto del *boom,* en 1969, aunque alude a dos grandes cuentistas uruguayos, Horacio Quiroga y Felisberto Hernández, sigue ignorando a Juan Carlos Onetti. Hoy, sin embargo, disponemos ya, desde 1970, de una edición de sus *Obras Completas,* y la difusión de las novelas de Onetti, desde *El astillero* a *Juntacadáveres,* en ediciones más o menos asequibles, es un hecho. La obra de Onetti ha sido también objeto de una considerable aunque tardía atención crítica y a ella han dedicado, por ejemplo, una tesis, Ximena Moreno Aliste,[2] publicada desde el Centre de Recherches Latino-Amé-

---

1) Carlos Fuentes, *La nueva novela latinoamericana.* México, 1969.

ricaines de Poitiers, o la madrileña *Cuadernos Hispanoamericanos* (diciembre de 1974) un número monográfico especial. Pero el descubrimiento y reconocimiento de la narrativa y del mundo de Juan Carlos Onetti no ha sido fácil, como no es sencillo abarcar en su totalidad el rico contenido de sus ambiguos mensajes.

El lector tiene en sus manos la casi totalidad de los cuentos de Onetti. Cuentos que son narraciones breves, pequeñas novelas o novelas cortas o relatos. El primer cuento publicado por Onetti fue "Avenida de Mayo-Diagonal-Avenida de Mayo" (1933), el último aparece aquí por vez primera: "El perro tendrá su día." Se trata, pues, de una labor que discurre a lo largo de más de cuarenta años. Debe señalarse que tal actividad no ha sido muy prolífica. Publica un cuento cada uno o dos años, con algunos silencios más dilatados: "El posible Baldi" es de 1936 y "Convalecencia", de 1940; "La casa en la arena" es de 1949 y "El álbum", de 1953; "Justo el treintaiuno", de 1964 y "La novia robada", de 1968. Sin embargo, Onetti regresa siempre al relato breve, por el que, sin duda, siente una notable predilección. Porque el relato tiene en las literaturas argentina y uruguaya una rica presencia. Horacio Quiroga, Felisberto Hernández, Roberto Artl, Jorge Luis Borges, Adolfo Bioy Casares, Julio Cortázar: la simple enumeración nos ahorrará cualquier otro comentario. Entre Borges y Cortázar, entre ambas generaciones, hay que situar la obra de Onetti. La literatura en América Latina ha confundido aquí sus propias raíces con la mejor narrativa extranjera. Los norteamericanos Hemingway y Faulkner, principalmente, pueden ser rastreados en Onetti, pero no es posible aludir a una imitación o una exagerada influencia; del mismo modo puede señalarse la presencia de Henry James, Gide, Céline, Sastre, Joyce o Flaubert.

2) Ximena Moreno Aliste, *Origen y sentido de la farsa en la obra de Juan Carlos Onetti.* Publications du Centre de Recherches Latino-Américaines de l'Université de Poitiers, octubre 1973.

Los relatos de Onetti no pueden extraerse del conjunto narrativo total del autor. No son escarceos, ni tanteos para una novela larga, ni experimentaciones. En ocasiones pueden ser fragmentos de una de sus novelas que ha cobrado vida propia y se ha independizado, como "La casa en la arena", que primitivamente formaba parte de *La vida breve.* Podemos penetrar, por consiguiente, por cualquier ángulo, en el meollo de la obra del narrador y, preferiblemente, a través de éstos, en sus relatos. Hallaremos aquí un mundo coherente y cerrado. En Onetti, en efecto, su mundo narrativo se cierra, constituye una estructura orgánica y, como tal, permanece suficiente en sí misma, relacionada y coherente en cada una de sus partes. Emir Rodríguez Monegal se refiere a Santa María, la ciudad mezcla de Buenos Aires y Montevideo, y a la saga que Onetti ha construido en torno a ella.[3] Las sagas giran, sin embargo, en torno a la vida de una familia, son la historia de una familia. No hay en la obra de Onetti, en cambio, una trayectoria biológica en el tiempo. El tiempo parece detenido, planea ingrávido por sobre los seres grises, aunque de trágico destino. El mundo de Onetti parece encerrado en una urna de cristal en la que se ha producido una extraña adaptación al vacío. Podemos observar a través de ella la vida que las criaturas desarrollan, aunque dentro de unos límites trazados previamente. En algún sentido la "ciudad" es, en Onetti, el linde para la acción. Una cierta crueldad o frialdad en la descripción de las criaturas es también resultado de este asepticismo deliberado que nos atrae y nos repele a un tiempo. La selva de *La Voragine,* de José Eustasio Rivera, ha sido sustituida por la ciudad. La naturaleza virgen, que tanto había gravitado en la generación anterior a Onetti, ha dejado ahora un vacío, por el que discurrirá su significativo mundo. Este queda centrado en el sugestivo laberinto ciuda-

3) Emir Rodríguez Monegal, prólogo a J. C. Onetti, *Obras Completas.* México, 1970, p. 33.

dano; inaccesible, en ocasiones, a los propios personajes. En "Regreso al Sur", por ejemplo, el protagonista —pese a que aparece desde una perspectiva referencial— establece una especial relación con la ciudad: "Tío Horacio no hizo comentarios, y no parecía haberse enterado de la proximidad nocturna de Perla, cinco cuadras al Sur. Oscar supo que había oído a Walter, porque en los paseos de la noche, cuando salían a tomar un café liviano a alguna parte, comenzó a llegar por Paraná hasta Rivadavia, donde se abría la Plaza del Congreso y hacia donde miraba con curiosidad idéntica noche tras noche; luego doblaba a la izquierda y continuaban conversando por Rivadavia hacia el Este. Casi todas las noches; por Paraná, por Montevideo, por Talcahuano, por Libertad. Sin hablar nunca de aquello, Oscar tuvo que enterarse de que la ciudad y el mundo de tío Horacio terminaban en mojones infranqueables en la calle Rivadavia; y todos los nombres de calles, negocios y lugares del barrio sur fueron suprimidos y muy pronto olvidados." Buenos Aires con sus calles y avenidas, perfectamente delimitadas, constituyen el único mundo propio del personaje. Simbólicamente, atravesar esta invisible barrera es romper también con normas establecidas a lo largo de un tiempo que se repite en un itinerario idéntico. Es posible aplicar al concepto de la ciudad de Onetti lo que Ricardo Bofill señala respecto a Nueva York: "New York es el mejor ejemplo de cómo se desarrolla la jungla urbana, que es distinta a la jungla natural, y allí aprende el hombre a protegerse, esconderse, a organizar guerrillas, insurrecciones y elementos de desorden; esto es más fácil realizarlo en New York que en cualquier otro tipo de aglomeración urbana."[4] Tío Horacio se esconde, es decir, se protege también tras el barrio ciudadano. Y prácticamente el barrio encierra cualquier referencia a la vida.

4) Ricardo Bofill, "Planificación y creación". *Revista de Occidente*, noviembre 1975, n.º 1, p. 51.

Los protagonistas de la "Historia del Caballero de la Rosa y de la Virgen encinta que vino de Liliput" son expulsados de la ciudad: "Vivían en Las Casuarinas, desterrados de Santa María y del mundo. Pero algunos días, una o dos veces por semana, llegaban a la ciudad de compras en el inseguro Chevrolet de la vieja." La pareja no es aceptada aquí por la comunidad humana que les rechaza desde *su ciudad*. Establece Onetti —ya desde su ideal Santa María— dos tipos de ciudadanos. Existen unos, acrisolados y antiguos. Es fácil reconocerlos porque poseen los privilegiados recuerdos del pasado ciudadano. A los nuevos habitantes no merece la pena tomarlos en consideración. Es desde la ciudad —y desde su modesto *establishment*— desde donde narra el novelista; es el "nosotros" invisible, pero presente, que abarca la parcialidad narrativa de Onetti, desdoblado aquí en otro "yo" narrador, inmerso en los mismos prejuicios que viene a fustigar utilizando recursos indirectos: "Los pobladores antiguos podíamos evocar entonces la remota y breve existencia del prostíbulo, los paseos que habían dado las mujeres los lunes. A pesar de los años, de las modas y de la demografía, los habitantes de la ciudad continuaban siendo los mismos. Tímidos y engreídos, obligados a juzgar para ayudarse, juzgando siempre por envidia o miedo. Pero el desprecio indeciso con que los habitantes miraban a la pareja que recorría una o dos veces por semana la ciudad barrida y progresista..." Habremos observado el enriquecido análisis de la ciudad, sustrato activo, en el que actúan los principales personajes y, al mismo tiempo, artificio del narrador que partiendo de aquel "nosotros" inicial, con el que compartía los vicios ciudadanos en un cómplice guiño, pasa a otro narrador en tercera persona, no absolutamente desligado del primero. El personaje que finalmente narra, en efecto, va alejándose de la inicial participación, aunque no acaba de desaparecer. Sus opiniones, la narración subjetivo-objetiva, configuran el narrador atento a la sicología colectiva. Porque la ciudad no es sólo un "me-

13

dio" frío, un "hábitat" peculiar del hombre; es también parte de su propia personalidad, es un personaje más, una parte del drama colectivo que transcurre en un determinado lugar, Santa María; es el resultado de la suma de las historias de los personajes que Onetti nunca podrá ofrecernos enteramente. Nos hallamos lejos de las experiencias de Dos Passos, de su intento de abrazar una ciudad con vida y reducirla a materia novelesca y, en todo caso, más cerca del Dublín de Joyce.

Santa María puede ser el nombre mismo de Buenos Aires (*Santa María de los Buenos Aires*)[5] o como precisó el propio Onetti "a Santa María la fabriqué como compensación por mi nostalgia de Montevideo". Lo que va más allá del hecho mismo de la creación de un lugar con historia propia es la participación de la realidad en la elaboración de lo imaginado. Onetti utiliza Buenos Aires y Montevideo y elabora un modelo personal de ciudad. Santa María es real porque es realidad modificada y elevada a símbolo. Los personajes de Onetti no escapan tampoco por completo al símbolo. Son, al tiempo, referencias a un mundo personal del que vamos descubriendo los secretos, las obsesiones, a medida que nos adentramos en él. En este sentido, Onetti es uno de los novelistas latinoamericanos más creadores. La aparición de un personaje es, en él, fundación. Buena parte de sus actos trascienden la anécdota y se refieren a un modelo que el autor ya posee y que poco a poco nos va desvelando. En ocasiones, un hecho nos desvela una zona, nos ilumina el conjunto. El lector ha asistido a los actos de algunos de los personajes sin entenderlos, como se asiste a un ritual. Ya en el límite, se revela de pronto la historia. En este sentido, desde una perspectiva técnica, Onetti debe mucho a la novela policíaca. En "El perro tendrá su día", por ejemplo, un hombre da de comer a los perros. Hay una violencia latente en la escena que llega

5) V. Fernando Aínsa, *Las trampas de Onetti*. Editorial Alfa, Montevideo, 1970, págs. 84 y siguientes.

14

a través de signos como "pedazos de carne sangrienta", "ansiedad de los hocicos", "dientes innumerables". Y a esta latente violencia se le añaden otros signos de corrupción: "el hombre de la levita le pasó al otro billetes de color carne sin escucharle las palabras agradecidas". El paralelismo de la carne ofrecida a los perros y el color carne de los billetes se utiliza para aproximar dos acciones mediante indicios coincidentes. Tales signos lo son a través del lenguaje y a través de un lenguaje aparentemente objetivo, ya que el novelista utiliza un sistema narrativo de tercera persona. Pero este objetivismo nos resulta sólo aparente, ya que viene modificado por el lenguaje. También el tiempo narrativo se modifica mediante la utilización de otros recursos que aproximan la acción al lector: "*Ahora* el nombre de la levita le pasó al otro...", contrastado con el "*Entonces era bajo y fuerte...*" Quizá convendría aquí aludir, por lo menos, al papel de la adjetivación en Onetti. En "Historia del Caballero de la Rosa y de la Virgen encinta que vino de Liliput" nos encontramos ante un momento de exaltación del carácter adjetivo: "El hombre era de muchas maneras y éstas coincidían, *inquietas* y *variables,* en el propósito de mantenerlo *vivo, sólido, inconfundible.* Era *joven, delgado, altísimo;* era *tímido* e *insolente, dramático* y *alegre.*" Esta exagerada serie de adjetivos, predominantes en la descripción, vienen a mostrar el carácter subjetivo de lo narrado; a través de la sensibilidad del narrador que filtra y acomoda, por consiguiente, el aspecto externo e interno del personaje para elaborar un tipo definido primordialmente mediante el estilo.

El tiempo de los relatos de Onetti es también un recurso que determina el conjunto. El narrador se permite cualquier libertad con él. Y puesto que sabemos que conoce perfectamente la totalidad de la historia, que nos es presentada mediante los signos de esta totalidad, no nos sorprenden las revelaciones sólo parciales. El misterio encerrado en la caja de sorpresas —que son sus relatos— deriva precisamente del efecto de "ocultación". En "El perro tendrá su día", por ejemplo, y sólo a través de la descripción elabora Onetti efectos de orden temporal cuyo subrayado por nosotros es ya elocuente. ¿Quién sino el autor domina en su totalidad el efecto temporal ¿Quién sino él puede pasar del "dijo" al "había sido dicho"?: "Miraba al niño de seis años nervioso y enmudecido, más blanco que su madre, siempre vestido por ella con ropas femeninas excesivas en terciopelos y encajes. *No dijo nada porque todo había sido dicho mucho tiempo atrás. La repugnancia de la mujer, el odio creciente del hombre, nacidos en la misma extravagante noche de bodas en que fue engendrado el niño-niña...*" Las relaciones amorosas constituyen con frecuencia el centro de la atención de los relatos de Onetti. Tales relaciones son complejas, equívocas y, a menudo, fatales. La oposición amor/odio es permanente. Y en tales historias el tiempo actúa siempre con su fatigoso piquete demoledor. Si en "El perro tendrá su día" el odio aparece ya desde *"la extravagante* noche de bodas", en "El infierno tan temido" la mujer le hace llegar fotografías pornográficas en un acto repetido de amor: "Por qué no, llegó a pensar, por qué no aceptar que las fotografías, su trabajosa preparación, su puntual envío, se originaban en el mismo amor, en la misma capacidad de nostalgia, en la misma congénita lealtad." Este amoroso odio ha sido modificado también por el tiempo: "...iba admitiendo que aquella era la misma mujer desnuda, un poco más gruesa, con cierto aire de aplomo y de haber sentado cabeza, que le hacía llegar fotografías desde Lima, Santiago y Buenos Aires". Estas fotografías no son sino imágenes que cobran importancia por sus efectos escandalosos en los "otros". La mujer, consciente de la ajena presencia invisible, intenta destruir al hombre. Pero el hombre no atiende a los efectos de la imagen en los otros. Sólo es sensible en la hija. El tiempo le permite descubrir el secreto a la mujer que, como en buena parte de las narraciones de Onetti, adquiere caracteres destructivos. El tiempo implacable destruye la imagen del amor y pervierte lo femenino. Sólo las adolescentes de las narraciones de Onetti patentizan el atractivo del amor. Las mujeres cuando han atrapado al hombre y comienzan su lenta aniquilación merecen la muerte de "El perro tendrá su día". Aquí el diálogo entre el comisario y el asesino, al margen del simbolismo moral que encierra, revela la constante que actúa casi como fijación erótica: "Todas las mujeres son unas putas. Peor que nosotros. Mejor dicho, yeguas. Y ni siquiera verdaderas putas." "Bienvenido, Bob", "La casa de la desgracia" y "Nueve de Julio", por ejemplo, coinciden en el deseo del hombre maduro hacia la adolescente. El hombre no busca en ella el amor correspondido; plasma muchas veces una inaprensible imagen, del mismo modo que algunos personajes se imaginan en situaciones ideales: "Habíamos ido de Nueva York a San Francisco —por primera vez, y lo que ella describía me desilusionó por su parecido con un aviso de bebidas en una de las revistas extranjeras que llegan al diario: una reunión en una pieza de hotel, las enormes ventanas sin cortinas abiertas sobre la ciudad de mármol bajo el sol, y la anécdota era casi un plagio de la del hotel Bolívar, en Lima—, acabábamos de «llorar de frío en la costa este y antes de que pasara un día, increíble, nos estábamos bañando en la playa»". Se trata del relato dentro del relato y la fabuladora no queda lejos de la protagonista de *Las mil y una noches*. También aquí se retiene al hombre no sólo por el amor sino por el poder de la imaginación, canto de sirena en el que "el viaje" juega su más importante función. En "Nueve de Julio", como expresamente indica Onetti, la adolescente aparece: "rodeada y cargada con la aventura y temía al fracaso como a una herida". La muchacha encierra un misterio cuyo descubrimiento puede resolverse en la violencia, como le sucede también al narrador de "La cara de la desgracia", ahora en primera persona: "Deseaba quedarme para siempre en paz junto a la muchacha y cuidar de su vida. La vi fumar con el café, los ojos clavados ahora en la boca lenta del hombre viejo. De pronto me miró como antes en el sendero, con los mismos ojos calmos y desafiantes, acostumbrados a contemplar o suponer el desdén. Con una desesperación inexplicable estuve soportando los ojos de la muchacha, revolviendo los míos contra la cabeza juvenil, larga y noble; escapando del inaprehensible secreto para escarbar en la tormenta nocturna, para conquistar la intensidad del cielo y derramarla, imponerla en aquel rostro de niña que me observaba inmóvil e inexpresivo. El rostro que dejaba fluir, sin propósito, sin saberlo, contra mi cara seria y gastada de hombre, la dulzura y la humildad adolescente de las mejillas violáceas y pecosas." El demonio que se encierra en la mente del hombre maduro altera la realidad. El yo que narra es también el yo que puede llegar al crimen; pero la adolescente es un resumen de lo que puede desearse en un amor, en el que la mujer actúa pasivamente, deformada imagen del protagonista que observa. Sólo al final del relato sabremos de la sordera de la joven. Es un defecto físico invisible quien confiere mayor misterio a la atención de la joven hacia el hablante, falsa imagen que perturba al narrador. El mismo tema de la adolescente asesinada había sido ya tratado en otro cuento anterior, "La larga historia", de 1944. La coincidencia y algunos fragmentos idénticos, revelan la perduración de temas en los cuentos de Onetti.

En "el álbum", los papeles se truecan y es ahora el "yo" adolescente, el narrador; y la mujer, quien encierra todas las experiencias. La "aparición" de la mujer mantiene, también aquí, el necesario misterio que modifica una realidad aparentemente banal. Se nos presenta de forma indirecta: "Hace una semana que está en el hotel, el Plaza; vino sola, dicen que cargada de baúles. Pero toda la mañana y la tarde se las pasa con esta valijita ida y vuelta por el muelle, a toda hora, a las horas en que no llegan ni salen balsas ni lanchas." Una vez más Onetti recurre al sistema de desvelar sólo parcialmente lo que sabe. Y a recorrer un tiempo del que es el único dueño y señor: "Pero todo esto es un prólogo, porque la verdadera historia sólo empezó una semana después" y aún más adelante: "La verdadera historia empezó un anochecer helado, cuando oíamos llover y cada uno estaba inmóvil y encogido, olvidado del otro." No se produce tampoco aquí la casi imposible comunicación amorosa. El amor es solamente un deseo. Y la auténtica comunicación entre los personajes es, como antes señalamos, la imaginación compartida; es, también, la "incitación al viaje". El adolescente busca en la mujer madura no el placer, sino una experiencia de la vida. Ella significa la huida sin peligros y, fundamentalmente, la libertad. Con su desaparición el mundo imaginado se tambalea. Era necesario comprobar su existencia real o una reconfortante realidad que le viene de revolver en su baúl, de "un álbum con tapas de cuero y las iniciales C.M." Así se justifica al fin la historia y recobra su validez, puesta poco antes en entredicho. No hay en la narración el "dolorido sentir" por la pérdida amorosa. Al fin y al cabo, el autorretrato del narrador nos permite dramatizar una situación dada su cínica filosofía vital: "mientras me vestía, me acomodaba la boina y trataba de reorganizar rápidamente mi confianza en la imbecilidad del mundo, le perdoné el fracaso, estuve trabajando en un estilo de perdón que reflejara mi turbulenta experiencia, mi hastiada madurez".

El "yo" que narra puede también ser culpable. Y puede serlo, principalmente, por una cierta falta de experiencia o por la crueldad e indiferencia hacia el dolor ajeno. El adolescente de "El álbum" pasa a convertirse en un ser culpable en "Esbjerg, en la costa". Nuevamente aquí la "invitación al viaje" viene de la mano de otra mujer, "engordada en la ciudad y el ocio". Un hecho desencadenante, la nostalgia de Kirsten por Dinamarca, será el débil hilo conductor de la narración. Pero interviene la capacidad fabuladora de Onetti que sitúa en un primer plano la relación entre el narrador y el marido de Kirsten. Esta aparece nuevamente como "muy corpulenta, disputándole la cama sin saberlo", o también "Kirsten es gorda, pesada y debe tener una piel muy hermosa". Elementos de un realismo poco acorde con la pasión que puede despertar tradicionalmente la figura literaria de la mujer configuran el acto de Montes, el marido corredor de apuestas. Pero conviene poner de relieve la relación que se establece entre el narrador y Montes: "Lo insulté hasta que no pude encontrar nuevas palabras, y usé todas las maneras de humillarlo que se me ocurrieron hasta que quedó indudable que él era un pobre hombre, un sucio amigo, un canalla y un ladrón; y también resultó indudable que él estaba de acuerdo, que no tenía inconvenientes en reconocerlo delante de cualquiera si alguna vez tenía yo el capricho de ordenarle hacerlo. Y también desde aquel lunes quedó establecido que cada vez que yo insinuara que él era un canalla, indirectamente, mezclando la alusión en cualquier charla, estando nosotros en cualquier circunstancia, él habría de comprender al instante el sentimiento de mis palabras y hacerme saber con una sonrisa corta, moviendo apenas hacia un lado el bigote, que me había entendido y que yo tenía razón. No lo convinimos con palabras, pero así sucede desde entonces." Se establece así una relación característica de humillación de carácter durativo. No es una sola humillación, un acto; sino un estado continuado. De esta forma se refuerza la culpabilidad del "yo" narrador, ya que, aun estando en principio de acuerdo con la culpabilidad de Montes (sin conocer las verdaderas razones que le llevaron a cometerlo, es decir, sin conocer la historia), el hecho no deja de ser despreciable en sí mismo. Pero la condena moral aumenta al analizar el narrador las motivaciones de Montes y al aparecer junto a él la figura nada idealizada de una Kirsten vencida por la nostalgia de su país, por sus propios orígenes. Entre Montes y Kirsten, sin embargo, tampoco se establecen auténticas relaciones de comprensión. Seres aislados, viven sus personales historias sin quejas. Montes la acompaña hasta el muelle y, desde allí, ob-

servan los buques que ella no llegará a tomar: "miran
que no pueden más, cada uno pensando en cosas tan dis
y escondidas, pero de acuerdo, sin saberlo, en la desespera
y en la sensación de que cada uno está solo, que siempre resulta asombrosa cuando nos ponemos a pensar". La narración
en tercera persona ha ido desapareciendo (tras sustituir el
"yo" culpable) para llegar al significativo final. No se disi-
mula la presencia del autor, no sólo omnisciente, sino intér-
prete de una realidad construida y tejida de inmoralidades. El
lector no puede tampoco aceptar sin inquietud ni la injusticia
del "yo" narrador, ni la que la sociedad establece al no permitir que Kirsten retorne al paisaje natal (al mundo de la infancia), ni la falta de comunicación que impide construir una
racional coexistencia en la pareja. Lo negativo —una realidad
de carencias— permanece en la narración por encima de cualquier circunstancia. No podemos dejar de compartir con el
autor la última conclusión de orden moral emparentada con la
literatura existencial: la soledad de todos.

La aparición del narrador se acentúa en "Matías el telegrafista" y es el propio Onetti quien nos define una vez más
el sentido último de lo narrado: "Para mí, ya lo saben, los
hechos desnudos no significan nada. Lo que importa es lo que
contienen o lo que cargan; y después averiguar qué hay detrás de esto y detrás hasta el fondo definitivo que no tocaremos nunca." Con estas palabras, en efecto, se resumen los
propósitos narrativos de Juan Carlos Onetti. Su sistema, en
los cuentos y en las novelas, consistirá en ofrecernos un viaje
a los últimos significados de las acciones de aquellos perso-
grafista" y es el propio Onetti quien nos define, una vez más
najes que crea. En él, las acciones, las referencias, los signos, alcanzarán otra dimensión, mucho más profunda que en
cualquier otro de los novelistas latinoamericanos contemporáneos. Al partir de una psicología trascendentalizada, se alcan-
zará, en una estructura referencial el último significado moral
que nada tiene que ver con el moralismo. La literatura de

Onetti permite siempre una lectura a otros niveles si la interaccionalidad de sus relatos.

¿Cómo justificar este mundo desolado, nostálgico, triste como el tango, deshonesto y vacío? Onetti nos alcanza su verdad. En el cuento antes citado indica: "No mentiría; pero la mejor verdad está en lo que cuento aunque, tantas veces, mi relato haya sido desdeñado por anacronismos supuestos." Esta verdad es también la nuestra a través de la magia del relato y del lenguaje. Admitimos la ficción del narrador y admitimos, con ella, cualquier otro recurso noblemente utilizado. La literatura es un engaño. Pero imperdonable engaño sería que no fuera lo que debe ser. Nada en el mundo de Onetti, sin embargo, traiciona la esencialidad de sus relatos. Y, por ello, podemos no estar de acuerdo con su moral o su filosofía, aunque somos también incapaces de superarlos, de demostrar su inviabilidad en el mundo que el narrador nos ha transmitido. Lo que así se establece es la máxima prueba a que puede someterse un novelista. La justificación de Onetti es los relatos de Onetti: "Nadie, nadie puede saber cómo ni por qué empezó esta historia", escribe en "Tan triste como ella". Y añadirá más adelante en un monólogo incrustado cara al público: "En cuanto al narrador, sólo está autorizado a intentar cálculos en el tiempo. Puede reiterar en las madrugadas, en vano, un nombre prohibido de mujer. Puede rogar explicaciones, le está permitido fracasar y limpiarse lágrimas, mocos y blasfemias." Pero no hay fracasos en los mejores relatos de Onetti, en "Bienvenido, Bob", en "Jacob y el otro" o en los demás que hemos citado. Sus personajes despiden, dentro de la oscuridad en que se hallan sumidos, una extraña luz. Y esta luz les viene dada por la creación, los recursos del arte de uno de los mejores narradores contemporáneos de lengua española: Juan Carlos Onetti.

JOAQUÍN MARCO

AVENIDA DE MAYO - DIAGONAL - AVENIDA DE MAYO

Cruzó la avenida, en la pausa del tráfico, y echó a andar por Florida. Le sacudió los hombros un estremecimiento de frío, y de inmediato la resolución de ser más fuerte que el aire viajero quitó las manos del refugio de los bolsillos, aumentó la curva del pecho y elevó la cabeza, en una búsqueda divina en el cielo monótono. Podría desafiar cualquier temperatura; podría vivir allá abajo, más lejos de Ushuaia.

Los labios estaban afinándose en el mismo propósito que empequeñecía los ojos y cuadriculaba la mandíbula.

Obtuvo, primeramente, una exagerada visión polar, sin chozas ni pingüinos; abajo, blanco con dos manchas amarillas, y arriba el cielo, un cielo de quince minutos antes de la lluvia.

Luego: Alaska —Jack London— las pieles espesas escamoteaban la anatomía de los hombres barbudos —las altas botas hacían muñecos increíbles a pesar del humo azul de los largos revólveres del capitán de Policía Montada —al agacharse en un instintivo agazapamiento el vapor de su respiración falsificaba una aureola para el sombrero hirsuto y las sucias barbas castañas— Tangas's hacía exposición de su dentadura a orillas del Yukón —su mirada se extendía como un brazo fuerte para sostener los troncos que viajaban río abajo —la espuma repetía: Tangas's es de Sitka— Sitka bella como un nombre de cortesana.

En Rivadavia un automóvil quiso detenerlo; pero una maniobra enérgica lo dejó atrás, junto con un ciclista cómplice. Como trofeos del fácil triunfo, llevó dos luces del coche al desolado horizonte de Alaska. De manera que en mitad de la cuadra no tuvo mayor trabajo para eludir el ambiente cálido que sostenían en el afiche los hombros potentes de Clark Gable y las caderas de la Crawford; apenas si tuvo un impulso de subir al entrecejo las rosas que mostraba la estrella de los ojos grandes en medio del pecho. Tres noches o tres meses atrás había soñado con la mujer que tenía rosas blancas en lugar de ojos. Pero el recuerdo del sueño fue apenas un relámpago para su razón; el recuerdo resbaló rápido, con un esbozo de vuelo, como la hoja que acababa de parir la rotativa, y se acomodó quieto debajo de las otras imágenes que siguieron cayendo.

Instaló las luces robadas al auto en el cielo que se copiaba en el Yukón, y la marca inglesa del coche hizo resonar el aire seco de la noche nórdica con enérgicos *What* que no estaban encerrados en la cámara con sordina, sino que estallaron como tiros en el azul frío que separaba los pinos gigantes, para subir luego como cohetes hasta el blanco estelar de las Peñascosas.

Cuando Brughtton se agachó, cubriendo con su cuerpo enorme la fogata, y él, Víctor Suaid, se irguió con el Coroner listo para disparar, una mujer hizo brillar sus ojos y un crucifijo entre la piel de su abrigo, tan cerca suyo que sus codos intimaron.

En el misterio de la espalda, el chaleco de Suaid marcó dos profundos ecuadores al impulso de la aspiración con que quiso incrustarse en el cerebro el perfume de la mujer y la mujer misma, mezclada al frío seco de la calle.

Entre las dos corrientes de personas que transitaban, la

mujer fue pronto una mancha que subía y bajaba, de la sombra a la luz de los negocios y nuevamente a la sombra. Pero quedó el perfume en Suaid, aventando suave y definitivamente el paisaje y los hombres; y de la costa del Yukón no quedó más que la nieve, una tira de nieve del ancho de la calzada.

—Norteamérica compró Alaska a Rusia en siete millones de dólares.

Años antes, este conocimiento hubiera suavizado la estilográfica del mayor Astin en la clase de geografía. Pero ahora no fue más que un pretexto para un nuevo ensueño.

Hizo crecer, a los lados de la tira de nieve, dos filas de soldados a caballo. El, Alejandro Iván, Gran Duque, marchaba entre los soldados, al lado de Nicolás II, limpiando a cada paso la nieve de las botas con el borde de un úlster de pieles.

El Emperador caminaba balanceándose, como aquel inglés, segundo jefe de tráfico del Central. Las pequeñas botas brillaban al paso marcial, que ya era la única expresión posible de su movilidad.

—Stalin suprimió la sequía en el Volga.

—¡Alegría para los boteros, Majestad!

El colmillo de oro del Zar le confortó. Nada importaba nada —energía, energía— los pectorales contraídos bajo la comba de los cordones y la gran cruz, las viejas barbas de Verchencko el conspirador.

Se detuvo en la Diagonal, donde dormía el Boston Building bajo el cielo gris, frente a la playa de automóviles.

Naturalmente, María Eugenia se puso en primer plano con el vuelo de sus faldas blancas.

Sólo una vez la había visto de blanco; hacía años. Tan bien disfrazada de colegiala, que los dos puñetazos simultáneos que daban los senos en la tela, al chocar con la pureza de la gran moña negra, hacían de la niña una mujer madura, escéptica y cansada.

Tuvo miedo. La angustia comenzó a subir en su pecho, en golpes cortos, hasta las cercanías de la garganta. Encendió un cigarrillo y se apoyó en la pared.

Tenía las piernas engrilladas de indiferencia y su atención se iba replegando, como el velamen del barco que ancló.

Con el silencio del cinematógrafo de su infancia, las letras de luz navegaban en los carriles del anunciador:

AYER EN BASILEA — SE CALCULAN EN MAS DE DOS MIL LAS VICTIMAS

Volvió la cabeza con rabia.

—¡Que revienten todos!

Sabía que María Eugenia venía. Sabía que algo tendría que hacer y su corazón perdía tontamente el compás. Lo desazonaba tener que inclinarse sobre aquel pensamiento; saber que, por más que aturdiera su cerebro en todos los laberintos, mucho antes de echarse a descansar encontraría a María Eugenia en una encrucijada.

Sin embargo, hizo automáticamente un intento de fuga:

—Por un cigarrillo... iría hasta el fin del mundo...

Veinte mil afiches proclamaron su plagio en la ciudad. El hombre de peinado y dientes perfectos daba a las gentes su mano roja, con el paquete mostrando —¼ y ¾— dos cigarrillos, como dos cañones de destructor apuntando al aburrimiento de los transeúntes.

—...hasta el fin del mundo.

María Eugenia venía con su traje blanco. Antes de que hicieran fisonomía los planos de la cara, entre las vertientes de cabello negro, quiso parar el ataque. El nivel del miedo roncó junto a las amígdalas:

—¡Hembra!

Desesperado, trepó hasta las letras de luz que iban saliendo una a una, con suavidad de burbujas, de la pared negra:

EL CORREDOR MC CORMICK BATIO EL RECORD MUNDIAL DE VELOCIDAD EN AUTOMOVIL

La esperanza le dio fuerzas para desalojar de un solo golpe el humo, uniendo la o de la boca con el paisaje.

DAD EN AUTOMOVIL — HOY EN MIAMI

El chorro de humo escondió en oportuno camuflaje el perfil que comenzaba a cuajar. Haciendo triángulo con el cutis áspero de la pared y el suelo cuadriculado, el cuerpo quedó allí. El cigarrillo entre los dedos, anunciaba el suicidio con un hilo lento de humo.

HOY EN MIAMI ALCANZANDO UNA VELOCIDAD MEDIA

Sobre la arena de oro, entre gritos enérgicos, Jack Ligett, el "manager", pulía y repulía las piezas brillantes del motor. El coche, con nombre de ave de cetrería, semejaba una langosta gigante y negra, sosteniendo incansable, con dos patitas adicionales, la hoja de afeitar de la proa.

Los retorcidos tubos de órgano, a babor y estribor, dieron veinte y veinte detonaciones simultáneas una a una, que se fueron en nubecillas lentas. Con el filo de las ruedas a la altura de las orejas se inició la carrera. Cada estampido tenía resonancias de júbilo dentro de su cráneo y la velocidad era el espacio entre las dos huellas, convertido en una viborilla que danzaba en el vientre.

Miró el rostro de Mc Cormick, piel oscura ajustada sobre huesos finos. Bajo el yelmo de cuero, tras las antiparras grotescas, estaban duros de coraje los ojos, y en la sonrisa sedienta de kilómetros que apenas le estiraba la boca, se filtró la orden breve, condensada en un verbo en infinitivo.

Suaid se inclinó sobre la bomba y empujó el coche a golpes. Golpeó hasta que el viento se hizo rugido, y en la navegación las ruedas tocaban suavemente el suelo, que las despedía rápido, como la ruleta a la bola de marfil. Golpeó hasta que sintió dolerle la viborilla del vientre, fina y rígida como una aguja.

Pero la imagen era forzada, y la inutilidad de este esfuerzo se patentizó, cierta, sin subterfugios posibles.

La fuga se apagó como bajo un golpe de agua y Suaid quedó con la cara semihundida en el suelo, los brazos accionando en movimientos precisos de semáforo.

—Esconderme...

Pero se puso debajo de sí mismo, como si el suelo fuera un espejo y su último yo la imagen reflejada.

Miraba los ojos velados y la tierra húmeda en la cuenca del izquierdo. La nariz apenas aplastada en la punta, como la de los niños que miran tras las vidrieras, y los maxilares tascando la lámina dura y lisa de la angustia. El escaso pelo rubio ravaba la frente y la mancha de la barba en el cuello se iba haciendo violeta.

Cerró los ojos fuertemente, y trató de hundirse; pero las uñas resbalaron en el espejo. Vencido, aflojó el cuerpo, entregándose, solo, en la esquina de la Diagonal.

Era el centro de un círculo de serenidad que se dilataba borrando los edificios y las gentes.

Entonces se vio, pequeño y solo, en medio de aquella quietud infinita que continuaba extendiéndose. Dulcemente, recordó a Franck, el último de los soldados de pasta que rompiera; en el recuerdo, el muñeco sólo tenía una pierna y la renegrida U de los bigotes se destacaba bajo la mirada lejana.

Se miraba desde montones de metros de altura, observando con simpatía el corte familiar de los hombros, el hueco de la nuca y la oreja izquierda aplastada por el sombrero.

Lentamente desabrochóse el saco, estiró las puntas del chaleco y volvió a deslizar los botones en los tajos de los ojales. Terminada la despaciosa operación, se quedó triste y sereno, con María Eugenia metida en el pecho.

Ahora caían las costras de indiferencia que protegieran su inquietud y el mundo exterior comenzaba a llegar hasta él.

Sin necesidad de pensarlo, inició el retroceso por Florida.

La calle, desierta de ensueños, había perdido la dentadura de Tangas's y la barba rubia de Su Majestad Imperial.

La claridad de los escaparates y las grandes luces colgadas en las esquinas, daban ambiente de intimidad a la estrecha calzada. Se le antojó un salón del siglo anterior, tan exquisito, que los hombres no necesitaban quitarse el sombrero.

Apuró el paso y quiso borrar un sentimiento indefinido, con algo de debilidad y ternura, que sentía insinuarse.

Con una ametralladora en cada bocacalle se barría toda esta morralla.

Era la hora del anochecer en todo el mundo.

En la Puerta del Sol, en Regent Street, en el Boulevard Montmartre, en Broadway, en Unter den Linden, en todos los sitios más concurridos de todas las ciudades, las multitudes se apretaban, iguales a las de ayer y a las de mañana. ¡Mañana! Suaid sonrió, con aire de misterio.

Las ametralladoras se disimulaban en las terrazas, en los puestos de periódicos, en las canastas de flores, en las azoteas. Las había de todos tamaños y todas estaban limpias, con una raya de luz fría y alegre en los cañones pulidos.

Owen fumaba echado en el sillón. La ventana hacía pasar por debajo del ángulo que formaban sus piernas los guiños de los primeros avisos luminosos, los ruidos amortiguados de la ciudad que se aquietaba y la lividez del cielo.

Suaid, junto al transmisor telegráfico, acechaba el paso de los segundos con una sonrisa maligna. Más que las detonaciones de las ametralladoras, esperaba que el momento decisivo agitaría los músculos faciales de Owen, transparentándose emociones tras la córnea de los ojos claros.

El inglés siguió fumando, hasta que un chasquido del reloj anunció que el pequeño martillo se levantaba para dar el primer golpe de aquella serie de siete, que se iban a multiplicar, en forma inesperada y millonaria, bajo las campanas de todos los cielos de Occidente.

Owen se incorporó y tiró el cigarrillo.

—Ya.

Suaid caminaba, estremecido de alegría nerviosa. Nadie sabía en Florida lo extrañamente literaria que era su emoción. Las altas mujeres y el portero del Grand ignoraban igualmente la polifurcación que tomaba en su cerebro el "Ya" de Owen. Porque "Ya" podía ser español o alemán; y de aquí surgían caminos impensados, caminos donde la incomprensible figura de Owen se partía en mil formas distintas, muchas de ellas antagónicas.

Ante el tráfico de la avenida, quiso que las ametralladoras cantaran velozmente, entre pelotas de humo, su rosario de cuentas alargadas.

Pero no lo consiguió y volvióse a contemplar Florida.

Se encontraba cansado y calmo, como si hubiera llorado mucho tiempo. Mansamente, con una sonrisa agradecida para María Eugenia, se fue hacia los cristales y las luces policromas que techaban la calle con su pulsar rítmico.

EL POSIBLE BALDI

Baldi se detuvo en la isla de cemento que costeaban veloces los vehículos, esperando la pitada del agente, mancha oscura sobre la alta garita blanca. Sonrió pensando en sí mismo, barbudo, el sombrero hacia atrás, las manos en los bolsillos del pantalón, una cerrando los dedos contra los honorarios de "Antonio Vergara-Samuel Freider". Debía tener un aire jovial y tranquilo, balanceando el cuerpo sobre las piernas abiertas, mirando plácido el cielo, los árboles del Congreso, los colores de los colectivos. Seguro frente al problema de la noche, ya resuelto por medio de la peluquería, la comida, la función de cinematógrafo con Nené. Y lleno de confianza en su poder —la mano apretando los billetes— porque una mujer rubia y extraña, parada a su lado, lo rozaba de vez en vez con sus claros ojos. Y si él quisiera...

Se detuvieron los coches y cruzó, llegando hasta la plaza. Siguió andando, siempre calmoso. Una canasta con flores le recordó la verja de Palermo, el beso entre jazmines de la última noche. La cabeza despeinada de la mujer caída en su brazo. Luego el beso rápido en la esquina, la ternura en la boca, la interminable mirada brillante. Y esta noche, también esta noche. Sintió de improviso que era feliz; tan claramente, que casi se detuvo, como si su felicidad estuviera pasándole al lado, y él pudiera verla, ágil y fina, cruzando la plaza con veloces pasos.

31

Sonrió al agua temblorosa de la fuente. Junto a la gran chiquilla dormida en piedra, alcanzó una moneda al hombre andrajoso que aún no se la había pedido. Ahora le hubiera gustado una cabeza de niño para acariciar al paso. Pero los chicos jugaban más allá, corriendo en el rectángulo de pedregullo rojizo. Sólo pudo volcarse hinchando los músculos del pecho, pisando fuerte en la rejilla que colaba el viento cálido del subterráneo.

Siguió, pensando en la caricia agradecida de los dedos de Nené en su brazo cuando le contara aquel golpe de dicha venido de ella, y en que se necesita un cierto adiestramiento para poder envasar la felicidad. Iba a lanzarse en la fundación de la Academia de la Dicha —un proyecto que adivinaba magnífico, con un audaz edificio de cristal saltando de una ciudad enjardinada, llena de bares, columnas de níquel, orquesta junto a playas de oro, y miles de afiches color rosa, desde donde sonreían mujeres de ojos borrachos—, cuando notó que la mujer extraña y rubia de un momento antes caminaba a su lado, apenas unos metros a la derecha. Dobló la cabeza, mirándola.

Pequeña, con un largo impermeable verde oliva atado en la cintura como quebrándola, las manos en los bolsillos, un cuello de camisa de tenis, la moña roja de la corbata cubriéndole el pecho. Caminaba lenta, golpeando las rodillas en la tela del abrigo con un débil ruido de toldo que sacude el viento. Dos puñados de pelo pajizo salían del sombrero sin alas. El perfil afinado y todas las luces espejeándole en los ojos. Pero el secreto de la pequeña figura estaba en los tacones demasiado altos, que la obligaban a caminar con lenta majestad, hiriendo el suelo en un ritmo invariable de relojería. Y rápido como si sacudiera pensamientos tristes, la cabeza giraba hacia la izquierda, chorreaba una mirada a Baldi y volvía a mirar hacia adelante. Dos, cuatro, seis veces, la ojeada fugaz.

De pronto, un hombre bajo y gordo, con largos bigotes

retintos. Sujeto por la torcida boca a la oreja semioculta de la mujer, siguiéndola tenaz y murmurante en las direcciones sesgadas que ella tomaba para separarlo.

Baldi sonrió y alzó los ojos a lo alto del edificio. Ya las ocho y cuarto. La brocha sedosa en el salón de la peluquería, el traje azul sobre la cama, el salón del restaurante. En todo caso a las nueve y media podría estar en Palermo. Se abrochó rápidamente el saco y caminó hasta ponerse junto a la pareja. Tenía la cara ennegrecida de barba y el pecho lleno de aire, un poco inclinado hacia adelante como si lo desequilibrara el peso de los puños. El hombre de los largos bigotes hizo girar los ojos en rápida inspección; luego los detuvo con aire de profundo interés, en la esquina lejana de la plaza. Se apartó en silencio, a pasos menudos, y fue a sentarse en un banco de piedra, con un suspiro de satisfecho descanso. Baldi lo oyó silbar, alegre y distraído, una musiquita infantil.

Pero ya estaba la mujer, adherida a su rostro con los grandes ojos azules, la sonrisa nerviosa e inquieta, los vagos gracias, gracias, señor... Algo de subyugado y seducido que se delataba en ella, lo impulsó a no descubrirse, a oprimir los labios, mientras la mano rozaba el ala del sombrero.

—No hay por qué —y alzó los hombros, como acostumbrado a poner en fuga a hombres molestos y bigotudos.

—¿Por qué lo hizo? Yo, desde que lo vi...

Se interrumpió turbada; pero ya estaban caminando juntos. Hasta cruzar la plaza se dijo Baldi.

—No me llame señor. ¿Qué decía? Desde que me vio...

Notó que las manos que la mujer movía en el aire en gesto de exprimir limones, eran blancas y finas. Manos de dama con esa ropa, con ese impermeable en noche de luna.

—¡Oh! Usted va a reírse...

Pero era ella la que reía, entrecortada, temblándole la cabeza. Comprendió, por las r suaves y las s silbantes, que la mujer era extranjera. Alemana, tal vez. Sin saber por qué, esto le pareció fastidioso y quiso cortar.

—Me alegro mucho, señorita, de haber podido...

—Sí, no importa que se ría. Yo, desde que lo vi esperando para cruzar la calle, comprendí que usted no era un hombre como todos. Hay algo raro en usted, tanta fuerza, algo quemante... Y esa barba, que lo hace tan orgulloso...

Histérica y literata, suspiró Baldi. Debiera haberme afeitado esta tarde. Pero sentía viva la admiración de la mujer; la miró de costado, con fríos ojos de examen.

—¿Por qué piensa eso? ¿Es que me conoce, acaso?

—No sé, cosas que se sienten. Los hombros, la manera de llevar el sombrero... no sé. Algo. Le pedí a Dios que hiciera que usted me hablara.

Siguieron caminando en una pausa durante la cual Baldi pensó en todas las etapas que aún debía vencer para llegar a tiempo a Palermo. Se habían hecho escasos los automóviles y los paseantes. Llegaban los ruidos de la avenida, los gritos aislados, y ya sin convicción, de los vendedores de diarios.

Se detuvieron en la esquina. Baldi buscaba la frase de adiós en los letreros, los focos y el cielo con luna nueva. Ella rompió la pausa con cortos ruidos de risa filtrados por la nariz. Risa de ternura, casi de llanto, como si se apretara contra un niño. Luego alzó una mirada temerosa.

—Tan distinto a los otros... empleados, señores, jefes de las oficinas... —las manos exprimían rápidas mientras agregaba—: Si usted fuera tan bueno de estarse unos minutos. Si quisiera hablarme de su vida... ¡Yo sé que es todo tan extraordinario!

Baldi volvió a acariciar los billetes de Antonio Vergara contra Samuel Freider. Sin saber si era por vanidad o lástima, se resolvió. Tomó el brazo de la mujer, y hosco, sin mirarla, sintiendo impasible los maravillados y agradecidos ojos azules apoyados en su cara, la fue llevando hacia la esquina de Victoria, donde la noche era más fuerte.

Unos faroles rojos clavados en el aire oscurecido. Estaban arreglando la calle. Una verja de madera rodeando máquinas, ladrillos, pilas de bolsas. Se acodó en la empalizada. La mujer se detuvo indecisa, dio unos pasos cortos, las manos en los bolsillos del perramus, mirando con atención la cara endurecida que Baldi inclinaba sobre el empedrado roto. Luego se acercó, recostada a él, mirando con forzado interés las herramientas abandonadas bajo el toldo de lona.

Evidente que la empalizada rodeaba el Fuerte Coronel Rich, sobre el Colorado, a equis millas de la frontera de Nevada. Pero él ¿era Wenonga, el de la pluma solitaria sobre el cráneo aceitado o Mano Sangrienta, o Caballo Blanco, jefe de los sioux? Porque si estuviera del otro lado de los listones con punta flordelisada —¿qué cara pondría la mujer si él saltara sobre las maderas?— si estuviera rodeado por la valla, sería un blanco defensor del fuerte, Buffalo Bill de altas botas, guantes de mosquetero y mostachos desafiantes. Claro que no servía, que no pensaba asustar a la mujer con historias para niños. Pero estaba lanzado y apretó la boca con seguridad y fuerza.

Se apartó bruscamente. Otra vez, sin mirarla, fijos los ojos en el final de la calle como en la otra punta del mundo:

—Vamos.

Y en seguida, en cuanto vio que la mujer lo obedecía dócil y esperando:

—¿Conoce Sur Africa?

—¿Africa?...

—Sí. Africa del Sur. Colonia del Cabo. El Transvaal.

—No. ¿Es... muy lejos, verdad?

—¡Lejos!... ¡Oh, sí, unos cuantos días de aquí!

—¿Ingleses, allí?

—Sí, principalmente ingleses. Pero hay de todo.

—¿Y usted estuvo?

—¡Si estuve! —la cara se le balanceaba sopesando los recuerdos—. El Transvaal. Sí, casi dos años.

—*Then, do you know English?*

—*Very little and very bad*. Se puede decir que lo olvidé por completo.

—¿Y qué hacía allí?

—Un oficio extraño. Verdaderamente, no necesitaba saber idiomas para desempeñarme.

Ella caminaba moviendo la cabeza hacia Baldi y hacia adelante, como quien está por decir algo y vacila; pero no decía nada, limitándose a mover nerviosamente los hombros aceituna. Baldi la miró de costado, sonriendo a su oficio sudafricano. Ya debían ser las ocho y media. Sintió tan fuerte la urgencia del tiempo, que era como si ya estuviera extendido en el sillón de la peluquería, oliendo el aire perfumado, cerrados los ojos, mientras la espuma tibia se le va engrosando en la cara. Pero ya estaba la solución; ahora la mujer tendría que irse. Abiertos los ojos espantados, alejándose rápido, sin palabras. Con que hombres extraordinarios, ¿eh?... Se detuvo frente a ella y se arqueó para acercarle el rostro.

—No necesitaba saber inglés, porque las balas hablan una lengua universal. En Transvaal, Africa del Sur, me dedicaba a cazar negros.

No había comprendido, porque sonrió parpadeando:

—¿A cazar negros? ¿Hombres negros?

El sintió que la bota que avanzaba en Transvaal se hundía en ridículo. Pero los dilatados ojos azules seguían pidiendo con tan anhelante humildad, que quiso seguir como despeñándose.

—Sí, un puesto de responsabilidad. Guardián en las minas de diamantes. Es un lugar solitario. Mandan el relevo cada seis meses. Pero es un puesto conveniente; pagan en libras. Y, a pesar de la soledad, no siempre aburrido. A veces hay negros que quieren escapar con diamantes, piedras sucias, bolsitas con polvo. Estaban los alambres electrizados. Pero también estaba yo, con ganas de distraerme volteando negros ladrones. Muy divertido, le aseguro. Pam, pam, y el negro termina su carrera con una voltereta.

Ahora la mujer arrugaba el entrecejo, haciendo que sus ojos pasaran frente al pecho de Baldi sin tocarlo.

—¿Y usted mataba negros? ¿Así, con un fusil?

—¿Fusil? ¡Oh, no! Los negros ladrones se cazan con ametralladoras. Marca Schneider. Doscientos cincuenta tiros por minuto.

—¿Y usted?...

—¡Claro que yo! Y con mucho gusto.

Ahora sí. La mujer se había apartado y miraba alrededor, entreabierta la boca, respirando agitada. Divertido si llamara a un vigilante. Pero se volvió con timidez al cazador de negros, pidiendo:

—Si quisiera... Podríamos sentarnos un momento en la placita.

—Vamos.

Mientras cruzaban hizo un último intento:

—¿No siente un poco de repugnancia? ¿Por mí, por lo que he contado? —con un tono burlón que suponía irritante.

Ella sacudió la cabeza, enérgica:

—¡Oh, no! Yo pienso que tendrá usted que haber sufrido mucho.

—No me conoce. ¿Yo, sufrir por los negros?

—Antes, quiero decir. Para haber sido capaz de eso, de aceptar ese puesto.

Todavía era capaz de extenderle una mano encima de la cabeza, murmurando la absolución. Vamos a ver hasta dónde aguanta la sensibilidad de una institutriz alemana.

—En la casita tenía aparato telegráfico para avisar cuando un negro moría por imprudencia. Pero a veces estaba tan aburrido, que no avisaba. Descomponía el aparato para justificar la tardanza si venía la inspección, y tomaba el cuerpo del negro como compañero. Dos o tres días lo veía pudrirse, hacerse gris, hincharse. Me llevaba hasta él un libro, la pipa, y leía; en ocasiones, cuando encontraba un parráfo interesante, leía en voz alta. Hasta que mi compañero comenzaba a oler de una manera incorrecta. Entonces arreglaba el aparato, comunicaba el accidente y me iba a pasear al otro lado de la casita.

Ella no sufría suspirando por el pobre negro descomponiéndose al sol. Sacudía la triste cabeza inclinada para decir:

—Pobre amigo. ¡Qué vida! Siempre tan solo...

Hasta que él, ya sentado en un banco de la plazoleta, renunció a la noche y le tomó gusto al juego. Rápidamente, con un estilo nervioso e intenso, siguió creando al Baldi de las mil caras feroces que la admiración de la mujer hacía posible. De la mansa atención de ella, estremecida contra su cuerpo, extrajo el Baldi que gastaba en aguardiente, en una taberna de marinos en tricota —Marsella o El Havre— el dinero de amantes flacas y pintarrajeadas. Del oleaje que fingían las nubes en el cielo gris, el Baldi que se embarcó un mediodía en el Santa Cecilia, con diez dólares y un revólver. Del leve viento que hacía bailar el polvo de una casa en construcción, el gran aire arenoso del desierto, el Baldi enrolado en la Legión Extranjera que regresaba a las poblaciones con una trágica cabeza de moro ensartada en la bayoneta.

Así, hasta que el otro Baldi fue tan vivo que pudo pensar en él como en un conocido. Y entonces, repentinamente, una idea se le clavó tenaz. Un pensamiento lo aflojó en desconsuelo junto al perramus de la mujer ya olvidada.

Comparaba al mentido Baldi con él mismo, con este hombre tranquilo e inofensivo que contaba historias a las Bovary de plaza Congreso. Con el Baldi que tenía una novia, un estudio de abogado, la sonrisa respetuosa del portero, el rollo de billetes de Antonio Vergara contra Samuel Freider, cobro de pesos. Una lenta vida idiota, como todo el mundo. Fumaba rápidamente, lleno de amargura, los ojos fijos en el cuadrilátero de un cantero. Sordo a las vacilantes palabras de la mujer, que terminó callando, doblando el cuerpo para empequeñecerse.

Porque el doctor Baldi no fue capaz de saltar un día sobre la cubierta de una barcaza, pesada de bolsas o maderas. Porque no se había animado a aceptar que la vida es otra cosa, que la vida es lo que no puede hacerse en compañía de mujeres fieles ni hombres sensatos. Porque había cerrado los ojos y estaba entregado, como todos. Empleados, señores, jefes de las oficinas.

Tiró el cigarrillo y se levantó. Sacó el dinero y puso un billete sobre las rodillas de la mujer.

—Tomá. ¿Querés más?

Agregó un billete más grande, sintiendo que la odiaba, que hubiera dado cualquier cosa por no haberla encontrado. Ella sujetó los billetes con la mano para defenderlos del viento:

—Pero... Yo no le he dicho... Yo no sé... —e inclinándose hacia él, más azules que nunca los grandes ojos, desilusionada la boca—. ¿Se va?

—Sí, tengo que hacer. Chau.

Volvió a saludar con la mano, con el gesto seco que hubiera usado el posible Baldi, y se fue. Pero volvió a los pocos pasos y acercó el rostro barbudo a la mímica esperanzada de la mujer, que sostenía en alto los dos billetes, haciendo girar la muñeca. Habló con la cara ensombrecida, haciendo sonar las palabras como insultos.

—Ese dinero que te di lo gano haciendo contrabando de cocaína. En el Norte.

UN SUEÑO REALIZADO

La broma la había inventado Blanes; venía a mi despacho —en los tiempos en que yo tenía despacho, y al café cuando las cosas iban mal y había dejado de tenerlo— y parado sobre la alfombra, con un puño apoyado en el escritorio, la corbata de lindos colores sujeta a la camisa con un broche de oro y aquella cabeza —cuadrada, afeitada, con ojos oscuros que no podían sostener la atención más de un minuto y se aflojaban en seguida como si Blanes estuviera a punto de dormirse o recordara algún momento limpio y sentimental de su vida que, desde luego, nunca había podido tener—, aquella cabeza sin una sola partícula superflua alzada contra la pared cubierta de retratos y carteles, me dejaba hablar y comentaba redondeando la boca: —Porque usted, naturalmente, se arruinó dando el Hamlet—. O también: —Sí, ya sabemos. Se ha sacrificado siempre por el arte y si no fuera por su enloquecido amor por Hamlet...

Y yo me pasé todo ese montón de años aguantando tanta miserable gente, autores y actores y actrices y dueños de teatro y críticos de los diarios y la familia, los amigos y los amantes de todos ellos, todo ese tiempo perdiendo y ganando un dinero que Dios y yo sabíamos que era necesario que volviera a perder en la próxima temporada, con aquella gota de agua en la cabeza pelada, aquel puño en las costillas,

41

aquel trago agridulce, aquella burla no comprendida del todo de Blanes:

—Sí, claro. Las locuras a que lo ha llevado su desmedido amor por Hamlet...

Si la primera vez le hubiera preguntado por el sentido de aquello, si le hubiera confesado que sabía tanto del Hamlet como de conocer el dinero que puede dar una comedia desde su primera lectura, se habría acabado el chiste. Pero tuve miedo a la multitud de bromas no nacidas que haría saltar mi pregunta y sólo hice una mueca y lo mandé a paseo. Y así fue que pude vivir los veinte años sin saber qué era el Hamlet, sin haberlo leído, pero sabiendo, por la intención que veía en la cara y el balanceo de la cabeza de Blanes, que el Hamlet era el arte, el arte puro, el gran arte, y sabiendo también, porque me fui empapando de eso sin darme cuenta, que era además un actor o una actriz, en este caso siempre una actriz con caderas ridículas, vestido de negro con ropas ajustadas, una calavera, un cementerio, un duelo, una venganza, una muchachita que se ahoga. Y, también, W. Shakespeare.

Por eso, cuando ahora, sólo ahora, con una peluca rubia peinada al medio que prefiero no sacarme para dormir, una dentadura que nunca logró venirme bien del todo y que me hace silbar y hablar con mimo, me encontré en la biblioteca de este asilo para gente de teatro arruinada al que dan un nombre más presentable, aquel libro tan pequeño encuadernado en azul oscuro donde había unas hundidas letras doradas que decían *Hamlet,* me senté en un sillón sin abrir el libro, resuelto a no abrir nunca el libro y a no leer una sola línea, pensando en Blanes, en que así me vengaba de su broma, y en la noche en que Blanes fue a encontrarme en el hotel de alguna capital de provincia, y, después de dejarme hablar, fumando y mirando el techo y la gente que entraba en el salón, hizo sobresalir los labios para decirme, delante de la pobre loca:

—Y pensar... Un tipo como usted que se arruinó por el Hamlet.

Lo había citado en el hotel para que se hiciera cargo de un personaje en un rápido disparate que se llamaba, me parece, *Sueño realizado*. En el reparto de la locura aquella había un galán sin nombre y este galán sólo podía hacerlo Blanes porque cuando la mujer vino a verme no quedábamos allí más que él y yo; el resto de la compañía pudo escapar a Buenos Aires.

La mujer había estado en el hotel a mediodía y como yo estaba durmiendo, había vuelto a la hora que era, para ella y todo el mundo en aquella provincia caliente, la del fin de la siesta y en la que yo estaba en el lugar más fresco del comedor comiendo una milanesa redonda y tomando vino blanco, lo único bueno que podía tomarse allí. No voy a decir que a la primera mirada —cuando se detuvo en el halo de calor en la puerta encortinada, dilatando los ojos en la sombra del comedor, y el mozo le señaló mi mesa y en seguida ella empezó a andar en línea recta hacia mí con remolinos de la pollera— yo adiviné lo que había adentro de la mujer ni aquella cosa como una cinta blanduzca y fofa de locura, que había ido desenvolviendo, arrancando con suaves tirones, como si fuese una venda pegada a una herida, de sus años pasados, solitarios, para venir a fajarme con ella, como a una momia, a mí y a algunos de los días pasados en aquel sitio aburrido, tan abrumado de gente gorda y mal vestida. Pero había, sí, algo en la sonrisa de la mujer que me ponía nervioso, y me era imposible sostener los ojos en sus pequeños dientes irregulares exhibidos como los de un niño que duerme y respira con la boca abierta. Tenía el pelo casi gris peinado en trenzas enroscadas y su vestido correspondía a una vieja moda; pero no era el que se hubiera puesto una señora en los tiempos en que fue inventado, sino, también esto, el que hubiera usado entonces una adolescente. Tenía una pollera hasta los zapatos, de aquellos que llaman botas o botines, larga, oscura, que se iba abriendo cuando ella caminaba y se encogía y volvía a temblar al paso inmediato. La blusa tenía encajes y era ajustada, con un gran camafeo entre los senos agudos de muchacha, y la blusa y la pollera se unían y estaban divididas por una rosa en la cintura, tal vez artificial ahora que pienso, una flor de corola grande y cabeza baja, con el tallo erizado amenazando el estómago.

La mujer tendría alrededor de cincuenta años y lo que no podía olvidarse en ella, lo que siento ahora cuando la recuerdo caminar hasta mí en el comedor del hotel, era aquel aire de jovencita de otro siglo que hubiera quedado dormida y despertara ahora un poco despeinada, apenas envejecida pero a punto de alcanzar su edad en cualquier momento, de golpe, y quebrarse allí en silencio, desmoronarse roída por el trabajo sigiloso de los días. Y la sonrisa era mala de mirar porque uno pensaba que frente a la ignorancia que mostraba la mujer del peligro de envejecimiento y muerte repentina en cuyos bordes estaba, aquella sonrisa sabía, o, por lo menos, los descubiertos dientecillos presentían, el repugnante fracaso que los amenazaba.

Todo aquello estaba ahora de pie en la penumbra del comedor y torpemente puse los cubiertos al lado del plato y me levanté. "¿Usted es el señor Langman, el empresario de teatro?" Incliné la cabeza sonriendo y la invité a sentarse. No quiso tomar nada; separados por la mesa le miré con disimulo la boca con su forma intacta y su poca pintura, allí justamente en el centro donde la voz, un poco española, había canturreado al deslizarse entre los filos desparejos de la dentadura. De los ojos, pequeños y quietos, esforzados en agrandarse, no pude sacar nada. Había que esperar que hablara y, pensé, cualquier forma de mujer y de existencia que evocaran sus palabras iban a quedar bien con su curioso aspecto y el curioso aspecto iba a desvanecerse.

—Quería verlo por una representación —dijo—. Quiero decir que tengo una obra de teatro...

Todo indicaba que iba a seguir, pero se detuvo y esperó mi respuesta; me entregó la palabra con un silencio irresistible, sonriendo. Esperaba tranquila, las manos entrelazadas en la falda. Aparté el plato con la milanesa a medio comer y pedí café. Le ofrecí cigarrillos y ella movió la cabeza, alargó un poco la sonrisa, lo que quería decir que no fumaba. Encendí el mío y empecé a hablarle, buscando sacármela de encima sin violencias, pero pronto y para siempre, aunque con un estilo cauteloso que me era impuesto no sé por qué.

—Señora, es una verdadera lástima... Usted nunca ha estrenado, ¿verdad? Claro. ¿Y cómo se llama su obra?

—No, no tiene nombre —contestó—. Es tan difícil de explicar... No es lo que usted piensa. Claro, se le puede poner un título. Se le puede llamar *El sueño, El sueño realizado. Un sueño realizado.*

Comprendí, ya sin dudas, que estaba loca y me sentí más cómodo.

—Bien. *Un sueño realizado,* no está mal el nombre. Es muy importante el nombre. Siempre he tenido interés, digamos personal, desinteresado en otro sentido, en ayudar a los que empiezan. Dar nuevos valores al teatro nacional. Aunque es innecesario decirle que no son agradecimientos los que se cosechan, señora. Hay muchos que me deben a mí el primer paso, señora, muchos que hoy cobran derechos increíbles en la calle Corrientes y se llevan los premios anuales. Ya no se acuerdan de cuando venían casi a suplicarme...

Hasta el mozo del comedor podía comprender, desde el rincón junto a la heladera donde se espantaba las moscas y el calor con la servilleta, que a aquel bicho raro no le importaba ni una sílaba de lo que yo decía. Le eché una mirada con un solo ojo, desde el calor del pocillo de café, y le dije:

—En fin, señora. Usted debe saber que la temporada aquí ha sido un fracaso. Hemos tenido que interrumpirla y me he quedado sólo por algunos asuntos personales. Pero ya la semana que viene me iré yo también a Buenos Aires. Me he equivocado una vez más, qué hemos de hacer. Este ambiente no está preparado, y a pesar de que me resigné a hacer la temporada con sainetes y cosas así..., ya ve cómo me ha ido. De manera que... Ahora, que podemos hacer una cosa, señora. Si usted puede facilitarme una copia de su obra yo veré si en Buenos Aires... ¿Son tres actos?

Tuvo que contestar, pero sólo porque yo, devolviéndole el juego, me callé y había quedado inclinado hacia ella, rascando con la punta del cigarrillo en el cenicero. Parpadeó:

—¿Qué?

—Su obra, señora. *Un sueño realizado.* ¿Tres actos?

—No, no son actos.

—O cuadros. Se extiende ahora la costumbre de...

—No tengo ninguna copia. No es una cosa que yo haya escrito —seguía diciéndome ella. Era el momento de escapar.

—Le dejaré mi dirección de Buenos Aires y cuando usted la tenga escrita...

Vi que se iba encogiendo, encorvando el cuerpo; pero la cabeza se levantó con la sonrisa fija. Esperé, seguro de que iba a irse; pero un instante después ella hizo un movimiento con la mano frente a la cara y siguió hablando.

—No, es todo distinto a lo que piensa. Es un momento, una escena se puede decir, y allí no pasa nada, como si nosotros representáramos esta escena en el comedor y yo me fuera y ya no pasara nada más. No —contestó—, no es cuestión de argumentos, hay algunas personas en una calle y las casas y dos automóviles que pasan. Allí estoy yo y un hombre y una mujer cualquiera que sale de un negocio de enfrente y le da un vaso de cerveza. No hay más personas, nosotros tres. El hombre cruza la calle hasta donde sale la mujer de su puerta y con la jarra de cerveza y después vuelve a cruzar y se sienta junto a la misma mesa, cerca mío, donde estaba al principio.

Se calló un momento y ya la sonrisa no era para mí ni para el armario con mantelería que se entreabría en la pared del comedor; después concluyó:

—¿Comprende?

Pude escaparme porque recordé el término teatro intimista y le hablé de eso y de la imposibilidad de hacer arte puro en estos ambientes y que nadie iría al teatro para ver eso y que, acaso sólo, en toda la provincia, yo podría comprender la calidad de aquella obra y el sentido de los movimientos y el símbolo de los automóviles y la mujer que ofrece un "bock" de cerveza al hombre que cruza la calle y vuelve junto a ella, junto a usted, señora.

Ella me miró y tenía en la cara algo parecido a lo que había en la de Blanes cuando se veía en la necesidad de pedirme dinero y me hablaba de Hamlet: un poco de lástima y todo el resto de burla y antipatía.

—No es nada eso, señor Langman —me dijo—. Es algo que yo quiero ver y que no lo vea nadie más, nada de público. Yo y los actores, nada más. Quiero verlo una vez, pero que esa vez sea tal como yo se lo voy a decir y hay que hacer lo que yo diga y nada más. ¿Sí? Entonces usted, haga el favor, me dice cuánto dinero vamos a gastar para hacerlo y yo se lo doy.

Ya no servía hablar de teatro intimista ni de ninguna de esas cosas, allí, frente a frente con la mujer loca que abrió la cartera y sacó dos billetes de cincuenta pesos —"con esto contrata a los actores y atiende los primeros gastos y después me dice cuánto más necesita"—. Yo, que tenía hambre de plata, que no podía moverme de aquel máldito agujero hasta que alguno de Buenos Aires contestara a mis cartas y me hiciera llegar unos pesos. Así que le mostré la mejor de mis sonrisas y cabeceé varias veces mientras me guardaba el dinero en cuatro dobleces en el bolsillo del chaleco.

—Perfectamente, señora. Me parece que comprendo la clase de cosa que usted... —Mientras hablaba no quería mirarla porque estaba pensando en Blanes y porque no me gustaba encontrarme con la expresión humillante de Blanes también en la cara de la mujer—. Dedicaré la tarde a este asunto y si podemos vernos... ¿Esta noche? Perfectamente, aquí mismo; ya tendremos al primer actor y usted podrá explicarnos claramente esa escena y nos pondremos de acuerdo para que *Sueño, Un sueño realizado*...

Acaso fuera simplemente porque estaba loca; pero podía ser también que ella comprendiera, como lo comprendía yo, que no me era posible robarle los cien pesos y por eso no quiso pedirme recibo, no pensó siquiera en ello y se fue luego de darme la mano, con un cuarto de vuelta de la pollera en sentido inverso a cada paso, saliendo erguida de la media luz del comedor para ir a meterse en el calor de la calle como volviendo a la temperatura de la siesta que había durado un montón de años y donde había conservado aquella juventud impura que estaba siempre a punto de deshacerse podrida.

Pude dar con Blanes en una pieza desordenada y oscura, con paredes de ladrillos mal cubiertos, detrás de plantas, esteras verdes, detrás del calor húmedo del atardecer. Los cien pesos seguían en el bolsillo de mi chaleco y hasta no conseguir que me ayudara a dar a la mujer loca lo que ella pedía a cambio de su dinero, no me era posible gastar un centavo. Lo hice despertar y esperé con paciencia que se bañara, se afeitara, volviera a acostarse, se levantara nuevamente para tomar un vaso de leche —lo que significaba que había estado borracho el día anterior— y otra vez en la cama encendiera un cigarrillo; porque se negó a escucharme antes y todavía entonces, cuando arrimé aquellos restos de sillón de tocador en que estaba sentado y me incliné con aire grave para hacerle la propuesta, me detuvo diciendo:

—¡Pero mire un poco ese techo!

Era un techo de tejas, con dos o tres vigas verdosas y unas hojas de caña de la India que venían de no sé dónde, largas y resecas. Miré el techo un poco y no hizo más que reírse y mover la cabeza.

—Bueno. Dele —dijo después.

Le expliqué lo que era y Blanes me interrumpía a cada momento, riéndose, diciendo que todo era mentira mía, que era alguno que para burlarse me había mandado la mujer. Después me volvió a preguntar qué era aquello y no tuve más remedio que liquidar la cuestión ofreciéndole la mitad de lo que pagara la mujer una vez deducidos los gastos y le contesté que, en verdad, no sabía lo que era ni de qué se trataba ni qué demonios quería de nosotros aquella mujer; pero que ya me había dado cincuenta pesos y que eso significaba que podíamos irnos a Buenos Aires o irme yo, por lo menos, si él quería seguir durmiendo allí. Se rio y al rato se puso serio; y de los cincuenta pesos que le dije haber conseguido adelantados quiso veinte en seguida. Así que tuve que darle diez, de lo que me arrepentí muy pronto porque aquella noche cuando vino al comedor del hotel ya estaba borracho y sonreía torciendo un poco la boca y con la cabeza inclinada sobre el platito de hielo empezó a decir:

—Usted no escarmienta. El mecenas de la calle Corrientes y toda calle del mundo donde una ráfaga de arte... Un hombre que se arruinó cien veces por el Hamlet va a jugarse desinteresadamente por un genio ignorado y con corsé.

Pero cuando vino ella, cuando la mujer salió de mis espaldas vestida totalmente de negro, con velo, un paraguas diminuto colgando de la muñeca y un reloj con cadena al cuello, y me saludó y extendió la mano a Blanes con la sonrisa aquella un poco apaciguada en la luz artificial, él dejó de molestarme y sólo dijo:

—En fin, señora; los dioses la han guiado hasta Langman. Un hombre que ha sacrificado cientos de millones por dar correctamente el Hamlet.

Entonces pareció que ella se burlaba mirando un poco

a uno y un poco a otro; después se puso grave y dijo que tenía prisa, que nos explicaría el asunto de manera que no quedara lugar para la más chica duda y que volvería solamente cuando todo estuviera pronto. Bajo la luz suave y limpia, la cara de la mujer y también lo que brillaba en su cuerpo, zonas del vestido, las uñas en la mano sin guante, el mango del paraguas, el reloj con su cadena, parecían volver a ser ellos mismos, liberados de la tortura del día luminoso; y yo tomé de inmediato una relativa confianza y en toda la noche no volví a pensar que ella estaba loca, olvidé que había algo con olor a estafa en todo aquello y una sensación de negocio normal y frecuente pudo dejarme enteramente tranquilo. Aunque yo no tenía que molestarme por nada, ya que estaba allí Blanes, correcto, bebiendo siempre, conversando con ella como si se hubieran encontrado ya dos o tres veces, ofreciéndole un vaso de whisky, que ella cambió por una taza de tilo. De modo que lo que tenía que contarme a mí se lo fue diciendo a él y yo no quise oponerme porque Blanes era el primer actor y cuanto más llegara a entender de la obra mejor saldrían las cosas. Lo que la mujer quería que representáramos para ella era esto (a Blanes se lo dijo con otra voz y aunque no lo mirara, aunque al hablar de eso bajaba los ojos, yo sentía que lo contaba ahora de un modo personal, como si confesara alguna cosa cualquiera íntima de su vida y que a mí me lo había dicho como el que cuenta esa misma cosa en una oficina, por ejemplo, para pedir un pasaporte o cosa así):

—En la escena hay casas y aceras, pero todo confuso, como si se tratara de una ciudad y hubieran amontonado todo eso para dar impresión de una gran ciudad. Yo salgo, la mujer que voy a representar yo sale de una casa y se sienta en el cordón de la acera, junto a una mesa verde. Junto a la mesa está sentado un hombre en un banco de cocina. Ese es el personaje suyo. Tiene puesta una tricota y una gorra. En la acera de enfrente hay una verdulería con cajones de tomates en la puerta. Entonces aparece un automóvil que cruza la escena y el hombre, usted, se levanta para atravesar la calle y yo me asusto pensando que el coche lo atropella. Pero usted pasa antes que el vehículo y llega a la acera de enfrente en el momento que sale una mujer vestida con traje de paseo y un vaso de cerveza en la mano. Usted lo toma de un trago y vuelve en seguida que pasa un automóvil, ahora de abajo para arriba, a toda velocidad; y usted vuelve a pasar con el tiempo justo y se sienta en el banco de cocina. Entretanto yo estoy acostada en la acera, como si fuera una chica. Y usted se inclina un poco para acariciarme la cabeza.

La cosa era fácil de hacer pero le dije que el inconveniente estaba, ahora que lo pensaba mejor, en aquel tercer personaje, en aquella mujer que salía de su casa a paseo con el vaso de cerveza.

—Jarro —me dijo ella—. Es un jarro de barro con asa y tapa.

Entonces Blanes asintió con la cabeza y le dijo:

—Claro, con algún dibujo, además, pintado.

Ella dijo que sí y parecía que aquella cosa dicha por Blanes la había dejado muy contenta, feliz, con esa cara de felicidad que sólo una mujer puede tener y que me da ganas de cerrar los ojos para no verla cuando se me presenta, como si la buena educación ordenara hacer eso. Volvimos a hablar de la otra mujer y Blanes terminó por estirar una mano diciendo que ya tenía lo que necesitaba, y que no nos preocupáramos más. Tuve que pensar que la locura de la loca era contagiosa, porque cuando le pregunté a Blanes con qué actriz contaba para aquel papel me dijo que con la Rivas y aunque yo no conocía a ninguna con ese nombre no quise decir nada porque Blanes me estaba mirando furioso. Así que todo quedó arreglado, lo arreglaron ellos dos y yo no tuve que pensar para nada en la escena; me fui en seguida a buscar al dueño del teatro y lo alquilé por dos días pagando el precio de uno, pero dándole mi palabra de que no entraría nadie más que los actores.

Al día siguiente conseguí un hombre que entendía de instalaciones eléctricas y por un jornal de seis pesos me ayudó también a mover y repintar un poco los bastidores. A la noche, después de trabajar cerca de quince horas, todo estuvo pronto y sudando y en mangas de camisa me puse a comer sandwiches con cerveza mientras oía sin hacer caso historias de pueblo que el hombre me contaba. El hombre hizo una pausa y después dijo:

—Hoy vi a su amigo bien acompañado. Esta tarde; con aquella señora que estuvo en el hotel anoche con ustedes. Aquí todo se sabe. Ella no es de aquí; dicen que viene en los veranos. No me gusta meterme, pero los vi entrar en un hotel. Sí, qué gracia; es cierto que usted también vive en un hotel. Pero el hotel donde entraron esta tarde era distinto... De esos, ¿eh?

Cuando al rato llegó Blanes le dije que lo único que faltaba era la famosa actriz Rivas y arreglar el asunto de los automóviles, porque sólo se había podido conseguir uno, que era del hombre que me había estado ayudando y lo alquilaría por unos pesos, además de manejarlo él mismo. Pero yo tenía mi idea para solucionar aquello, porque como el coche era un cascajo con capota, bastaba hacer que pasara primero con la capota baja y después alzada o al revés. Blanes no me contestó nada porque estaba completamente borracho, sin que me fuera posible adivinar de dónde había sacado dinero. Después se me ocurrió que acaso hubiera tenido el cinismo de recibir directamente dinero de la pobre mujer. Esta idea me envenenó y seguía comiendo los sandwiches en silencio mientras él, borracho y canturreando, recorría el escenario, se iba colocando en posiciones de fotógrafo, de espía, de boxeador, de jugador de rugby, sin dejar de canturrear, con el sombrero caído sobre la nuca y mirando a todos lados, desde todos los lados, rebuscando vaya a saber el diablo qué cosa. Como a cada momento me convencía más de que se había emborrachado con dinero robado, casi, a aquella pobre mujer enferma, no quería hablarle y cuando acabé de comer los sandwiches mandé al hombre que me trajera media docena más y una botella de cerveza.

A todo esto Blanes se había cansado de hacer piruetas; la borrachera indecente que tenía le dio por el lado sentimental y vino a sentarse cerca de donde yo estaba, en un cajón, con las manos en los bolsillos del pantalón y el sombrero en las rodillas, mirando con ojos turbios, sin moverlos, hacia la escena. Pasamos un tiempo sin hablar y pude ver que estaba envejeciendo y el cabello rubio lo tenía descolorido y escaso. No le quedaban muchos años para seguir haciendo el galán ni para llevar señoras a los hoteles, ni para nada.

—Yo tampoco perdí el tiempo —dijo de golpe.

—Sí, me lo imagino —contesté sin interés.

Sonrió, se puso serio, se encajó el sombrero y volvió a levantarse. Me siguió hablando mientras iba y venía, como me había visto hacer tantas veces en el despacho, todo lleno de fotos dedicadas, dictando una carta a la muchacha.

—Anduve averiguando de la mujer —dijo—. Parece que la familia o ella misma tuvo dinero y después ella tuvo que trabajar de maestra. Pero nadie, ¿eh?, nadie dice que esté loca. Que siempre fue un poco rara, sí. Pero no loca. No sé por qué le vengo a hablar a usted, oh padre adoptivo del triste Hamlet, con la trompa untada de manteca de sandwich... Hablarle de esto.

—Por lo menos —le dije tranquilamente—, no me meto a espiar en vidas ajenas. Ni a dármelas de conquistador con mujeres un poco raras —me limpié la boca con el pañuelo y me di vuelta para mirarlo con cara aburrida—, y tampoco me emborracho vaya a saber con qué dinero.

El se estuvo con las manos en los riñones, de pie, mirándome a su vez, pensativo, y seguía diciéndome cosas desagradables, pero cualquiera se daba cuenta que estaba pensando en la mujer y que no me insultaba de corazón, sino para hacer algo mientras pensaba, algo que evitara que yo me diera cuenta que estaba pensando en aquella mujer. Volvió hacia mí, se agachó y se alzó en seguida con la botella de cerveza y se fue tomando lo que quedaba sin apurarse, con la boca fija al gollete, hasta vaciarla. Dio otros pasos por el escenario y se sentó nuevamente, con la botella entre los pies y cubriéndola con las manos.

—Pero yo le hablé y me estuvo diciendo —dijo—. Quería saber qué era todo esto. Porque no sé si usted comprende que no se trata sólo de meterse la plata en el bolsillo. Yo le pregunté qué era esto que íbamos a representar y entonces supe que estaba loca. ¿Le interesa saber? Todo es un sueño que tuvo, ¿entiende? Pero la mayor locura está en que ella dice que ese sueño no tiene ningún significado para ella, que no conoce al hombre que estaba sentado con la tricota azul, ni a la mujer de la jarra, ni vivió tampoco en una calle parecida a este ridículo mamarracho que hizo usted. ¿Y por qué, entonces? Dice que mientras dormía y soñaba eso era feliz, pero no es feliz la palabra sino otra clase de cosa. Así que quiere verlo todo nuevamente. Y aunque es una locura tiene su cosa razonable. Y también me gusta que no haya ninguna vulgaridad de amor en todo esto.

Cuando nos fuimos a acostar, a cada momento se entreparaba en la calle —había un cielo azul y mucho calor— para agarrarme de los hombros y las solapas y preguntarme si yo entendía, no sé qué cosa, algo que él no debía entender tampoco muy bien, porque nunca acababa de explicarlo.

La mujer llegó al teatro a las diez en punto y traía el mismo traje negro de la otra noche, con la cadena y el reloj, lo que me pareció mal para aquella calle de barrio pobre que había en escena y para tirarse en el cordón de la acera mientras Blanes le acariciaba el pelo. Pero tanto daba: el teatro estaba vacío; no estaba en la platea más que Blanes, siempre borracho, fumando, vestido con una tricota azul y una gorra gris doblada sobre una oreja. Había venido temprano acompañado de una muchacha, que era quien tenía que asomar en la puerta de al lado de la verdulería a darle su jarrita de cerveza; una muchacha que no encajaba, ella tampoco, en el tipo del personaje, el tipo que me imaginaba yo, claro, porque sepa el diablo cómo era en realidad; una triste y flaca muchacha, mal vesttida y pintada que Blanes se había traído de cualquier cafetín, sacándola de andar en la calle por una noche y empleando un cuento absurdo para traerla, era indudable, porque ella se puso a andar con aires de primera actriz y al verla estirar el brazo con la jarrita de cerveza daban ganas de llorar o de echarla a empujones. La otra, la loca, vestida de negro, en cuanto llegó se estuvo un rato mirando el escenario con las manos juntas frente al cuerpo y me pareció que era enormemente alta, mucho más alta y flaca de lo que yo había creído hasta entonces. Después, sin decir palabra a nadie, teniendo siempre, aunque más débil, aquella sonrisa de enfermo que me erizaba los nervios, cruzó la escena y se escondió detrás del bastidor por donde debía salir. La había seguido con los ojos, no sé por qué mi mirada tomó exactamente la forma de su cuerpo alargado vestido de negro y apretada a él, ciñéndolo, lo acompañó hasta que el borde del telón separó la mirada del cuerpo.

Ahora era yo quien estaba en el centro del escenario y como todo estaba en orden y habían pasado ya las diez, levanté los codos para avisar con una palmada a los actores. Pero fue entonces que, sin que yo me diera cuenta de lo que pasaba por completo, empecé a saber cosas y qué era aquello en que estábamos metidos, aunque nunca pude decirlo, tal como se sabe el alma de una persona y no sirven las palabras para explicarlo. Preferí llamarlos por señas y cuando vi que Blanes y la muchacha que había traído se pusieron en movimiento para ocupar sus lugares, me escabullí detrás de los telones, donde ya estaba el hombre sentado al volante de su coche viejo que empezó a sacudirse con un ruido tolerable. Desde allí, trepado en un cajón, buscando esconderme porque yo nada tenía que ver en el disparate que iba a empezar, vi cómo ella salía de la puerta de la casucha, moviendo el cuerpo como una muchacha —el pelo, espeso y casi gris, suelto a la espalda, anudado sobre los omóplatos con una cinta clara—, daba unos largos pasos que eran, sin duda, de la muchacha que acababa de preparar la mesa y se asoma un momento a la calle para ver caer la tarde y estarse quieta sin pensar en nada; vi cómo se sentaba cerca del banco de Blanes y sostenía la cabeza con una mano, afirmando el codo en las rodillas, dejando descansar las yemas sobre los labios entreabiertos y la cara vuelta hacia un sitio lejano que estaba más allá de mí mismo, más allá también de la pared que yo tenía a la espalda. Vi como Blanes se levantaba para cruzar la calle y lo hacía matemáticamente antes que el automóvil que pasó echando humo con su capota alta y desapareció en seguida. Vi cómo el brazo de Blanes y el de la mujer que vivía en la casa de enfrente se unían por medio de la jarrita de cerveza y cómo el hombre bebía de un trago y dejaba el recipiente en la mano de la mujer que se hundía nuevamente, lenta y sin ruido, en su portal. Vi, otra vez, al hombre de la tricota azul cruzar la calle un instante antes de que pasara un rápido automóvil de capota baja que terminó su carrera junto a mí, apagando en seguida su motor, y, mientras se desgarraba el humo azuloso de la máquina, divisé a la muchacha del cordón de la acera que bostezaba y terminaba por echarse a lo largo en las baldosas, la cabeza sobre un brazo que escondía el pelo, y una pierna encogida. El hombre de la tricota y la gorra se inclinó entonces y acarició la cabeza de la muchacha, comenzó a acariciarla y la mano iba y venía, se enredaba en el pelo, estiraba la palma por la frente, apretaba la cinta clara del peinado, volvía a repetir sus caricias.

Bajé del banco, suspirando más tranquilo, y avancé en puntas de pie por el escenario. El hombre del automóvil me siguió, sonriendo intimidado, y la muchacha flaca que se había traído Blanes volvió a salir de su zaguán para unirse a nosotros. Me hizo una pregunta, una pregunta corta, una sola palabra sobre aquello y yo contesté sin dejar de mirar a Blanes y a la mujer echada; la mano de Blanes, que seguía acariciando la frente y la cabellera desparramada de la mujer, sin cansarse, sin darse cuenta de que la escena había concluido y que aquella última cosa, la caricia en el pelo de la mujer, no podía continuar siempre. Con el cuerpo inclinado, Blanes acariciaba la cabeza de la mujer, alargaba el brazo para recorrer con los dedos la extensión de la cabellera gris desde la frente hasta los bordes que se abrían sobre el hombro y la espalda de la mujer acostada en el piso. El hombre del automóvil seguía sonriendo, tosió y escupió a un lado. La muchacha que había dado el jarro de cerveza a Blanes empezó a caminar hacia el sitio donde estaban la mujer y el hombre inclinado, acariciándola. Entonces me di vuelta y le dije al dueño del automóvil que podía ir sacándolo, así nos íbamos temprano, y caminé junto a él, metiendo la mano en el bolsillo para darle unos pesos. Algo extraño estaba sucediendo a mi derecha, donde estaban los otros, y cuando quise pensar en eso tropecé con Blanes que se había quitado la gorra y tenía un olor desagradable a bebida y me dio una trompada en las costillas, gritando:

—¡No se da cuenta que está muerta, pedazo de bestia!

Me quedé solo, encogido por el golpe, y mientras Blanes iba y venía por el escenario, borracho, como enloquecido, y la muchacha del jarro de cerveza y el hombre del automóvil se doblaban sobre la mujer muerta, comprendí qué era aquello, qué era lo que buscaba la mujer, lo que había estado buscando Blanes borracho la noche anterior en el escenario y parecía buscar todavía, yendo y viniendo con sus prisas de loco: lo comprendí todo claramente como si fuera una de esas cosas que se aprenden para siempre desde niño y no sirven después las palabras para explicar.

BIENVENIDO, BOB

a H. A. T.

Es seguro que cada día estará más viejo, más lejos del tiempo en que se llamaba Bob, del pelo rubio colgando en la sien, la sonrisa y los lustrosos ojos de cuando entraba silencioso en la sala, murmurando un saludo o moviendo un poco la mano cerca de la oreja, e iba a sentarse bajo la lámpara, cerca del piano, con un libro o simplemente quieto y aparte, abstraído, mirándonos durante una hora sin un gesto en la cara, moviendo de vez en cuando los dedos para manejar el cigarrillo y limpiar de ceniza la solapa de sus trajes claros.

Igualmente lejos —ahora que se llama Roberto y se emborracha con cualquier cosa, protegiéndose la boca con la mano sucia cuando tose— del Bob que tomaba cerveza, dos vasos solamente en la más larga de las noches, con una pila de monedas de diez sobre su mesa de la cantina del club, para gastar en la máquina de discos. Casi siempre solo, escuchando jazz, la cara soñolienta, dichosa y pálida, moviendo apenas la cabeza para saludarme cuando yo pasaba, siguiéndome con los ojos tanto tiempo como yo me quedara, tanto tiempo como me fuera posible soportar su mirada azul dete-

59

nida incansablemente en mí, manteniendo sin esfuerzo el intenso desprecio y la burla, más suave. También con algún otro muchacho, los sábados, alguno tan rabiosamente joven como él, con quien conversaba de solos, trompas y coros y de la infinita ciudad que Bob construiría sobre la costa cuando fuera arquitecto. Se interrumpía al verme pasar para hacerme el breve saludo y no sacar ya los ojos de mi cara, resbalando palabras apagadas y sonrisas por una punta de la boca hacia el compañero que terminaba siempre por mirarme y duplicar en silencio el desprecio y la burla.

A veces me sentía fuerte y trataba de mirarlo; apoyaba la cara en una mano y fumaba encima de mi copa mirándolo sin pestañear, sin apartar la atención de mi rostro que debía sostenerse frío, un poco melancólico. En aquel tiempo Bob era muy parecido a Inés; podía ver algo de ella en su cara a través del salón del club, y acaso alguna noche lo haya mirado como la miraba a ella. Pero casi siempre prefería olvidar los ojos de Bob y me sentaba de espaldas a él y miraba las bocas de los que hablaban en mi mesa, a veces callado y triste para que él supiera que había en mí algo más que aquello por lo que me había juzgado, algo próximo a él; a veces me ayudaba con unas copas y pensaba "querido Bob, andá a contárselo a tu hermanita", mientras acariciaba las manos de las muchachas que estaban sentadas a mi mesa o estiraba una teoría cínica sobre cualquier cosa, para que ellas rieran y Bob lo oyera.

Pero ni la actitud ni la mirada de Bob mostraban ninguna alteración en aquel tiempo, hiciera yo lo que hiciera. Sólo recuerdo esto como prueba de que él anotaba mis comedias en la cantina. Una noche, en su casa, estaba esperando a Inés en la sala, junto al piano, cuando entró él. Tenía un impermeable cerrado hasta el cuello, las manos en los bolsillos. Me saludó moviendo la cabeza, miró alrededor en seguida y avanzó en la habitación como si me hubiera suprimido con la rápida cabezada; lo vi moverse dando vueltas junto a la mesa, sobre la alfombra, andando sobre ella con sus amarillos zapatos de goma. Tocó una flor con un dedo, se sentó en el borde de la mesa y se puso a fumar mirando el florero, el sereno perfil puesto hacia mí, un poco inclinado, flojo y pensativo. Imprudentemente —yo estaba de pie recostado en el piano— empujé con mi mano izquierda una tecla grave y quedé ya obligado a repetir el sonido cada tres segundos, mirándolo.

Yo no tenía por él más que odio y un vergonzante respeto, y seguí hundiendo la tecla, clavándola con una cobarde ferocidad en el silencio de la casa, hasta que repentinamente quedé situado afuera, observando la escena como si estuviera en lo alto de la escalera o en la puerta, viéndolo y sintiéndolo a él, Bob, silencioso y ausente junto al hilo de humo de su cigarrillo que subía temblando; sintiéndome a mí, alto y rígido, un poco patético, un poco ridículo en la penumbra, golpeando cada tres exactos segundos la tecla grave con mi índice. Pensé entonces que no estaba haciendo sonar el piano por una incomprensible bravata, sino que lo estaba llamando; que la profunda nota que tenazmente hacía renacer mi dedo en el borde de cada última vibración era, al fin encontrada, la única palabra pordiosera con que podía pedir tolerancia y comprensión a su juventud implacable. El continuó inmóvil hasta que Inés golpeó arriba la puerta del dormitorio antes de bajar a juntarse conmigo. Entonces Bob se enderezó y vino caminando con pereza hasta el otro extremo del piano, apoyó un codo, me miró un momento y después dijo con una hermosa sonrisa: "¿Esta noche es una noche de leche o de whisky? ¿Impetu de salvación o salto en el abismo?"

No podía contestarle nada, no podía deshacerle la cara de un golpe; dejé de tocar la tecla y fui retirando lentamente la mano del piano. Inés estaba en mitad de la escalera cuando él me dijo, mientras se apartaba: "Bueno, puede ser que usted improvise".

El duelo duró tres o cuatro meses, y yo no podía dejar de ir por las noches al club —recuerdo, de paso, que había campeonato de tenis por aquel tiempo— porque cuando me estaba algún tiempo sin aparecer por allí, Bob saludaba mi regreso aumentando el desdén y la ironía en sus ojos y se acomodaba en el asiento con una mueca feliz.

Cuando llegó el momento de que yo no pudiera desear otra solución que casarme con Inés cuanto antes, Bob y su táctica cambiaron. No sé cómo supo de mi necesidad de casarme con su hermana y de cómo yo había abrazado aquella necesidad con todas las fuerzas que me quedaban. Mi amor de aquella necesidad había suprimido el pasado y toda atadura con el presente. No reparaba entonces en Bob; pero poco tiempo después hube de recordar cómo había cambiado en aquella época y alguna vez quedé inmóvil, de pie en una esquina, insultándolo entre dientes, comprendiendo que entonces su cara había dejado de ser burlona y me enfrentaba con seriedad y un intenso cálculo, como se mira un peligro o una tarea compleja, como se trata de valorar el obstáculo y medirlo con las fuerzas de uno. Pero yo no le daba ya importancia y hasta llegué a pensar que en su cara inmóvil y fija estaba naciendo la comprensión por lo fundamental mío, por un viejo pasado de limpieza que la adorada necesidad de casarme con Inés extraía de abajo de años y sucesos para acercarme a él.

Después vi que estaba esperando la noche; pero lo vi recién cuando aquella noche llegó Bob y vino a sentarse a la mesa donde yo estaba solo y despidió al mozo con una seña. Esperé un rato, mirándolo, era tan parecido a ella cuando movía las cejas; y la punta de la nariz, como a Inés, se le aplastaba un poco cuando conversaba. "Usted no se va a casar con Inés", dijo después. Lo miré, sonreí, dejé de mirarlo. "No, no se va a casar con ella porque una cosa así se puede evitar si hay alguien de veras resuelto a que no se haga." Volví a reírme. "Hace unos años —le dije— eso me hubiera

62

dado muchas ganas de casarme con Inés. Ahora no agrega ni saca. Pero puedo oírlo; si quiere explicarme..." Enderezó la cabeza y continuó mirándome en silencio; acaso tuviera prontas las frases y esperaba a que yo completara la mía para decirlas. "Si quiere explicarme por qué no quiere que yo me case con ella", pregunté lentamente y me recosté en la pared. Vi en seguida que yo no había sospechado nunca cuánto y con cuánta resolución me odiaba; tenía la cara pálida, con una sonrisa sujeta y apretada con labios y dientes. "Habría que dividirlo por capítulos —dijo—, no terminaría en la noche."

"Pero se puede decir en dos o tres palabras. Usted no se va a casar con ella porque usted es viejo y ella es joven. No sé si usted tiene treinta o cuarenta años, no importa. Pero usted es un hombre hecho, es decir, deshecho, como todos los hombres a su edad cuando no son extraordinarios." Chupó el cigarrillo apagado, miró hacia la calle y volvió a mirarme; mi cabeza estaba apoyada contra la pared y seguía esperando. "Claro que usted tiene motivos para creer en lo extraordinario suyo. Creer que ha salvado muchas cosas del naufragio. Pero no es cierto." Me puse a fumar de perfil a él; me molestaba, pero no le creía; me provocaba un tibio odio, pero yo estaba seguro de que nada me haría dudar de mí mismo después de haber conocido la necesidad de casarme con Inés. No: estábamos en la misma mesa y yo era tan limpio y tan joven como él. "Usted puede equivocarse —le dije—. Si usted quiere nombrar algo de lo que hay deshecho en mí..." "No, no —dijo rápidamente—, no soy tan niño. No entro en ese juego. Usted es egoísta; es sensual de una sucia manera. Está atado a cosas miserables y son las cosas las que lo arrastran. No va a ninguna parte, no lo desea realmente. Es eso, nada más; usted es viejo y ella es joven. Ni siquiera debo pensar en ella frente a usted. Y usted pretende..." Tampoco entonces podía yo romperle la cara, así que resolví prescindir de él, fui al aparato de música, marqué cualquier cosa y puse una moneda. Volví despacio al asiento y escuché. La música era poco fuerte; alguien cantaba dulcemente en el interior de grandes pausas. A mi lado Bob estaba diciendo que ni siquiera él, alguien como él, era digno de mirar a Inés en los ojos. Pobre chico, pensé con admiración. Estuvo diciendo que en aquello que él llamaba vejez, lo más repugnante, lo que determinaba la descomposición, o acaso lo que era símbolo de descomposición era pensar por conceptos, englobar a las mujeres en la palabra mujer, empujarlas sin cuidado para que pudieran amoldarse al concepto hecho por una pobre experiencia. Pero —decía también— tampoco la palabra experiencia era exacta. No había ya experiencias, nada más que costumbres y repeticiones, nombres marchitos para ir poniendo a las cosas y un poco crearlas. Más o menos eso estuvo diciendo. Y yo pensaba suavemente si él caería muerto o encontraría la manera de matarme, allí mismo y en seguida, si yo le contara las imágenes que removía en mí al decir que ni siquiera él merecía tocar a Inés con la punta de un dedo, el pobre chico, o besar el extremo de sus vestidos, la huella de sus pasos o cosas así. Después de una pausa —la música había terminado y el aparato apagó las luces aumentando el silencio—, Bob dijo "nada más", y se fue con el andar de siempre, seguro, ni rápido ni lento.

Si aquella noche el rostro de Inés se me mostró en las facciones de Bob, si en algún momento el fraternal parecido pudo aprovechar la trampa de un gesto para darme a Inés por Bob fue aquella, entonces, la última vez que vi a la muchacha. Es cierto que volví a estar con ella dos noches después en la entrevista habitual, y un mediodía en un encuentro impuesto por mi desesperación, inútil, sabiendo de antemano que todo recurso de palabra y presencia sería inútil, que todos mis machacantes ruegos morirían de manera asombrosa, como si ni hubieran sido nunca, disueltos en el enorme aire azul de la plaza, bajo el follaje de verde apacible en mitad de la buena estación.

Las pequeñas y rápidas partes del rostro de Inés que me había mostrado aquella noche Bob, aunque dirigidas contra mí, unidas en la agresión, participaban del entusiasmo y el candor de la muchacha. Pero cómo hablar a Inés, cómo tocarla, convencerla a través de la repentina mujer apática de las dos últimas entrevistas. Cómo reconocerla o siquiera evocarla mirando a la mujer de largo cuerpo rígido en el sillón de su casa y el banco de la plaza, de una igual rigidez resuelta y mantenida en las dos distintas horas y los dos parajes; la mujer de cuello tenso, los ojos hacia adelante, la boca muerta, las manos plantadas en el regazo. Yo la miraba y era "no", sabía que era "no" todo el aire que la estuvo rodeando.

Nunca supe cuál fue la anécdota elegida por Bob para aquello; en todo caso, estoy seguro de que no mintió, de que entonces nada —ni Inés— podía hacerlo mentir. No vi más a Inés ni tampoco a su forma vacía y endurecida; supe que se casó y que no vive ya en Buenos Aires. Por entonces, en medio del odio y el sufrimiento me gustaba imaginar a Bob imaginando mis hechos y eligiendo la cosa justa o el conjunto de cosas que fue capaz de matarme en Inés y matarla a ella para mí.

Ahora hace cerca de un año que veo a Bob casi diariamente, en el mismo café, rodeado de la misma gente. Cuando nos presentaron —hoy se llama Roberto— comprendí que el pasado no tiene tiempo y el ayer se junta allí con la fecha de diez años atrás. Algún gastado rastro de Inés había aún en su cara, y un movimiento de la boca de Bob alcanzó para que yo volviera a ver el alargado cuerpo de la muchacha, sus calmosos y desenvueltos pasos, y para que los mismos inalterados ojos azules volvieran a mirarme bajo un flojo peinado que cruzaba y sujetaba una cinta roja. Ausente y perdida para siempre, podía conservarse viviente e intacta, definitivamente inconfundible, idéntica a lo esencial suyo. Pero era trabajoso escarbar en la cara, las palabras y los gestos de Roberto para encontrar a Bob y poder odiarlo. La tarde del primer encuentro esperé durante horas a que se quedara solo o saliera para hablarle y golpearlo. Quieto y silencioso, espiando a veces su cara o evocando a Inés en las ventanas brillantes del café, compuse mañosamente las frases de insulto y encontré el paciente tono con que iba a decírselas, elegí el sitio de su cuerpo donde dar el primer golpe. Pero se fue al anochecer acompañado por los tres amigos, y resolví esperar, como había esperado él años atrás, la noche propicia en que estuviera solo.

Cuando volví a verlo, cuando iniciamos esta segunda amistad que espero no terminará ya nunca, dejé de pensar en toda forma de ataque. Quedó resuelto que no le hablaría jamás de Inés ni del pasado y que, en silencio, yo mantendría todo aquello viviente dentro de mí. Nada más que esto hago, casi todas las tardes, frente a Roberto y las caras familiares del café. Mi odio se conservará cálido y nuevo mientras pueda seguir viendo y escuchando a Roberto; nadie sabe de mi venganza, pero la vivo, gozosa y enfurecida, un día y otro. Hablo con él, sonrío, fumo, tomo café. Todo el tiempo pensando en Bob, en su pureza, su fe, en la audacia de sus pasados sueños. Pensando en el Bob que amaba la música, en el Bob que planeaba ennoblecer la vida de los hombres construyendo una ciudad de enceguecedora belleza, para cinco millones de habitantes, a lo largo de la costa del río; el Bob que no podía mentir nunca; el Bob que proclamaba la lucha de jóvenes contra viejos, el Bob dueño del futuro y del mundo. Pensando minucioso y plácido en todo eso frente al hombre de dedos sucios de tabaco llamado Roberto, que lleva una vida grotesca, trabajando en cualquier hedionda oficina, casado con una gorda mujer a quien nombra "mi señora"; el hombre que se pasa estos largos domingos hundido en el asiento del café, examinando diarios y jugando a las carreras por teléfono.

Nadie amó a mujer alguna con la fuerza con que yo amo su ruindad, su definitiva manera de estar hundido en la sucia vida de los hombres. Nadie se arrobó de amor como yo lo hago ante sus fugaces sobresaltos, los proyectos sin convicción que un destruido y lejano Bob le dicta algunas veces y que sólo sirven para que mida con exactitud hasta dónde está emporcado para siempre.

No sé si nunca en el pasado he dado la bienvenida a Inés con tanta alegría y amor como diariamente doy la bienvenida a Bob al tenebroso y maloliente mundo de los adultos. Es todavía un recién llegado y de vez en cuando sufre sus crisis de nostalgia. Lo he visto lloroso y borracho, insultándose y jurando el inminente regreso a los días de Bob. Puedo asegurar que entonces mi corazón desborda de amor y se hace sensible y cariñoso como el de una madre. En el fondo sé que no se irá nunca porque no tiene sitio adonde ir; pero me hago delicado y paciente y trato de conformarlo. Como ese puñado de tierra natal, o esas fotografías de calles y monumentos, o las canciones que gustan traer consigo los inmigrantes, voy construyendo para él planes, creencias y mañanas distintos que tienen la luz y el sabor del país de juventud de donde él llegó hace un tiempo. Y él acepta; protesta siempre para que yo redoble mis promesas, pero termina por decir que sí, acaba por muequear una sonrisa creyendo que algún día habrá de regresar al mundo y las horas de Bob y queda en paz en medio de sus treinta años, moviéndose sin disgusto ni tropiezo entre los cadáveres pavorosos de las antiguas ambiciones, las formas repulsivas de los sueños que se fueron gastando bajo la presión distraída y constante de tantos miles de pies inevitables.

NUEVE DE JULIO

Aurora habló de la historia del país fabuloso la noche en que aceptó subir tarde a la habitación de Grandi a tomar té y cruzó el gran patio de la terraza, dilatado por la luna, para rascar la persiana de la puerta. El la vio sonreír, el cuerpo encogido, y entrar con paso rápido y silencioso, arrastrando los pies con blandura, las manos escondidas bajo el abrigo y una capucha en la cabeza; cargada de misterio, de ilegalidad y de una alegría movediza mientras se mantenía de espaldas a él, en el último rito de esconderle la cara. Luego se sentó en el borde de la cama, mirando la base del cono de luz sobre sus zapatos, hablando con un tono de voz desconocido, sujeto a un innecesario susurro, la respiración veloz que la hacía mostrar el borde de los dientes en la boca oscurecida. Y aparte de lo inevitable, aparte de tener una muchacha en la noche en su habitación, Grandi no sintió ningún deseo especial por ella, ningún impulso de acercarse a tocarla, seguro además de que la muchacha estaba tan vacía como él, aquella noche y las otras.

Pero estaba rodeada y cargada con la aventura y temía al fracaso como a una herida. La falsedad la hacía equivocarse, confundir los movimientos, olvidar frases imprescindibles que él continuaba esperando muchos minutos después del momento en que debían haber sido dichas. Del incom-

69

prensible compromiso de permanecer desconocida para él, Aurora extraía gestos extraños, sonrisas de alguna mujer cualquiera, movimientos ajenos que parecían sucederse fuera de su cuerpo y que su cuerpo mostraba olvidar en seguida. Después descansó, finalmente en el último momento de la noche, con la boca abierta y torcida, sorprendentemente fea, alejándose de él con el pelo que ondulaba en la penumbra hasta la alfombra.

Todavía ahora podía recordarla peinándose ante el espejo del armario y examinando su cara; buscando en silencio, ansiosa y decepcionada una novedad cualquiera; mendigando a la imagen de muchacha con nariz larga, despintada, una minúscula huella, un pliegue o un resplandor que hubieran sido agregados y que pudiera contemplar mañana y usar como camino certero para reconstruir la noche y conocer a la mujer que había estado con Grandi.

También podía recordarla, un momento antes, aproximando su sonrisa a la luz un poco sangrienta de la estufa donde susurraba el agua para el té, en cuclillas, separando bruscamente la cara para examinarlo a él y guiñar, siempre sonriendo; pero no con la sonrisa hechizada que había aproximado a la estufa y que la aislaba junto al resplandor circular, sino con la expresión de complicidad aceptada que no se refería a la noche y lo que esta pudiera contener; que estaba más allá de la sensualidad y que unía a ambos en la inteligencia de lo inexpresable de la vida y de las variantes del destino humano.

La mirada ahora quieta, colocada en su visión inmediatamente después de la zona de aire que perturbaba la forma de las flores y trataba de evocarla —esa redonda frente que blanquea en la luz, esa oreja gruesa y firme, esa aplacada raya de la boca— junto a su cara en las noches de aquel otoño y aquel invierno. Evocaba la neblina del miedo en los ojos de la muchacha, la frase estúpida que ella balbuceó cuando forcejeaban.

Una tarde ella le dijo que deseaba no verlo más y le pidió que se mudara. Comenzó a pasar a su lado en la escalera de la pensión o en el comedor sin mirarlo, sin propósito de huirle, sin mostrar estar ocupada en la construcción de algo que sirviera para separarlos, como si ella misma se hubiera abatido repentinamente como sus manos, vacía y floja, sin nada para dar. En aquel tiempo Carlota comenzó a venir algunas noches a comer con Aurora y el padre, y Grandi se distraía comparando la cara de su amiga con el perfil rubio de la otra, que mostraba un único ojo solitario separado de la nariz recta y angélica.

Después tuvo un excesivo final de cuarenta y ocho horas, hundido en el remordimiento y el terror y en el descubrimiento del pecado. Todo junto, empujado dentro suyo con rabia y fuerza para que todo pudiese caber; una sola vez en la vida, era cierto, pero inolvidable y angustioso aún. Esa misma mano que se enlazaba ahora con la de Julio había estado contraída rodeándole un brazo mientras el taxi avanzaba interrumpido, a las once de la mañana, un 9 de Julio, entrando entre la muchedumbre que esperaba y perseguía los ómnibus, haciendo sonar una insoportable bocina entre las casas embanderadas y las gentes con escarapelas en el pecho. El iba sintiendo el retenido odio de Aurora girando en la cabeza que la muchacha apoyaba en un rincón del coche, y medía el miedo por las contracciones de los dedos en el brazo, un miedo animal ante la inminencia del martirio que la obligaba a aquel contacto, a unirse a cualquier ser vivo, Grandi inclusive; a difundir en cualquier otro su conciencia, a quebrar la soledad con las puntas de los dedos apretados contra el calor de un brazo para que el miedo no lograra colmarla.

Grandi conoció la imperdonable sonrisa y la estirada palabra de ternura en la puerta del consultorio; conoció el café hirviente bebido de un trago en el bar de la esquina, el primer telegrama de un diario de cinco centavos releído una y otra vez, con los dientes apretados, sin entenderlo. Conoció la lentitud del segundero tembloroso en la esfera amarillenta del reloj, la mirada con que estuvo lamiendo las caras de las gentes en el mostrador y a través de los vidrios del bar, suplicando una expresión cualquiera, un gesto, un defecto o una peculiaridad física capaz de distraerlo y de interponerse entre él y la rígida imagen de una mujer perniabierta entre premura, algodones y sangre. Después estuvo esperando en la esquina, apoyado en un árbol, abrumado cuando la gente lo rodeaba y perdido cuando lo abandonaban para alcanzar los coches.

Entró en una panadería y llamó por teléfono a Lankin clavando enfurecido el dedo contra el número ocupado. Regresó a la esquina y empezó a pasearse: desde el tercer árbol vio a Lankin en el balcón, inclinado, enorme, moviendo la cabeza para buscar, con la túnica abierta. Entonces estuvo seguro de que la muchacha había muerto y supo que había un castigo para la culpa; se sintió en paz repentinamente, solitario y protegido de todo daño. Subió lentamente la escalera charlando con la enfermera. La sala de espera estaba vacía.

Cuando la mujer vestida de blanco lo dejó solo, abrió la puerta del consultorio y vio a Aurora estirada en la camilla, con las piernas tapadas con el abrigo; y mientras se fue acercando, oyendo el inevitable roce de los zapatos en el linóleo, amó desesperadamente la cabeza pálida de ojos hundidos y cerrados en una grasitud azulosa, y la nariz larga, de agujeros retintos. Aurora movió la cabeza y lo miró; sonrió en seguida y él tuvo que inclinarse, estirar el brazo y acariciar el pelo de la muchacha. Lankin abrió la puerta y dijo una frase riendo. Nunca había hablado tan fuerte. Grandi se apoyó en la camilla y miró agradecido a Aurora. Después discutió con Lankin que se paseaba con un libro en la mano, mientras escuchaba las voces y las bocinas en la calle, los ruidos de la sirvienta en el comedor poniendo la mesa para el almuerzo.

De todo eso, después, nada más que alguna mirada fija de Aurora cuando venía a buscar a Carlota y tenían que esperarla juntos. "No debe haber ningún recuerdo de ella —pensó— y nos une solamente el hecho de que ella pueda mantener sus ojos inmóviles en mi cara, silenciosa, durante un tiempo; y que yo pueda medir en su rostro, en sus movimientos y en su manera de hacer las frases todo lo que se le ha ido agregando, todo lo que le fue quitado o yace en ella, sin vida, sin influencia, como la pequeña cicatriz que tenía junto al ojo izquierdo y que ha descendido ahora hacia la mejilla. Y esto basta para que ella sea otra mujer, para que no haya estado nunca desnuda conmigo distante por igual de mi recuerdo y de la muchacha de la nariz larga que comía de espaldas a la chimenea en la casa de pensión. Ella no podría imaginar ya nunca cómo ese aislado y hundido recuerdo que persiste en vivir sin alimento ha llegado a ser mi secreto y cuánta importancia tiene en medio de mi confusión cuando quiere mirarme. Más significativa que todo, está la noche en que ella se inclinó junto a la estufa y persiste el mediodía en que el taxi avanzaba lentamente hacia la casa de Lankin."

—Yo voy a pasear —dijo Lankin—. No quiero esperarlos.

Caminó dos veces, de un lado a otro de la habitación emparedado por el silencio. Se detuvo frente a Grandi y lo miró un rato.

—Voy a pasear —repitió finalmente.

Grandi movió la cabeza y lo vio abrir la puerta y salir al corredor, sin abrigo ni sombrero. "Y Alcides para agregar —pensó Grandi—; ese pobre chico. Sólo yo puedo saber con cuánto disimulo le hablé esta tarde y con qué mirada observé el cuello gastado de su camisa, la corbata arrugada, los zapatos deformes y opacos que retiró finalmente hacia la sombra de la mesa, como si escondiera los pies sucios. Cómo estará todo eso ahora, con la sangre. Y el recuerdo de mi entrevista de hoy, ahora que ha muerto, tendrá que quedar en mí, tendrá que ir a depositarse a la sucia negrura donde están las noches con Aurora y el aborto a mediodía. Sólo yo seguiré sabiendo con cuánta protección y desdén le golpeé despacito el hombro al terminar de hablarle, haciendo sonar la más mala de las risas sobre su cabeza. Y no lo hice para que se matara; no lo hice siquiera para convencerlo de que yo tenía razón. Nada más que para que no continuase mirándome y sonriendo con aquella expresión inquieta de su cara de adolescente enclenque, con el brillo de burla de su juventud ante un hombre al que considera definitivamente terminado porque tiene el doble de su edad y no conserva más que el nombre y algún carcomido rasgo para convencer de que fue, él también, un ser ansioso e implacable, en el pasado desvanecido, en un nublado 9 de julio, en un taxi."

REGRESO AL SUR

Cuando estuvo solo en el rincón del café, Oscar volvió a pensar en la cabeza pálida de tío Horacio en la camilla, que parecía haber aceptado definitivamente la expresión de leve interés y cortesía con que se enmascaraba al escuchar hablar de personas y cosas que habían estado o atravesado el sur de Buenos Aires, la zona extranjera que se iniciaba en la calle Rivadavia, y a partir del Carnaval de 1938. Tío Horacio alzaba las cejas y casi sonreía para esperar el fin de aquellas conversaciones. Recordando su rostro muerto, era nuevamente imposible adivinar en qué sentido y con qué intención el odio y el desprecio actuaban sobre las imágenes y los seres del barrio sur, cuál había sido la deformación obtenida o —tal vez no era más que esto— en qué tono de luz el odio y el desprecio envolvían para tío Horario los paisajes proscritos del Sur.

El primer sábado del Carnaval del 38, tío Horacio y Perla pasearon por Belgrano después de la comida; salieron del departamento y caminaron despacio por Tacuarí y Piedras, tomados del brazo. Oscar supo que habían ido a beber cerveza a un café alemán y que habían conversado allí hasta pasada la medianoche. Cuando volvieron, ella estuvo dando vueltas sin motivo por la casa, tarareando una música de Albéniz, y casi en seguida se acostó. Tío Horacio quedó un rato sentado junto a la mesa donde Oscar estudiaba. Parecía cansado, y se quitó el cuello. Jugaba con el reloj, metiendo un dedo en el bolsillo del chaleco, y miraba pensativo la mesa, en las pausas, entre las preguntas distraídas. Oscar vio que sonreía suamente, y lo oyó reír un poco cuando se levantó y estuvo un rato de pie, las piernas muy separadas, sacudiendo la cabeza. Después suspiró, hizo la última pregunta sobre libros y exámenes y subió al dormitorio.

El domingo no salieron de casa; durante todo el día se movieron con pesadez y silencio por el calor de la casa, mal vestidos, tendiendo a los rincones frescos y semioscuros, donde marcaban su presencia con gruesos diarios de la mañana, revistas y libros ajados, de fecha antigua. Cuando Oscar se fue al anochecer, tío Horacio estaba solo en el escritorio contando unas gotas de remedio. "Ella se quiere ir y él no quiere presionarla hablándole de su enfermedad —pensó Oscar—, o ella requiere ir y él va a buscar la forma de presionarla haciéndole saber, sin decirlo, que está otra vez enfermo."

El lunes de Carnaval estuvieron todo el día juntos y afuera; Oscar los vio de noche, nuevamente amigos; tío Horacio habló de muchas cosas, un poco excitado y feliz, con sudor en la frente y un jadeo al sonreír. El martes Oscar llegó a la calle Belgrano al anochecer; tío Horacio estaba solo, junto a una ventana, la camisa desprendida, los lentes colgando por una patilla de los dedos y la quinta edición de un diario junto a los pies descalzos. Se saludaron, y Oscar no le vio más que sueño en la cara. Después no pudo comprender —porque aquello representaba a un desconocido cualquiera y no tenía relación alguna con tío Horacio— el encontrar encima de la carpeta del comedor, cerca del vaso de leche y el sandwich de jamón que le dejaba todas las noches Perla, una carta escrita con tinta muy azul, desplegada, sujeta con el centro de mesa, con cuatro dobleces bien marcados. La leche, el sandwich y la carta habían sido puestos allí por tío Horacio, por el hombre que estaba junto a la ventana de la otra habitación: quería enterarlo, sin preguntas, de que Perla se había ido con perdones, olvido, felicidad y el irrenunciable derecho a la realización de la propia vida. No volvieron a hablar de Perla; cuando Oscar volvió en la madrugada, la carta no estaba en la mesa, y tío Horacio continuaba espiando por la ventana la noche caliente de Carnaval, todavía blando en la cara el gesto de bondadoso hastío que habría de señalarlo hasta el final.

En el tiempo de Belgrano, el hijo de Horacio, Walter, iba pocas veces a visitarlos; pero cuando se mudaron a una pensión de Paraná y Corrientes comenzó a llegar casi todas las noches demasiado bien vestido, perfumado, con el largo pelo endurecido y brillante echado hacia la nuca. Oscar lo oía taconear en el corredor y luego veía aparecer su cara blanca, hecha de una materia exangüe y envejecida, mucho más vieja que él, como si Walter la hubiese prestado para que otro hombre la gastara en años rellenos de miserias, de mirar sin nobleza y de estirar sonrisas falsas y vacilantes.

—Hola que tal —decía por encima de la lámpara la cara solitaria entre la pared oscura y el traje negro. Saludaba a tío Horacio y comenzaba a pasearse entre el balcón y la cama, contando historias de gentes del teatro y la radio, del dinero que iba a ganar en la temporada, de ganancias fabulosas en el hipódromo de La Plata. Construía el esqueleto de su vida, y Oscar, sobre los libros, lo iba rellenando y cubriendo con madrugadas sin consuelo, caras abyectas, mujeres sin sombrero, de largos trajes de colores deprimentes, que balbuceaban sobre mesitas y bajo música, siempre bajo música de bandoneones o trompetas, o poblando, cubiertas con salidas de baño, en horas de siesta, el patio de la pensión.

La valla de la calle Rivadavia se levantó gracias a Walter. No se animó a decirlo directamente al viejo; estaba detrás de tío Horacio y habló dirigiéndose a Oscar, que se ponía la corbata frente al espejo.

—Vi a Perla en un café de la Avenida. No me dijo nada especial, pero está bien.

Después, en otras noches, supieron que Perla se había ido con un hombre que tocaba la guitarra en un café español, y la cara oscura y aceitosa del amante de Perla se hizo para Oscar inseparable del recuerdo de la mujer. Tío Horacio no hizo comentarios, y no parecía haberse enterado de la proximidad nocturna de Perla, cinco cuadras al Sur. Oscar supo que había oído a Walter, porque en los paseos de la noche, cuando salían a tomar un café liviano a alguna parte, comenzó a llegar por Paraná hasta Rivadavia, donde se abría la Plaza del Congreso y hacia donde miraba con curiosidad idéntica noche tras noche; luego doblaba a la izquierda y continuaban conversando por Rivadavia hacia el Este. Casi todas las noches; por Paraná, por Montevideo, por Talcahuano, por Libertad. Sin hablar nunca de aquello, Oscar tuvo que enterarse de que la ciudad y el mundo de tío Horacio terminaban en mojones infranqueables en la calle Rivadavia; y todos los nombres de calles, negocios y lugares del barrio sur fueron suprimidos y muy pronto olvidados. De manera que cuando alguien los nombraba junto a él, tío Horacio parpadeaba y sonreía, sin comprender, pero disimulando, esperando con paciencia que la historia o los personajes cruzaran Rivadavia y él pudiera situarlos.

Así estaban en el año 38, y así siguieron en el 39, hasta el principio de la guerra, golpeándose los dos sin violencia casi todas las noches contra el muro de Rivadavia, sabiendo por Walter que la avenida "estaba llena de gente gorda y el otro día andaba un torero". Sabían también que casi cada semana inauguraban un nuevo café, con canciones y música; en todos ellos instalaba Oscar al guitarrista junto a una Perla remozada y locuaz que bebía manzanilla y golpeaba las palmas a compás. "Es por la guerra de España", comentaba Walter.

Pero la guerra de España había terminado hacía mucho tiempo, y por muchos meses la Avenida de Mayo fue para Oscar —y él pensaba que también para tío Horacio— diez cuadras flanqueadas de cafés ruidosos en la noche, con hombres y mujeres gordos tomando cerveza en las aceras, mientras a la luz del día muchos toreros iban y venían con paso apresurado. Y las pocas veces en que Oscar atravesó solo de noche Rivadavia y vio una Avenida de Mayo reconocible, volvió sin decir una palabra a tío Horacio y olvidó en seguida lo que había mirado. Así que estaba seguro de que dentro de tío Horacio seguía paralizada la visión fantástica del territorio perdido, donde Perla conversaba y reía y donde era frecuente que hubiese una Perla en cada café ruidoso, cerca de un torero, cerca de un hombre de pelo retinto, inclinado encima de una guitarra.

La última vez que tío Horacio estuvo enfermo, el médico lo había mirado con ojos desganados al ponerle la inyección. "No se sabe cuánto —dijo después—. A lo mejor vive más que usted." Oscar decía que sí; pero Walter no quería creer y murmuraba con el cigarrillo en la boca —la boca un poco torcida por el cigarrillo, el perfil alto, tal como Oscar lo veía atrás de las ventanas de los cafés—: "Un día nos da un susto."

El susto llegó una noche en que salieron a caminar los tres, tío Horacio en el medio, un sábado en el principio del verano. Tío Horacio caminaba despacio, hablando, palabra por palabra, de la organización de los productores de trigo de Canadá, y Oscar lo vigilaba de reojo, mientras Walter, taconeando, los delgados hombros hacia adelante, afirmaba, sacudiendo la cabeza donde el pequeño sombrero mostraba el lado izquierdo del peinado brillante. Siempre sacudía así la cabeza cuando tío Horacio comenzaba a repetir, en tono familiar y sin énfasis, lo que había leído en libros y revistas. Oscar pensaba en Walter, tomando mate en los atardeceres de la pensión, entre los gritos y las perezas de las mujeres que chancleteaban con sus batas manchadas de rouge, repitiendo con voz seria los artículos que le había transmitido su padre unos días antes sobre la distribución de productos en la posguerra, la talla de diamantes y la ola de crímenes sexuales en los Estados Unidos.

Tío Horacio iba hablando de Manitoba y reduciendo "bushels" a kilos en la esquina de Talcahuano y Rivadavia, y sin interrumpirse, sin un gesto de anuncio, sin nada que revelara que comprendía lo que estaba haciendo, continuó andando y hablando, cruzó la valla invisible de Rivadavia y llegó a la otra acera. Se detuvo un momento para respirar con lentitud, y en seguida continuó andando despacio, recorriendo la corta cuadra que llevaba a la Avenida de Mayo. Por arriba y por atrás de tío Horacio, Oscar se miró con Walter y vio cómo el otro le hacía una sonrisa, un signo de alegría, como si acabara de enterarse de que su padre no estaba ya enfermo.

Durante las dos cuadras que caminaron por la avenida, tío Horacio dijo que el único país digno de total respeto entre los que estaban metidos en la guerra era la China. Dijo algunos nombres geográficos, algunos nombres de generales y conductores y una profecía sobre el futuro de Asia. Frente al tercer café con música, tío Horacio se detuvo y miró sonriendo, hacia adentro. "Bueno —dijo—, vamos a tomar algo." Otra vez se miraron a sus espaldas y como Walter sonreía ahora francamente, a punto de comentar lo que estaba sucediendo, Oscar se tranquilizó e inició la entrada en el pequeño salón, donde un aparato de música sonaba tocando "Capricho árabe".

Tío Horacio pidió tres cervezas, miró un poco alrededor y comenzó a hablar de la industrialización de los países coloniales. En una pausa Walter dijo: "Hay poca gente esta noche. Si cruzamos enfrente..." Pero tío Horacio siguió hablando, con la cara distraída y bondadosa. Cuando trajeron la cerveza estuvo un rato inclinado, con el vaso apoyado en la boca, sin beber, inmóvil, los ojos bajos, Oscar miró a Walter, que examinaba el fondo del salón, arreglándose los puños salientes de la camisa; no pudo encontrarle los ojos y se echó hacia atrás, observando a tío Horacio y esperando. Esperó hasta que él bebió un trago, dejó el vaso sobre la mesa y se apoyó en el respaldo de la silla, la boca abierta para hablar, y comenzó a resbalar en el asiento. Walter dio un salto, se puso atrás de su padre y trató de levantarlo, tomándolo de las axilas. Entre el mozo y un hombre que se acercó a la mesa, Oscar se inclinó para aflojar el nudo de la corbata del viejo. Vio que la cabeza giraba con trabajo, se inclinaba hacia un hombro y volvía a levantarse. Entonces Walter gritó: "Hacete una corrida y traé las gotas".

Oscar salió corriendo del café, consiguió un taxi y viajó a Paraná y Corrientes a buscar el remedio; no quería pensar en nada, solamente recordaba a tío Horacio cruzando la calle Rivadavia y preguntando con voz paciente, sin presionar, seguro de que él mismo podría dar en seguida la respuesta exacta: "¿Y cuál es el secreto de la fuerza de los agricultores canadienses?"

Oscar dijo al chófer que esperara y subió corriendo la escalera. No había nadie en el hall; empezaba la buena estación y era sábado, todos debían haber salido. Entró en la pieza y vio a Perla sentada en la cama, un brazo muy separado del cuerpo, con la mano hundida en la colcha, el pecho bastante más saliente que cuando vivía en Belgrano, tal vez más gorda en todo, muy pintada. La mujer sonrió, inclinando la cabeza como las niñas; era el gesto de siempre para tío Horacio, el gesto de ganar discusiones, hacerse perdonar, llevarlo a la cama.

—¿Cómo le va? —dijo ella, y bajó la cabeza, sin dejar la sonrisa, hasta casi tocarse el hombro con la mejilla.

Oscar no le contestó nada y por un momento se olvidó del remedio, del coche que esperaba, de tío Horacio resbalando en la silla. Se sacó el sombrero y se apoyó en la mesa, frente a ella, mirándola. Después también él sonrió, porque Perla dijo:

—¿Qué le pasa? ¿Se asombra de verme, verdad? Parece

que no se alegrase mucho —empezó a levantar la cabeza—. ¿Horacio salió? Yo quería verlo...

Oscar volvió a ponerse el sombrero, fue a buscar el frasquito al botiquín, y mientras lo revolvía le habló:

—Está ahí, en un café de la Avenida, con un ataque.

La oyó levantarse, caminar de un lado a otro y asegurar varias veces que era imposible. Repetía: "tan luego ahora"; y Oscar no supo lo que quería decir. Encontró el frasco y le dijo:

—Tengo un automóvil esperando para ir al café. Si quiere venir, se apura.

En el primer viaje en taxi no hablaron; Oscar estaba con el cuerpo inclinado, mirando la calle por encima del brazo del chófer, con el frasquito apretado entre las rodillas. Cuando llegaron al café, el aparato de música tocaba un pasodoble, y la mesa estaba vacía, con un mozo de pie, al lado, comentando con alguien de una mesa vecina, mientras movía sin sentido la servilleta.

—Ya se lo llevaron —dijo el mozo—. Seguía peor, y de aquí mismo llamamos y se lo llevaron. No sé adónde. Lo habrán llevado a Esmeralda al 66. Le voy a preguntar al patrón si sabe.

El patrón no sabía, pero hablaron en la calle con el vigilante, y les dijo que habían llevado a tío Horacio a Esmeralda 66.

—¿Cómo estaba? —preguntó Perla.

—No sé —dijo el vigilante—. Estaba mal. Cuando yo llegué se desmayó del todo.

Siguieron en otro coche hasta la Asistencia Pública, y en este segundo viaje Perla mostró un pañuelo en la mano y comenzó a llorar, la cabeza otra vez inclinada, como si hubiera cerca alguien a quien pedir alguna cosa.

En la Asistencia Pública los dejaron entrar en seguida, los guiaron por un corredor, caminaron por un laberinto hecho de bastidores y entraron después en una sala grande, donde Walter estaba tironeándose desconcertadamente de los puños de la camisa, y tío Horacio estaba muerto, acostado en una camilla.

En el último viaje de la noche Perla estuvo arrinconada en el asiento, la mano larga abierta contra el pañuelo que le tapaba la cara. El automóvil iba a poca velocidad por Esmeralda, y cuando ella bajó la mano en una bocacalle, Oscar le vio los ojos enrojecidos y la nariz hinchada; la boca, pintada y bien hecha, con un poco de vello bajo la nariz, seguía tranquila, avanzando un poquito, con el gesto que le servía a Oscar para identificarla cuando la recordaba, igual a la boca de los retratos que tío Horacio había tenido escondidos en un cajón del escritorio.

—Me echaron como si yo fuera... —empezó a rezongar la mujer.

—No; la echaron como a todo el mundo. No había nada que hacer allí.

—Yo quería estar.

Oscar prefería soportar el ruido que hacía cuando lloraba a escucharla hablar. Perla volvió a recostarse en el asiento, sin llorar ahora, la mano enrulando el pañuelo en la falda. Oscar recordaba la cabeza de tío Horacio en la camilla y a Walter dando vueltas alrededor, con el perfume del cosmético, el traje de compadrito, los blancos puños de la camisa escondiéndole las muñecas, repitiendo, deteniéndose para hacer inútilmente otra frase, las mismas palabras que había dicho Perla: "Tan luego ahora..." Suspiraba, movía nerviosamente los labios como para echar una mosca, y continuaba arrastrando el estribillo alrededor de la camilla: "Tan luego ahora". La enfermera escribía de pie en un rincón, y el médico se secaba las manos en el otro lado de la sala.

—Oiga —dijo Perla—. ¿Usted tomó las disposiciones?

El la miró en silencio, y a la luz que entraba cortándoles las caras la vio temblar de rabia.

—Ah —dijo Oscar un rato después—, ese animal de Walter se va a ocupar de todo.

—Pobre Walter —dijo ella—. Se quedó muy afectado.

Oscar se volvió a mirar la calle, pensando: "disposiciones" y "afectado"... "Además está gorda como una vaca."

—Usted siempre el mismo —dijo ella con amargura y debilidad—. Parece que no le importa mucho. En cambio, Walter...

—Puede ser —dijo Oscar—. Tiene razón; a Walter, sí.

Hizo detener el coche en Paraná y Corrientes, mientras ella sacudía la cabeza y repetía el ruido del llanto. Oscar esperó un momento y después le dijo que él se bajaba allí, pero que si ella quería seguir podía darle dinero para el taxi. Ella dijo que no y bajó, y mientras Oscar pagaba al chófer estuvo esperando recostada a la pared, más gorda que antes, metida en la sombra con su vestido claro; quedaron luego mirándose en silencio, y él sintió el perfume que venía en olas sin fuerza desde el pecho de Perla, que subía y bajaba junto al portal vacío.

Después Oscar entró en el café y fue a buscar el rincón solitario, pensando en cuál sería la frase que tal vez hubiese esperado la mujer, parada e inmóvil, frente a él, hasta que se separaron sin hablar, y pudo verla de espaldas, alejándose hacia la Avenida, hacia el muro invisible de Rivadavia, de regreso al Sur.

ESBJERG, EN LA COSTA

Menos mal que la tarde se ha hecho menos fría y a veces el sol, aguado, ilumina las calles y las paredes; porque a esta hora deben estar caminando en Puerto Nuevo, junto al barco o haciendo tiempo de un muelle a otro, del quiosco de la Prefectura al quiosco de los sandwiches, Kirsten, corpulenta, sin tacos, un sombrero aplastado en su pelo amarillo; él, Montes, bajo, aburrido y nervioso, espiando la cara de la mujer, aprendiendo sin saberlo nombres de barcos, siguiendo distraído las maniobras con los cabos.

Me lo imagino pasándose los dientes por el bigote mientras pesa sus ganas de empujar el cuerpo campesino de la mujer, engordado en la ciudad y el ocio, y hacerlo caer en esa faja de agua, entre la piedra mojada y el hierro negro de los buques donde hay ruido de hervor y escasea el espacio para que uno pueda sostenerse a flote. Sé que están allí porque Kirsten vino hoy a mediodía a buscar a Montes a la oficina y los vi irse caminando hacia Retiro, y porque ella vino con su cara de lluvia; una cara de estatua en invierno, cara de alguien que se quedó dormido y no cerró los ojos bajo la lluvia. Kirsten es gruesa, pecosa, endurecida; tal vez llegará a tener el olor inmóvil de establo y de crema que imagino debe haber en su país.

Pero otras veces tienen que ir al muelle a medianoche o al amanecer, y pienso que cuando las bocinas de los barcos le permiten a Montes oir cómo avanza ella en las piedras, arrastrando sus zapatos de varón, el pobre diablo debe sentir que se va metiendo en la noche del brazo de la desgracia. Aquí en el diario están los anuncios de las salidas de barcos en este mes, y juraría que puedo verlo a Montes soportando la inmovilidad desde que el buque da el bocinazo y empieza a moverse hasta que está tan chico que no vale la pena seguir mirando; moviendo a veces los ojos —para preguntar y preguntar, sin entender nunca, sin que le contesten— hacia la cara carnosa de la mujer que habrá de estar aquietándose, contraída durante pedazos de hora, triste y fría como si le lloviese en el sueño y hubiese olvidado cerrar los ojos, muy grandes, casi lindos, teñidos con el color que tiene el agua del río en los días en que el barro no está revuelto.

Conocí la historia, sin entenderla bien, la misma mañana en que Montes vino a contarme que había tratado de robarme, que me había escondido muchas jugadas del sábado y del domingo para bancarlas él, y que ahora no podía pagar lo que le habían ganado. No me importaba saber por qué lo había hecho, pero él estaba enfurecido por la necesidad de decirlo, y tuve que escucharlo mientras pensaba en la suerte, tan amiga de sus amigos, y sólo de ellos, y saber todo para no enojarme, que a fin de cuentas si aquel imbécil no hubiese tratado de robarme, los tres mil pesos tendrían que salir de mi bolsillo. Lo insulté hasta que no pude encontrar nuevas palabras, y usé todas las maneras de humillarlo que se me ocurrieron hasta que quedó indudable que él era un pobre hombre, un sucio amigo, un canalla y un ladrón; y también resultó indudable que él estaba de acuerdo, que no tenía inconvenientes en reconocerlo delante de cualquiera si alguna vez yo tenía el capricho de ordenarle hacerlo. Y también desde aquel lunes quedó establecido que cada vez que yo insinuara que él era un canalla, indirectamente, mezclando la alusión en cualquier charla, estando nosotros en cualquier circunstancia, él habría de comprender al instante el sentido de mis palabras y hacerme saber con una sonrisa corta, moviendo apenas hacia un lado el bigote, que me había entendido y que yo tenía razón. No lo convinimos con palabras, pero así sucede desde entonces. Pagué los tres mil pesos sin decirle nada, y lo tuve unas semanas sin saber si me resolvería a ayudarlo o a perseguirlo; después lo llamé y le dije que sí, que aceptaba la propuesta y que podía empezar a trabajar en mi oficina por doscientos pesos mensuales que no cobraría. Y en poco más de un año, menos de un año y medio, habría pagado lo que debía y estaría libre para irse a buscar una cuerda para colgarse. Claro que no trabaja para mí; yo no podía usar a Montes para nada desde que era imposible que siguiese atendiendo las jugadas de carreras. Tengo esta oficina de remates y comisiones para estar más tranquilo, poder recibir gente y usar los teléfonos. Así que él empezó a trabajar para Serrano, que es mi socio en algunas cosas y tiene el escritorio junto al mío. Serrano le paga el sueldo, o me lo paga a mí, y lo tiene todo el día de la aduana a los depósitos, de una punta a otra de la ciudad. A mí no me convenía que nadie supiese que un empleado mío no era tan seguro como una ventanilla del hipódromo; así que nadie lo sabe.

Creo que me contó la historia, o casi toda, el primer día, el lunes, cuando vino a verme encogido como un perro, con la cara verde y un brillo de sudor enfriado, repugnante, en la frente y a los lados de la nariz. Me debe haber contado el resto de las cosas después, en las pocas veces que hablamos.

Empezó junto con el invierno, con esos primeros fríos secos que nos hacen pensar a todos, sin darnos cuenta de lo que estamos pensando, que el aire fresco y limpio es un aire de buenos negocios, de escapadas con los amigos, de proyectos enérgicos; un aire lujoso, tal vez sea esto. El, Montes, volvió a su casa en un anochecer de ésos, y encontró a la mujer sentada al lado de la cocina de hierro y mirando el fuego que ardía adentro. No veo la importancia de esto; pero él lo contó así y lo estuvo repitiendo. Ella estaba triste y no quiso decir por qué, y siguió triste, sin ganas de hablar, aquella noche y durante una semana más. Kirsten es gorda, pesada y debe tener una piel muy hermosa. Estaba triste y no quería decirle qué le pasaba. "No tengo nada", decía, como dicen todas las mujeres en todos los países. Después se dedicó a llenar la casa con fotografías de Dinamarca, del Rey, los ministros, los paisajes con vacas y montañas o como sean. Seguía diciendo que no le pasaba nada, y el imbécil de Montes imaginaba una cosa y otra sin acertar nunca. Después empezaron a llegar cartas de Dinamarca; él no entendía una palabra y ella le explicó que había escrito a unos parientes lejanos y ahora llegaban las respuestas, aunque las noticias no eran muy buenas. El dijo en broma que ella quería irse, y Kirsten lo negó. Y aquella noche o en otra muy próxima le tocó el hombro cuando él empezaba a dormirse y estuvo insistiendo en que no quería irse; él se puso a fumar y le dio la razón en todo mientras ella hablaba, como si estuviese diciendo palabras de memoria, de Dinamarca, la bandera con una cruz y un camino en el monte por donde se iba a la iglesia. Todo y de esta manera para convencerlo de que era enteramente feliz con América y con él, hasta que Montes se durmió en paz.

Por un tiempo siguieron llegando y saliendo cartas, y de repente una noche ella apagó la luz cuando estaban en la cama y dijo: "Si me dejás, te voy a contar una cosa, y tenés que oírla sin decir nada". El dijo que sí, y se mantuvo estirado, inmóvil al lado de ella, dejando caer ceniza del cigarrillo en el doblez de la sábana, con la atención pronta, como un dedo en un gatillo, esperando que apareciera un hombre en lo que iba contando la mujer. Pero ella no habló de ningún hombre, y con la voz ronca y blanda, como si acabara de llorar, le dijo que podían dejarse las bicicletas en la calle, o los negocios abiertos cuando uno va a la iglesia o a cualquier lado, porque en Dinamarca no hay ladrones; le dijo que los árboles eran más grandes y más viejos que los de cualquier lugar del mundo, y que tenían olor, cada árbol un olor que no podía ser confundido, que se conservaba único aun mezclado con los otros olores de los bosques; dijo que al amanecer uno se despertaba cuando empezaban a chillar pájaros de mar y se oía el ruido de las escopetas de los cazadores; y allí la primavera está creciendo escondida debajo de la nieve hasta que salta de golpe y lo invade todo como una inundación y la gente hace comentarios sobre el deshielo. Ese es el tiempo, en Dinamarca, en que hay más movimiento en los pueblos de pescadores.

También ella repetía: "Esbjerg er naerved kystten", y esto era lo que más impresionaba a Montes, aunque no lo entendía: dice él que esto le contagiaba las ganas de llorar que había en la voz de su mujer cuando ella le estaba contando todo eso, en voz baja, con esa música que sin querer usa la gente cuando está rezando. Una y otra vez. Eso que no entendía lo ablandaba, lo llenaba de lástima por la mujer —más pesada que él, más fuerte—, y quería protegerla como a una nena perdida. Debe ser, creo, porque la frase que él no podía comprender era lo más lejano, lo más extranjero, lo que salía de la parte desconocida de ella. Desde aquella noche empezó a sentir una piedad que crecía y crecía, como si ella estuviese enferma, cada día más grave, sin posibilidad de curarse.

Así fue como llegó a pensar que podría hacer una cosa grande, una cosa que le haría bien a él mismo; que lo ayudaría a vivir y serviría para consolarlo durante años. Se le ocurrió conseguir el dinero para pagarle el viaje a Kirsten hasta Dinamarca. Anduvo preguntando cuando aún no pensaba realmente en hacerlo, y supo que hasta con dos mil pesos alcanzaba. Después no se dio cuenta de que tenía adentro la necesidad de conseguir dos mil pesos. Debe haber sido así, sin saber lo que le estaba pasando. Conseguir los dos mil pesos y decírselo a ella una noche de sábado, de sobremesa en un restaurante caro, mientras tomaban la última copa de buen vino. Decirlo y ver en la cara de ella un poco enrojecida por la comida y el vino, que Kirsten no le creía; que pensaba que él mentía, durante un rato, para pasar después, despacio, al entusiasmo y la alegría, después a las lágrimas y a la decisión de no aceptar. "Ya se me va a pasar", diría ella; y Montes insistiría hasta convencerla, y convencerla además de que no buscaba separarse de ella y que acá estaría esperándola el tiempo necesario.

Algunas noches, cuando pensaba en la oscuridad en los dos mil pesos, en la manera de conseguirlos y en la escena en que estarían sentados en un reservado del Scopelli, un sábado, y con la cara seria, con un poco de alegría en los ojos empezaba a decírselo, empezaba por preguntarle qué día quería embarcarse; algunas noches en que él soñaba en el sueño de ella, esperando dormirse, Kirsten volvió a hablarle de Dinamarca. En realidad, no era Dinamarca; sólo una parte del país, un pedazo muy chico de tierra donde ella había nacido, había aprendido un lenguaje, donde había estado bailando por primera vez con un hombre y había visto morir a alguien que quería. Era un lugar que ella había perdido como se pierde una cosa, y sin poder olvidarlo. Le contaba otras historias, aunque casi siempre repetía las mismas, y Montes se creía que estaba viendo en el dormitorio los caminos por donde ella había caminado, los árboles, la gente y los animales.

Muy corpulenta, disputándole la cama sin saberlo, la mujer estaba cara al techo, hablando; y él siempre estaba seguro de saber cómo se le arqueaba la nariz sobre la boca, cómo se entornaban un poco los ojos en medio de las arrugas delgadas y cómo se sacudía apenas el mentón de Kirsten al pronunciar las frases con una voz entrecortada, hecha con la profundidad de la garganta, un poco fatigosa para estarla oyendo.

Entonces Montes pensó en créditos en los bancos, en prestamistas y hasta pensó que yo podría darle dinero. Algún sábado o un domingo se encontró pensando en el viaje de Kirsten mientras estaba con Jacinto en mi oficina atendiendo los teléfonos y tomando jugadas para Palermo o La Plata. Hay días flojos, de apenas mil pesos de apuestas; pero a veces aparece alguno de los puntos fuertes y el dinero llega y también pasa de los cinco mil. El tenía que llamarme por teléfono, antes de cada carrera, y decirme el estado de las jugadas; si había mucho peligro —a veces se siente—, yo trataba de cubrirme pasando jugadas a Vélez, a Martín o al Vasco. Se le ocurrió que podía no avisarme, que podía esconderme tres o cuatro de las jugadas más fuertes, hacer frente, él solo, a un millar de boletos, y jugarse, si tenía coraje, el viaje de su mujer contra un tiro en la cabeza. Podía hacerlo si se animaba; Jacinto no tenía cómo enterarse de cuántos boletos jugaban en cada llamada del teléfono. Montes me dijo que lo estuvo pensando cerca de un mes; parece razonable, parece que un tipo como él tiene que haber dudado y padecido mucho antes de ponerse a sudar de nerviosidad entre los campanillazos de los teléfonos. Pero yo apostaría mucha plata a que en eso miente; jugaría a que lo hizo en un momento cualquiera, que se decidió de golpe, tuvo un ataque de confianza y empezó a robarme tranquilamente al lado del bestia de Jacinto, que no sospechó nada, que sólo comentó después: "Ya decía yo que eran pocos boletos para una tarde así". Estoy seguro de que Montes tuvo una corazonada y que sintió que iba a ganar y que no lo había planeado.

Así fue como empezó a tragarse jugadas que se convirtieron en tres mil pesos y se puso a pasearse sudando y desesperado por la oficina, mirando las planillas, mirando el cuerpo de gorila con camisa de seda cruda de Jacinto, mirando por la ventana la diagonal que empezaba a llenarse de autos en el atardecer. Así fue, cuando comenzó a enterarse de que perdía y que los dividendos iban creciendo, cientos de pesos a cada golpe del teléfono, como estuvo sudando ese sudor especial de los cobardes, grasoso, un poco verde, helado, que trajo en la cara cuando en el mediodía del lunes tuvo al fin en las piernas las fuerzas para volver a la oficina y hablar conmigo.

Se lo dijo a ella antes de tratar de robarme; le habló de que iba a suceder algo muy importante y muy bueno; que había para ella un regalo que no podía ser comparado ni era una cosa concreta que pudiese tocar. De manera que después se sintió obligado a hablar con ella y contarle la desgracia; y no fue en el reservado del Scopelli, ni tomando un Chianti importado, sino en la cocina de su casa, chupando la bombilla del mate mientras la cara redonda de ella, de perfil y colorada por el reflejo, miraba al fuego saltar dentro de la cocina de hierro. No sé cuánto habrán llorado, después de eso él arregló pagarme con el empleo y ella consiguió un trabajo.

La otra parte de la historia empezó cuando ella, un tiempo después, se acostumbró a estar fuera de su casa durante horas que nada tenían que ver con su trabajo; llegaba tarde cuando se citaban, y a veces se levantaba muy tarde por la noche, se vestía y se iba afuera sin una palabra. El no se animaba a decir nada, no se animaba a decir mucho y atacar de frente, porque están viviendo de lo que ella gana y de su trabajo por Serrano no sale más que alguna copa que le pago de vez en cuando. Así que se calló la boca y aceptó su turno de molestarla a ella con su mal humor, un mal humor distinto y que se agrega al que se les vino encima desde la tarde en que Montes trató de robarme y que pienso no los abandonará hasta que se mueran. Desconfió y se estuvo llenando de ideas estúpidas hasta que un día la siguió y la vio ir al puerto y arrastrar los zapatos por las piedras, sola, y quedarse mucho tiempo endurecida mirando para el lado del agua, cerca, pero aparte de las gentes que van a despedir a los viajeros. Como en los cuentos que ella le había contado, no había ningún hombre. Esa vez hablaron, y ella le explicó; Montes también insiste en otra cosa que no tiene importancia: porfía, como si yo no pudiera creérselo, que ella se lo explicó con voz natural y que no estaba triste ni con odio ni confundida. Le dijo que iba siempre al puerto, a cualquier hora, a mirar los barcos que salen para Europa. El tuvo miedo por ella y quiso luchar contra esto, quiso convencerla de que lo que estaba haciendo era peor que quedarse en casa; pero Kirsten siguió hablando con voz natural, y dijo que le hacía bien hacerlo y que tendría que seguir yendo al puerto a mirar cómo se van los barcos, hacer algún saludo o simplemente mirar hasta cansarse los ojos, cuantas veces pudiera hacerlo.

Y él terminó por convencerse de que tiene el deber de acompañarla, que así paga en cuotas la deuda que tiene con ella, como está pagando la que tiene conmigo; y ahora, en esta tarde de sábado, como en tantas noches y mediodías, con buen tiempo o a veces con una lluvia que se agrega a la que siempre le está regando la cara a ella, se van juntos más allá de Retiro, caminan por el muelle hasta que el barco se va, se mezclan un poco con gentes con abrigos, valijas, flores y pañuelos, y cuando el barco empieza a moverse, después del bocinazo, se ponen duros y miran, miran hasta que no pueden más, cada uno pensando en cosas tan distintas y escondidas, pero de acuerdo, sin saberlo, en la desesperanza y en la sensación de que cada uno está solo, que siempre resulta asombrosa cuando nos ponemos a pensar.

LA CASA EN LA ARENA

Cuando Díaz Grey aceptó con indiferencia haber quedado solo, inició el juego de reconocerse en el único recuerdo que quiso permanecer en él, cambiante, ya sin fecha. Veía las imágenes del recuerdo y se veía a sí mismo al transportarlo y corregirlo para evitar que muriera, reparando los desgastes de cada despertar, sosteniéndolo con imprevistas invenciones, mientras apoyaba la cabeza en la ventana del consultorio, mientras se quitaba la túnica al anochecer, mientras se aburría sonriente en las veladas del bar del hotel. Su vida, él mismo, no era ya más que aquel recuerdo, el único digno de evocación y de correcciones, de que fuera falsificado, una y otra vez, su sentido.

El médico sospechaba que, con los años, terminaría por creer que la primera parte memorable de la historia anunciaba todo lo que, con variantes diversas, pasó después; terminaría por admitir que el perfume de la mujer —le había estado llegando durante todo el viaje, desde el asiento delantero del automóvil— contenía y cifraba todos los sucesos posteriores, lo que ahora recordaba desmintiéndolo, lo que tal vez alcanzara su perfección en días de ancianidad. Descubriría entonces que el Colorado, la escopeta, el violento sol, la leyenda del anillo enterrado, los premeditados desencuentros en el chalet carcomido, y aun la fogata final, estaban ya en aquel perfume de marca desconocida que ciertas noches, ahora, lograba oler en la superficie de las bebidas dulzonas.

Después del viaje junto a la costa, en el principio del recuerdo, el coche salió del camino y fue trepando, lento e inseguro, hasta que Quinteros lo detuvo y apagó los faros. Díaz Grey no quiso enterarse del paisaje; sabía que la casa estaba rodeada de árboles, muy alta sobre el río, aislada entre las dunas. La mujer no dejó el asiento; ellos se apartaron. Quinteros le pasó las llaves y los billetes doblados. Tal vez la luz del encendedor que ella acercó al cigarrillo les tocase, fugaz, los perfiles.

—No te muevas y no te impacientes. Por la playa, hacia la derecha, se llega al pueblo —dijo Quinteros—. Sobre todo, no hagas nada. Ya veremos qué se resuelve. No trates de verme ni de llamarme. ¿De acuerdo?

Díaz Grey subió hacia la casa, simuló tratar de esconder su traje blanco mientras zigzagueaba entre los árboles. El coche llegó al camino y fue aumentando su velocidad hasta mezclar el ruido del motor con el del mar, hasta dejarlo solo escuchando el mar, los ojos cerrados, repitiéndose con tenacidad que vivía en un mes del otoño, recordando las últimas semanas empleadas casi exclusivamente en firmar recetas para morfina en el flamante consultorio de Quinteros, en mirar con disimulo a la inglesa amante de Quinteros —Dolly o Molly—, que las guardaba en su bolso y extendía billetes de diez pesos en una esquina de la mesa, sin entregárselos directamente, sin hablarle nunca, sin mostrar siquiera que lo veía y estaba siguiendo atenta el movimiento rápido y obediente de la mano de Díaz Grey sobre el recetario.

Los días de sol que se repitieron en la playa antes de que llegara el Colorado se transformaron en el recuerdo en uno solo, de longitud normal, pero en el que cabían todos los sucesos: un día de otoño, casi caluroso, en el que hubieran podido entrar, además, su propia infancia y multitud de deseos que no se cumplieron nunca. No necesitaba agregar un solo minuto para verse conversar con los pescadores en la extremidad izquierda de la playa, desmembrar cangrejos para las carnadas; verse recorriendo la orilla en dirección al pueblo, al almacén donde compraba la comida y se emborrachaba apenas, dando un monosílabo por cada frase afirmativa del patrón. Estaba, en el mismo día casi ardiente, bañándose en la completa soledad de la playa, inventando, entre tantas otras cosas, un madero carcomido balanceado por las olas y un terceto de gaviotas chillando encima. Estaba trepando y resbalando en las dunas, persiguiendo insectos entre las barbas de los arbustos, presintiendo el lugar donde sería enterrado el anillo.

Y, además, mientras esto sucedía, Díaz Grey bostezaba en el corredor del chalet, estirado en la silla de playa, una botella a un lado, una revista vieja sobre las piernas; herrumbrada, inútil y vertical contra el tronco de la enredadera, la escopeta descubierta en el galpón.

Díaz Grey estaba con la botella, su desencanto, la revista y la escopeta cuando el Colorado salió de entre los árboles y fue trepando hacia la casa, el saco colgado de un hombro, la gran espalda doblada. Díaz Grey esperó a que la sombra del otro le tocara las piernas; alzó entonces la cabeza y miró el pelo revuelto, las mejillas flacas y pecosas; se llenó con una mezcla de piedad y repulsión que habría de conservarse inalterada en el recuerdo, más fuerte que toda voluntad de la memoria o la imaginación.

—Me manda el doctor Quinteros. Soy el Colorado —anunció con una sonrisa; con un brazo apoyado en la rodilla estuvo esperando las modificaciones asombrosas que su nombre impondría al paisaje, a la mañana que empezaba a declinar, al mismo Díaz Grey y su pasado. Era mucho más corpulento que el médico, aun así, encogido, construyendo su prematura joroba. Apenas hablaron; el Colorado mostró el filo de los dientes diminutos, como de un niño, tartamudeó y fue desviando los ojos hacia el río.

Díaz Grey pudo continuar inmóvil, tan solitario como si el otro no hubiera llegado, como si no alargara el brazo y abriera la mano para dejar caer el saco, como si no se fuera acuclillando hasta quedar sentado en la galería, las piernas colgantes, excesivamente doblado el torso en dirección a la playa. El médico recordó la historia clínica del Colorado, la ampulosa descripción de su manía incendiaria escrita por Quinteros, en la que este semiidiota pelirrojo, manejador de fósforos y latas de petróleo en las provincias del norte, aparecía tratando de identificarse con el sol y oponiéndose a su inmolación en las tinieblas maternales. Tal vez ahora, mirando los reflejos en el agua y en la arena, evocara, poetizadas e imperiosas, las fogatas que había confesado a Quinteros.

—¿No se come? —preguntó el Colorado al atardecer. Entonces Díaz Grey recordó que el otro estaba ahí, doblado, la cabeza redonda tendida hacia la arena que comenzaba a levantar los remolinos de viento. Lo hizo entrar en la casa y comieron, trató de emborracharlo para averiguar algo que no le interesaba: si había venido a esconderse o a vigilarlo. Pero el Colorado apenas conversó mientras comía; bebió todos los vasos que le ofrecieron y fue a tenderse, descalzo, a un costado de la casa.

Entonces se iniciaron los días de lluvia, un período de nieblas que se enredaban y colgaban, velozmente marchitas, de los árboles, borrando a veces y haciendo revivir otras, los colores de las hojas aplastadas en la arena.

"El no está", pensaba Díaz Grey mirando el cuerpo encogido y silencioso del Colorado, viéndolo andar descalzo, empujar la humedad con los hombros, estremecerse como un perro mojado.

Con un brazo a medias tendido, con una sonrisa que reveló la larga espera de un milagro imposible, el Colorado se apoderó de la escopeta. Empezó a doblarse por las noches encima de ella, junto a la lámpara, para manejar y engrasar, caviloso y torpe, tornillos y resortes; por las mañanas se introducía en la neblina con el arma al hombro o colgando contra una pierna.

El médico estuvo buscando restos de cajones, papeles, trapos, alzó algunas ramas casi secas, y una noche encendió la chimenea. Las llamas iluminaron las manos que se doblaban sobre la escopeta abierta; el Colorado levantó por fin la cabeza y miró el fuego, fijamente, sin nada más que la expresión distraída de quien se ayuda a soñar con la oscilación de la luz, la suave sorpresa de las chispas. Después se levantó para corregir la posición de los troncos, manejándolos sin cuidado; volvió a sentarse en la pequeña silla de cocina que había elegido y recuperó la escopeta. Mucho antes de que el fuego se apagara, salió para inspeccionar la noche, donde la niebla se estaba transformando en llovizna y sonaba ya sobre el techo. Regresó sacudiéndose el frío, y el médico pudo verlo pasar con indiferencia junto al resplandor de las brasas que le enrojeció la cara empapada, tirarse en la cama para dormir en seguida, la cara contra la pared, abrazado a la escopeta. Díaz Grey le echó un trapo sobre los pies embarrados, le acarició, palmoteándola, la cabeza, y lo dejó dormir, transformado en perro, sintiéndose nuevamente solo durante otros días y noches, hasta que hubo una mañana con sol intermitente. Entonces bajaron hasta la playa —el Colorado lo vio salir y lo siguió, deteniéndose a veces para apuntar con la escopeta a los pocos pájaros que era capaz de imaginar, trotando después hasta casi alcanzarlo— y recorrieron la orilla hacia el pueblo. Con una bolsa de playa llena de alimentos y botellas regresaron bajo un cielo ya huraño; el médico pudo ver los anchos pies descalzos del Colorado hollando los diversos sitios en que sería enterrado el anillo.

Llovió todo el día, y Díaz Grey se levantó para encender la lámpara un minuto antes de oír el ruido del motor en el camino. Aquí se inician los momentos que alimentan al resto del recuerdo y le otorgan un sentido variable; y así como los días y las noches anteriores a la llegada del Colorado se convirtieron en un solo día de sol, este pedazo del recuerdo se extendió y se fue renovando en un atardecer lluvioso, vivido en el interior de la casa.

Los oyó conversar mientras subían hacia el chalet, reconoció la voz de Quinteros, adivinó que la mujer que se detenía para reír era la misma; miró al Colorado, inmóvil y mudo, abrazándose las rodillas en la sillita; colocó la lámpara sobre la mesa, encendida entre los que iban a entrar y él.

—Hola, hola —dijo Quinteros. Sonreía, exageraba su contento; tocó el hombro húmedo de la mujer, como guiándola para que saludara—. Creo que se conocen, ¿eh?

Ella le dio la mano y mencionó en una pregunta el aburrimiento y la soledad. Díaz Grey reconoció el perfume, supo que ella se llamaba Molly.

—Las cosas están casi arregladas —dijo Quinteros—. Pronto volverás al algodón y al yodo, con un diploma inmaculado. No tuve más remedio que mandarte a este animal; espero que no te moleste, que puedas soportarlo. No pude arreglar de otro modo; cuidado con los fósforos.

Molly fue hasta el rincón donde el Colorado hacía gemir el asiento, hamacándose. Le tocó la cabeza y se agachó para hacerle preguntas inútiles, dar ella misma las respuestas obvias. Díaz Grey comprendió, emocionado, que ella había sido capaz de descubrir, con una sola mirada, tal vez por el olor, que el Colorado había sido transformado en perro. Se inclinó, maniobrando con la mecha de la lámpara, para esconder la cara a Quinteros.

—Lo estoy pasando muy bien. Las mejores vacaciones de mi vida. Y el Colorado no me molesta; no habla, está enamorado de la escopeta. Puedo seguir así indefinidamente. Si quieren comer algo...

—Gracias —dijo Quinteros—, Sólo unos pocos días más, todo se está arreglando —ella continuaba empequeñecida junto a la sonrisa del Colorado, el impermeable barriendo el suelo—. Pero creo que te voy a estropear las vacaciones.

¿Hay algún inconveniente en que Molly se quede aquí un par de días? Es bueno retirarla de la circulación.

—No por mí —repuso Díaz; apartó rápidamente de la lámpara el temblor de su mano—. Pero ella, vivir aquí...

Se alejó de la mesa, señalando las paredes de la habitación con los brazos, entró y salió de la zona de perfume.

—Se arreglará —dijo Quinteros—. ¿No es cierto que te arreglarás? Dos o tres días.

Ella alzó la cabeza para mirar a Quinteros.

—Tengo al Colorado para que me cante.

—Ella te explicará, si quiere —dijo Quinteros. Se despidió casi en seguida y los dos descendieron abrazados, lentamente, a pesar de que la lluvia mojaba y estiraba el pelo de la mujer.

Ahora Quinteros desaparece hasta el final del recuerdo; en el inmóvil, único atardecer lluvioso, ella elige el rincón donde colocará su cama, guía al Colorado en la tarea de vaciar el pequeño cuarto que da al oeste. Cuando el dormitorio está preparado, la mujer se quita el impermeable, se calza unas zapatillas de playa; modifica la posición de la lámpara sobre la mesa, impone un nuevo estilo de vida, sirve vino en tres vasos, reparte los naipes y trata de explicarlo todo sin otro medio que una sonrisa, mientras se alisa el pelo humedecido. Juegan una mano y otra; el médico empieza a comprender la cara de Molly, los ojos azules e inquietos, lo que hay de dureza en su mandíbula ancha, en la facilidad con que puede alegrar su boca y hacerla inexpresiva de inmediato. Comen algo y vuelven a beber; ella se despide para acostarse; el Colorado arrastra su cama cerca de la puerta del dormitorio de la mujer y se tiende, la escopeta sobre el pecho, un talón rozando el suelo para que Díaz Grey sepa que no duerme.

Vuelven a jugar a los naipes hasta aquel momento en que ella bebe demasiado y deja caer los que acaba de pasarle el Colorado, con sólo abrir los dedos, de manera más definitiva que si los arrojara con violencia contra la mesa, estableciendo así que no volverán a jugar.

El Colorado se levanta, recoge los naipes y los va tirando en el fuego de la chimenea. Sólo resta, piensa el médico, acariciar a Molly o hablarle; encontrar y decir una frase limpia pero que aluda al amor. Alarga el brazo y le toca el pelo, lo aparta de la oreja, lo suelta, vuelve a levantarlo. El Colorado pone sobre la mesa la sombra de la escopeta, tomada ahora por el caño. Díaz Grey levanta el pelo y lo suelta, imaginando cada vez el suave golpe que debe ella sentir contra la oreja.

El Colorado está hablando sobre sus cabezas, agita la escopeta y su sombra; repite el nombre de Quinteros, termina y vuelve a comenzar la misma frase, dándole un sentido más transparente o confuso, según Molly lo mire o baje los ojos. La escopeta golpea la muñeca de Díaz Grey y la empuja contra la mesa.

—No se puede hacer —grita el Colorado.

Díaz Grey vuelve a separar el pelo de la oreja con dedos que apenas puede estirar; Molly alza las manos y las une encima de su bostezo. Entonces Díaz Grey siente el dolor en la muñeca y piensa, ya sin compensaciones, que puede estar rota. Ella coloca una mano sobre el pecho de cada uno. El Colorado vuelve a sentarse en la sillita, junto a la chimenea apagada, y Díaz Grey se acaricia el dolor que sube por el brazo, empuja la mano dolorida contra la boca de Molly, que retrocede, se resiste y se abre. Entonces llega el momento en que el médico resuelve matar al Colorado y desciende a la humillación de esconder el cuchillo de limpiar pescado entre la camisa y el vientre y pasearse frente al otro hasta que la hoja fría se entibia, hasta que Molly avanza, desde la puerta, desde alternados rincones de la habitación, extiende los brazos y se acusa a sí misma, alude a una fatalidad imprecisa y personal.

El médico, desembarazado del cuchillo, está tendido en

la cama, fumando; escucha el golpeteo de la llovizna en el techo, en la superficie de la tarde inmóvil. El Colorado se pasea ante la puerta de Molly, la escopeta inservible al hombro, cuatro pasos, vuelta, cuatro pasos.

El ruido del agua se hace furioso en el techo y en el follaje, se gasta; ahora ellos andan en el silencio expectante, escudriñando el paisaje gris desde las puertas y las ventanas, remedando ademanes de estatua en la galería, un brazo estirado, todos los sentidos juntos en el dorso de la mano. Por lo menos ella y Díaz Grey. El Colorado presiente la desgracia y se pasea en círculos, dentro de la habitación; arrastra un gemido y la culata del arma contra el piso. El médico espera a que la velocidad de su marcha aumente, se haga frenética, asuste a Molly, amaine.

Cuando Díaz Grey inicia sus viajes entre el galpón y la chimenea, cargando todo lo que pueda ser quemado, el otro continúa paseándose, jadeante, ensaya una canción que ella no quiere oír pero que finge acompañar con movimiento de la cabeza. Apoyada en el marco de la puerta, parece a la vez más alta y más débil, con los pantalones de playa y la tricota de marinero. El Colorado arrastra los pies y canta; ella balancea la cabeza con astucia y esperanza, mientras Díaz Grey enciende los fósforos, mientras la llamarada se alza y suena en el aire. Sin mirar hacia atrás, sin intentar saber qué pasa, Díaz Grey entra en la habitación de Molly. Tendido en la cama, repite a media voz la canción que cantaba el Colorado, mira los dedos de Molly en la hebilla del cinturón, calla al adivinar que el celestinaje corresponde al silencio. Vuelve a resonar la lluvia y las nubes se desgarran, sostienen la luz triste de la eterna tarde de mal tiempo. Mejilla contra mejilla en la ventana, ven alejarse al Colorado, cruzar diagonalmente la playa hasta pisar la orilla, la franja de arena y agua que limita una línea de espuma endurecida.

—Molly —dice Díaz Grey. Sabe que es necesario suprimir las palabras para que cada uno pueda engañarse a sí mismo, creer en la importancia de lo que están haciendo y atraer hasta ellos la sensación, ya reacia, de lo perdurable. Pero Díaz Grey no puede evitar nombrarla.

—Molly —repite, inclinado sobre su último olor—. Molly.

Ahora el Colorado está erguido, rígido junto a la chimenea enfriada, con la escopeta apoyada en los dedos de un pie. Ella se sienta a la mesa y bebe; Díaz Grey vigila al Colorado sin dejar de ver los dientes de Molly, manchados por el vino, exhibidos en una mueca reiterada que no intenta nunca ser una sonrisa. Ella deja el vaso, se estremece, habla en inglés a nadie. El Colorado continúa haciendo guardia al fuego muerto cuando ella reclama un lápiz y escribe versos, obliga a Díaz Grey a mirarlos y guardarlos para siempre, pase lo que pase. Hay tanta desesperación en la parte de la cara de la mujer que él se anima a mirar, que Díaz Grey mueve los labios como si leyera los versos y guarda con cuidado el papel mientras ella fluctúa entre el ardor y el llanto.

—Lo escribí yo, es mío —miente ella—. Es mío y es tuyo. Quiero explicarte lo que dice, quiero que lo aprendas de memoria.

Paciente y enternecida, lo obliga a repetir, lo corrige, le da ánimos:

> *Here is that sleeping place,*
> *Long resting place*
> *No stretching place,*
> *That never-get-up-no-more*
> *Place*
> *Is here.*

Salen a buscar al Colorado. Tomados del brazo, siguen el camino que le vieron hacer antes, en otro momento de la tarde desapacible; bajan, molestándose, paso a paso; caminan en diagonal hasta la orilla y continúan pisándola hasta el pueblo, el almacén. Díaz Grey pide un vaso de vino y se apoya en el mostrador; ella desaparece dentro del negocio, grita y murmura en el rincón del teléfono. Trae, al regresar, una sonrisa nueva, una sonrisa que daría miedo al médico si la sorprendiera dirigida a otro hombre.

Desandan el camino bajo la menuda llovizna que reaparece para enfrentarlos. Ella se detiene.

—No encontramos al Colorado —dice sin mirarlo. Levanta la boca para que Díaz Grey la bese y le deja un anillo en la mano al separarse—. Con esto podemos vivir meses, en cualquier parte. Vamos a recoger mis cosas.

Mientras apresuran el paso por la orilla, Díaz Grey busca en vano la frase y el tipo de mirada que quisiera dejar al Colorado. Ahora sí hay, cerca de la costa, un madero podrido que las olas alzan y hunden; hay un terceto de gaviotas y su escándalo revoloteando en el cielo.

Ella ve el automóvil antes que Díaz Grey y se echa a correr, resbalando en la arena. El médico la ve subir a una duna, los brazos abiertos, perder pie y desaparecer; queda solo ante el pequeño desierto de la playa, los ojos lastimados por el viento. Gira para protegerlos y termina por sentarse. Entonces —a veces en el final de la tarde, otras en su mitad— cava un pozo en la arena, tira el anillo y lo cubre; lo hace ocho veces, en los lugares que pisó el Colorado, en los que él mismo había señalado con una sola mirada. Ocho veces, bajo la lluvia entierra el anillo, y se aleja; camina hasta el agua, trata de equivocar sus ojos mirando los médanos, los árboles raquíticos, el techo de la casa, el automóvil en el declive. Pero vuelve siempre, en línea recta, sin vacilaciones, hasta el sitio exacto del enterramiento; hunde los dedos en la arena y toca el anillo. Tumbado cara al cielo, descansa, se hace mojar por la lluvia y se despreocupa; lentamente inicia el camino hasta la casa.

El Colorado está extendido junto a la chimenea apagada, mascando con lentitud; tiene un vaso de vino en la mano. Ella y Quinteros murmuran velozmente, cara contra cara, hasta que Díaz Grey avanza, hasta que es imposible negar que oyen sus pasos.

—Hola —dice Quinteros, y le sonríe, le alarga un brazo; todavía tiene el sombrero puesto, desacomodado.

Díaz Grey arrastra una silla y se sienta cerca del Colorado; le acaricia la cabeza y lo palmea, cada vez más fuerte, esperando que se enfurezca para golpearle la mandíbula. Pero el otro continúa mascando, apenas se vuelve para mirar; entonces Díaz Grey deja descansar su mano sobre el pelo rojizo y mira hacia ella y Quinteros.

—Todo está arreglado —dice Quinteros—. El beneficio de la duda, para repetir las palabras del juez. Si estabas preocupado, espero que ahora... Aunque, naturalmente, pueden quedarse aquí cuanto quieran.

Se acerca y se inclina para darle otros billetes doblados. Cuando Molly termina de pintarse y abrocharse el impermeable hasta el cuello, Díaz Grey se incorpora y abre bajo la luz, bajo la cara de la mujer, la mano con el anillo en la palma. Sin palabras —y ahora es necesario aceptar que la escena está situada en el final de la tarde— ella le toma los dedos y los va doblando, uno a uno, hasta esconder el anillo.

—Hasta cuando quieras —dice Quinteros desde la puerta. Díaz Grey y el Colorado oyen el ruido del motor que se aleja, su silencio, el murmullo del mar.

Aquí termina, en el recuerdo, la larga tarde lluviosa iniciada cuando Molly llegó a la casa en la arena; nuevamente el tiempo puede ser utilizado para medir.

Tan dramáticamente como si quisiera convencer de que lo ha comprendido todo antes que Díaz Grey, el Colorado se incorpora y vuelve hacia la puerta, hacia la lluvia que cede, una cara humanizada por la sorpresa y la angustia. Toca al médico por primera vez, le aferra un brazo y parece fortalecerse con el contacto; después se levanta y sale corriendo de la casa.

Díaz Grey abre la mano, se acerca a la luz para mirar el anillo y soplar los granos de arena que se le han pegado; lo deja sobre la mesa, bebe lentamente un vaso de vino, como si fuera bueno, como si le quedaran cosas en qué pensar. Hay tiempo, se dice; está seguro de que el Colorado no necesita ayuda. Cuando se resuelve a salir encuentra, examina con indiferencia el último momento que puede ser incorporado a la tarde brumosa: una franja de luz rojiza se estira muy alta sobre el río. Enciende un cigarrillo y camina hacia el costado de la casa donde está el galpón; piensa con indolencia que terminó por guardarse el anillo, que dejó sobre la mesa el papel con los versos, que tal vez el deliberado cinismo baste para limpiarlo del remedo de la pasión y su ridículo.

Cuando Díaz Grey, en el consultorio frente a la plaza de la ciudad provinciana, se entrega al juego de conocerse a sí mismo mediante este recuerdo, el único, está obligado a confundir la sensación de su pasado en blanco con la de sus hombros débiles; la de la cabeza de pelo rubio y escaso, doblada contra el vidrio de la ventana, con la sensación de la soledad admitida de pronto, cuando ya era insuperable. También le es forzoso suponer que su vida meticulosa, su propio cuerpo privado de la lujuria, sus blandas creencias, son símbolos de la cursilería esencial del recuerdo que se empeña en mantener desde hace años.

En el final preferido para su recuerdo, Díaz Grey se deja caer a un costado de la casa, sobre la arena mojada. El frenesí del Colorado, que amontona ramas, papeles, tablas, pedazos de muebles contra la pared de madera del chalet, lo hace reír a carcajadas, toser y revolcarse; cuando respira el olor del kerosene inmoviliza al otro con un silbido imperioso y se le acerca, resbalando sobre la humedad y las hojas, saca del bolsillo la caja de fósforos y la sacude junto a un oído mientras avanza y resbala.

EL ALBUM

La vi desde la puerta del diario, apoyado en la pared, bajo la chapa con el nombre de mi abuelo, Agustín Malabia, fundador. Había venido a traer un artículo sobre la cosecha o la limpieza de las calles de Santa María, una de esas irresistibles tonterías que mi padre llama editoriales y que una vez impresas quedan macizas, apenas ventiladas por cifras, pesando sensiblemente en la tercera página, siempre arriba y a la izquierda.

Era un domingo a la tarde, húmedo y caluroso en el principio del invierno. Ella venía del puerto o de la ciudad con la valija liviana de avión, envuelta en un abrigo de pieles que debía sofocarla, paso a paso contra las paredes brillosas, contra el cielo acuoso y amarillento, un poco rígida, desolada, como si me la fueran acercando el atardecer, el río, el vals resoplado en la plaza por la banda, las muchachas que giraban emparejadas alrededor de los árboles pelados.

Ahora caminaba por el costado del Berna, más joven, más pequeña dentro del abrigo desprendido, con una curiosa agilidad de los pies que no era transmitida a las piernas, que no alteraba su dureza de estatua de pueblo.

Vásquez, el de la reventa, llegó por el corredor y se puso a mi lado, viéndome mirar, limpiándose las uñas con un cortaplumas, también prestigiado, indistintamente, por las dos palabras del nombre de mi abuelo. Encendí la pipa, esperando el momento de moverme para cruzar en diagonal la calle, rozar tal vez a la mujer, enterarme con certeza de su edad y meterme con un portazo en el automóvil, el nuevo, que mi padre me había dejado traer. Pero ella se detuvo en la esquina, ocultando con la cabeza, con la punta del gorro de lana, la jarra desteñida que alzaba en el cartel de la cervecería un gringo abigotado. Se detuvo con las rodillas juntas, sin propósito de hacerlo, simplemente porque acababa de morir el impulso que la había remolcado calle arriba.

—Debe estar un poco loca de la cabeza —dijo Vásquez—. Hace una semana que está en el hotel, el Plaza; vino sola, dicen que cargada de baúles. Pero toda la mañana y la tarde se las pasa con esa valijita ida y vuelta por el muelle, a toda hora, a las horas en que no llegan ni salen balsas ni lanchas.

—Es fea, debe tener sus añitos —dije, y bostecé.

—Según se mire, Jorgito —dictaminó con suavidad—. Más de uno se tiraría su lance —me tocó el hombro en despedida y cruzó diagonalmente, casi como yo proyectaba hacerlo, gris y pequeño, con el andar heredado de su amigo Junta, tratando de apoyar sobre el asfalto fangoso la rotundidad de un peso que no tenía. Pasó muy cerca de la mujer en la esquina del Berna, sin mover el cuello para mirarla, y entró en el negocio.

Yo sabía que no era para mí —y tal vez por nadie, ni siquiera por ella misma— que la mujer se había sosegado en la vereda, inmóvil y ocre en el centro de la tarde de domingo, agregada pasivamente al calor, a la humedad, a la nostalgia sin objeto. Pero me mantuve sin moverme, sin dejar de mirarla, hasta que la pipa estertoró vacía exactamente en el momento en que ella tuvo que adelantar un pie y descender, continuar avanzando en dirección al hotel por el desierto de la bocacalle que nos había separado y reunido, a pasos cortos y fáciles, con los que sólo se proponía marcar el transcurso del tiempo, atravesando desasida el temblor del bombo, la osadía del clarinete, el principio de la noche y los olores débiles, reticentes, de sus anticipaciones de la muerte.

Al día siguiente, de mañana, pensé que Vásquez había mentido o exagerado, o que la mujer ya no estaba en Santa María. Me vine a la ciudad en el primer ómnibus para hacerle cambiar las cuerdas a la raqueta, convencí a Hans de que era capaz de morir antes de divulgar que me había cortado el pelo un lunes de mañana, con la puerta de la peluquería cerrada, cuchicheando él y yo entre brillos de metales y espejos en la penumbra, compré tabaco para la pipa y caminé hasta el puerto.

La mujer no estaba ni vino, la balsa llegó con poca gente, con bolsas de trigo o maíz, con un colectivo despintado y viejo. Fumé paseando y después sentado en el muelle, las piernas colgadas sobre el agua. A veces, con sólo el perfil, espiaba el movimiento en los adoquines y en el portón del edificio rojo de la aduana; no supe qué era preferible estar haciendo o pensando cuando la mujer y la pequeña valija, y acaso nuevamente el abrigo de pieles, el gorro de lana, se acercaran para sorprenderme de espaldas. La balsa dio un bocinazo y se apartó del muelle a la una en punto. Todavía esperé, hambriento, asqueado de la pipa. Las bolsas y el colectivo habían quedado en el muelle; mi padre escribía un editorial sobre "¿Necesitamos importar trigo?" (Las hasta ayer tradicionalmente tierras feraces de Santa María) o sobre "Valiosa contribución a los transportes provinciales" (La labor progresiva emprendida en forma decidida por nuestra comuna).

Casi apoyada en el horizonte, diminuta, la balsa se había inmovilizado. Empecé a subir hacia la ciudad. Ya no recordaba a la mujer de la valija ni sentía amor o curiosidad por aquel llamado, aquella alusión que yo le había visto situar en el aire que nos separaba, entre la esquina del Berna y la de El Liberal. Desesperado y con hambre, tragando el gusto a fósforo de la pipa, yo iba pensando: "Una medida inconsulta, aprobada en forma inexplicable por la autoridad que nos rige, acaba de autorizar la entrada de veintisiete y medio bushels de trigo por el puerto de Santa María. Con la misma independencia de criterio que hemos puesto en juego para aplaudir la obra que lleva realizada el nuevo Concejo, debemos hoy alzar condenatoria nuestro voz insospechable".

Desde La Nueva Italia llamé a mamá y le dije que comería en la ciudad para poder llegar a hora al colegio. Estaba seguro de que la mujer había sido rechazada o disuelta por la imbecilidad de Santa María simbolizada con exactitud por los artículos de mi padre: "Una verdadera afrenta, no trepidamos en decirlo, hecha por los señores concejales a los austeros y abnegados laborantes de las colonias circunvecinas que han fecundado con su sudor generación tras generación la envidiable riqueza de que disfrutamos".

Cuando salimos de clase, Tito se empeñó en que tomáramos un vermouth en el Universal (no quiso ir al Plaza por miedo de encontrarse con su padre) y en hacerme creer una historia de amor con su prima segunda, la maestra; insistió en detalles plausibles, contestó con habilidad mis preguntas, era claro que había estado preparando con tiempo la confidencia. Me puse serio, me puse triste, me indigné:

—Mirá —le dije, buscándole encarnizado los ojos—, tenés que casarte con ella. No hay excusas; aunque tu prima no quiera. Si es verdad lo que me dijiste, tenés que casarte. A pesar de todo; aunque la pobre tiene los tobillos gruesos como muslos, aunque frunce la boca como una vieja soltera.

Tito empezó a sonreír y a sacudir la cabeza, y estaba por decirme que todo era broma cuando me levanté y lo hice enrojecer de miedo, de duda.

—No quiero ni puedo verte hasta que te hayas comprometido. Pagá porque invitaste.

Sólo me arrepentí durante tres pasos, cruzando la vereda del café, mientras escondía los cuadernos y el libro de inglés en el bolsillo del impermeable. Gordito, sonrosado, presuntuoso, servil, tal vez ahora con los ojos húmedos, idiota, mi amigo. El tiempo continuaba húmedo, tibio en las aberturas de las esquinas, indeciso en la sombra de los patios, cálido a las dos cuadras de marcha. Mientras bajaba hacia el puerto me sentí feliz contra toda mi voluntad, me puse a canturrear la marcha innominada que corona las retretas de la plaza, supuse un olor de jazmines, recordé un verano ya muy antiguo en que las quintas lanzaron toneladas de jazmines contra la ciudad, y descubrí, entreparándome, que ya tenía un pasado.

La vi desde la altura enjardinada de la rambla: la silueta creciendo al otro lado del malecón, a medida que ella avanzaba hacia la bruma del agua, mostrando y confundiendo la valija y el abrigo de invierno. Fue y vino mientras yo fumaba la pipa; a veces se detenía sobre las grandes losas del muelle, junto a la orilla, mirando la niebla y el pedazo lejano, despejado, que contenía las ruinas rosadas del palacio de Latorre; pero yo estaba seguro de que no esperaba nada, me sentía. Las lanchas atracaban y volvían a internarse en el río; pero ella no movía la cabeza para localizar las bocinas, no espiaba los grupos borrosos de pasajeros. Estaba allí pequeña y dura, mirando la gran nube blancuzca apoyada en las olas, inventando sorpresas, aproximaciones. Empezaba a oscurecer y a refrescar cuando se cansó y dio media vuelta, observando si todo quedaba en orden antes de cruzar rectamente el muelle.

La seguí hasta el hotel, creyendo que ella —sin volverse, sin mirarme— sentía mi presencia media cuadra atrás, y que yo le era útil, le ayudaba a subir las calles, a vivir. Caminaba dormida, sin enterarse, como lo había hecho la tarde anterior por el costado del Berna y por el costado del domingo y de la música añorante que dirigía Fitipaldi en la plaza sin más ayuda que el vaivén de sus ojos furiosos. Pero ahora la vi detenerse en cada vidriera de las dos cuadras de alrededor de la plaza: miraba, el hombro derecho contra el vidrio, torciendo apenas la cabeza, gastando exactamente medio minuto en cada una, el perfil indiferente en la agresividad de las luces que iban encendiendo, despreocupada de que le mostraran enaguas, paquetes de yerba, cañas de pescar, repuestos de tractores.

Por fin entró en el Plaza; yo continué andando hasta el club, puse tabaco en la pipa, miré la niebla que un viento frío comenzaba a desgarrar, justamente sobre la plaza, y volví. Estaba sentada en un taburete del mostrador, frente a una copa diminuta que miraba sin tocar, las dos manos protegiendo la valija que había acomodado en la falda. Me senté contra una ventana, lejos del mostrador, y me puse a revisar los cuadernos de apuntes. Ella continuaba quieta, recogida, hipnotizada por el punto de oro de la copa. Tal vez me viera por el espejo, tal vez me haya estado viendo desde que llegué al puerto con la pipa entre los dientes y un pasado recién descubierto. Leí en el cuaderno: *Why, thou wert better in thy grave that to answer with by uncovered body this extremity of the skies*. Y era cierto que ella me veía por el espejo, porque cuando alcé los ojos no tuvo necesidad de volver la cabeza antes de sujetar la copita con los dedos, bajarse del taburete y venir por un camino recto que construyó milagrosamente entre las mesas, sosteniendo el líquido intacto contra el pecho, la valija separada sin esfuerzo del invisible juego de las rodillas.

Se sentó y puso la copa exactamente en el centro de la mesa; y como el mozo no me había atendido, nadie podía saber si era suya o mía. La estuvo mirando con los ojos bajos y yo empecé a conocer su cara, a llenarme de aprensiones mientras escondía el cuaderno de inglés. Estuvo, con su gorro de lana —a franjas, viejo, mal tejido— inclinado sin gracia contra una oreja, tranquila y seria, como si meditara antes de resolverse para siempre, como si fuera imprescindible que las cosas se iniciaran con una parodia de meditación. Supe que lo único que verdaderamente importaba en su cuerpo —a pesar de mi hambre, del hambre de Tito, de todas las voraces hambres cobardes de los amigos— era su cara redonda, oscura, joven y gastada, los párpados torcidos hacia los pómulos, la gran boca raída. Después bebió el contenido de la copa de un trago, mirándome, y ya me estaba sonriendo cuando la dejó en la mesa: una constante sonrisa furiosa, a la vez desvalida y posesiva como una mirada, como si me mirara también con los dientes, con la adelgazada línea roja, el vello y las arrugas que los rodeaban.

—¿Te puedo tutear? —dijo—. Hace muchos años nos citamos para esta tarde. ¿Es verdad? No importa cuándo, porque ya ves que no pudimos olvidarlo y aquí estamos, puntuales.

La cara y además la voz. Cuando vino el mozo ella pidió otra copa y yo no quise nada; me puse a trabajar en la pipa, ruborizado, abandonándome, seguro de que ella no se burlaba, de que eran innecesarias las explicaciones. La cara, siempre, y aquella voz que actuaba como sus pies, libre e ignorada, persuasiva, sin recurrir a las pausas.

Pero todo esto es un prólogo, porque la verdadera historia sólo empezó una semana después. También es prólogo mi visita a Díaz Grey, el médico, para conseguir que me presentara al viajante de un laboratorio que se había establecido, con media docena de valijas llenas de muestras de drogas, en el primer piso del hotel, en el mismo corredor del hotel donde estaba la habitación de la mujer; y mi entrevista con el viajante, y cómo su reposado cinismo, su arremangada camisa de seda, su pequeña boca húmeda humillaron sin dolor, un mediodía, en su cuarto en desorden, las frases aprendidas de memoria que traté de repetir con indolencia. Antes de decirme que sí se estuvo riendo, casi sin ruido, en calcetines, tirado en la cama, chupando un cigarro, contándome recuerdos sucios. Bajamos juntos y explicó al gerente que yo iría todas las tardes a su habitación para ayudarlo a copiar a máquina unos informes; "Déle una llave"; me apretó la mano con fuerza, serio, como a un hombre de su edad, con un extraño orgullo en los ojos pequeños y felices.

No quise inventar otra mentira para mis padres; repetí el cuento de los informes a máquinas que me había encargado el viajante, despreocupándome del dinero que tendría que cobrar y mostrar. Todas las tardes, en cuanto terminaban las clases —y a veces antes, cuando me era posible escapar— entraba en el hotel, saludaba con una sonrisa a quien estuviera de turno atrás de la caja registradora y subía por el ascensor o la escalera. El viajante —Ernesto Maynard decían las chapitas de los muestrarios— estaba recorriendo las farmacias de la costa; durante los primeros días gasté mucho tiempo en examinar los tubos y los frascos, en leer las promesas y las órdenes de los prospectos en papel de seda, subyugado por su estilo impersonal, a veces oscuro, mesuradamente optimista. Arrimado a la puerta, escuchaba después el silencio del corredor, los ruidos del bar y la ciudad. Sucedió.

La mujer fingía siempre estar dormida y despertaba con un pequeño sobresalto, con cambiantes nombres masculinos, deslumbrada por los restos de un sueño que ni mi presencia ni ninguna realidad podrían compensar. Yo estaba hambriento y mi hambre se renovaba y me era imposible imaginarme sin ella. Sin embargo, la satisfacción de este hambre, con todas sus pensadas o inevitables complicaciones, se convirtió muy pronto, para la mujer y para mí, en un precio que necesitábamos pagar.

La verdadera historia empezó un anochecer helado, cuando oíamos llover y cada uno estaba inmóvil y encogido, olvidado del otro. Había una barra estrecha de luz amarilla en la puerta del baño y yo reconstruía la soledad de los faroles en la plaza y en la rambla, los hilos perpendiculares de la lluvia sin viento. La historia empezó cuando ella dijo de pronto, sin moverse, cuando la voz trepó y estuvo en la penumbra, medio metro encima de nosotros:

—Qué importa que esté lloviendo, aunque llueva así cien años esto no es lluvia. Agua que cae, pero no lluvia.

Había estado, también antes, la gran sonrisa invisible de la mujer, y es cierto que ella no habló hasta que la sonrisa estuvo totalmente formada y le ocupó la cara.

—Nada más que agua que cae y la gente tiene que darle un nombre. Así que en este pueblucho o ciudad le llaman lluvia al agua que cae; pero es mentira.

No pude sospechar, ni siquiera cuando llegó la palabra Escocia, qué era lo que se estaba iniciando: la voz caía suave ininterrumpida encima de mi cara. Me explicó que sólo es lluvia la que cae sin utilidad ni sentido.

—El castillo estaba en Aberdeen y era tan viejo que el viento andaba por los corredores, los salones y las escaleras. Había más viento allí que en la noche de afuera. Y la lluvia que nos había amontonado durante dos días contra la chimenea alta como un hombre, terminó por atraernos hacia las ventanas rotas. Así que no hablábamos, estábamos desde la mañana a la noche rodeando el salón, la nariz de cada uno contra el vidrio de una ventana, quietos como las figuras de piedra de una iglesia. Hasta que al tercer día, creo, Mac Gregor anunció que ya no llovía, que empezaría a nevar, que los caminos iban a quedar cerrados y que cada uno era dueño de pensar que esto resultaba mejor o peor que la lluvia.

Este fue el primer cuento; volvió a decirlo algunas veces, casi siempre porque yo lo pedía cuando estaba aburrido del calor de la India o del campamento de Amatlán. Tal vez nadie en el mundo sepa mentir así, pensaba yo. O tal vez nadie cazó zorros hasta que ella se echó a reír, sacudiendo la cabeza, luchando sin energía con un recuerdo de desteñida vergüenza, para atar de inmediato el caballo a un árbol y esconderse con un lord o un sir o un segundón de lord en un pabellón en ruinas, revolcarse en el ineludible jergón de hojas, mientras giraba alrededor de ellos, en el paisaje cursi de esplendoroso frío que ella acababa de hacer —allí, a mi lado,

117

sin esfuerzo, con un placer impersonal y divino—, la primera cacería de zorro que estremeció la tierra, el acordado frenesí que ella iba dirigiendo con palabras ambiciosas y marchitas: pompa, traílla, casaca, floresta, rastreador, la inútil violencia, una pequeña muerte parda.

Y en el centro de cada mentira estaba la mujer, cada cuento era ella misma, próxima a mí, indudable. Ya no me interesaba leer ni soñar, estaba seguro de que cuando hiciera los viajes que planeaba con Tito, los paisajes, las ciudades, las distancias, el mundo todo me presentaría rostros sin significado, retratos de caras ausentes, irrecuperablemente despojados de una realidad verdadera.

Estaba el hambre, siempre; pero escucharla era el vicio, más mío, más intenso, más rico. Porque nada podía compararse al deslumbrante poder que ella me había prestado, el don de vacilar entre Venecia y El Cairo unas horas antes de la entrevista, hermético, astutamente vulgar entre los doce pobres muchachos que miraban formarse palabras desconcertantes en el pizarrón y en la boca de míster Pool; nada podía sustituir los regresos anhelantes que me bastaba pedir susurrando para tenerlos, nunca iguales, alterados, perfeccionándose.

Habíamos ido de Nueva York a San Francisco —por primera vez, y lo que ella describía me desilusionó por su parecido con un aviso de bebidas en una de las revistas extranjeras que llegan al diario: una reunión en una pieza de hotel, las enormes ventanas sin cortinas abiertas sobre la ciudad de mármol bajo el sol; y la anécdota era casi un plagio de la del hotel Bolívar, en Lima—, acabábamos de "llorar de frío en la costa este y antes de que pasara un día, increíble, nos estábamos bañando en la playa", cuando apareció el hombre.

Era ancho y bajo y yo sólo quise enterarme de las pocas cosas que hoy siguen bastando para armarlo y sostenerlo: las cejas anchas, el cuello de la camisa brillante y rayado, una perla, el corte novedoso de las solapas. Tal vez también, aunque innecesarias, su pequeña, terca sonrisa en media luna, sus manos peludas puestas sobre la mesa como cosas traídas para exhibir y presionar y que no olvidaría al marcharse. Estaban sentados cerca del comedor, a las siete de la tarde. Ella se inclinaba sobre las copas y el cenicero, una varilla de humo le cortaba la cara; bajo las negras cejas del hombre había un plácido bochorno, la vacilación de interrumpir un elogio exaltado.

Tomé el ascensor y fui a encerrarme en el cuarto de Maynard; tirado en la cama, fumando la pipa, escuché los ruidos del corredor, leí un relato de victorias dramáticas y parciales sobre el mal de Parkinson y supe que la anemia perniciosa es una enfermedad de rubias de ojos azules. Hasta que de pronto se me ocurrió que ella podía subir acompañada por el hombre, sus pasos rápidos, ignorantes del suelo y de la meta, escoltados por tacos graves, lentos, masculinos. Bajé. Estaban en la mesa y continuaban pensando en las mismas cosas, la cara de ella hacia las cejas retintas, la del hombre hacia las manos depositadas en el mantel.

Crucé la plaza sin celos, triste y enconado, inventando presentimientos de desgracia. Doblé en Urquiza y fui hasta la ferretería. Montado en una escalera, vestido hasta los tobillos por el guardapolvo gris hierro, gris polvo, el dependiente tenía una caja de madera en las rodillas y examinaba agujeros de tuercas para enterarse de si la rosca giraba hacia la izquierda o hacia la derecha. Cuando terminaba de olerlas las clasificaba.

La vieja estaba detrás del mostrador, con una pañoleta negra en los hombros, solemne, mezquina, mucho más miope que la semana anterior.

—El Tito está arriba estudiando —no contestó mi saludo, no me invitó a subir, me estuvo mirando como si sospechara que yo tenía la culpa de que su pelo gris me llenara de asco. Entonces tuve que malgastar mi sonrisa, un destello, una especial forma del candor con dos puntos diminutos de insolencia en los ojos. Luchó un poco:

—¿Por qué no subís?

—Es un momento, gracias. Quiero pedirle un apunte.

Crucé el patio, vi detrás de una puerta a la hermana de Tito planchando; el frío estaba inmóvil, un gato negro esquivó en silencio mi patada y mi escupida. Tito escondió bajo la almohada la revista que estaba leyendo y me hizo señas de secreto y cariño antes de rebuscar en el ropero y mostrarme la botella de caña.

—Lo que sí que tengo sólo un vaso.

Estaba contento, gordito, turbado. Majestuoso, un poco melancólico, acepté con un gesto, compartí su baba, puse un codo sobre el hule devastado de la mesa, encendí la pipa con lentitud.

—Estuve leyendo otra vez el poema —dijo y alzó el vaso mugriento, adornado con flores, comprado para cepillos de dientes o infusiones de yuyos—. Y aunque vos digas, no es malo. Hay mucho humo. ¿Querés que abra la ventana?

En Santa María, cuando llega la noche, el río desaparece, va retrocediendo sin olas en la sombra como una alfombra que envolvieran; acompasadamente, el campo invade por la derecha —en ese momento estamos todos vueltos hacia el norte—, nos ocupa y ocupa el lecho del río. La soledad nocturna en el agua o a su orilla, puede ofrecer, supongo, el recuerdo, o la nada o un voluntario futuro; la noche de la llanura que se extiende puntual e indominable sólo nos permite encontrarnos con nosotros mismos, lúcidos y en presente.

—Eso no es un poema —dije con dulzura—. Le hacés creer a tu padre que estás estudiando y te encerrás para leer una revista puerca que yo mismo te presté. No es un poema, es la explicación de que tuve un motivo para escribir un poema y no pude hacerlo.

—Te digo que es bueno —golpeó apenas la mesa con el puño, rebelde, emocionante.

Cuando llega la noche nos quedamos sin río y las sirenas que revibran en el puerto se transforman en mugidos de vacas perdidas y las tormentas en el agua suenan como un viento seco entre trigales, sobre montes doblados. Que cada hombre esté solo y se mire hasta pudrirse, sin memoria ni mañana; esa cara sin secretos para toda la eternidad.

—Y tu hermana se va a casar con el dependiente de la ferretería, no este año, claro, sino cuanto tu viejo no tenga más remedio que darle una habilitación. Y vos algún día te vas a poner atrás del mostrador, no para disputarle tu hermana al dependiente, como sería justo y poético, como haría yo, sino para evitar que te roben entre los dos.

Me ofreció el vaso con una sonrisa tolerante, bondadosamente cínica. Tomé un trago mientras buscaba recordar qué había venido a hacer en el altillo, junto a él, mi amigo. Acerqué un fósforo al chirrido de la pipa. Había venido para pensar, al amparo incomprensible de Tito, que yo no tenía celos del hombre de las cejas y la perla; que ella no me había mirado ni podría mirarme con aquella enardecida necesidad de humillación que yo había entrevisto al cruzar el bar; que sólo temía, verdaderamente, perder peripecias y geografías, perder el merendero crapuloso de Nápoles donde ella hacía el amor sobre música de mandolinas; el estudio de San Pablo donde ella ayudaba de alguna manera a un hombre trompudo y contrito a corregir la arquitectura de las zonas templadas y las cálidas. No miedo a la soledad; miedo a la pérdida de una soledad que yo había habitado con una sensación de poder, con una clase de ventura que los días no podrían ya nunca darme ni compensar.

Hubo la tarde siguiente, sin rastros del hombre, sin que ni ella ni yo aludiéramos al desencuentro del día anterior. (También era parte de mi felicidad evitar las preguntas razonables: saber por qué estaba ella en Santa María, por qué recorría el muelle con la valija.) Tal vez ella haya sido aquella tarde más protectora, más exigente, más minuciosa. Sólo es seguro que ella no estuvo, no fue nombrada, no abrazó a ningún hombre en la historia prolongada sobre el Rhin, en un barco que viajaba con mal tiempo de Maguncia a Colonia. Y las demás convicciones son dudosas: la intención de su sonrisa en la penumbra, la intensidad alarmante del frío, el amor temeroso con que ella alargaba los detalles del viaje, sus ganas de suprimir lo esencial, de confundir los significados. Sólo me dio, de todos modos, cosas que yo sabía de memoria: una balsa sobre un río, gente rubia e impávida, la siempre fallida esperanza de una catástrofe definitiva.

Y también de todos modos, mientras me vestía, me acomodaba la boina y trataba de reorganizar rápidamente mi confianza en la imbecilidad del mundo, le perdoné el fracaso, estuve trabajando en un estilo de perdón que reflejara mi turbulenta experiencia, mi hastiada madurez.

La recuerdo despeinada y conforme, dejándome marchar, ayudándome a que me fuera, despidiendo mi cuerpo flaco, mi torpeza, mis oídos.

Y así como al decirle adiós a la mujer en la tarde del viaje tempestuoso sobre el Rhin me estaba separando de mi madre, me encontré con mi padre al día siguiente, a las seis de la tarde. Estaba sentado en el mostrador del bar, vigilando la entrada con un perfil rojizo y entusiasta, seguro de que me atraparía al pasar, un poco borracho, llamándose entonces Ernesto Maynard. Sólo tuvo que mover un pulgar para atraerme.

—¿Cómo le va? —dije con mi voz más gruesa; me acomodé a su lado, puse en orden sobre mis piernas los libros y la libreta, acepté la bebida que él quiso.

Bebimos en silencio, pausados. Después él me puso una mano en el hombro, apenas, sin dominio, sin piedad. Seguiré recordándolo con amor durante años, mordiendo el habano a mi lado, apartándolo para mirar con sus ojos satisfechos y pequeños la longitud y el color de la ceniza, grueso y seguro, buscando con su grosera, simple cabeza la fórmula que no hiriera demasiado pero que contuviese a la vez aquella amargura que fortifica y enseña.

—Bueno, se mandó a mudar. Conozco toda la historia. Yo, metido en la pieza de hotel o viajando por la costa, convenciendo a médicos, dentistas, boticarios y curanderos. Puedo vender cualquier cosa, lo supe desde siempre, desde que era más chico que vos, es un don. Trabajando duro. Pero nunca se me escapó un chisme. Los adivino antes de que empiecen a formarse; todos los cuernos, todos los abortos, todas las estafas. Se fue esta mañana, o, mejor dicho, no volvió desde anoche. Dejó una carta pidiendo que le guarden el baúl, que va a volver a buscarlo y a pagar el saldo de la cuenta, unos trescientos pesos. Nada más que el baúl; y debe estar lleno de piedras, o de ropas viejas o de cuentas de otros hoteles. Yo sabía también que a las seis y cuarto ibas a llegar al hotel. Te esperé para decirte, sin vueltas, que esa mujer no vuelve más y que no importa que no vuelva. Y que no es posible que vivas como todos estos pobres tipos que compran las camisas, o se las compran las esposas, en La Moderna y eligen los trajes en el catálogo de Gath y Chaves. Esperando que les caigan mujeres y negocios, o ya no esperando nada. Tenés que disparar. Algún día, quién te dice, me vas a dar las gracias.

Le di las gracias y salí, sabiendo de verdad por primera vez que no tenía con quien estar. Aquella noche traté de rehacer el mundo, cada lugar que ella me había dado, cada fábula. Dejé de recordar su cara en cuanto hubo luz en la ventana.

Y tampoco servía pedir prestado el dinero. Fui de mañana al banco y dejé cinco pesos en mi cuenta de ahorros; fui a lo de Salem y empeñé el reloj que había heredado de mi hermano (muda y melodramática mi cuñada lo desprendió de la muñeca de mi hermano muerto). Antes de mediodía estuve plantado frente a la caja registradora del hotel, lleno de dinero, de poder, de una oscura necesidad de ofensa y desgaste. Expliqué que la mujer me había hecho llegar los trescientos pesos para rescatar el baúl; me dieron un recibo, me hicieron firmar otro: "Por Carmen Méndez". Arreglé con Tito para que lleváramos el baúl al garaje de la ferretería cuando sus padres durmieran. Durante todo el día estuve pensando en el doctor Díaz Grey, imaginando que todo esto lo estaba haciendo por él, por el impreciso prestigio de la caballerosidad que él representaba en el pueblo, pequeño, bien vestido, desterrado, exagerando con ternura la renguera que apoyaba en el bastón.

Así que agotado y orgulloso, veinticuatro horas después que la mujer dejara Santa María, me encerré con Tito en el garaje y destapamos una botella mientras conversábamos de noches de bodas y de las repercusiones de las muertes, sentados en el baúl, golpeándolo suavemente con los tacos. Cuando la botella estuvo por la mitad y él me pidió que no habláramos del cuerpo de su hermana, rompí el candado y fuimos extrayendo ropas sucias e inservibles, sin perfumes, con olor a uso, a sudor y encierro, revistas viejas, dos libros en inglés y un álbum con tapas de cuero y las iniciales C.M.

En cuclillas, envejecido, tratando de manejar la pipa con evidente soberbia, vi las fotografías en que la mujer —menos joven y más crédula a medida que iba pasando rabioso las páginas— cabalgaba en Egipto, sonreía a jugadores de golf en un prado escocés, abrazaba actrices de cine en un cabaret de California, presentía la muerte en el ventisquero del Ruan, hacía reales, infamaba cada una de las historias que me había contado, cada tarde en que la estuve queriendo y la escuché.

HISTORIA DEL CABALLERO DE LA ROSA Y DE LA VIRGEN ENCINTA QUE VINO DE LILIPUT

1

En el primer momento creímos los tres conocer al hombre para siempre, hacia atrás y hacia adelante. Habíamos estado tomando cerveza tibia en la vereda del Universal, mientras empezaba una noche de fines de verano; el aire se alertaba alrededor de los plátanos y los truenos jactanciosos amagaban acercarse por encima del río.

—Vean —susurró Guiñazú, retrocediendo en la silla de hierro—. Miren, pero no miren demasiado. Por lo menos, no miren con avidez y, en todo caso, tengan la prudencia de desconfiar. Si miramos indiferentes, es posible que la cosa dure, que no se desvanezcan, que en algún momento lleguen a sentarse, a pedir algo al mozo, a beber, a existir de veras.

Estábamos sudorosos y maravillados, mirando hacia la mesa frente a la puerta del café. La muchacha era diminuta y completa; llevaba un vestido justo, abierto sobre el pecho, el estómago y un muslo. Parecía muy joven y resuelta a ser dichosa, le era imposible cerrar la sonrisa. Aposté a que tenía buen corazón y le predije algunas tristezas. Con un cigarrillo en la boca, ansiosa y amplia, con una mano en el peinado, se detuvo junto a la mesa y miró alrededor.

—Supongamos que todo está en orden —dijo el viejo Lanza—. Demasiado próxima a la perfección para ser una enana, demasiado segura y demagógica para ser una niña disfrazada de mujer. Hasta a nosotros nos miró, tal vez la luz la ciegue. Pero son las intenciones las que cuentan.

—Pueden seguir mirando —permitió Guiñazú—, pero no hablen todavía. Acaso sean tal como los vemos, acaso sea cierto que están en Santa María.

El hombre era de muchas maneras y éstas coincidían, inquietas y variables, en el propósito de mantenerlo vivo, sólido, inconfundible. Era joven, delgado, altísimo; era tímido e insolente, dramático y alegre.

Irresolución de la mujer; después movió una mano para desdeñar las mesas en la vereda y a sus ocupantes, la alharaca de la tormenta, el planeta sin primores ni sorpresas que acababa de pisar. Dio un paso para acercarle una silla a la muchacha y ayudarla a sentarse. Le sonrió para saludarla, le acarició el pelo y luego las manos, mientras descendía con lentitud hasta tocar su propio asiento con los pantalones grises, muy estrechos en las pantorrillas y en los tobillos. Con la misma sonrisa que usaba para la muchacha y que le había enseñado a copiar, se volvió para llamar al mozo.

—Ya cayó una gota —dijo Guiñazú—. La lluvia estuvo amenazando desde la madrugada y va a empezar justo ahora. Va a borrar, a disolver esto que estábamos viendo y que casi empezábamos a aceptar. Nadie querrá creernos.

El hombre estuvo un rato con la cabeza vuelta hacia nosotros, mirándonos, tal vez. Con la onda oscura y lustrosa que le disminuía la frente, con el anómalo traje de franela gris donde el sastre había clavado una pequeña rosa dura, con su indolencia alerta y esperanzada, con una amistad por la vida más vieja que él.

—Pero puede ser —insistió Guiñazú— que los demás habitantes de Santa María los vean y sospechen, o por lo menos tengan miedo y odio, antes de que la lluvia termine por borrarlos. Puede ser que alguno pase y los sienta extraños, demasiado hermosos y felices y dé la voz de alarma.

Cuando llegó el mozo, demoraron en ponerse de acuerdo; el hombre acariciaba los brazos de la muchacha, proponiendo con paciencia, dueño del tiempo y repartiéndolo con ella. Se inclinó sobre la mesa para besarle los párpados.

—Ahora vamos a dejar de mirarlos —aconsejó Guiñazú.

Yo escuchaba la respiración del viejo Lanza, la tos que nacía de cada chupada al cigarrillo.

—Lo sensato es olvidarlos, no poder rendir cuentas a nadie.

Empezó el chaparrón y recordamos haber dejado de oír los truenos sobre el río. El hombre se quitó el saco y lo puso sobre la espalda de la muchacha, casi sin necesidad de movimientos, sin dejar de venerarla y decirle con la sonrisa que vivir es la única felicidad posible. Ella tironeó de las solapas y estuvo mirando divertida las rápidas manchas oscuras que se extendían por la camisa de seda amarilla que el hombre había introducido en el aguacero.

La luz de la U de Universal refulgía en la humedad de la rosita hierática y mezquina que dilataba el ojal del saco. Sin dejar de mirar a su marido —yo acababa de descubrir los anillos en las manos unidas sobre la mesa— ella torció la cabeza para rozar la flor con la nariz.

En el portal donde nos habíamos refugiado, el viejo Lanza dejó de toser y dijo una broma sobre el caballero de la rosa. Nos pusimos a reír, separados de la pareja por el estruendo de la lluvia, creyendo que la frase servía para definir al muchacho y que ya empezábamos a conocerlo.

2

Todo lo que fuimos sabiendo de ellos no tuvo interés para

127

mí, hasta cerca de un mes después, cuando la pareja se instaló en Las Casuarinas.

Supimos que habían estado en el baile del Club Progreso, pero no quién los invitó. Alguno de nosotros estuvo mirando bailar a la muchacha toda la noche, diminuta y vestida de blanco, sin olvidar nunca, cuando se aproximaba al largo y oscurecido mostrador del bar donde su marido conversaba con los socios más viejos e importantes, sin olvidar sonreírle con un destello tan tierno, tan espontáneo y regular, que se hacía imposible no perdonarla.

En cuanto a él, lánguido y largo, lánguido y entusiasta, otra vez lánguido y con el privilegio de la ubicuidad, bailó solamente con las mujeres que podían hablarle —aunque no lo hicieran— de la incomprensión de los maridos y del egoísmo de los hijos, de otros bailes con valses, one-steps y el pericón final, con limonadas y clericots aguados.

Bailó sólo con ellas y sólo aceptó inclinar unos segundos sobre hijas y solteras el alto cuerpo vestido de oscuro, la hermosa cabeza, la sonrisa sin pasado ni prevenciones, la confianza en la dicha inmortal. Y esto, con distracción cortés y de paso. Ellas, las vírgenes y las jóvenes esposas sanmarianas —cuenta el observador—, las que de acuerdo al breve vocabulario femenino no habían empezado aún a vivir y las que habían dejado prematuramente de hacerlo y rumiaban desconcertadas el rencor y la estafa, parecían estar allí nada más que para darle, sin falta, un puente entre mujeres y hombres maduros, entre la pista de baile y los incómodos taburetes del bar en penumbra donde se bebía con lentitud y se hablaba de la lana y el trigo. Cuenta el observador.

Bailaron juntos la última pieza y mintieron tenaces y al unísono para librarse de las invitaciones a comer. El se fue inclinando, paciente y contenido, sobre las manos viejas que oprimía sin atreverse a besar. Era joven, flaco, fuerte; era todo lo que se le ocurría ser y no cometió errores.

Durante la cena, nadie preguntó quiénes eran y quién los

había invitado. Una mujer esperó un silencio para recordar el ramo de flores que había tenido la muchacha en el costado izquierdo del vestido blanco. La mujer habló con parsimonia, sin opinar, nombrando simplemente un ramo de flores de paraíso sujeto al vestido por un broche de oro. Arrancado tal vez de un árbol en cualquier calle solitaria o en el jardín de la pensión, de la pieza o del agujero en que estuvieron viviendo durante los días inmediatos al Victoria y que ninguno de nosotros logró descubrir.

3

Casi todas las noches, Lanza, Guiñazú y yo hablábamos de ellos en el Berna o en el Universal, cuando Lanza terminaba de corregir las pruebas del diario y se nos acercaba rengueando, lento, bondadoso, moribundo y encima de las manchas de sol que habían caído sin viento de las tipas.

Era un verano húmedo y yo estaba por entonces al borde de la salvación, próximo a aceptar que había empezado la vejez; pero todavía no. Me juntaba con Guiñazú y hablábamos de la ciudad y de sus cambios, de testamentarías y de enfermedades, de sequías, de cuernos, de la pavorosa rapidez con que aumentaban los desconocidos. Yo esperaba la vejez, y acaso Guiñazú esperara la riqueza. Pero no hablábamos de la pareja antes de la hora variable en que Lanza salía de El Liberal. Llegaba rengo y más flaco, terminaba de toser y de insultar al regente y a toda la raza de los Malabia, pedía un café como aperitivo y refregaba el pañuelo mugriento en los anteojos. Por aquel tiempo yo miraba y oía más a Lanza que a Guiñazú, trataba de aprender a envejecer. Pero no servía; ésa y dos cosas más no pueden ser tomadas de otro.

Alguno, cualquiera de nosotros, mencionaba a la pareja, y los demás íbamos aportando lo que podíamos, sin preocuparnos de que fuera poco o mucho, como verdaderos amigos.

—Bailan, son bailarines, eso puede afirmarse, y no es posible decir otra cosa, si hemos jurado decir solamente verdades para descubrir o formar la verdad. Pero no hemos jurado nada. De modo que las mentiras que pueda acercar cada uno de nosotros, siempre que sean de primera mano y que coincidan con la verdad que los tres presentimos, serán útiles y bienvenidas. El Plaza ya no es lo bastante moderno y lujoso para ellos. Hablo de los forasteros en general, y me alegro de que sea así. En cuanto a éstos, vinieron por la balsa y fueron directamente al Victoria, dos piezas con baño y sin comida. Podemos imaginarlos abrazados en la borda —mirando con interés y desamor, defendiéndose de los peligros del desdén y el optimismo— desde que el barco empezó a empinarse sobre la correntada de mitad del río y viró hacia Santa María. Medían cada metro de los edificios de más de un piso, calculaban la extensión del campo de operaciones, preveían puntos débiles y emboscadas, valoraban la intensidad de uno de nuestros mediodías de verano. Ellos, él con el brazo izquierdo amparando casi la totalidad del cuerpo de la enana pensativa y ella mirando hacia nosotros como un niño pensativo, mordiendo los pétalos de las rosas que él había bajado a comprarle en el muelle de Salto. Ellos, después, rodando hacia el Victoria en el coche de modelo más nuevo que pudieron encontrar en la fila estrepitosa del embarcadero; seguidos una hora después por el carricoche cargado de valijas y un baúl. Traían una carta para el gordo, amanerado bisnieto de Latorre; y es forzoso que hayan sabido desde la tarde del primer día que nosotros no lo conocíamos, que no estábamos interesados, que tratábamos de olvidarlo y segregarlo del mito latorrista, construido con impaciencia, candor y malicia por los hombres nostálgicos y sin destino de tres generaciones. Supieron, en todo caso, que el bisnieto estaba en Europa. —No importa —dijo él, con su rápida sonrisa exacta—. Es un lugar simpático, podemos quedarnos un tiempo.

De modo que se quedaron, pero ya no pudo ser en el Victoria. Dejaron las dos habitaciones con baño, se escondieron con éxito y sólo pudimos verlos en la comida única y nocturna en el Plaza, en el Berna o en los restaurantes de la costa, mucho más pintorescos y baratos. Así, una semana o diez días, hasta el baile en el Club Progreso. Y, en seguida, una pausa en la que los creímos perdidos para siempre, en la que describimos con algún ingenio su arribo a cualquier otra ciudad costera, confiados y un poco envanecidos, un poco displicentes por la monótona regularidad de los triunfos, para seguir representando *La vida será siempre hermosa* o la *Farsa del amor perfecto*. Pero nunca nos pusimos de acuerdo respecto al nombre del empresario, y me empeñé en oponer a todas las teorías soeces una interpretación teológica no más absurda que el final de esta historia.

Terminó la pausa cuando supimos que estaban viviendo, o por lo menos dormían, en una de las casitas de techo rojo de la playa, una de la docena que había comprado Specht —por el precio que quiso, pero al contado— al viejo Petrus, cuando se inició la parálisis del astillero y los melancólicos empezamos a decir que ninguna locomotora correría por los rieles que habían hecho medio camino, un cuarto y un cuarto, entre El Rosario y Puerto Astillero. Dormían en la casita de Villa Petrus, de doce de la noche a nueve de la mañana. El chófer de Specht —Specht era entonces presidente del Club Progreso— los traía y los llevaba. Nunca pudimos saber dónde desayunaban; pero las otras tres comidas las hacían en la casa de Specht, frente a la plaza vieja, circular, o plaza Brausen, o plaza del Fundador.

También se supo que nunca firmaron un contrato de alquiler por la casa en la playa. Specht no estaba interesado en hablar de sus huéspedes y tampoco en huir del tema. Confirmaba en el club:

—Sí, nos visitan todos los días. La distraen. Como no tenemos hijos.

Pensamos que la señora Specht, si quisiera hablar, podría darnos la clave de la pareja, sugerirnos definiciones y adjetivos. Los que inventábamos, no llegaban a convencernos. Eran, ella y él, demasiado jóvenes, temibles y felices para que el precio y el porvenir consistieran en los que se ofrece a los criados: casa, comida y algún dinero de bolsillo que la señora Specht les obligara a recibir sin que ellos lo pidieran.

Tal vez este período haya durado unos veinte días. Por aquel tiempo el verano fue alcanzado por el otoño, le permitió algunos cielos vidriados en el crepúsculo, mediodías silenciosos y rígidos, hojas planas y teñidas en las calles.

Durante aquellos veinte días, el muchacho y la pequeña llegaban a la ciudad todas las mañanas a las nueve, traídos por el coche de Specht desde la frescura de la playa hasta el estío rezagado en la plaza vieja. Podíamos verlos —yo no tuve dificultad— sonriendo al chófer, al olor a cuero del automóvil, a las calles y a su menguado trajín matinal; a los árboles de la plaza y a los que asomaban por encima de las tapias, a los hierros y los mármoles de la entrada de la casa, a la mucama y a la señora Specht. Sonriendo después, todo el día, la misma sonrisa de hermandad con el mundo, menos pura y convincente la de ella, con dimensiones y brillos apenas equivocados. Y, a pesar de todo, siendo útiles desde la mañana hasta el regreso, inventándose tareas, remendando muebles, limpiando las teclas del piano, preparando en la cocina alguna de las recetas que él sabía de memoria o improvisaba. Y eran útiles, principalmente, modificando los vestidos y los arreglos de la señora Specht, celebrando después los cambios con admiraciones discretas y plausibles. Eran útiles alargando las veladas hasta el primer bostezo de Specht, coincidiendo con él en lugares comunes desilusionados e inmortales, o limitándose a escuchar con avidez proezas autobiográficas. (Ella, no del todo, claro; ella susurrando en dúo con la señora Specht la llana música de fondo —modas, compotas y desdichas— que conviene a los temas épicos de la charla masculina.)

—No el caballero de la rosa —terminó por proponer Lanza— sino el *chevalier servant*. Dicho sin desprecio, probablemente. Eso se verá.

Se supo que Specht los echó sin violencia la mañana siguiente a una fiesta que dio en su casa. Como siempre, el chófer llegó aquel domingo a las nueve al chalet de la playa; pero en lugar de recogerlos entregó una carta, cuatro o cinco líneas definitivas y corteses escritas con la letra clara y sin prisas que se dibuja en las madrugadas. Los echó porque se habían emborrachado; porque encontró al muchacho abrazado a la señora Specht; porque le robaron un juego de cucharas de plata que tenían grabados los escudos de los cantones suizos; porque el vestido de la pequeña era indecente en un pecho y en una rodilla; porque al fin de la fiesta bailaron juntos como marineros, como cómicos, como negros, como prostitutas.

La última versión pudo hacerse verdadera para Lanza. Una madrugada, después del diario y del Berna, los vio en uno de los cafetines de la calle Caseros. Empezaba a terminar una noche caliente y húmeda, y la puerta del negocio estaba abierta, sin la cortina velluda, sin promesas ni trampas. Se detuvo para burlarse y encender un cigarrillo y los vio, solos en la pista, rodeados por la fascinación híbrida de la escasa gente que quedaba en las mesas, bailando cualquier cosa, un fragor, un vértigo, un prólogo del ayuntamiento.

—Porque aquello tendría, estoy seguro, un nombre cualquiera que no pasa de eufemismo. Y tampoco aquello pasaba de danza tribal, de rito de esponsales, de las vueltas y las detenciones con que la novia rodea y liga al varón, de las ofertas que se interrumpen para irritar a la demanda. Sólo que aquí era ella la que se dejaba estar, un poco torpe, con los movimientos amarrados, frotando el suelo con los pies y sin despegarlos, haciendo oscilar el cuerpo diminuto y abundante, persiguiendo al hombre con su paciente sonrisa deslumbrada y con las palmas de las manos, que había alzado para protegerse y mendigar. Y era él quien bailaba alrededor, quebrándose de cintura al alejarse y venir, prometiendo y rectificando con la cara y con los pies. Bailaban así porque estaban los demás, pero bailaban sólo para ellos, en secreto, protegidos de toda intromisión. El muchacho tenía la camisa abierta hasta el ombligo; y todos nosotros podíamos verle la felicidad de estar sudando, un poco borracho y en trance, la felicidad de ser contemplado y de hacerse esperar.

4

Entonces, por primera vez y como estaba predicho, tuvieron que acercarse a nosotros. En mitad de una mañana el hombre llegó al estudio de Guiñazú, recién bañado y oliendo a colonia, envolviéndose los dedos con un billete de cincuenta pesos doblado a lo largo.

—No puedo pagar más, por lo menos al contado. Dígame si alcanza como precio de una consulta.

"Lo hice sentar mientras pensaba en ustedes, inseguro de que fuera él. Me recosté en el sillón y le ofrecí un café, sin contestarle, exigiéndole permiso para firmar unos escritos. Pero cuando sentí que mi antipatía sin causa no podía sostenerse y que la iban sustituyendo la curiosidad y una forma casi impersonal de la envidia; cuando admití que lo que cualquiera hubiera llamado insolencia o descaro podía ser otra cosa, extraordinaria y casi mágica por lo rara, comprendí sin dudas que mi visitante era el tipo de la camisa amarilla y la rosita en el ojal que habíamos visto aquella noche de lluvia en la vereda del Universal. Quiero decir, aunque me empecine en la antipatía: un hombre congénitamente convencido de que lo único que importa es estar vivo y, en consecuencia, convencido de que cualquier cosa que le toque vivir es importante y buena y digna de ser sentida. Le dije que sí, que por cincuenta pesos, tarifa de amigo, podía decirle, con aproximación de meses, qué pena estaba autorizado a esperar de códigos, fiscales y jueces. Y qué podía intentarse para que la pena no se cumpliera. Quería escucharlo y quería, sobre todo, sacarle el billete verde que enredaba distraído en los dedos como si estuviera seguro de que conmigo bastaba mostrarlo.

"Desplegó por fin el billete y lo puso encima del escritorio; lo guardé en mi cartera y hablamos un minuto de Santa María, panoramas y clima. Me contó una historia sobre la carta que había traído para Latorre y me preguntó si le era posible quedarse a vivir en el chalet de la playa —él y ella, claro, tan joven y esperando un niño— a pesar del distanciamiento con Specht, a pesar de que no existía otra cosa que lo que él llamaba un contrato verbal de alquiler.

"Lo pensé un rato y elegí decirle que sí; le expliqué lentamente cuáles eran sus derechos, citando números y fechas de leyes, anécdotas que sentaban jurisprudencia. Aconsejé depositar en el juzgado una suma razonable en concepto de alquiler y emplazar a Specht para el perfeccionamiento del contrato existente, verbal y de hecho.

"Vi que estas palabras le gustaban; movía la cabeza asintiendo, con una media sonrisa placentera, como si escuchara una música preferida, distante, bien ejecutada. Me pidió, acusándose por no haber entendido, que le repitiera una o dos frases. Pero nada más, no exhibió ningún verdadero entusiasmo o alivio, desgraciadamente. Porque cuando di por terminada la pausa y le dije con voz soñolienta que todo lo anterior correspondía fielmente a la teoría de derecho aplicable al caso, pero que, en la sucia práctica sanmariana, sería suficiente que Specht hablara por teléfono con el jefe del Destacamento para que él y la joven señora que esperaba

135

un niño fueran trasladados desde el chalet a un punto cualquiera situado a dos leguas del límite de la ciudad, se puso a reír y me miró como si yo fuera su amigo y acabara de hacer una broma memorable. Parecía tan entusiasmado, que saqué la cartera para devolverle los cincuenta pesos. Pero no cayó en la trampa. Extrajo del bolsillo delantero del pantalón un relojito de oro que en algún tiempo se había llamado *chatelaine,* lamentó tener compromisos y la inseguridad de que aquella charla de negocios pudiera convertirse algún día en el diálogo de la verdadera amistad. Le apreté la mano con fuerza, sospechando que estaba en deuda con él por cosas de mayor importancia que los cincuenta pesos que acababa de estafarle."

5

Entonces desaparecieron, fueron vistos mezclados con viajantes en los sábados del Club Comercial, otra vez no se supo de ellos, y surgieron de golpe, instalados en Las Casuarinas.

Muy cerca de nosotros y del escándalo, esta vez. Porque Guiñazú era abogado de doña Mina Fraga, la dueña de Las Casuarinas; yo la visitaba cuando el doctor Ramírez no estaba en Santa María, y Lanza había terminado de pulir, el invierno anterior, una pieza necrológica titulada Doña Herminia Fraga, de siete exactos centímetros de columna, quejosa aunque ambigua y que aludía principalmente a las virtudes colonizadoras del difunto padre de doña Mina.

Cerca del escándalo porque doña Mina, entre la pubertad y los veinte años, se había escapado tres veces. Se fue con un peón de estancia y la trajo el viejo Fraga a rebencazos, según la leyenda, que agrega la muerte del seductor, su entierro furtivo y un acuerdo económico con el comisario de 1911. Se fue, no con, sino detrás del mago de un circo que era apropiadamente feliz con su vocación y su mujer. La la policía, a instancias del mago. Se fue, en los días de la casi revolución del 16, con un vendedor de medicinas para animales, un hombre bigotudo, afectado y resuelto que había hecho buenos negocios con el viejo Fraga. Esta fue la más larga de sus ausencias y volvió sin ser llamada ni traída.

En esta época Fraga estaba terminando Las Casuarinas, un caserón en la ciudad, para dote de su hija o porque estaba harto de vivir en la estancia. Se habló entonces de una crisis religiosa de la muchacha, de su entrada en un convento y de un cura inverosímil que se negó a propiciar el plan porque no creía en la sinceridad de doña Mina. Lo cierto es que Fraga, que recordaba sin jactancia no haber pisado nunca una iglesia, hizo levantar una capilla en Las Casuarinas antes de que estuviera terminada la casa. Y cuando murió Fraga la muchacha arrendó a los precios más altos posibles la estancia y todos los campos heredados, se instaló en Las Casuarinas y convirtió la capilla en habitaciones para huéspedes o jardineros. Durante cuarenta años, fue pasando de un nombre a otro, de Herminia a doña Herminita y a doña Mina. Terminó en la vejez, en la soledad y en la arterioesclerosis, ni vencida ni añorante.

Allí estaban, entonces, los amantes caídos sobre nosotros desde el cielo de una tarde de tormenta. Instalados como para siempre en la capilla de Las Casuarinas, repitiendo ahora, día y noche, en condiciones ideales respecto a decorados, público y taquilla, la obra cuyo ensayo general habían hecho en casa de Specht.

Las Casuarinas está bastante alejada de la ciudad, hacia el norte, sobre el camino que lleva a la costa. Allí los vio Ferragut, el escribano asociado con Guiñazú, una mañana de domingo. A los tres y al perro.

—Había estado lloviendo en la madrugada; un par de horas de agua y viento. De manera que a las nueve el aire estaba limpio y la tierra un poco húmeda, retinta y olorosa. Dejé el coche en la parte alta del camino y los vi casi en seguida, como en un cuadro pequeño, de esos de marco ancho y dorado, inmóviles y sorprendentes mientras yo iba bajando hacia ellos. El en último plano, con un traje azul de jardinero, hecho de medida, juraría; arrodillado frente a un rosal, mirándolo sin tocarlo, haciendo sonrisas de probada eficacia contra hormigas y pulgones; rodeado, en beneficio del autor del cuadro, por los atributos de su condición: la pala, el rastrillo, la tijera, la máquina de cortar pasto. La muchacha estaba sentada sobre una colchoneta de jardín, con un sombrero de paja que casi le tocaba los hombros, con una gran barriga en punta, las piernas a la turca cubiertas por una amplia pollera de colores, leyendo una revista. Y junto a ella, en un sillón de mimbre con toldo, doña Mina sonreía a la gloria matutina de Dios, el asqueroso perro lanudo en la falda. Todos estaban en paz y eran graciosos; cada uno cumplía con inocencia su papel en el recién creado paraíso de Las Casuarinas. Me detuve intimidado en el portoncito de madera, sabiéndome indigno e intruso; pero la vieja me había hecho llamar y ya estaba moviendo una mano y arrugando la cara para distinguirme. Estaba disfrazada con un vestido sin mangas, abierto sobre el pecho. Me presentó a la muchacha —"una hijita"—, y cuando el tipo terminó de amenazar a las hormigas y vino balanceándose y armando la sonrisa, doña Mina se puso a reír, remilgada, como si le hubiera dicho una galantería lúbrica. Ricardo era el nombre del tipo. Había estado arañando la tierra hasta ensuciarse las uñas y ahora se las miraba preocupado pero sin perder la confianza: "Vamos a salvar casi todo, doña Mina. Como le había dicho, los plantaron demasiado juntos. Pero no importa". No importaba, todo era fácil; resucitar rosales secos o cambiar agua en vino.

—Perdón —dijo Guiñazú—. ¿Sabía, él, que eras el escribano, que la vieja te había llamado, que existe una cosa llamada testamento?

—Sabía, estoy seguro. Pero tampoco esto importaba.

—El sí, debe estar seguro.

—Y cuando la vieja le pasó el perro agónico y legañoso a la muchacha que continuaba apoyando las nalgas en los talones y manoteó a ciegas el bastón para levantarse e ir conmigo hacia la casa, el tipo dio un salto y quedó inclinado junto a ella para ofrecerle el brazo. Iban adelante, muy lento; él le explicaba, a medida que la iba inventando, la idiosincrasia del desconocido que había plantado los rosales; ella se detenía a reír, para pellizcarle, para golpearse los ojos con un pañuelito. En el escritorio el tipo me la entregó sentada y pidió permiso para seguir conversando con las hormigas.

—Bueno —tanteó Guiñazú, jugando con un vaso—. Tal vez Santa María tenga razón al condenar lo que está pasando en Las Casuarinas. Pero si el dinero, en lugar de ir a cualquier pariente del campo, les cae al jardinero *amateur* y a la dama de compañía y al niño que no acaba de nacer... ¿Cuánto puede vivir la vieja? —me preguntó.

—No se puede decir. De dos horas a cinco años, pienso. Desde que tiene huéspedes abandonó el régimen de comidas. Para bien o para mal.

—Sí —continuó Guiñazú—, ellos pueden ayudarla. —Se volvió hacia Ferragut: —¿Tiene mucho dinero? ¿Cuánto?

—Tiene mucho dinero —dijo Ferragut.

—Gracias. ¿Modificó ese domingo el testamento?

—Me confesó, porque me estuvo hablando todo el tiempo en tono de confesión, que era la primera vez en su vida que se sentía querida de verdad. Que la enana preñada era más buena con ella que toda verdadera hija imaginable, que el tipo era el mejor, más fino y comprensivo de los hombres y que si la muerte venía ahora a buscarla, tendría, ella, doña Mina, la felicidad de saber que el repugnante perro incontinente quedaría en buenas manos.

Lanza empezó a reír convulsivamente atorándose con sonidos tristones. Nos miró las caras y encendió un cigarrillo.

—Tenemos poco de que alimentarnos —dijo—. Y todo

se declara valioso. Pero ésta es una vieja historia. Sólo que rara vez, por lo que sé, se ha dado de manera tan perfecta. De modo que en el testamento anterior, dígame usted, dejaba la fortuna a curas o parientes.

—A parientes.

—Y esa mañana modificó el testamento.

—Y esa mañana modificó el testamento —repitió Ferragut.

6

Vivían en Las Casuarinas, desterrados de Santa María y del mundo. Pero algunos días, una o dos veces por semana, llegaban a la ciudad de compras en el inseguro Chevrolet de la vieja.

Los pobladores antiguos podíamos evocar entonces la remota y breve existencia del prostíbulo, los paseos que habían dado las mujeres los lunes. A pesar de los años, de las modas y de la demografía, los habitantes de la ciudad continuaban siendo los mismos. Tímidos y engreídos, obligados a juzgar para ayudarse, juzgando siempre por envidia o miedo. (Lo importante a decir de esta gente es que está desprovista de espontaneidad y de alegría; que sólo puede producir amigos tibios, borrachos inamistosos, mujeres que persiguen la seguridad y son idénticas e intercambiables como mellizas, hombres estafados y solitarios. Hablo de los sanmarianos; tal vez los viajeros hayan comprobado que la fraternidad humana es, en las coincidencias miserables, una verdad asombrosa y decepcionante.)

Pero el desprecio indeciso con que los habitantes miraban a la pareja que recorría una o dos veces por semana la ciudad barrida y progresista era de esencia distinta a la del desprecio que habían usado años atrás para medir los pasos, las detenciones y las vueltas de las dos o tres mujeres de la casita en la costa que jugaron a ir de compras en las tardes del lunes de algunos meses. Porque todos sabíamos un par de cosas del muchacho lánguido sonreidor y de la mujer en miniatura que había aprendido a equilibrar sobre los altos tacos la barriga creciente, que avanzaba por las calles del centro, no demasiado lenta, echada hacia atrás, apoyada con la nuca en la mano abierta de su marido. Sabíamos que estaban viviendo del dinero de doña Mina; y quedó establecido que, en este caso, el pecado era más sucio e imperdonable. Tal vez porque se trataba de una pareja y no sólo de un hombre, o porque el hombre era demasiado joven, o porque ellos dos nos eran simpáticos y demostraban no enterarse.

Pero también sabíamos que el testamento de doña Mina había sido modificado; de manera que, al mirarlos pasar, agregábamos al desdén una tímida y calculada oferta de amistad, de comprensión y tolerancia. Ya se vería qué, cuando fuera necesario.

Lo que se vio en seguida fue la fiesta de cumpleaños de doña Mina. Por nosotros la vio Guiñazú.

Dijeron —y lo decían mujeres viejas y ricas, que fueron invitadas y dieron excusas— que a doña Mina le era imposible cumplir años en marzo. Hasta ofrecieron mostrar fotografías verdosas, imágenes conservadas de la infancia respetable de doña Mina, donde ella debía estar ocupando el centro, la única niña sin sombrero, en el jardín inconcluso de Las Casuarinas, en su fiesta de cumpleaños, entre niñas con bonetes peludos, con abrigos de solapas, cuellos y alamares de pieles.

Pero no mostraron las fotografías ni fueron. A pesar de que el muchacho lo había prometido o, por lo menos, hizo todo lo posible. Mandó hacer unas invitaciones en papel blando amarillo con letras negras en relieve. (Lanza corrigió las pruebas.) Durante tres o cuatro días recorrieron las calles de la ciudad y los caminos de las quintas en un tílburi misteriosamente desenterrado. Con llantas de gomas nuevas, recién pintado de verde oscuro y de negro débil, con un gigantesco caballo de estatua, gordo, asmático, un animal de arado o de noria que ahora arrastraba a la pareja, enfurecido, babeante y al borde del síncope. Y ellos pasaban con uniforme de repartidores de invitaciones, erguidos sin dureza detrás de la rotunda grupa de la bestia, con sus gemelas, distraídas sonrisas, con el látigo inútil.

—Pero no consiguieron nada, o muy poco— nos contó Guiñazú—. Tal vez, se me ocurre, si él hubiera podido hacerse ver y escuchar por cada una de las viejas a cuya casa iba a mendigar... La verdad es que aquel sábado no lograron atraer a nadie, hombre o mujer, con derecho indiscutible a ser nombrado en las columnas sociales de El Liberal. Llegué más cerca de las nueve que de las ocho y ya había gente con botellas afincada en la oscuridad del jardín. Subí la escalinata sin ganas, o con ganas de terminar pronto con todo aquello, respirando la ternura de la leña quemada en algún sitio próximo, escuchando la música que venía desde adentro, la música noble, adelgazada y orgullosa que no había sido hecha ni sonaba para mí ni para ninguno de los habitantes de la casa o del jardín.

En el vestíbulo oscuro una pardita con delantal y cofia se alzó frente al montón de sombreros y abrigos de mujeres. Pensé que la hubieran disfrazado y puesto allí para anunciar en voz alta a los visitantes.

Primero, por casualidad, porque él estaba cerca de la cortina de pana y naftalina, vi al tipo, al muchacho, al hombre de la rosita en el ojal. Después crucé entre la morralla endomingada y fui a saludar a doña Mina. Cabía mal en el sillón de patas retorcidas, recién tapizado; no dejó de acariciar el hocico del perro hediondo. Tenía encajes en las manos y en el escote. Le dije dos cumplidos y retrocedí un paso; entonces vi rápidamente los ojos, los de ella y los de la enana perfecta, sentada en la alfombra, la cabeza apoyada en el sillón. Los de la preñada tenían una expresión de dulzura estúpida, de felicidad física inconmovible.

Los ojos de la vieja me miraban contándome algo, seguros de que yo no era capaz de descubrir de qué se trataba; burlándose de mi incomprensión y también, anticipadamente, de lo que pudiera comprender equivocándome. Los ojos, estableciendo por un instante conmigo una complicidad despectiva. Como si yo fuera un niño; como si se desnudara frente a un ciego. Los ojos todavía brillantes, sin renuncia, acorralados por el tiempo, chispeando un segundo su impersonal revancha entre las arrugas y los colgajos.

El muchacho de la rosa estuvo poniendo discos durante media hora más. Cuando estuvo harto o se sintió seguro, fue a buscar a la enana encinta, la alzó y empezaron a bailar en medio de la sala, rodeados por el espontáneo retroceso de los demás, decididos a vivir, a soportar con alegría, a prescindir de esperanzas concretas. El balanceándose con pereza, entreverando los pies en la alfombra vinosa y chafada; ella aún más lenta, milagrosamente no alterada de veras por la enorme barriga que iba creciendo a cada vuelta de la danza sabida de memoria, que podía bailar sin errores, sorda y ciega.

Y nada más hasta el fin, hasta la construcción exasperada del monumento vegetal que da interés a esta historia y la despoja de sentido. Nada realmente importante hasta la pira multicolor y jugosa, abrumadora, de intención desconocida, quemada en tres días por la escarcha de mayo.

Lanza y Guiñazú habían visto mucho más, habían estado, en dos o tres ocasiones, más próximos que yo al corazón engañoso del asunto. Pero a mí me tocó el inservible desquite de ir a Las Casuarinas a las tres de la mañana; de que el muchacho viniera a buscarme con el gigantesco caballo jadeante en la noche azul y fría; de que me ayudara a abrigarme con una distraída cortesía desprovista de ofensa; de que me anticipara en el camino —mientras insultaba cariñosamente al caballo e iba exagerando la atención a las riendas— el final que habíamos estado previendo y acaso deseando, por la simple necesidad de que pasen cosas.

Las ancas del caballo resoplante moviéndose acompasadas bajo la luna, el ruido ahuecado del trote, dispuesto a llevarme a cualquier lado. El muchacho iba mirando el camino desierto con la esperanza de descubrir peligros u obstáculos, las manos protegidas por gruesos guantes viejos, innecesariamente alejadas del cuerpo.

—La muerte —dijo. Le miré los dientes rabiosos; la nariz demasiado bien hecha; la expresión adecuada a la noche de otoño, al frío que atravesábamos, a mí, a lo que él suponía encontrar en la casa—. De acuerdo. Pero no el miedo, ni el respeto, ni el misterio. El asco, la indignación por una injusticia definitiva que hace, a la vez, que todas las anteriores injusticias no importen y se conviertan en imperdonables. Estábamos durmiendo y nos despertó el timbre; yo le había puesto un timbre al lado de la cama. Trataba de sonreír y todo parecía ir bien por su voluntad y con su permiso, como siempre. Pero estoy seguro de que no nos veía, esperando con toda la cara un ruido, una voz. Enderezada encima de las almohadas, deseando oír algo que no podíamos decirle nosotros. Y como la voz no llegaba, empezó a mover la cabeza, a inventarse un idioma desconocido para hablar con cualquier otro, tan velozmente que era imposible que la entendieran, anticipándose a las respuestas, defendiéndose de ser interrumpida. Personalmente, creo que estaba disputándose algo con una amiga de la juventud. Y después de unos diez minutos de murmullo vertiginoso se hizo indudable que la amiga, una niña casi, estaba siendo derrotada y que ella, doña Mina, iba a quedarse para siempre con el atardecer glicinoso y jazminoso, con el hombre de párpados lentos, rizado, un bastoncito de jacarandá en la axila. Por lo menos, fue eso lo que entendí y sigo creyéndolo. La rodeamos de botellas con agua caliente, le hicimos tomar las píldoras, até el caballo y me vine a buscarlo. Pero era la muerte. Usted no puede hacer otra cosa que firmar el certificado y pedir mañana la autopsia. Porque toda Santa María está condenada a pensar que yo la envenené, o que nosotros, mi mujer, el feto y yo, la envenenamos para heredarla. Pero, por suerte, como usted comprobará cuando le abra los intestinos, la vida es mucho más complicada.

La mujercita, vestida de luto, como si hubiera traído las flamantes ropas negras en sus valijas en previsión de aquella noche, había encendido velas junto a la cabeza desconcertada de doña Mina, había desparramado unas cuantas violetas prematuras y pálidas sobre los pies de la cama y nos esperaba de espaldas y arrodillada, con la cara entre las manos y encima de la colcha blanca y barata, traída tal vez del cuarto de la sirvienta.

Continuaron viviendo en la casa y, como decía Lanza en el Berna espiando la cara de Guiñazú —más fina por aquellos días, más taimada y profesional— nadie podría echarlos mientras no se abriera el testamento y quedara demostrado que existía alguien con derecho a echarlos, o que era de ellos el derecho a marcharse luego de haber vendido. Guiñazú le daba la razón y sonreía.

—No hay apuro. Como albacea, puedo esperar tres meses para llevar el testamento al juzgado. Salvo que aparezca algún pariente con pretensiones razonables. Entretanto, ellos siguen viviendo en la casa; y son de esa rara gente que queda bien en cualquier parte, que mejora o da sentido a los lugares. Todos estamos de acuerdo. Los he visto bajar de compras cada semana, como siempre, y hasta pude averiguar cómo se las arreglan para seguir comprando. Pero no hablé con ellos. Y no hay motivo para apurarse. Es probable que hayan tomado por su cuenta la sala grande de Las Casuarinas y la estén convirtiendo en museo para perpetuar la memoria de doña Mina. Según creo, disponen de vestidos, sombreros, parasoles y botinas suficientes para ilustrar esa vida prócer desde la guerra del Paraguay a nuestros días. Y tal vez hayan descubierto paquetes de cartas, daguerrotipos y bigoteras, píldoras para desarrollar el busto, una lapicera de marfil labrado y ampollas de afrodisíaco. Con esos elementos, si saben usarlos, lograrán que cualquier visitante del museo pueda reconstruir fácilmente la personalidad de doña Mina, para orgullo de todos nosotros, constreñidos por la historia a la pobreza de un solo héroe, Brausen el Fundador. Nada nos apura.

(Pero yo sospechaba que lo estaba apurando el deseo, la impura esperanza de que el muchacho de la rosa volviera a visitar la escribanía para pedir la apertura del testamento o la sucesión. Que lo estaba esperando para desquitarse del confuso encanto que le impuso el muchacho la mañana en que fue a visitarlo y le pagó cincuenta pesos por nada.)

—Nada nos apura —seguía Guiñazú—; y por el momento, en apariencia, nada los apura a ellos. Porque, para los sanmarianos, la maldición tácita que exilió de nuestras colectivas inmundicias hace medio siglo la inmundicia personal de doña Mina, quedó sin efecto y sin causa a partir de la noche del velorio. Desde entonces, después del duelo, los más discretos de nosotros, los chacareros y los comerciantes voluntariosos, y hasta las familias que descienden de la primera inmigración, empezaron a querer a la pareja sin trabas, con todas las ganas que tenían de quererla. Empezaron a ofrecerle sus casas y créditos ilimitados. Especulando con el testamento, claro, haciendo prudentes o audaces inversiones de prestigios y mercaderías, apostando a favor de la pareja. Pero, además, insisto, haciendo todo esto con amor. Y ellos, los bailarines, el caballero de la rosa y la virgen encinta que vino de Liliput, demuestran estar a la altura exacta de esta pleamar de cariño, indulgencia y adulaciones que alza la ciudad para atraerlos. Compran lo imprescindible para comer y ser felices, compran lana blanca para el niño y galletas especiales para el perro. Agradecen las invitaciones y no pueden aceptarlas porque están de luto. Los imagino de noche en la sala grande, sin nadie para quien bailar, cerca del fuego y rodeados por las primeras piezas desordenadas del museo. A cambio de escucharlos, le devolvería con gusto al tipo los cincuenta pesos de los honorarios y pondría otro billete encima. A cambio de escucharlos, de saber quiénes son, de saber quiénes y cómo somos nosotros para ellos.

Guiñazú no nos dijo una palabra sobre el testamento, sobre las modificaciones dictadas por la vieja a Ferragut, hasta que llegó el momento exacto en que tuvo ganas de hacerlo. Tal vez se haya cansado de esperar la visita del muchacho, la confesión tácita que lo autorizaría a juzgarlo.

Tuvo ganas de hacerlo un mediodía caluroso de otoño. Almorzó con nosotros, puso sobre el antepecho de la ventana del Berna el portafolio castaño que había comprado antes de recibirse y está siempre flamante, como hecho con el cuero de un animal joven y aún vivo, sin huellas de litigios, corredores de tribunales, suciedades transportadas. Lo cubrió con el sombrero y nos dijo que llevaba el testamento para depositarlo en el juzgado.

—Y que se cumpla la justicia de los hombres —rio—. Gasté mucho tiempo, me distraje imaginando las cláusulas que podría haber dictado la justicia divina. Tratando de adivinar cómo sería este testamento si lo hubiera ordenado Dios en lugar de doña Mina. Pero cuando pensamos a Dios nos pensamos a nosotros mismos. Y el Dios que yo puedo pensar —insisto en que dediqué mucho tiempo al problema— no hubiera hecho mejor las cosas, según se verá muy pronto.

Lo vimos caminar hacia la plaza y cruzarla apresurado, alto y sin inclinar los hombros, con el portafolio colgado de dos dedos, seguro de lo que estaba haciendo bajo el sol amarillento y fuerte, seguro de que llevaba al juzgado, para nosotros, para toda la ciudad, lo mejor, lo que habíamos logrado merecer.

Empezamos a saberlo al día siguiente, muy temprano. Supimos que Guiñazú estuvo tomando café y coñac con el juez, por un rato hablaron poco y se estuvieron mirando, graves y suspirantes, como si doña Mina acabara de morirse y como si aquella muerte les importara. El juez, Canabal, era un hombre corpulento, de ojos fríos y abultados, un poco gangoso y al que yo, exagerando, le había prohibido beber alcohol desde fines de año. Movió encima del testamento la pesada cabeza, desolándose a medida que volteaba las páginas con un solo dedo experto. Después se levantó bufando y acompañó a Guiñazú hasta la puerta.

—Si también se pierde esta cosecha nos vamos a divertir —dijo uno de los dos.

—Y ahora que le están casi regalando el trigo al Brasil —dijo el otro.

Pero antes de que se cerrara la puerta Canabal empezó a reírse, con una risa sin prólogo, hecha toda con carcajadas maduras.

—¡El perro! —gritaba—. La frase en que habla, la muy curtida y cínica, del amor y del perro. ¡Cómo me gustaría verles las caras! Y creo que se las voy a ver en este mismo despacho. Creían tenerla en la bolsa y ahora... ¡el perro y quinientos pesos!

Guiñazú volvió a entrar en la habitación y sonrió en silencio. Canabal se limpiaba la cara con un pañuelo enlutado.

—Perdone —resopló—, pero en toda mi vida, ni de picapleitos, conocí algo tan cómico. El perro y quinientos pesos.

—Yo pensé lo mismo —dijo Guiñazú con tolerancia—. Y también Ferragut está impaciente por verles las caras. Y es cierto que el asunto me pareció cómico —continuó sonriendo hasta llegar a la ventana abierta sobre la calle angosta y rectilínea, embellecida por la humedad y el sol amarillo, sobre la música crapulosa e infantil que trepaba desde el negocio de radios y discos—. Pero si tenemos en cuenta que la difunta deja una fortuna...

—Por eso mismo —dijo Canabal y volvió a reírse.

—Una fortuna a unas primas y sobrinas que tal vez no la hayan visto nunca y que seguramente la odiaban, y varias decenas de miles a gente que nadie sabe quién es y que habrá que perseguir con edictos por todo el país... Si tenemos en cuenta, señor juez, que la pareja la estuvo cuidando y la hizo feliz durante meses, y que ella estaba segura —como lo estamos nosotros, sin más prueba que la emporcadora experiencia— de que la pareja confiaba heredarla. Si admitimos que la vieja pensaba en esto cuando lo llamó a Ferragut para determinar que el muchacho, la enanita y el feto recibirán en pago de lo anteriormente expuesto quinientos pesos para situarse de por vida al margen de toda dificultad económica...

—Pero Guiñazú... —dijo el juez, oliendo el perfume seco y triste de su pañuelo—. Si justamente por eso me reía, hombre. Ahí está la gracia: en la reunión de todas las cosas que acaba de enumerar.

"No tiene color en los ojos, pensó Guiñazú. Sólo tiene brillo y convexidad; podría pasarse horas mirando, sin pestañear, con una hojita de rosa pegada en la córnea."

—Pero ya no me hace gracia —siguió Guiñazú—. La historia es demasiado cómica, monstruosamente cómica. Entonces, terminé por tomarla en serio, por desconfiar de lo que parece obvio. Por ejemplo, para despedirme, piense en el perro; dígame mañana por qué se lo dejó a él y no a las primas millonarias.

Cerró teatralmente la puerta y escuchó casi en seguida carcajadas de Canabal, las preguntas babeantes que se hacía en voz alta para seguir riendo.

Supimos también que Guiñazú —que había dejado de encontrarnos en el café y el Berna— visitó Las Casuarinas al día siguiente. Supimos que tomó el té en el jardín con la pareja, que inspeccionó las defensas de arpillera y lata contra heladas y hormigas desplegadas en las estacas de los rosales.

Supimos, cuando Guiñazú quiso hablar, cuando llegó el invierno y Las Casuarinas quedó desierta y los habitantes de Santa María olvidaban el frío y la granizada para comentar la historia equívoca e inmortal del testamento, supimos que en aquella tarde húmeda de otoño Guiñazú anticipó la entrega legal del perro moribundo y diarreico, y de cinco billetes de cien pesos.

Pero, en realidad, estábamos obligados a sospechar desde mucho antes que Guiñazú había dado el perro y el dinero. Tuvimos que suponerlo en la misma celosa mañana del domingo en que alguien vino a contarnos que la enana se había acomodado para esperar, entre pilas de valijas y cajas redondas de sombreros, despatarrada para dar cabida al feto de once meses y al lanudo perro legañoso, en la escalinata del puerto, frente al amarradero de la balsa.

La doble entrega tenía que ser sabida desde el momento en que otro vino a contarnos que el muchacho, desde el alba de aquel mismo día, en el pescante inseguro del coche de Las Casuarinas, golpeando porque sí al caballo, anduvo recorriendo las quintas y comprando flores. No tenía preferencias, pagaba del cinturón sin discutir, acomodaba los ramos debajo de la capota, decía que sí a un vaso de vineta y trepaba de nuevo al pescante. Entró y salió de los caminos de tierra, se detuvo para abrir y cerrar porteras, obligó al animal a galopar bajo el círculo imperfecto de la luna, entre perros flacos, moteados e invisibles, enfrentó faroles y desconfianzas, llegó a sentirse débil y sin un peso, hambriento y con sueño, privado de la fe inicial y de la memoria de cualquier propósito.

Era de mañana cuando el caballo se detuvo cabeceando junto a la pared del cementerio. El muchacho apartó las manos de las rodillas para protegerse del olor asqueante de los kilos de flores que oprimía la capota y estuvo pensando en mujeres, muertes y madrugadas, mientras esperaba los campanazos de la capilla que abrirían la puerta del cementerio.

Tal vez haya sobornado al guardián, con sonrisas o con promesas, con el cansancio y la desesperación obcecada de su cuerpo y de su cara, más vieja y narigona. O acaso el guardián haya sentido lo que nosotros —Lanza, Guiñazú y yo— creíamos saber: que mueren jóvenes los que aman demasiado a los dioses. Debe haberlo olido, indeciso, despistado un momento por el perfume de las flores. Debe haberlo tocado con su bastón hasta reconocerlo y tratarlo como a un amigo, como a un huésped.

Porque le dejaron entrar el coche, guiarlo tironeando de la quijada humeante del caballo hasta el panteón encolumnado, con un ángel negro de alas quebradas y con fechas y exclamaciones metálicas.

Porque lo vieron de pie y de rodillas en el pescante, y luego de pie sobre la tierra gorda, negra y siempre húmeda, sobre el pasto irregular e impetuoso, braceando sin pausas, jadeando por la mueca resuelta y fatigada que le descubría los dientes, para trasladar al voleo las flores recién cortadas, del coche a la tumba, un montón y otro, sin perdonar ni un pétalo ni una hoja, hasta devolver los quinientos pesos, hasta levantar la montaña insolente y despareja que expresaba para él y para la muerta lo que nosotros no pudimos saber nunca con certeza.

EL INFIERNO TAN TEMIDO

La primera carta, la primera fotografía, le llegó al diario entre la medianoche y el cierre. Estaba golpeando la máquina, un poco hambriento, un poco enfermo por el café y el tabaco, entregado con familiar felicidad a la marcha de la frase y a la aparición dócil de las palabras. Estaba escribiendo "Cabe destacar que los señores comisarios nada vieron de sospechoso y ni siquiera de poco común en el triunfo consagratorio de Play Boy, que supo sacar partido de la cancha de invierno, dominar como saeta en la instancia decisiva", cuando vio la mano roja y manchada de tinta de Partidarias entre su cara y la máquina, ofreciéndole el sobre.

—Esta es para vos. Siempre entreveran la correspondencia. Ni una maldita citación de los clubs, después vienen a llorar, cuando se acercan las elecciones ningún espacio les parece bastante. Y ya es medianoche y decime con qué querés que llene la columna.

El sobre decía su nombre, Sección Carreras, El Liberal. Lo único extraño era el par de estampillas verdes y el sello de Bahía. Terminó el artículo cuando subían del taller para reclamárselo. Estaba débil y contento, casi solo en el excesivo espacio de la redacción, pensando en la última frase: "Volvemos a afirmarlo, con la objetividad que desde hace

153

años ponemos en todas nuestras aseveraciones. Nos debemos al público aficionado". El negro, en el fondo, revolvía sobres del archivo y la madura mujer de Sociales se quitaba lentamente los guantes en su cabina de vidrio, cuando Risso abrió descuidado el sobre.

Traía una foto, tamaño postal; era una foto parda, escasa de luz, en la que el odio y la sordidez se acrecentaban en los márgenes sombríos, formando gruesas franjas indecisas, como el relieve, como gotas de sudor rodeando una cara angustiada. Vio por sorpresa, no terminó de comprender, supo que iba a ofrecer cualquier cosa por olvidar lo que había visto.

Guardó la fotografía en un bolsillo y se fue poniendo el sobretodo mientras Sociales salía fumando de su garita de vidrio con un abanico de papeles en la mano.

—Hola —dijo ella—, ya me ve, a estas horas, recién termina el sarao.

Risso la miraba desde arriba. El pelo claro, teñido, las arrugas del cuello, la papada que caía redonda y puntiaguda como un pequeño vientre, las diminutas, excesivas alegrías que le adornaban las ropas. "Es una mujer, también ella. Ahora le miro el pañuelo rojo en la garganta, las uñas violetas en los dedos viejos y sucios de tabaco, los anillos y pulseras, el vestido que le dio en pago un modisto y no un amante, los tacos interminables tal vez torcidos, la curva triste de la boca, el entusiasmo casi frenético que le impone a las sonrisas. Todo va a ser más fácil si me convenzo de que también ella es una mujer."

—Parece una cosa hecha por gusto, planeada. Cuando yo llego usted se va, como si siempre me estuviera disparando. Hace un frío de polo afuera. Me dejan el material como me habían prometido, pero ni siquiera un nombre, un epígrafe. Adivine, equivóquese, publique un disparate fantástico. No conozco más nombres que el de los contrayentes y gracias a Dios. Abundancia y mal gusto, eso es lo que había. Agasajaron a sus amistades con una brillante recepción en casa de los padres de la novia. Ya nadie bien se casa en sábado. Prepárese, viene un frío de polo desde la rambla.

Cuando Risso se casó con Gracia César, nos unimos todos en el silencio, suprimidos los vaticinios pesimistas. Por aquel tiempo, ella estaba mirando a los habitantes de Santa María desde las carteleras de El Sótano, Cooperativa Teatral, desde las paredes hechas vetustas por el final del otoño. Intacta a veces, con bigotes de lápiz o desgarrada por uñas rencorosas, por las primeras lluvias otras, volvía a medias la cabeza para mirar la calle, alerta, un poco desafiante, un poco ilusionada por la esperanza de convencer y ser comprendida. Delatada por el brillo sobre los lacrimales que había impuesto la ampliación fotográfica de Estudios Orloff, había también en su cara la farsa del amor por la totalidad de la vida, cubriendo la busca resuelta y exclusiva de la dicha.

Lo cual estaba bien, debe haber pensado él, era deseable y necesario, coincidía con el resultado de la multiplicación de los meses de viudez de Risso por la suma de innumerables madrugadas idénticas de sábado en que había estado repitiendo con acierto actitudes corteses de espera y familiaridad en el prostíbulo de la costa. Un brillo, el de los ojos del afiche, se vinculaba con la frustrada destreza con que él volvía a hacerle el nudo a la siempre flamante y triste corbata de luto frente al espejo ovalado y móvil del dormitorio del prostíbulo.

Se casaron, y Risso creyó que bastaba con seguir viviendo como siempre, pero dedicándole a ella, sin pensarlo, sin pensar casi en ella, la furia de su cuerpo, la enloquecida necesidad de absolutos que lo poseía durante las noches alargadas.

Ella imaginó en Risso un puente, una salida, un principio. Había atravesado virgen dos noviazgos —un director, un actor—, tal vez porque para ella el teatro era un oficio además de un juego y pensaba que el amor debía nacer y conservarse aparte, no contaminado por lo que se hace para

155

ganar dinero y olvido. Con uno y otro estuvo condenada a sentir en las citas en las plazas, la rambla o el café, la fatiga de los ensayos, el esfuerzo de adecuación, la vigilancia de la voz y de las manos. Presentía su propia cara siempre un segundo antes de cualquier expresión, como si pudiera mirarla o palpársela. Actuaba animosa e incrédula, medía sin remedio su farsa y la del otro, el sudor y el polvo del teatro que los cubrían, inseparables, signos de la edad.

Cuando llegó la segunda fotografía, desde Asunción y con un hombre visiblemente distinto, Risso temió, sobre todo, no ser capaz de soportar un sentimiento desconocido que no era ni odio ni dolor, que moriría con él sin nombre, que se emparentaba con la injusticia y la fatalidad, con el primer miedo del primer hombre sobre la tierra, con el nihilismo y el principio de la fe.

La segunda fotografía le fue entregada por Policiales, un miércoles de noche. Los jueves eran los días en que podía disponer de su hija desde las diez de la mañana hasta las diez de la noche. Decidió romper el sobre sin abrirlo, lo guardó y recién en la mañana del jueves, mientras su hija lo esperaba en la sala de la pensión, se permitió una rápida mirada a la cartulina, antes de romperla sobre el waterclós: también aquí el hombre estaba de espaldas.

Pero había mirado muchas veces la foto de Brasil. La conservó durante un día entero y en la madrugada estuvo imaginando una broma, un error, un absurdo transitorio. Le había sucedido ya, había despertado muchas veces de una pesadilla, sonriendo servil y agradecido a las flores de las paredes del dormitorio.

Estaba tirado en la cama cuando extrajo el sobre del saco y la foto del sobre.

—Bueno —dijo en voz alta—, está bien, es cierto y es así. No tiene ninguna importancia, aunque no lo viera sabría que sucede.

(Al sacar la fotografía con el disparador automático, al revelarla en el cuarto oscurecido, bajo el brillo rojo y alentador de la lámpara, es probable que ella haya previsto esta reacción de Risso, este desafío, esta negativa a liberarse en el furor. Había previsto también, o apenas deseado, con pocas, mal conocidas esperanzas, que él desenterrara de la evidente ofensa, de la indignidad asombrosa, un mensaje de amor.)

Volvió a protegerse antes de mirar: "Estoy solo y me estoy muriendo de frío en una pensión de la calle Piedras, en Santa María, en cualquier madrugada, solo y arrepentido de mi soledad como si la hubiera buscado, orgulloso como si la hubiera merecido".

En la fotografía la mujer sin cabeza clavaba ostentosamente los talones en un borde de diván, aguardaba la impaciencia del hombre oscuro, agigantado por el inevitable primer plano, estaría segura de que no era necesario mostrar la cara para ser reconocida. En el dorso, su letra calmosa decía "Recuerdos de Bahía".

En la noche correspondiente a la segunda fotografía pensó que podía comprender la totalidad de la infamia y aun aceptarla. Pero supo que estaban más allá de su alcance la deliberación, la persistencia, el organizado frenesí con que se cumplía la venganza. Midió su desproporción, se sintió indigno de tanto odio, de tanto amor, de tanta voluntad de hacer sufrir.

Cuando Gracia conoció a Risso pudo suponer muchas cosas actuales y futuras. Adivinó su soledad mirándole la barbilla y un botón del chaleco; adivinó que estaba amargado y no vencido, y que necesitaba un desquite y no quería enterarse. Durante muchos domingos le estuvo mirando en la plaza, antes de la función, con cuidadoso cálculo, la cara hosca y apasionada, el sombrero pringoso abandonado en la cabeza, el gran cuerpo indolente que él empezaba a dejar engordar. Pensó en el amor la primera vez que estuvieron solos, o en el deseo, o en el deseo de atenuar con su mano la tristeza del pómulo y la mejilla del hombre. También pensó en la ciudad, en que la única sabiduría posible era la de resignarse a tiempo. Tenía veinte años y Risso cuarenta. Se puso a creer en él, descubrió intensidades de la curiosidad, se dijo que sólo se vive de veras cuando cada día rinde su sorpresa.

Durante las primeras semanas se encerraba para reírse a solas, se impuso adoraciones fetichistas, aprendió a distinguir los estados de ánimo por los olores. Se fue orientando para descubrir qué había detrás de la voz, de los silencios, de los gustos y de las actitudes del cuerpo del hombre. Amó a la hija de Risso y le modificó la cara, exaltando los parecidos con el padre. No dejó el teatro porque el Municipio acababa de subvencionarlo y ahora tenía ella en el sótano un sueldo seguro, un mundo separado de su casa, de su dormitorio, del hombre frenético e indestructible. No buscaba alejarse de la lujuria; quería descansar y olvidarla, permitir que la lujuria descansara y olvidara. Hacía planes y los cumplía, estaba segura de la infinitud del universo del amor, segura de que cada noche les ofrecería un asombro distinto y recién creado.

—Todo —insistía Risso—, absolutamente todo puede sucedernos y vamos a estar siempre contentos y queriéndonos. Todo; ya sea que invente Dios o inventemos nosotros.

En realidad, nunca había tenido antes una mujer y creía fabricar lo que ahora le estaban imponiendo. Pero no era ella quien lo imponía, Gracia César, hechura de Risso, segregada de él para completarlo, como el aire al pulmón, como el invierno al trigo.

La tercera foto demoró tres semanas. Venía también de Paraguay y no le llegó al diario, sino a la pensión y se la trajo la mucama al final de una tarde en que él despertaba de un sueño en que le había sido aconsejado defenderse del pavor y la demencia conservando toda futura fotografía en la cartera y hacerla anecdótica, impersonal, inofensiva, mediante un centenar de distraídas miradas diarias.

La mucama golpeó la puerta y él vio colgar el sobre de las tablillas de la persiana, comenzó a percibir cómo destilaba en la penumbra, en el aire sucio, su condición nociva, su vibrátil amenaza. Lo estuvo mirando desde la cama como a un insecto, como a un animal venenoso que se aplastara a la espera del descuido, del error propicio.

En la tercera fotografía ella estaba sola, empujando con su blancura las sombras de una habitación mal iluminada, con la cabeza dolorosamente echada hacia atrás, hacia la cámara, cubiertos a medias los hombros por el negro pelo suelto, robusta y cuadrúpeda. Tan inconfundible ahora como si se hubiera hecho fotografiar en cualquier estudio y hubiera posado con la más tierna, significa y oblicua de sus sonrisas.

Sólo tenía ahora, Risso, una lástima irremediable por ella, por él, por todos los amantes que habían amado en el mundo, por la verdad y error de sus creencias, por el simple absurdo del amor y por el complejo absurdo del amor creado por los hombres.

Pero también rompió esta fotografía y supo que le sería imposible mirar otra y seguir viviendo. Pero en el plano mágico en que habían empezado a entenderse y a dialogar, Gracia estaba obligada a enterarse de que él iba a romper las fotos apenas llegaran, cada vez con menos curiosidad, con menor remordimiento.

En el plano mágico, todos los groseros o tímidos hombres urgentes no eran más que obstáculos, ineludibles postergaciones del acto ritual de elegir en la calle, en el restaurante o en el café al más crédulo e inexperto, al que podía prestarse sin sospecha y con un cómico orgullo a la exposición frente a la cámara y al disparador, al menos desagradable entre los que pudieran creerse aquella memorizada argumentación de viajante de comercio.

—Es que nunca tuve un hombre así, tan único, tan distinto. Y nunca sé, metida en esta vida de teatro, dónde estaré mañana y si volveré a verte. Quiero por lo menos mirarte en una fotografía cuando estemos lejos y te extrañe.

Y después de la casi siempre fácil convicción, pensando en Risso o dejando de pensar para mañana, cumpliendo el deber que se había impuesto, disponía las luces, preparaba la cámara y encendía al hombre. Si pensaba en Risso, evocaba un suceso antiguo, volvía a reprocharle no haberle pegado, haberla apartado para siempre con un insulto desvaído, una sonrisa inteligente, un comentario que la mezclaba a ella con todas las demás mujeres. Y sin comprender; demostrando a pesar de noches y frases que no había comprendido nunca.

Sin exceso de esperanzas, trajinaba sudorosa por la siempre sórdida y calurosa habitación de hotel, midiendo distancias y luces, corrigiendo la posición del cuerpo envarado del hombre. Obligando, con cualquier recurso, señuelo, mentira crapulosa, a que se dirigiera hacia ella la cara cínica y desconfiada del hombre de turno. Trataba de sonreír y de tentar, remedaba los chasquidos cariñosos que se hacen a los recién nacidos, calculando el paso de los segundos, calculando al mismo tiempo la intensidad con que la foto aludiría a su amor con Risso.

Pero como nunca pudo saber esto, como incluso ignoraba si las fotografías llegaban o no a manos de Risso, comenzó a intensificar las evidencias de las fotos y las convirtió en documentos que muy poco tenían que ver con ellos, Risso y Gracia.

Llegó a permitir y ordenar que las caras adelgazadas por el deseo, estupidizadas por el viejo sueño masculino de la posesión, enfrentaran el agujero de la cámara con una dura sonrisa, con una avergonzada insolencia. Consideró necesario dejarse resbalar de espaldas e introducirse en la fotografía, hacer que su cabeza, su corta nariz, sus grandes ojos impávidos descendieran desde la nada del más allá de la foto para integrar la suciedad del mundo, la torpe, errónea visión fotográfica, las sátiras del amor que se había jurado mandar regularmente a Santa María. Pero su verdadero error fue cambiar las direcciones de los sobres.

La primera separación, a los seis meses del casamiento, fue bienvenida y exageradamente angustiosa. El Sótano —ahora Teatro Municipal de Santa María— subió hasta El Rosario. Ella reiteró allí el mismo viejo juego alucinante de ser una actriz entre actores, de creer en lo que sucedía en el escenario. El público se emocionaba, aplaudía o no se dejaba arrastrar. Puntualmente se imprimían programas y críticas; y la gente aceptaba el juego y lo prolongaba hasta el fin de la noche, hablando de lo que había visto y oído, y pagado para ver y oír, conversando con cierta desesperación, con cierto acicateado entusiasmo, de actuaciones, decorados, parlamentos y tramas.

De modo que el juego, el remedio, alternativamente melancólico y embriagador, que ella iniciaba acercándose con lentitud a la ventana que caía sobre el fjord, estremeciéndose y murmurando para toda la sala: "Tal vez... pero yo también llevo una vida de recuerdos que permanecen extraños a los demás", también era aceptado en El Rosario. Siempre caían naipes en respuesta al que ella arrojaba, el juego se formalizaba y ya era imposible distraerse y mirarlo de afuera.

La primera separación duró exactamente cincuenta y dos días y Risso trató de copiar en ellos la vida que había llevado con Gracia César durante los seis meses de matrimonio. Ir a la misma hora al mismo café, al mismo restaurante, ver a los mismos amigos, repetir en la rambla silencios y soledades, caminar de regreso a la pensión sufriendo obcecado las anticipaciones del encuentro, removiendo en la frente y en la boca imágenes excesivas que nacían de recuerdos perfeccionados o de ambiciones irrealizables.

Eran diez o doce cuadras, ahora solo y más lento, a través de noches molestadas por vientos tibios y helados, sobre el filo inquieto que separaba la primavera del invierno. Le sirvieron para medir su necesidad y su desamparo, para saber que la locura que compartían tenía por lo menos la grandeza de carecer de futuro, de no ser medio para nada.

En cuanto a ella, había creído que Risso daba un lema al amor común cuando susurraba, tendido, con fresco asombro, abrumado:

—Todo puede suceder y vamos a estar siempre felices y queriéndonos.

Ya la frase no era un juicio, una opinión, no expresaba un deseo. Les era dictada e impuesta, era una comprobación, una verdad vieja. Nada de lo que ellos hicieran o pensaran podría debilitar la locura, el amor sin salida ni alteraciones. Todas las posibilidades humanas podían ser utilizadas y todo estaba condenado a servir de alimento.

Creyó que fuera de ellos, fuera de la habitación, se extendía un mundo desprovisto de sentido, habitado por seres que no importaban, poblado por hechos sin valor.

Así que sólo pensó en Risso, en ellos, cuando el hombre empezó a esperarla en la puerta del teatro, cuando la invitó y la condujo, cuando ella misma se fue quitando la ropa.

Era la última semana en El Rosario y ella consideró inútil hablar de aquello en las cartas a Risso; porque el suceso no estaba separado de ellos y a la vez nada tenía que ver con ellos; porque ella había actuado como un animal curioso y lúcido, con cierta lástima por el hombre, con cierto desdén por la pobreza de lo que estaba agregando a su amor por Risso. Y cuando volvió a Santa María, prefirió esperar hasta una víspera de jueves —porque los jueves Risso no iba al diario—, hasta una noche sin tiempo, hasta una madrugada idéntica a las veinticinco que llevaban vividas.

Lo empezó a contar antes de desvestirse, con el orgullo y la ternura de haber inventado, simplemente, una nueva caricia. Apoyado en la mesa, en mangas de camisa, él cerró los ojos y sonrió. Después la hizo desnudar y le pidió que repitiera la historia, ahora de pie, moviéndose descalza sobre la alfombra y casi sin desplazarse de frente y de perfil, dándole la espalda y balanceando el cuerpo mientras lo apoyaba en una pierna y otra. A veces ella veía la cara larga y sudorosa de Risso, el cuerpo pesado apoyándose en la mesa, protegiendo con los hombros el vaso de vino, y a veces sólo los imaginaba, distraída, por el afán de fidelidad en el relato, por la alegría de revivir aquella peculiar intensidad de amor que había sentido por Risso en El Rosario, junto a un hombre de rostro olvidado, junto a nadie, junto a Risso.

—Bueno; ahora te vestís otra vez —dijo él, con la misma voz asombrada y ronca que había repetido que todo era posible, que todo sería para ellos.

Ella le examinó la sonrisa y volvió a ponerse las ropas. Durante un rato estuvieron los dos mirando los dibujos del mantel, las manchas, el cenicero con el pájaro de pico quebrado. Después él terminó de vestirse y se fue, dedicó su jueves, su día libre, a conversar con el doctor Guiñazú, a convencerlo de la urgencia del divorcio, a burlarse por anticipado de las entrevistas de reconciliación.

Hubo después un tiempo largo y malsano en el que Risso quería volver a tenerla y odiaba simultáneamente la pena y el asco de todo imaginable reencuentro. Decidió después que necesitaba a Gracia y ahora un poco más que antes. Que era necesaria la reconciliación y que estaba dispuesto a pagar cualquier precio siempre que no interviniera su voluntad, siempre que fuera posible volver a tenerla por las noches sin decir que sí ni siquiera con su silencio.

Volvió a dedicar los jueves a pasear con su hija y a escuchar la lista de predicciones cumplidas que repetía la abuela en las sobremesas. Tuvo de Gracia noticias cautelosas y vagas, comenzó a imaginarla como a una mujer desconocida, cuyos gestos y reacciones debían ser adivinados o deducidos; como a una mujer preservada y solitaria entre personas y lugares, que le estaba predestinada y a la que tendría que querer, tal vez desde el primer encuentro.

Casi un mes después del principio de la separación, Gracia repartió direcciones contradictorias y se fue de Santa María.

—No se preocupe —dijo Guiñazú—. Conozco bien a las mujeres y algo así estaba esperando. Esto confirma el abandono del hogar y simplifica la acción que no podrá ser dañada por una evidente maniobra dilatoria que está evidenciando la sinrazón de la parte demandada.

Era aquél un comienzo húmedo de primavera, y muchas noches Risso volvía caminando del diario, del café, dándole nombres a la lluvia, avivando su sufrimiento como si soplara una brasa, apartándolo de sí para verlo mejor e increíble, imaginando actos de amor nunca vividos para ponerse en seguida a recordarlos con desesperada codicia.

Risso había destruido, sin mirar, los últimos tres mensajes. Se sentía ahora, y para siempre, en el diario y en la pensión, como una alimaña en su madriguera, como una bestia que oyera rebotar los tiros de los cazadores en la puerta de su cueva. Sólo podía salvarse de la muerte y de la idea de la muerte forzándose a la quietud y a la ignorancia. Acurrucado, agitaba los bigotes y el morro, las patas; sólo podía esperar el agotamiento de la furia ajena. Sin permitirse palabras ni pensamientos, se vio forzado a empezar a entender; a confundir a la Gracia que buscaba y elegía hombres y actitudes para las fotos, con la muchacha que había planeado, muchos meses atrás, vestidos, conversaciones, maquillajes, caricias a su hija para conquistar a un viudo aplicado al desconsuelo, a este hombre que ganaba un sueldo escaso y que sólo podía ofrecer a las mujeres una asombrada, leal, incomprensión.

Había empezado a creer que la muchacha que le había escrito largas y exageradas cartas en las breves separaciones veraniegas del noviazgo era la misma que procuraba su desesperación y su aniquilamiento enviándole las fotografías. Y llegó a pensar que, siempre, el amante que ha logrado respirar en la obstinación sin consuelo de la cama el olor sombrío de la muerte, está condenado a perseguir —para él y para ella— la destrucción, la paz definitiva de la nada.

Pensaba en la muchacha que se paseaba del brazo de dos amigas en las tardes de la rambla, vestida con los amplios y taraceados vestidos de tela endurecida que inventaba e imponía el recuerdo, y que atravesaba la obertura del Barbero que coronaba el concierto dominical de la banda para mirarlo un segundo. Pensaba en aquel relámpago en que ella hacía girar su expresión enfurecida de oferta y desafío, en que le mostraba de frente la belleza casi varonil de una cara pensativa y capaz, en que lo elegía a él, entontecido por la viudez. Y, poco a poco, iba admitiendo que aquella era la misma mujer desnuda, un poco más gruesa, con cierto aire de aplomo y de haber sentado cabeza, que le hacía llegar fotografías desde Lima, Santiago y Buenos Aires.

Por qué no, llegó a pensar, por qué no aceptar que las fotografías, su trabajosa preparación, su puntual envío, se originaban en el mismo amor, en la misma capacidad de nostalgia, en la misma congénita lealtad.

La próxima fotografía le llegó desde Montevideo; ni al diario ni a la pensión. Y no llegó a verla. Salía una noche de El Liberal cuando escuchó la renguera del viejo Lanza persiguiéndolo en los escalones, la tos estremecida a su espalda, la inocente y tramposa frase del prólogo. Fueron a comer al Baviera; y Risso pudo haber jurado después haber estado sabiendo que el hombre descuidado, barbudo, enfermo, que metía y sacaba en la sobremesa un cigarrillo humedecido de la boca hundida, que no quería mirarle los ojos, que recitaba comentarios obvios sobre las noticias que UP había hecho llegar al diario durante la jornada, estaba impregnado de Gracia, o del frenético aroma absurdo que destila el amor.

—De hombre a hombre —dijo Lanza con resignación—. O de viejo que no tiene más felicidad en la vida que la discutible de seguir viviendo. De un viejo a usted; y yo no sé, porque nunca se sabe, quién es usted. Sé de algunos hechos y he oído comentarios. Pero ya no tengo interés en perder el tiempo creyendo o dudando. Da lo mismo. Cada mañana compruebo que sigo vivo, sin amargura y sin dar las gracias. Arrastro por Santa María y por la redacción una pierna enferma y la arterioesclerosis; me acuerdo de España, corrijo las pruebas, escribo y a veces hablo demasiado. Como esta noche. Recibí una sucia fotografía y no es posible dudar sobre quién la mandó. Tampoco puedo adivinar por qué me eligieron a mí. Al dorso dice: "Para ser donada a la colección Risso", o cosa parecida. Me llegó el sábado y estuve dos días pensando si dársela o no. Llegué a creer que lo mejor era decírselo porque mandarme eso a mí es locura sin atenuantes y tal vez a usted le haga bien saber que está loca. Ahora está usted enterado; sólo le pido permiso para romper la fotografía sin mostrársela.

Risso dijo que sí y aquella noche, mirando hasta la mañana la luz del farol de la calle en el techo del cuarto, comprendió que la segunda desgracia, la venganza, era esencialmente menos grave que la primera, la traición, pero también mucho menos soportable. Sentía su largo cuerpo expuesto como un nervio al dolor del aire, sin amparo, sin poderse inventar un alivio.

La cuarta fotografía no dirigida a él la tiró sobre la mesa la abuela de su hija, el jueves siguiente. La niña se había ido a dormir y la foto estaba nuevamente dentro del sobre. Cayó entre el sifón y la dulcera, largo, atravesado y teñido por el reflejo de una botella, mostrando entusiastas letras en tinta azul.

—Comprenderás que después de esto —tartamudeó la abuela. Revolvía el café y miraba la cara de Risso, buscándole en el perfil el secreto de la universal inmundicia, la causa de la muerte de su hija, la explicación de tantas cosas que ella había sospechado sin coraje para creerlas—. Comprenderás —repitió con furia, con la voz cómica y envejecida.

Pero no sabía qué era necesario comprender y Risso tampoco comprendía aunque se esforzara, mirando el sobre que había quedado enfrentándolo, con un ángulo apoyado en el borde del plato.

Afuera la noche estaba pesada y las ventanas abiertas de la ciudad mezclaban al misterio lechoso del cielo los misterios de las vidas de los hombres, sus afanes y sus costumbres. Volteado en su cama, Risso creyó que empezaba a comprender, que como una enfermedad, como un bienestar, la comprensión ocurría en él, liberada de la voluntad y de la inteligencia. Sucedía, simplemente, desde el contacto de los pies con los zapatos hasta las lágrimas que le llegaban a las mejillas y al cuello. La comprensión sucedía en él, y él no estaba interesado en saber qué era lo que comprendía, mientras recordaba o estaba viendo su llanto y su quietud, la alargada pasividad del cuerpo en la cama, la comba de las nubes en la ventana, escenas antiguas y futuras. Veía la muerte y la amistad con la muerte, el ensoberbecido desprecio por las reglas que todos los hombres habían consentido acatar, el auténtico asombro de la libertad. Hizo pedazos la fotografía sobre el pecho, sin apartar los ojos del blancor de la ventana, lento y diestro, temeroso de hacer ruido o interrumpir. Sintió después el movimiento de un aire nuevo, acaso respirado en la niñez, que iba llenando la habitación y se extendía con pereza inexperta por las calles y los desprevenidos edificios, para esperarlo y darle protección mañana y en los días siguientes.

Estuvo conociendo hasta la madrugada, como a ciudades que le habían parecido inalcanzables, el desinterés, la dicha sin causa, la aceptación de la soledad. Y cuando despertó a mediodía, cuando se aflojó la corbata y el cinturón y el reloj pulsera, mientras caminaba sudando hasta el pútrido olor a tormenta de la ventana, lo invadió por primera vez un paternal cariño hacia los hombres y hacia lo que los hombres habían hecho y construido. Había resuelto averiguar la dirección de Gracia, llamarla o irse a vivir con ella.

Aquella noche en el diario fue un hombre lento y feliz, actuó con torpezas de recién nacido, cumplió su cuota de cuartillas con las distracciones y errores que es común perdonar a un forastero. La gran noticia era la imposibilidad de que Ribereña corriera en San Isidro, porque estamos en condiciones de informar que el crédito del stud El Gorrión amaneció hoy manifestando dolencias en uno de los remos delanteros, evidenciando inflamación a la cuerda lo que dice a las claras de la entidad del mal que lo aqueja.

—Recordando que él hacía Hípicas —contó Lanza—, uno intenta explicar aquel desconcierto comparándolo al del hombre que se jugó el sueldo a un dato que le dieron y confirmaron el cuidador, el jockey, el dueño y el propio caballo. Porque aunque tenía, según se sabrá, los más excelentes motivos para estar sufriendo y tragarse sin más todos los sellos de somníferos de todas las boticas de Santa María, lo que me estuvo mostrando media hora antes de hacerlo no fue otra cosa que el razonamiento y la actitud de un hombre estafado. Un hombre que había estado seguro y a salvo y ya no lo está, y no logra explicarse cómo pudo ser, qué error de cálculo produjo el desmoronamiento. Porque en ningún momento llamó yegua a la yegua que estuvo repartiendo las soeces fotografías por toda la ciudad, y ni siquiera aceptó caminar por el puente que yo le tendía, insinuando, sin creerla, la posibilidad de que la yegua —en cueros y alzada como prefirió divulgarse, o mimando en el escenario los problemas ováricos de otras yeguas hechas famosas por el teatro universal—, la posibilidad de que estuviera loca de atar. Nada. El se había equivocado, y no al casarse con ella sino en otro momento que no quiso nombrar. La culpa era de él y nuestra entrevista fue increíble y espantosa. Porque ya me había dicho que iba a matarse y ya me había convencido de que era inútil y también grotesco y otra vez inútil argumentar para salvarlo. Y hablaba fríamente conmigo, sin aceptar mis ruegos de que se emborrachara. Se había equivocado, insistía; él y no la maldita arrastrada que le mandó la fotografía a la pequeña, al Colegio de Hermanas. Tal vez pensando que abriría el sobre la hermana superiora, acaso deseando que el sobre llegara intacto hasta las manos de la hija de Risso, segura esta vez de acertar en lo que Risso tenía de veras vulnerable.

en tan hondo y complicado laberinto, a la luz de la lógica
podía a nuestro y o . . . en el lio conseguido de ella era claro
también precisa . . . con ver toda... según auga con...dinda
Y también pintar en . . . mejor sin se . . . pero in . . . había . . . segán
apreciación había se con la publicación . . . con es . . . . . el y . . . cuenta
dijo, en cuanto que . . . . . . y . . . algún . . . tot publicación . . . . . gracia, al
criterio del tiempo en . . . el ver conocían . . . . . hubiera al sobre . . .
la barriada subjetiva, pues donde aprecia de que... a según la que
bronca lo todas más . . . de lo luz, y de . . . . . según data . . . . . .
de ahora . . . lo que lleg y pasa de . . .una . . . . . .

LA CARA DE LA DESGRACIA

Para Dorotea Muhr - Ignorado perro de la dicha

1

Al atardecer estuve en mangas de camisa, a pesar de la molestia del viento, apoyado en la baranda del hotel, solo. La luz hacía llegar la sombra de mi cabeza hasta el borde del camino de arena entre los arbustos que une la carretera y la playa con el caserío.

La muchacha apareció pedaleando en el camino para perderse en seguida detrás del chalet de techo suizo, vacío, que mantenía el cartel de letras negras, encima del cajón para la correspondencia. Me era imposible no mirar el cartel por lo menos una vez al día; a pesar de su cara castigada por las lluvias, las siestas y el viento del mar, mostraba un brillo perdurable y se hacía ver: *Mi descanso*.

Un momento después volvió a surgir la muchacha sobre la franja arenosa rodeada por la maleza. Tenía el cuerpo vertical sobre la montura, movía con fácil lentitud las piernas, con tranquila arrogancia las piernas abrigadas con medias grises, gruesas y peludas, erizadas por las pinochas. Las ro-

171

dillas eran asombrosamente redondas, terminadas, en relación a la edad que mostraba el cuerpo.

Frenó la bicicleta justamente al lado de la sombra de mi cabeza y su pie derecho, apartándose de la máquina, se apoyó para guardar equilibrio pisando en el corto pasto muerto, ya castaño, ahora en la sombra de mi cuerpo. En seguida se apartó el pelo de la frente y me miró. Tenía una tricota oscura, y una pollera rosada. Me miró con calma y atención como si la mano tostada que separaba el pelo de las cejas bastara para esconder su examen.

Calculé que nos separaban veinte metros y menos de treinta años. Descansando en los antebrazos mantuve su mirada, cambié la ubicación de la pipa entre los dientes, continué mirando hacia ella y su pesada bicicleta, los colores de su cuerpo delgado contra el fondo del paisaje de árboles y ovejas que se aplacaba en la tarde.

Repentinamente triste y enloquecido, miré la sonrisa que la muchacha ofrecía al cansancio, el pelo duro y revuelto, la delgada nariz curva que se movía con la respiración, el ángulo infantil en que habían sido impostados los ojos en la cara —y que ya nada tenía que ver con la edad, que había sido dispuesto de una vez por todas y hasta la muerte—, el excesivo espacio que concedían a la esclerótica. Miré aquella luz del sudor y la fatiga que iba recogiendo el resplandor último o primero del anochecer para cubrirse y destacar como una máscara fosforescente en la oscuridad próxima.

La muchacha dejó con suavidad la bicicleta sobre los arbustos y volvió a mirarme mientras sus manos tocaban el talle con los pulgares hundidos bajo el cinturón de la falda. No sé si tenía cinturón; aquel verano todas las muchachas usaban cinturones anchos. Después miró alrededor. Estaba ahora de perfil, con las manos juntas en la espalda, siempre sin senos, respirando aún con curiosa fatiga, la cara vuelta hacia el sitio de la tarde donde iba a caer el sol.

Bruscamente se sentó en el pasto, se quitó las sandalias y

las sacudió; uno a uno tuvo los pies desnudos en las manos, refregando los cortos dedos y moviéndolos en el aire. Por encima de sus hombros estrechos le miré agitar los pies sucios y enrojecidos. La vi estirar las piernas, sacar un peine y un espejo del gran bolsillo con monograma colocado sobre el vientre de la pollera. Se peinó descuidada, casi sin mirarme.

Volvió a calzarse y se levantó, estuvo un rato golpeando el pedal con rápidas patadas. Reiterando un movimiento duro y apresurado, giró hacia mí, todavía solo en la baranda, siempre inmóvil, mirándola. Comenzaba a subir el olor de las madreselvas y la luz del bar del hotel estiró manchas pálidas en el pasto, en los espacios de arena y el camino circular para automóviles que rodeaba la terraza.

Era como si nos hubiéramos visto antes, como si nos conociéramos, como si nos hubiéramos guardado recuerdos agradables. Me miró con expresión desafiante mientras su cara se iba perdiendo en la luz escasa; me miró con un desafío de todo su cuerpo desdeñoso, del brillo del níquel de la bicicleta, del paisaje con chalet de techo suizo y ligustros y eucaliptos jóvenes de troncos lechosos. Fue así por un segundo; todo lo que la rodeaba era segregado por ella y su actitud absurda. Volvió a montar y pedaleó detrás de las hortensias, detrás de los bancos vacíos pintados de azul, más rápida entre las filas de coches frente al hotel.

2

Vacié la pipa y estuve mirando la muerte del sol entre los árboles. Sabía ya, y tal vez demasiado, qué era ella. Pero no quería nombrarla. Pensaba en lo que me estaba esperando en la pieza del hotel hasta la hora de la comida. Traté de medir mi pasado y mi culpa con la vara que acababa de descubrir: la muchacha delgada y de perfil hacia el horizonte, su edad corta e imposible, los pies sonrosados que una mano había golpeado y oprimido.

Junto a la puerta del dormitorio encontré un sobre de la gerencia con la cuenta de la quincena. Al recogerlo me sorprendí a mí mismo agachado, oliendo el perfume de las madreselvas que ya tanteaba en el cuarto, sintiéndome expectante y triste, sin causa nueva que pudiera señalar con el dedo. Me ayudé con un fósforo para releer el *Avis aux passagers* enmarcado en la puerta y encendí de nuevo la pipa. Estuve muchos minutos lavándome las manos, jugando con el jabón, y me miré en el espejo del lavatorio, casi a oscuras, hasta que pude distinguir la cara delgada y blanca —tal vez la única blanca entre los pasajeros del hotel—, mal afeitada. Era mi cara y los cambios de los últimos meses no tenían verdadera importancia. Alguno pasó por el jardín cantando a media voz. La costumbre de jugar con el jabón, descubrí, había nacido con la muerte de Julián, tal vez en la misma noche del velorio.

Volví al dormitorio y abrí la valija después de sacarla con el pie de abajo de la cama. Era un rito imbécil, era un rito; pero acaso resultara mejor para todos que yo me atuviera fielmente a esta forma de la locura hasta gastarla o ser gastado. Busqué sin mirar, aparté ropas y dos pequeños libros, obtuve por fin el diario doblado. Conocía la crónica de memoria; era la más justa, la más errónea y respetuosa entre todas las publicadas. Acerqué el sillón a la luz y estuve mirando sin leer el título negro a toda página, que empezaba a desteñir: *Se suicida cajero prófugo*. Debajo la foto, las manchas grises que formaban la cara de un hombre mirando al mundo con expresión de asombro, la boca casi empezando a sonreír bajo el bigote de puntas caídas. Recordé la esterilidad de haber pensado en la muchacha, minutos antes, como en la posible inicial de alguna frase cualquiera que resonara en un ámbito distinto. Este, el mío, era un mundo particular, estrecho, insustituible. No cabían allí otra amistad, presencia o diálogo que los que pudieran segregarse de aquel fantasma de bigotes lánguidos. A veces me permitía, él, elegir entre Julián o El Cajero Prófugo.

Cualquiera acepta que puede influir, o haberlo hecho, en el hermano menor. Pero Julián me llevaba —hace un mes y unos días— algo más de cinco años. Sin embargo, debo escribir sin embargo. Pude haber nacido, y continuar viviendo, para estropear su condición de hijo único; pude haberlo obligado, por medio de mis fantasías, mi displicencia y mi tan escasa responsabilidad, a convertirse en el hombre que llegó a ser: primero en el pobre diablo orgulloso de un ascenso, después en el ladrón. También, claro, en el otro, en el difunto relativamente joven que todos miramos pero que sólo yo podía reconocer como hermano.

¿Qué me queda de él? Una fila de novelas policiales, algún recuerdo de infancia, ropas que no puedo usar porque me ajustan y son cortas. Y la foto en el diario bajo el largo título. Despreciaba su aceptación de la vida; sabía que era un solterón por falta de ímpetu; pasé tantas veces, y casi siempre vagando, frente a la peluquería donde lo afeitaban diariamente. Me irritaba su humildad y me costaba creer en ella. Estaba enterado de que recibía a una mujer, puntualmente, todos los viernes. Era muy afable, incapaz de molestar, y desde los treinta años le salía del chaleco olor a viejo. Olor que no puede definirse, que se ignora de qué proviene. Cuando dudaba, su boca formaba la misma mueca que la de nuestra madre. Libre de él, jamás hubiera llegado a ser mi amigo, jamás lo habría elegido o aceptado para eso. Las palabras son hermosas o intentan serlo cuando tienden a explicar algo. Todas estas palabras son, por nacimiento, disconformes e inútiles. Era mi hermano.

Arturo silbó en el jardín, trepó la baranda y estuvo en seguida dentro del cuarto, vestido con una salida, sacudiendo arena de la cabeza mientras cruzaba hasta el baño. Lo vi enjuagarse en la ducha y escondí el diario entre la pierna y el respaldo del sillón. Pero le oí gritar:

—Siempre el fantasma.

No contesté y volví a encender la pipa. Arturo vino silbando desde la bañadera y cerró la puerta que daba sobre la noche. Tirado en una cama, se puso la ropa interior y continuó vistiéndose.

—Y la barriga sigue creciendo —dijo—. Apenas si almorcé, estuve nadando hasta el espigón. Y el resultado es que la barriga sigue creciendo. Habría apostado cualquier cosa a que, de entre todos los hombres que conozco, a vos no podría pasarte esto. Y te pasa, y te pasa en serio. ¿Hace como un mes, no?

—Sí. Veintiocho días.

—Y hasta los tenés contados —siguió Arturo—. Me conocés bien. Lo digo sin desprecio. Veintiocho días que ese infeliz se pegó un tiro y vos, nada menos que vos, jugando al remordimiento. Como una solterona histérica. Porque las hay distintas. Es de no creer.

Se sentó en el borde de la cama para secarse los pies y ponerse los calcetines.

—Sí —dije yo—. Si se pegó un tiro era, evidentemente, poco feliz. No tan feliz, por lo menos, como vos en este momento.

—Hay que embromarse —volvió Arturo—. Como si vos lo hubieras matado. Y no vuelvas a preguntarme... —Se detuvo para mirarse en el espejo— no vuelvas a preguntarme si en algún lugar de diez y siete dimensiones vos resultás el culpable de que tu hermano se haya pegado un tiro.

Encendió un cigarrillo y se extendió en la cama. Me levanté, puse un almohadón sobre el diario tan rápidamente envejecido y empecé a pasearme por el calor del cuarto.

—Como te dije, me voy esta noche —dijo Arturo—. ¿Qué pensás hacer?

—No sé —repuse suavemente, desinteresado—. Por ahora me quedo. Hay verano para tiempo.

Oí suspirar a Arturo y escuché cómo se transformaba su suspiro en un silbido de impaciencia. Se levantó, tirando el cigarrillo al baño.

—Sucede que mi deber moral me obliga a darte unas patadas y llevarte conmigo. Sabés que allá es distinto. Cuando estés bien borracho, a la madrugada, bien distraído, todo se acabó.

Alcé los hombros, sólo el izquierdo, y reconocí un movimiento que Julián y yo habíamos heredado sin posibilidad de elección.

—Te hablo otra vez —dijo Arturo, poniéndose un pañuelo en el bolsillo del pecho—. Te hablo, te repito, con un poco de rabia y con el respeto a que me referí antes. ¿Vos le dijiste al infeliz de tu hermano que se pegara un tiro para escapar de la trampa? ¿Le dijiste que comprara pesos chilenos para cambiarlos por liras y las liras por francos y los francos por coronas bálticas y las coronas por dólares y los dólares por libras y las libras por enaguas de seda amarilla? No, no muevas la cabeza. Caín en el fondo de la cueva. Quiero un sí o un no. A pesar de que no necesito respuesta. ¿Le aconsejaste, y es lo único que importa, que robara? Nunca jamás. No sos capaz de eso. Te lo dije muchas veces. Y no vas a descubrir si es un elogio o un reproche. No le dijiste que robara. ¿Y entonces?

Volví a sentarme en el sillón.

—Ya hablamos de todo eso y todas las veces. ¿Te vas esta noche?

—Claro, en el ómnibus de las nueve y nadie sabe cuánto. Me quedan cinco días de licencia y no pienso seguir juntando salud para regalársela a la oficina.

Arturo eligió una corbata y se puso a anudarla.

—Es que no tiene sentido —dijo otra vez frente al espejo—. Yo, admito que alguna vez me encerré con un fantas-

ma. La experiencia siempre acabó mal. Pero con tu hermano, como estás haciendo ahora... Un fantasma con bigotes
de alambre. Nunca. El fantasma no sale de la nada, claro.
En esta ocasión salió de la desgracia. Era tu hermano, ya
sabemos. Pero ahora es el fantasma de cooperativa con bigotes de general ruso...

—¿El último momento en serio? —pregunté en voz baja;
no lo hice pidiendo nada: sólo quería cumplir y hasta hoy
no sé con quién o con qué.

—El último momento —dijo Arturo.

—Veo bien la causa. No le dije, ni la sombra de una in-
sinuación, que usara el dinero de la cooperativa para el negocio de los cambios. Pero cuando le expliqué una noche,
sólo por animarlo, o para que su vida fuera menos aburrida,
para mostrarle que había cosas que podían ser hechas en el
mundo para ganar dinero y gastarlo, aparte de cobrar el sueldo a fin de mes...

—Conozco —dijo Arturo, sentándose en la cama con un
bostezo—. Nadé demasiado, ya no estoy para hazañas. Pero
era el último día. Conozco toda la historia. Explicame ahora,
y te aviso que se acaba el verano, qué remediás con quedarte
encerrado aquí. Explicame qué culpa tenés si el otro hizo un
disparate.

—Tengo una culpa —murmuré con los ojos entornados,
la cabeza apoyada en el sillón; pronuncié las palabras tardas
y aisladas—. Tengo la culpa de mi entusiasmo, tal vez de
mi mentira. Tengo la culpa de haberle hablado a Julián, por
primera vez, de una cosa que no podemos definir y se llama
el mundo. Tengo la culpa de haberle hecho sentir —no digo
creer— que, si aceptaba los riesgos, eso que llamé el mundo
sería para él.

—¿Y qué? —dijo Arturo, mirándose desde lejos el peinado en el espejo—. Hermano. Todo eso es una idiotez complicada. Bueno, también la vida es una idiotez complicada.
Algún día de estos se te pasará el período; andá entonces a

visitarme. Ahora vestite y vamos a tomar unas copas antes de comer. Tengo que irme temprano. Pero, antes que lo olvide, quiero dejarte un último argumento. Tal vez sirva para algo.

Me tocó un hombro y me buscó los ojos.

—Escuchame —dijo—. En medio de toda esta complicada, feliz idiotez, ¿Julián, tu hermano, usó correctamente el dinero robado, lo empleó aceptando la exactitud de los disparates que le estuviste diciendo?

—¿El? —me levanté con asombro—. Por favor. Cuando vino a verme ya no había nada que hacer. Al principio, estoy casi seguro, compró bien. Pero se asustó en seguida e hizo cosas increíbles. Conozco muy poco de los detalles. Fue algo así como una combinación de títulos con divisas, de rojo y negro con caballos de carrera.

—¿Ves? —dijo Arturo asintiendo con la cabeza—. Certificado de irresponsabilidad. Te doy cinco minutos para vestirte y meditar. Te espero en el mostrador.

3

Tomamos unas copas mientras Arturo se empeñaba en encontrar en la billetera la fotografía de una mujer.

—No está —dijo por fin—. La perdí. La foto, no la mujer. Quería mostrártela porque tiene algo inconfundible que pocos le descubren. Y antes de quedarte loco vos entendías de esas cosas.

Y estaban, pensaba yo, los recuerdos de infancia que irían naciendo y aumentando en claridad durante los días futuros, semanas o meses. Estaba también la tramposa, tal vez deliberada, deformación de los recuerdos. Estaría, en el mejor de los casos, la elección no hecha por mí. Tendría que vernos, fugazmente o en pesadillas, vestidos con trajes ridículos, jugando en un jardín húmedo o pegándonos en un dormitorio. El era mayor pero débil. Había sido tolerante y bueno, aceptaba cargar con mis culpas, mentía dulcemente sobre las marcas en la cara que le dejaban mis golpes, sobre una taza rota, sobre una llegada tarde. Era extraño que todo aquello no hubiera empezado aún, durante el mes de vacaciones de otoño en la playa; acaso, sin proponérmelo, yo estuviera deteniendo el torrente con las crónicas periodísticas y la evocación de las dos últimas noches. En una Julián estaba vivo, en la siguiente muerto. La segunda noche no tenía importancia y todas sus interpretaciones habían sido despistadas.

Era su velorio, empezaba a colgarle la mandíbula, la venda de la cabeza envejeció y se puso amarilla mucho antes del amanecer. Yo estaba muy ocupado ofreciendo bebidas y comparando la semejanza de las lamentaciones. Con cinco años más que yo, Julián había pasado tiempo atrás de los cuarenta. No había pedido nunca nada importante a la vida; tal vez, sí, que lo dejaran en paz. Iba y venía, como desde niño, pidiendo permiso. Esta permanencia en la tierra, no asombrosa pero sí larga, prolongada por mí, no le había servido, siquiera, para darse a conocer. Todos los susurrantes y lánguidos bebedores de café o whisky coincidían en juzgar y compadecer el suicidio como un error. Porque con un buen abogado, con el precio de un par de años en la cárcel... Y, además, para todos resultaba desproporcionado y grotesco el final, que empezaban a olisquear, en relación al delito. Yo daba las gracias y movía la cabeza; después me paseaba entre el vestíbulo y la cocina, cargando bebidas o copas vacías. Trataba de imaginar, sin dato alguno, la opinión de la mujerzuela barata que visitaba a Julián todos los viernes o todos los lunes, días en que escasean los clientes. Me preguntaba sobre la verdad invisible, nunca exhibida, de sus relaciones. Me preguntaba cuál sería el juicio de ella, atribuyéndole una inteligencia imposible. Qué podría pensar ella, que sobrellevaba la circunstancia de ser prostituta todos los días, de Julián, que aceptó ser ladrón durante pocas semanas

180

pero no pudo, como ella, soportar que los imbéciles que ocupan y forman el mundo, conocieran su falla. Pero no vino en toda la noche o por lo menos no distinguí una cara, una insolencia, un perfume, una humildad que pudieran serle atribuidos.

Sin moverse del taburete del mostrador, Arturo había conseguido el pasaje y el asiento para el ómnibus. Nueve y cuarenta y cinco.

—Hay tiempo de sobra. No puedo encontrar la foto. Hoy es inútil seguirte hablando. Otra vuelta, mozo.

Ya dije que la noche del velorio no tenía importancia. La anterior es mucho más corta y difícil. Julián pudo haberme esperado en el corredor del departamento. Pero ya pensaba en la policía y eligió dar vueltas bajo la lluvia hasta que pudo ver luz en mi ventana. Estaba empapado —era un hombre nacido para usar paraguas y lo había olvidado— y estornudó varias veces, con disculpa, con burla, antes de sentarse cerca de la estufa eléctrica, antes de usar mi casa. Todo Montevideo conocía la historia de la Cooperativa y por lo menos la mitad de los lectores de diarios deseaba, distraídamente, que no se supiera más del cajero.

Pero Julián no había aguantado una hora y media bajo la lluvia para verme, despedirse con palabras y anunciarme el suicidio. Tomamos unas copas. El aceptó el alcohol sin alardes, sin oponerse:

—Total ahora... —murmuró casi riendo, alzando un hombro.

Sin embargo, había venido para decirme adiós a su manera. Era inevitable el recuerdo, pensar en nuestros padres, en la casa quinta de la infancia, ahora demolida. Se enjugó los largos bigotes y dijo con preocupación:

—Es curioso. Siempre pensé que tú sabías y yo no. Desde chico. Y no creo que se trate de un problema de carácter o de inteligencia. Es otra cosa. Hay gente que se acomoda instintivamente en el mundo. Tú sí y yo no. Siempre me faltó la fe necesaria —se acariciaba las mandíbulas sin afeitar—. Tampoco se trata de que yo haya tenido que ajustar conmigo deformaciones o vicios. No había handicap; por lo menos nunca lo conocí.

Se detuvo y vació el vaso. Mientras alzaba la cabeza, esa que hoy miro diariamente desde hace un mes en la primera página de un periódico, me mostró los dientes sanos y sucios de tabaco.

—Pero —siguió mientras se ponía de pie— tu combinación era muy buena. Debiste regalársela a otro. El fracaso no es tuyo.

—A veces resultan y otras no —dije—. No vas a salir con esta lluvia. Podés quedarte aquí para siempre, todo el tiempo que quieras.

Se apoyó en el respaldo de un sillón y estuvo burlándose sin mirarme.

—Con esta lluvia. Para siempre. Todo el tiempo —se me acercó y me tocó un brazo—. Perdón. Habrá molestias. Siempre hay molestias.

Ya se había ido. Me estuvo diciendo adiós con su presencia siempre acurrucada, con los cuidados bigotes bondadosos, con la alusión a todo lo muerto y disuelto que la sangre, no obstante, era y es capaz de hacer durante un par de minutos.

Arturo estaba hablando de estafas en las carreras de caballos. Miró el reloj y pidió al barman la última copa.

—Pero con más gin, por favor —dijo.

Entonces, sin escuchar, me sorprendí vinculando a mi hermano muerto con la muchacha de la bicicleta. De él no quise recordar la infancia ni la pasiva bondad; sino, absolutamente, nada más que la empobrecida sonrisa, la humilde actitud del cuerpo durante nuestra última entrevista. Si podía darse ese nombre a lo que yo permití que ocurriera entre nosotros cuando vino empapado a mi departamento para decirme adiós de acuerdo a su ceremonial propio.

Nada sabía yo de la muchacha de la bicicleta. Pero entonces, repentinamente, mientras Arturo hablaba de Ever Perdomo o de la mala explotación del turismo, sentí que me llegaba hasta la garganta una ola de la vieja, injusta, casi siempre equivocada piedad. Lo indudable era que yo la quería y deseaba protegerla. No podía adivinar de qué o contra qué. Buscaba, rabioso, cuidarla de ella misma y de cualquier peligro. La había visto insegura y en reto, la había mirado alzar una ensoberbecida cara de desgracia. Esto puede durar pero siempre se paga de prematuro, desproporcionado. Mi hermano había pagado su exceso de sencillez. En el caso de la muchacha —que tal vez no volviera nunca a ver— las deudas eran distintas. Pero ambos, por tan diversos caminos, coincidían en una deseada aproximación a la muerte, a la definitiva experiencia. Julián, no siendo; ella, la muchacha de la bicicleta, buscando serlo todo y con prisas.

— Pero —dijo Arturo—, aunque te demuestren que todas las carreras están arregladas, vos seguís jugando igual. Mirá: ahora que me voy parece que va a llover.

—Seguro —contesté, y pasamos al comedor. La vi en seguida.

Estaba cerca de una ventana, respirando el aire tormentoso de la noche, con un montón de pelo oscuro y recio movido por el viento sobre la frente y los ojos; con zonas de pecas débiles —ahora, bajo el tubo de luz insoportable del comedor— en las mejillas y la nariz, mientras los ojos infantiles y acuosos miraban distraídos la sombra del cielo o las bocas de sus compañeros de mesa; con los flacos y fuertes brazos desnudos frente a lo que podía aceptarse como un traje de noche amarillo, cada hombro protegido por una mano.

Un hombre viejo estaba sentado junto a ella y conversaba con la mujer que tenía enfrente, joven, de espalda blanca y carnosa vuelta hacia nosotros, con una rosa silvestre en el peinado, sobre la oreja. Y al moverse, el pequeño círculo blanco de la flor entraba y salía del perfil distraído de la muchacha. Cuando la mujer reía, echando la cabeza hacia atrás, brillante la piel de la espalda, la cara de la muchacha quedaba abandonada contra la noche.

Hablando con Arturo, miraba la mesa, traté de adivinar de dónde provenía su secreto, su sensación de cosa extraordinaria. Deseaba quedarme para siempre en paz junto a la muchacha y cuidar de su vida. La vi fumar con el café, los ojos clavados ahora en la boca lenta del hombre viejo. De pronto me miró como antes en el sendero, con los mismos ojos calmos y desafiantes, acostumbrados a contemplar o suponer el desdén. Con una desesperación inexplicable estuve soportando los ojos de la muchacha, revolviendo los míos contra la cabeza juvenil, larga y noble; escapando del inaprehensible secreto para escarbar en la tormenta nocturna, para conquistar la intensidad del cielo y derramarla, imponerla en aquel rostro de niña que me observaba inmóvil e inexpresivo. El rostro que dejaba fluir, sin propósito, sin saberlo, contra mi cara seria y gastada de hombre, la dulzura y la humildad adolescente de las mejillas violáceas y pecosas.

Arturo sonreía fumando un cigarrillo.

—¿Tú también, Bruto? —preguntó.

—¿Yo también qué?

—La niña de la bicicleta, la niña de la ventana. Si no tuviera que irme ahora mismo...

—No entiendo.

—Esa, la del vestido amarillo. ¿No la habías visto antes?

—Una vez. Esta tarde, desde la baranda. Antes que volvieras de la playa.

—El amor a primera vista —asintió Arturo—. Y la juventud intacta, la experiencia cubierta de cicatrices. Es una linda historia. Pero, lo confieso, hay uno que la cuenta mejor. Esperá.

El mozo se acercó para recoger los platos y la frutera.

—¿Café? —preguntó. Era pequeño, con una oscura cara de mono.

—Bueno —sonrió Arturo—; eso que llaman café. También le dicen señorita a la muchacha de amarillo junto a la ventana. Mi amigo está muy curioso; quiere saber algo sobre las excursiones nocturnas de la nena.

Me desabroché el saco y busqué los ojos de la muchacha. Pero ya su cabeza se había vuelto a un lado y la manga negra del hombre anciano cortaba en diagonal el vestido amarillo. En seguida el peinado con flor de la mujer se inclinó, cubriendo la cara pecosa. Sólo quedó de la muchacha algo del pelo retinto, metálico en la cresta que recibía la luz. Yo recordaba la magia de los labios y la mirada; magia es una palabra que no puedo explicar, pero que escribo ahora sin remedio, sin posibilidad de sustituirla.

—Nada malo —proseguía Arturo con el mozo—. El señor, mi amigo, se interesa por el ciclismo. Decime. ¿Qué sucede de noche cuando papi y mami, si son, duermen?

El mozo se balanceaba sonriendo, la frutera vacía a la altura de un hombro.

—Y nada —dijo por fin—. Es sabido. A medianoche la señorita sale en bicicleta; a veces va al bosque, otras a las dunas —había logrado ponerse serio y repetía sin malicia—: Qué le voy a decir. No sé nada más, aunque se diga. Nunca estuve mirando. Que vuelve despeinada y sin pintura. Que una noche me tocaba guardia y la encontré y me puso diez pesos en la mano. Los muchachos ingleses que están en el Atlantic hablan mucho. Pero yo no digo nada porque no vi.

Arturo se rio, golpeando una pierna del mozo.

—Ahí tenés— dijo, como si se tratara de una victoria.

—Perdone —pregunté al mozo—. ¿Qué edad puede tener?

—¿La señorita?

—A veces, esta tarde, me hacía pensar en una criatura; ahora parece mayor.

—De eso sé con seguridad, señor —dijo el mozo—. Por los libros tiene quince, los cumplió aquí hace unos días. Entonces, ¿dos cafés? —se inclinó antes de marcharse.

Yo trataba de sonreír bajo la mirada alegre de Arturo; la mano con la pipa me temblaba en la esquina del mantel.

—En todo caso —dijo Arturo—, resulte o no resulte, es un plan de vida más interesante que vivir encerrado con un fantasma bigotudo.

Al dejar la mesa la muchacha volvió a mirarme, desde su altura ahora, una mano todavía enredada en la servilleta, fugazmente, mientras el aire de la ventana le agitaba los pelos rígidos de la frente y yo dejaba de creer en lo que había contado el mozo y Arturo aceptaba.

En la galería, con la valija y el abrigo en el brazo, Arturo me golpeó el hombro.

—Una semana y nos vemos. Caigo por el Jauja y te encuentro en una mesa saboreando la flor de la sabiduría. Bueno, largos paseos en bicicleta.

Saltó al jardín y fue hacia el grupo de coches estacionados frente a la terraza. Cuando Arturo cruzó las luces encendí la pipa, me apoyé en la baranda y olí el aire. La tormenta parecía lejana. Volví al dormitorio y estuve tirado en la cama, escuchando la música que llegaba interrumpida desde el comedor del hotel, donde tal vez hubieran empezado ya a bailar. Encerré en la mano el calor de la pipa y fui resbalando en un lento sueño, en un mundo engrasado y sin aire, donde había sido condenado a avanzar, con enorme esfuerzo y sin deseos, boquiabierto, hacia la salida donde dormía la intensa luz indiferente de la mañana, inalcanzable.

Desperté sudando y fui a sentarme nuevamente en el sillón. Ni Julián ni los recuerdos infantiles habían aparecido en la pesadilla. Dejé el sueño olvidado en la cama, respiré el aire de tormenta que entraba por la ventana, con el olor a mujer, lerdo y caliente. Casi sin moverme arranqué el papel de abajo de mi cuerpo y miré el título, la desteñida foto de Julián. Dejé caer el diario, me puse un impermeable, apagué la luz del dormitorio y salté desde la baranda hasta la tierra blanda del jardín. El viento formaba eses gruesas y me rodeaba la cintura. Elegí cruzar el césped hasta pisar el pedazo de arena donde había estado sentada la muchacha en la tarde. Las medias grises acribilladas por las pinochas, luego los pies desnudos en las manos, las escasas nalgas achatadas contra el suelo. El bosque estaba a mi izquierda, los médanos a la derecha; todo negro y el viento golpeándome ahora la cara. Escuché pasos y vi en seguida la luminosa sonrisa del mozo, la cara de mono junto a mi hombro.

—Mala suerte —dijo el mozo—. Lo dejó.

Quería golpearlo pero sosegué en seguida las manos que arañaban dentro de los bolsillos del impermeable y estuve jadeando hacia el ruido del mar, inmóvil, los ojos entornados, resuelto y con lástima por mí mismo.

—Debe hacer diez minutos que salió —continuó el mozo. Sin mirarlo, supe que había dejado de sonreír y torcía su cabeza hacia la izquierda—. Lo que puede hacer ahora es esperarla a la vuelta. Si le da un buen susto...

Desabroché lentamente el impermeable, sin volverme; saqué un billete del bolsillo del pantalón y se lo pasé al mozo. Esperé hasta no oír los pasos del mozo que iban hacia el hotel. Luego incliné la cabeza, los pies afirmados en la tierra elástica y el pasto donde había estado ella, envasado en aquel recuerdo, el cuerpo de la muchacha y sus movimientos en la remota tarde, protegido de mí mismo y de mi pasado por una ya imperecedera atmósfera de creencia y esperanza sin destino, respirando en el aire caliente donde todo estaba olvidado.

4

La vi de pronto, bajo la exagerada luna de otoño. Iba

187

sola por la orilla, sorteando las rocas y los charcos brillantes y crecientes, empujando la bicicleta, ahora sin el cómico vestido amarillo, con pantalones ajustados y una chaqueta de marinero. Nunca la había visto con esas ropas y su cuerpo y sus pasos no habían tenido tiempo de hacérseme familiares. Pero la reconocí en seguida y crucé la playa casi en línea recta hacia ella.

—Noches —dije.

Un rato después se volvió para mirarme la cara; se detuvo e hizo girar la bicicleta hacia el agua. Me miró un tiempo con atención y ya tenía algo solitario y desamparado cuando volví a saludarla. Ahora me contestó. En la playa desierta la voz le chillaba como un pájaro. Era una voz desapacible y ajena, tan separada de ella, de la hermosa cara triste y flaca; era como si acabara de aprender un idioma, un tema de conversación en lengua extranjera. Alargué un brazo para sostener la bicicleta. Ahora yo estaba mirando la luna y ella protegida por la sombra.

—¿Para dónde iba? —dije y agregué—: Criatura.

—Para ningún lado —sonó trabajosa la voz extraña—. Siempre me gusta pasear de noche por la playa.

Pensé en el mozo, en los muchachos ingleses del Atlantic; pensé en todo lo que había perdido para siempre, sin culpa mía, sin ser consultado.

—Dicen... —dije. El tiempo había cambiado: ni frío ni viento. Ayudando a la muchacha a sostener la bicicleta en la arena al borde del ruido del mar, tuve una sensación de soledad que nadie me había permitido antes; soledad, paz y confianza.

—Si usted no tiene otra cosa que hacer, dicen que hay, muy cerca, un barco convertido en bar y restaurante.

La voz dura repitió con alegría inexplicable:

—Dicen que hay muy cerca un barco convertido en bar y restaurante.

La oí respirar con fatiga; después agregó:

—No, no tengo nada que hacer. ¿Es una invitación? ¿Y así, con esta ropa?

—Es. Con esa ropa.

Cuando dejó de mirarme le vi la sonrisa; no se burlaba, parecía feliz y poco acostumbrada a la felicidad.

—Usted estaba en la mesa de al lado con su amigo. Su amigo se fue esta noche. Pero se me pinchó una goma en cuanto salí del hotel.

Me irritó que se acordara de Arturo; le quité el manubrio de las manos y nos pusimos a caminar junto a la orilla, hacia el barco.

Dos o tres veces dije una frase muerta; pero ella no contestaba. Volvían a crecer el calor y el aire de tormenta. Sentí que la chica entristecía a mi lado; espié sus pasos tenaces, la decidida verticalidad del cuerpo, las nalgas de muchacho que apretaba el pantalón ordinario.

El barco estaba allí, embicado y sin luces.

—No hay barco, no hay fiesta —dije—. Le pido perdón por haberla hecho caminar tanto y para nada.

Ella se había detenido para mirar el carguero ladeado bajo la luna. Estuvo un rato así, las manos en la espalda como sola, como si se hubiera olvidado de mí y de la bicicleta. La luna bajaba hacia el horizonte de agua o ascendía de allí. De pronto la muchacha se dio vuelta y vino hacia mí; no dejé caer la bicicleta. Me tomó la cara entre las manos ásperas y la fue moviendo hasta colocarla en la luz.

—Qué —roncó—. Hablaste. Otra vez.

Casi no podía verla pero la recordaba. Recordaba muchas otras cosas a las que ella, sin esfuerzo, servía de símbolo. Había empezado a quererla y la tristeza comenzaba a salir de ella y derramarse sobre mí.

—Nada —dije—. No hay barco, no hay fiesta.

—No hay fiesta —dijo otra vez, ahora columbré la sonrisa en la sombra, blanca y corta como la espuma de las pequeñas olas que llegaban hasta pocos metros de la orilla. Me besó de golpe; sabía besar y la sentí la cara caliente, húmeda de lágrimas. Pero no solté la bicicleta.

—No hay fiesta —dijo otra vez, ahora con la cabeza inclinada, oliéndome el pecho. La voz era más confusa, casi gutural—. Tenía que verte la cara —de nuevo me la alzó contra la luna—. Tenía que saber que no estaba equivocada. ¿Se entiende?

—Sí —mentí; y entonces ella me sacó la bicicleta de las manos, montó e hizo un gran círculo sobre la arena húmeda.

Cuando estuvo a mi lado se apoyó con un mano en mi nuca y volvimos hacia el hotel. Nos apartamos de las rocas y desviamos hacia el bosque. No lo hizo ella ni lo hice yo. Se detuvo junto a los primeros pinos y dejó caer la bicicleta.

—La cara. Otra vez. No quiero que te enojes —suplicó.

Dócilmente miré hacia la luna, hacia las primeras nubes que aparecían en el cielo.

—Algo —dijo con su extraña voz—. Quiero que digas algo. Cualquier cosa.

Me puso una mano en el pecho y se empinó para acercar los ojos de niña a mi boca.

—Te quiero. Y no sirve. Y es otra manera de la desgracia —dije después de un rato, hablando casi con la misma lentitud que ella.

Entonces la muchacha murmuró "pobrecito" como si fuera mi madre, con su rara voz, ahora tierna y vindicativa, y empezamos a enfurecer y besarnos. Nos ayudamos a desnudarla en lo imprescindible y tuve de pronto dos cosas que no había merecido nunca: su cara doblegada por el llanto y la felicidad bajo la luna, la certeza desconcertante de que no habían entrado antes en ella.

Nos sentamos cerca del hotel sobre la humedad de las rocas. La luna estaba cubierta. Ella se puso a tirar piedritas; a veces caían en el agua con un ruido exagerado; otras, apenas se apartaban de sus pies. No parecía notarlo.

Mi historia era grave y definitiva. Yo la contaba con una seria voz masculina, resuelto con furia a decir la verdad, despreocupado de que ella creyera o no.

Todos los hechos acababan de perder su sentido y sólo podrían tener, en adelante, el sentido que ella quisiera darles. Hablé, claro, de mi hermano muerto; pero ahora, desde aquella noche, la muchacha se había convertido —retrocediendo para clavarse como una larga aguja en los días pasados— en el tema principal de mi cuento. De vez en cuando la oía moverse y decirme que sí con su curiosa voz mal formada. También era forzoso aludir a los años que nos separaban, apenarse con exceso, fingir una desolada creencia en el poder de la palabra *imposible,* mostrar un discreto desánimo ante las luchas inevitables. No quise hacerle preguntas y las afirmaciones de ella, no colocadas siempre en la pausa exacta, tampoco pedían confesiones. Era indudable que la muchacha me había liberado de Julián, y de muchas otras ruinas y escorias que la muerte de Julián representaba y había traído a la superficie; era indudable que yo, desde una media hora atrás, la necesitaba y continuaría necesitándola.

La acompañé hasta cerca de la puerta del hotel y nos separamos sin decirnos nuestros nombres. Mientras se alejaba creí ver que las dos cubiertas de la bicicleta estaban llenas de aire. Acaso me hubiera mentido en aquello pero ya nada tenía importancia. Ni siquiera la vi entrar en el hotel y yo mismo pasé en la sombra, de largo, frente a la galería que comunicaba con mi habitación; seguí trabajosamente hacia los médanos, deseando no pensar en nada, por fin, y esperar la tormenta.

Caminé hacia las dunas y luego, ya lejos, volví en dirección al monte de eucaliptos. Anduve lentamente entre los árboles, entre el viento retorcido y su lamento, bajo los truenos que amenazaban elevarse del horizonte invisible, cerrando los ojos para defenderlos de los picotazos de la arena en la cara. Todo estaba oscuro y —como tuve que contarlo varias veces después— no divisé un farol de bicicleta, suponiendo que alguien los usara en la playa, ni siquiera el punto de brasa de un cigarrillo de alguien que caminara o descansase sentado en la arena, sobre las hojas secas, apoyado en un tronco, con las piernas recogidas, cansado, húmedo, contento. Ese había sido yo; y aunque no sabía rezar, anduve dando las gracias, negándome a la aceptación, incrédulo.

Estaba ahora al final de los árboles, a cien metros del mar y frente a las dunas. Sentía heridas las manos y me detuve para chuparlas. Caminé hacia el ruido del mar hasta pisar la arena húmeda de la orilla. No vi, repito, ninguna luz, ningún movimiento, en la sombra; no escuché ninguna voz que partiera o deformara el viento.

Abandoné la orilla y empecé a subir y bajar las dunas, resbalando en la arena fría que me entraba chisporroteante en los zapatos, apartando con las piernas los arbustos, corriendo casi, rabioso y con una alegría que me había perseguido durante años y ahora me daba alcance, excitado como si no pudiera detenerme nunca, riendo en el interior de la noche ventosa, subiendo y bajando a la carrera las diminutas montañas, cayendo de rodillas y aflojando el cuerpo hasta poder respirar sin dolor, la cara doblada hacia la tormenta que venía del agua. Después fue como si también me dieran caza todos los desánimos y las renuncias; busqué durante horas, sin entusiasmo, el camino de regreso al hotel. Entonces me encontré con el mozo y repetí el acto de no hablarle, de ponerle diez pesos en la mano. El hombre sonrió y yo estaba lo bastante cansado como para creer que había entendido, que todo el mundo entendía y para siempre.

Volví a dormir medio vestido en la cama como en la arena, escuchando la tormenta que se había resuelto por fin, golpeado por los truenos, hundiéndome sediento en el ruido colérico de la lluvia.

Había terminado de afeitarme cuando escuché en el vidrio de la puerta que daba a la baranda el golpe de los dedos. Era muy temprano; supe que las uñas de los dedos eran largas y estaban pintadas con ardor. Sin dejar la toalla, abrí la puerta; era fatal, allí estaba.

Tenía el pelo teñido de rubio y acaso a los veinte años hubiera sido rubia; llevaba un traje sastre de cheviot que los días y los planchados le habían apretado contra el cuerpo y un paraguas verde, con mango de marfil, tal vez nunca abierto. De las tres cosas, dos le había adivinado yo —o supuesto sin error— a lo largo de la vida y en el velorio de mi hermano.

— Betty —dijo al volverse, con la mejor sonrisa que podía mostrar.

Fingí no haberla visto nunca, no saber quién era. Se trataba, apenas, de una manera del piropo, de una forma retorcida de la delicadeza que ya no me interesaba.

Esta era, pensé, ya no volverá a serlo, la mujer que yo distinguía borrosa detrás de los vidrios sucios de un café de arrabal, tocándole los dedos a Julián en los largos prólogos de los viernes o los lunes.

—Perdón —dijo— por venir de tan lejos a molestarlo y a esta hora. Sobre todo en estos momentos en que usted, como el mejor de los hermanos de Julián... Hasta ahora mismo, le juro, no puedo aceptar que esté muerto.

La luz de la mañana la avejentaba y debió parecer otra cosa en el departamento de Julián, incluso en el café. Yo había sido, hasta el fin, el único hermano de Julián; ni mejor ni peor. Estaba vieja y parecía fácil aplacarla. Tampoco yo, a pesar de todo lo visto y oído, a pesar del recuerdo de la noche anterior en la playa, aceptaba del todo la muerte de Julián. Sólo cuando incliné la cabeza y la invité con un brazo a entrar en mi habitación descubrí que usaba sombrero y lo adornaba con violetas frescas, rodeadas de hojas de hiedra.

—Llámeme Betty —dijo, y eligió para sentarse el sillón que escondía el diario, la foto, el título, la crónica indecisamente crapulosa—. Pero era cuestión de vida o muerte.

No quedaban rastros de la tormenta y la noche podía no haber sucedido. Miré el sol en la ventana, la mancha amarillenta que empezaba a buscar la alfombra. Sin embargo, era indudable que yo me sentía distinto, que respiraba el aire con avidez; que tenía ganas de caminar y sonreír, que la indiferencia —y también la crueldad— se me aparecían como formas posibles de la virtud. Pero todo esto era confuso y sólo pude comprenderlo un rato después.

Me acerqué al sillón y ofrecí mis excusas a la mujer, a aquella desusada manera de la suciedad y la desdicha. Extraje el diario, gasté algunos fósforos y lo hice bailar encendido por encima de la baranda.

—El pobre Julián —dijo ella a mis espaldas.

Volví al centro de la habitación, encendí la pipa y me senté en la cama. Descubrí repentinamente que era feliz y traté de calcular cuántos años me separaban de mi última sensación de felicidad. El humo de la pipa me molestaba los ojos. La bajé hasta las rodillas y estuve mirando con alegría aquella basura en el sillón, aquella maltratada inmundicia que se recostaba, inconsciente, sobre la mañana apenas nacida.

—Pobre Julián —repetí—. Lo dije muchas veces en el velorio y después. Ya me cansé, todo llega. La estuve esperando en el velorio y usted no vino. Pero, entiéndame, gracias a este trabajo de esperarla yo sabía cómo era usted, podía encontrarla en la calle y reconocerla.

Me examinó con desconcierto y volvió a sonreír.

—Sí, creo comprender —dijo.

No era muy vieja, estaba aún lejos de mi edad y de la de Julián. Pero nuestras vidas habían sido muy distintas y lo que me ofrecía desde el sillón no era más que gordura, una arrugada cara de beba, el sufrimiento y el rencor disimulado, la pringue de la vida pegada para siempre a sus mejillas, a los ángulos de la boca, a las ojeras rodeadas de surcos. Tenía ganas de golpearla y echarla.

Pero me mantuve quieto, volví a fumar y le hablé con voz dulce:

—Betty. Usted me dio permiso para llamarla Betty. Usted dijo que se trataba de un asunto de vida o muerte. Julián está muerto, fuera del problema. ¿Qué más entonces, quién más?

Se retrepó entonces en el sillón de cretona descolorida, sobre el forro de grandes flores bárbaras y me estuvo mirando como a un posible cliente: con el inevitable odio y con cálculo.

—¿Quién muere ahora? —insistí—. ¿Usted o yo?

Aflojó el cuerpo y estuvo preparando una cara emocionante. La miré, admití que podía convencer; y no sólo a Julián. Detrás de ella se estiraba la mañana de otoño, sin nubes, la pequeña gloria ofrecida a los hombres. La mujer, Betty, torció la cabeza y fue haciendo crecer una sonrisa de amargura.

—¿Quién? —dijo hacia el placard—. Usted y yo. No crea, el asunto recién empieza. Hay pagarés con su firma, sin fondos dicen, que aparecen ahora en el juzgado. Y está la hipoteca sobre mi casa, lo único que tengo. Julián me aseguró que no era más que una oferta; pero la casa, la casita, está hipotecada. Y hay que pagar en seguida. Si queremos salvar algo del naufragio. O si queremos salvarnos.

Por las violetas en el sombrero y por el sudor de la cara, yo había presentido que era inevitable escuchar, más o menos tarde en la mañana de sol, alguna frase semejante.

— Sí —dije—, parece que tiene razón, que tenemos que unirnos y hacer algo.

Desde muchos años atrás no había sacado tanto placer de la mentira, de la farsa y la maldad. Pero había vuelto a ser joven y ni siquiera a mí mismo tenía que dar explicaciones.

—No sé —dije sin cautela— cuánto conoce usted de mi culpa, de mi intervención en la muerte de Julián. En todo caso, puedo asegurarle que nunca le aconsejé que hipotecara su casa, su casita. Pero le voy a contar todo. Hace unos tres meses estuve con Julián. Un hermano comiendo en un restaurante con su hermano mayor. Y se trataba de hermanos que no se veían más de una vez por año. Creo que era el cumpleaños de alguien; de él, de nuestra madre muerta. No recuerdo y no tiene importancia. La fecha, cualquiera que sea, parecía desanimarlo. Le hablé de un negocio de cambios de monedas; pero nunca le dije que robara plata a la Cooperativa.

Ella dejó pasar un tiempo ayudándose con un suspiro y estiró los largos tacos hasta el cuadrilátero de sol en la alfombra. Esperó a que la mirara y volvió a sonreírme; ahora se parecía a cualquier aniversario, al de Julián o al de mi madre. Era la ternura y la paciencia, quería guiarme sin tropiezos.

—Botija —murmuró, la cabeza sobre un hombro, la sonrisa contra el límite de la tolerancia—. ¿Hace tres meses? —resopló mientras alzaba los hombros—. Botija, Julián robaba de la Cooperativa desde hace cinco años. O cuatro. Me acuerdo. Le hablaste, m'hijito, de una combinación con dólares, ¿no? No sé quién cumplía años aquella noche. Y no falto al respeto. Pero Julián me lo contó todo y yo no le podía parar los ataques de risa. Ni siquiera pensó en el plan de los dólares, si estaba bien o mal. El robaba y jugaba a los caballos. Le iba bien y le iba mal. Desde hacía cinco años, desde antes de que yo lo conociera.

—Cinco años —repetí mascando la pipa. Me levanté y fui hasta la ventana. Quedaban restos de agua en los yuyos y en la arena. El aire fresco no tenía nada que ver con nosotros, con nadie.

En alguna habitación del hotel, encima de mí, estaría durmiendo en paz la muchacha, despatarrada, empezando a moverse entre la insistente desesperación de los sueños y las sábanas calientes. Yo la imaginaba y seguía queriéndola, amaba su respiración, sus olores, las supuestas alusiones al recuerdo nocturno, a mí, que pudieran caber en su estupor matinal. Volví con pesadez de la ventana y estuve mirando sin asco ni lástima lo que el destino había colocado en el sillón del dormitorio del hotel. Se acomodaba las solapas del traje sastre que, a fin de cuentas, tal vez no fuera de cheviot; sonreía al aire, esperaba mi regreso, mi voz. Me sentí viejo y ya con pocas fuerzas. Tal vez el ignorado perro de la dicha me estuviera lamiendo las rodillas, las manos; tal vez sólo se tratara de lo otro; que estaba viejo y cansado. Pero, en todo caso, me vi obligado a dejar pasar el tiempo, a encender de nuevo la pipa, a jugar con la llama del fósforo, con su ronquido.

—Para mí —dije— todo está perfecto. Es seguro que Julián no usó un revólver para hacerle firmar la hipoteca. Y yo nunca firmé un pagaré. Si falsificó la firma y pudo vivir así cinco años —creo que usted dijo cinco—, bastante tuvo, bastante tuvieron los dos. La miro, la pienso, y nada me importa que le saquen la casa o la entierren en la cárcel. Yo no firmé nunca un pagaré para Julián. Desgraciadamente para usted, Betty, y el nombre me parece inadecuado, siento que ya no le queda bien, no hay peligros ni amenazas que funcionen. No podemos ser socios en nada; y eso es siempre una tristeza. Creo que es más triste para las mujeres. Voy a la galería a fumar y mirar cómo crece la mañana. Le quedaré muy agradecido si se va enseguida, si no hace mucho escándalo, Betty.

Salí fuera y me dediqué a insultarme en voz baja, a buscar defectos en la prodigiosa mañana de otoño. Oí, muy lejana, la indolente puteada que hizo sonar a mis espaldas. Escuché, casi en seguida, el portazo.

Un Ford pintado de azul apareció cerca del caserío.

Yo era pequeño y aquello me pareció inmerecido, organizado por la pobre, incierta imaginación de un niño. Yo había mostrado siempre desde la adolescencia mis defectos, tenía razón siempre, estaba dispuesto a conversar y discutir, sin reservas ni silencios. Julián, en cambio —y empecé a tenerle simpatía y otra forma muy distinta de la lástima— nos había engañado a todos durante muchos años. Este Julián que sólo había podido conocer muerto se reía de mí, levemente, desde que empezó a confesar la verdad, a levantar sus bigotes y su sonrisa, en el ataúd. Tal vez continuara riéndose de todos nosotros a un mes de su muerte. Pero para nada me servía inventarme el rencor o el desencanto.

Sobre todo, me irritaba el recuerdo de nuestra última entrevista, la gratuidad de sus mentiras, no llegar a entender por qué me había ido a visitar, con riesgos, para mentir por última vez. Porque Betty sólo me servía para la lástima o el desprecio; pero yo estaba creyendo en su historia, me sentía seguro de la incesante suciedad de la vida.

Un Ford pintado de azul roncaba subiendo la cuesta, detrás del chalet de techo rojo, salió al camino y cruzó delante de la baranda siguiendo hasta la puerta del hotel. Vi bajar a un policía con su desteñido uniforme de verano, a un hombre extraordinariamente alto y flaco con traje de anchas rayas y un joven vestido de gris, rubio, sin sombrero, al que veía sonreír a cada frase, sosteniendo el cigarrillo con dos dedos alargados frente a la boca.

El gerente del hotel bajó con lentitud la escalera y se acercó a ellos mientras el mozo de la noche anterior salía de atrás de una columna de la escalinata, en mangas de camisa, haciendo brillar su cabeza retinta. Todos hablaban con pocos gestos, sin casi cambiar el lugar, el lugar donde tenían apoyados los pies, y el gerente sacaba un pañuelo del bolsillo interior del saco, se lo pasaba por los labios y volvía a guardarlo profundamente para, a los pocos segundos, extraerlo con un movimiento rápido y aplastarlo y moverlo sobre su boca. Entré para comprobar que la mujer se había ido; y al salir nuevamente a la galería, al darme cuenta de mis propios movimientos, de la morosidad con que deseaba vivir y ejecutar cada actitud como si buscara acariciar con las manos lo que éstas habían hecho, sentí que era feliz en la mañana, que podía haber otros días esperándome en cualquier parte.

Vi que el mozo miraba hacia el suelo y los otros cuatro hombres alzaban la cabeza y me dirigían caras de observación distraída. El joven rubio tiró el cigarrillo lejos; entonces comencé a separar los labios hasta sonreír y saludé, moviendo la cabeza, al gerente, y en seguida, antes de que pudiera contestar, antes de que se inclinara, mirando siempre hacia la galería, golpeándose la boca con el pañuelo, alcé una mano y repetí mi saludo. Volví al cuarto para terminar de vestirme.

Estuve un momento en el comedor, mirando desayunar a los pasajeros y después decidí tomar una ginebra, nada más que una, junto al mostrador del bar, compré cigarrillos y bajé hasta el grupo que esperaba al pie de la escalera. El gerente volvió a saludarme y noté que la mandíbula le temblaba, apenas, rápidamente. Dije algunas palabras y oí que hablaban; el joven rubio vino a mi lado y me tocó un brazo. Todos estaban en silencio y el rubio y yo nos miramos y sonreímos. Le ofrecí un cigarrillo y él lo encendió sin apartar los ojos de mi cara; después dio tres pasos retrocediendo y volvió a mirarme. Tal vez nunca hubiera visto la cara de un hombre feliz; a mí me pasaba lo mismo. Me dio la espalda, caminó hasta el primer árbol del jardín y se apoyó allí con un hombre. Todo aquello tenía un sentido y, sin comprenderlo, supe que estaba de acuerdo y moví la cabeza asintiendo. Entonces el hombre altísimo dijo:

—¿Vamos hasta la playa en el coche?

Me adelanté y fui a instalarme junto al asiento del chófer. El hombre alto y el rubio se sentaron atrás. El policía llegó sin apuro al volante y puso en marcha el coche. En seguida rodamos velozmente en la calmosa mañana; yo sentía el olor del cigarrillo que estaba fumando el muchacho, sentía el silencio y la quietud del otro hombre, la voluntad rellenando ese silencio y esa quietud. Cuando llegamos a la playa el coche atracó junto a un montón de piedras grises que separaban el camino de la arena. Bajamos, pasamos alzando las piernas por encima de las piedras y caminamos hacia el mar. Yo iba junto al muchacho rubio.

Nos detuvimos en la orilla. Estábamos los cuatro en silencio, con las corbatas sacudidas por el viento. Volvimos a encender cigarrillos.

—No está seguro el tiempo —dije.

—¿Vamos? —contestó el joven rubio.

El hombre alto del traje a rayas estiró un brazo hasta tocar al muchacho en el pecho y dijo con voz gruesa:

— Fíjese. Desde aquí a las dunas. Dos cuadras. No mucho más ni menos.

El otro asintió en silencio, alzando los hombros como si aquello no tuviera importancia. Volvió a sonreír y me miró.

—Vamos —dije, y me puse a caminar hasta el automóvil. Cuando iba a subir, el hombre alto me detuvo.

—No —dijo—. Es ahí, cruzando.

En frente había un galpón de ladrillos manchados de humedad. Tenía techo de zinc y letras oscuras pintadas arriba de la puerta. Esperamos mientras el policía volvía con una llave. Me di vuelta para mirar el mediodía cercano sobre la playa; el policía separó el candado abierto y entramos todos en la sombra y el inesperado frío. Las vigas brillaban negras, suavemente untadas de alquitrán, y colgaban pedazos de arpillera del techo. Mientras caminábamos en la penumbra gris sentí crecer el galpón, más grande a cada paso, alejándome de la mesa larga formada con caballetes que estaba en el

200

centro. Miré la forma estirada pensando quién enseña a los muertos la actitud de la muerte. Había un charco estrecho de agua en el suelo y goteaba desde una esquina de la mesa. Un hombre descalzo, con la camisa abierta sobre el pecho colorado, se acercó carraspeando y puso una mano en una punta de la mesa de tablones, dejando que su corto índice se cubriera en seguida, brillante, del agua que no acababa de chorrear. El hombre alto estiró un brazo y destapó la cara sobre las tablas dando un tirón a la lona. Miré el aire, el brazo rayado del hombre que había quedado estirado contra la luz de la puerta sosteniendo el borde con anillas de la lona. Volví a mirar al rubio sin sombrero e hice una mueca triste.

—Mire aquí —dijo el hombre alto.

Fui viendo que la cara de la muchacha estaba torcida hacia atrás y parecía que la cabeza, morada, con manchas de un morado rojizo sobre un delicado, anterior morado azuloso, tendría que rodar desprendida de un momento a otro si alguno hablaba fuerte, si alguno golpeaba el suelo con los zapatos, simplemente si el tiempo pasaba.

Desde el fondo, invisible para mí, alguien empezó a recitar con voz ronca y ordinaria, como si hablara conmigo. ¿Con quién otro?

—Las manos y los pies, cuya epidermis está ligeramente blanqueada y doblegada en la extremidad de los dedos, presentan además, en la ranura de las uñas, una pequeña cantidad de arena y limo. No hay herida, ni escoriación en las manos. En los brazos, y particularmente en su parte anterior, encima de la muñeca, se encuentran varias equimosis superpuestas, dirigidas transversalmente y resultantes de una presión violenta ejercida en los miembros superiores.

No sabía quién era, no deseaba hacer preguntas. Sólo tenía, me lo estaba repitiendo, como única defensa, el silencio. El silencio por nosotros. Me acerqué un poco más a la mesa y estuve palpando la terquedad de los huesos de la frente. Tal vez los cinco hombres esperaran algo más; y yo estaba dispuesto a todo. La bestia, siempre en el fondo del galpón, enumeraba ahora con su voz vulgar:

—La faz está manchada por un líquido azulado y sanguinolento que ha fluido por la boca y la nariz. Después de haberla lavado cuidadosamente, reconocemos en torno de la boca extensa escoriación con equimosis, y la impresión de las uñas hincadas en las carnes. Dos señales análogas existen debajo del ojo derecho, cuyo párpado inferior está fuertemente contuso. A más de las huellas de la violencia que han sido ejecutadas manifiestamente durante la vida, nótanse en el rostro numerosos desgarros, puntuados, sin rojez, sin equimosis, con simple desecamiento de la epidermis y producidos por el roce del cuerpo contra la arena. Vese una infiltración de sangre coagulada, a cada lado de la laringe. Los tegumentos están invadidos por la putrefacción y pueden distinguirse en ellos vestigios de contusiones o equimosis. El interior de la tráquea y de los bronquios contiene una pequeña cantidad de un líquido turbio, oscuro, no espumoso, mezclado con arena.

Era un buen responso, todo estaba perdido. Me incliné para besarle la frente y después, por piedad y amor, el líquido rojizo que le hacía burbujas entre los labios.

Pero la cabeza con su pelo endurecido, la nariz achatada, la boca oscura, alargada en forma de hoz con las puntas hacia abajo, lacias, goteantes, permanecía inmóvil, invariable su volumen en el aire sombrío que olía a sentina, más dura a cada paso de mis ojos por los pómulos y la frente y el mentón que no se resolvía a colgar. Me hablaban uno tras otro, el hombre alto y el rubio, como si realizaran un juego, golpeando alternativamente la misma pregunta. Luego el hombre alto soltó la lona, dio un salto y me sacudió de las solapas. Pero no creía en lo que estaba haciendo, bastaba mirarle los ojos redondos, y en cuanto le sonreí con fatiga, me mostró rápidamente los dientes, con odio y abrió la mano.

—Comprendo, adivino, usted tiene una hija. No se preocupen: firmaré lo que quieran, sin leerlo. Lo divertido es que están equivocados. Pero no tiene importancia. Nada, ni siquiera esto, tiene de veras importancia.

Antes de la luz violenta del sol me detuve y le pregunté con voz adecuada al hombre alto:

—Seré curioso y pido perdón: ¿Usted cree en Dios?

—Le voy a contestar, claro —dijo el gigante—; pero antes, si quiere, no es útil para el sumario, es, como en su caso, pura curiosidad... ¿Usted sabía que la muchacha era sorda?

Nos habíamos detenido exactamente entre el renovado calor del verano y la sombra fresca del galpón.

—¿Sorda? —pregunté—. No, sólo estuve con ella anoche. Nunca me pareció sorda. Pero ya no se trata de eso. Yo le hice una pregunta; usted prometió contestarla.

Los labios eran muy delgados para llamar sonrisa a la mueca que hizo el gigante. Volvió a mirarme sin desprecio, con triste asombro, y se persignó.

JACOB Y EL OTRO

1. Cuenta el médico

Media ciudad debió haber estado anoche en el Cine Apolo, viendo la cosa y participando también del tumultuoso final. Yo estaba aburriéndome en la mesa de póker del club y sólo intervine cuando el portero me anunció el llamado urgente del hospital. El club no tiene más que una línea telefónica; pero cuando salí de la cabina todos conocían la noticia mucho mejor que yo. Volví a la mesa para cambiar las fichas y pagar las cajas perdidas.

Burmestein no se había movido; baboseó un poco más el habano y me dijo con su voz gorda y pareja:

—En su lugar, perdone, me quedaría para aprovechar la racha. Total, aquí mismo puede firmar el certificado de defunción.

—Todavía no, parece —contesté tratando de reír. Me miré las manos mientras manejaban fichas y billetes; estaban tranquilas, algo cansadas. Había dormido apenas un par de horas la noche anterior, pero esto era ya casi una costumbre; había bebido dos coñacs en esta noche y agua mineral en la comida.

La gente del hospital conocía de memoria mi coche y

todas sus enfermedades. Así que me estaba esperando la ambulancia en la puerta del club. Me senté al lado del gallego y sólo le oí el saludo; estaba esperando en silencio, por respeto o por emoción, que yo empezara el diálogo. Me puse a fumar y no hablé hasta que doblamos la curva de Tabarez y la ambulancia entró en la noche de primavera del camino de cemento, blanca y ventosa, fría y tibia, con nubes desordenadas que rozaban el molino y los árboles altos.

—Herminio —dije—, ¿cuál es el diagnóstico?

Vi la alegría que trataba de esconder el gallego, imaginé el suspiro con que celebraba el retorno a lo habitual, a los viejos ritos sagrados. Empezó a decir, con el más humilde y astuto de sus tonos; comprendí que el caso era serio o estaba perdido.

—Apenas si lo vi, doctor. Lo levanté del teatro en la ambulancia, lo llevé al hospital a noventa o cien porque el chico Fernández me apuraba y también era mi deber. Ayudé a bajarlo y en seguida me ordenaron que fuera por usted al club.

—Fernández, bueno. ¿Pero quién está de guardia?

—El doctor Rius, doctor.

—¿Por qué no opera Rius? —pregunté en voz alta.

—Bien —dijo Herminio y se tomó tiempo esquivando un bache lleno de agua brillante—. Debe haberse puesto a operar en seguida, digo. Pero si lo tiene a usted al lado...

—Usted cargó y descargó. Con eso le basta. ¿Cuál es el diagnóstico?

—Qué doctor... —sonrió el gallego con cariño. Empezábamos a ver las luces del hospital, la blancura de las paredes bajo la luna—. No se movía ni se quejaba, empezaba a inflarse como un globo, costillas en el pulmón, una tibia al aire, conmoción casi segura. Pero cayó de espaldas arriba de dos sillas y, perdóneme, el asunto debe estar en la vertebral. Si hay o no hay fractura.

—¿Se muere o no? Usted nunca se equivocó, Herminio.

Se había equivocado muchas veces pero siempre con excusas.

—Esta vez no hablo —cabeceó mientras frenaba.

Me cambié la ropa y empezaba a lavarme las manos cuando entró Rius.

—Si quiere trabajar —dijo—, lo tiene listo en dos minutos. No hice casi nada porque no hay nada que hacer. Morfina, en todo caso, para que él y nosotros nos quedemos tranquilos. Sólo tirando una monedita al aire se puede saber por dónde conviene empezar.

—¿Tanto?

—Politraumatizado, coma profundo, palidez, pulso filiforme, gran polipnea y cianosis. El hemitórax derecho no respira. Colapsado. Crepitación y angulación de la sexta costilla derecha. Macidez en la base pulmonar derecha con hipersonoridad en el ápex pulmonar. El coma se hace cada vez más profundo y se acentúa el síndrome de anemia aguda. Hay posibilidad de ruptura de arterias intercostales. ¿Alcanza? Yo lo dejaría en paz.

Entonces recurrí a mi gastada frase de mediocre heroicidad, a la leyenda que me rodea como la de una moneda o medalla circunscribe la efigie y que tal vez continúe próxima a mi nombre algunos años después de mi muerte. Pero aquella noche yo no tenía ya ni veinticinco ni treinta años; estaba viejo y cansado, y ante Rius, la frase tantas veces repetida, no era más que una broma familiar. La dije con la nostalgia de la fe perdida, mientras me ponía los guantes. La repetí escuchándome, como un niño que cumple con la fórmula mágica y absurda que le permite entrar o permanecer en el juego.

—A mí, los enfermos se me mueren en la mesa.

Rius se rio como siempre, me apretó un brazo y se fue. Pero casi en seguida, mientras yo trataba de averiguar cuál era el caño roto que goteaba en los lavatorios, se asomó para decirme:

—Hermano, falta algo en el cuadro. No le hablé de la mujer, no sé quién es, que estuvo pateando, o trató de patear al próximo cadáver en la sala del cine y que se acercó a la ambulancia para escupirlo cuando el gallego y Fernández lo cargaban. Estuvo rondando por aquí y la hice echar; pero juró que volvía mañana y que tiene derecho a ver al difunto, tal vez a escupirlo sin apuro.

Trabajé con Rius hasta las cinco de la mañana y pedí un litro de café para ayudarnos a esperar. A las siete apareció Fernández en la oficina con la cara de desconfianza que Dios le impone para enfrentar los grandes sucesos. La cara estrecha e infantil entorna entonces los ojos, se inclina un poco con la boca en guardia y dice: "Alguien me estafa, la vida no es más que una vasta conspiración para engañarme".

Se acercó a la mesa y quedó allí de pie, blanco y torcido, sin hablarnos.

Rius dejó de improvisar sobre injertos, se abstuvo de mirarlo y manoteó el último sandwich del plato; después se limpió los labios con un papel y preguntó al tintero de hierro, con águila y dos depósitos secos:

—¿Ya?

Fernández respiró para oírse y puso una mano sobre la mesa; movimos las cabezas y le miramos el desconcierto y la sospecha, la delgadez y el cansancio. Idiotizado por el hambre y el sueño, el muchacho se irguió para seguir fiel a la manía de alterar el orden de las cosas, del mundo en que podemos entendernos.

—La mujer está en el corredor, en un banco, con un termo y un mate. Se olvidaron y pudo pasar. Dice que no le importa esperar, que tiene que verlo. A él.

—Sí, hermanito —dijo lentamente Rius; le reconocí en la voz la malignidad habitual de las noches de fatiga, la excitación que gradúa con destreza—. ¿Trajo flores, por lo menos? Se acaba el invierno y cada zanja de Santa María debe estar llena de yuyos. Me gustaría romperle la jeta y dentro de un momento le voy a pedir permiso al jefe para darme una vuelta por los corredores. Pero entretanto la yegua esa podría visitar al difunto y tirarle una florcita y después una escupida y después otra flor.

El jefe era yo; de modo que pregunté:

—¿Qué pasó?

Fernández se acarició velozmente la cara flaca, comprobó sin esfuerzo la existencia de todos los huesos que le había prometido Testut y se puso a mirarme como si yo fuera el responsable de todas las estafas y los engaños que saltaban para sorprenderlo con misteriosa regularidad. Sin odio, sin violencia, descartó a Rius, mantuvo sus ojos suspicaces en mi cara y recitó:

—Mejoría del pulso, respiración y cianosis. Recupera esporádicamente su lucidez.

Aquello era mucho mejor que lo que yo esperaba oír a las siete de la mañana. Pero no tenía base para la seguridad; así que me limité a dar las gracias moviendo la cabeza y elegí turno para mirar el águila bronceada del tintero.

—Hace un rato llegó Dimas —dijo Fernández—. Ya le pasé todo. ¿Puedo irme?

—Sí, claro —Rius se había echado contra el respaldo del sillón y empezaba a sonreír mirándome; tal vez nunca me vio tan viejo, acaso nunca me quiso tanto como aquella mañana de primavera, tal vez estaba averiguando quién era yo y por qué me quería.

—No, hermano —dijo cuando estuvimos solos—. Conmigo, cualquier farsa; pero no la farsa de la modestia, de la indiferencia, la inmundicia que se traduce sobriamente en "una vez más cumplí con mi deber". Usted lo hizo, jefe. Si esa bestia no reventó todavía, no revienta más. Si en el club le aconsejaron limitarse a un certificado de defunción —es lo que yo hubiera hecho, con mucha morfina, claro, si usted por cualquier razón no estuviera en Santa María—, yo le aconsejo ahora darle al tipo un certificado de inmortalidad. Con la conciencia tranquila y la firma endosada por el doctor Rius. Hágalo, jefe. Y robe en seguida del laboratorio un cóctel de hipnóticos y váyase a dormir veinticuatro horas. Yo me encargo de atender al juez y a la policía, me comprometo a organizar los salivazos de la mujer que espera mateando en el corredor.

Se levantó y vino a palmearme, una sola vez, pero demorando el peso y el calor de la mano.

—Está bien —le dije—. Usted resolverá si hay que mandar a despertarme.

Mientras me quitaba la túnica, con una lentitud y una dignidad que no provenían exclusivamente del cansancio, admití que el éxito de la operación, de las operaciones, me importaba tanto como el cumplimiento de un viejo sueño irrealizable: arreglar con mis propias manos, y para siempre, el motor de mi viejo automóvil. Pero no podía decirle esto a Rius porque lo comprendería sin esfuerzo y con entusiasmo; no podía decírselo a Fernández porque, afortunadamente, no podría creerme.

De modo que me callé la boca y en el viaje de regreso en la ambulancia oí con ecuanimidad las malas palabras admirativas del gallego Herminio y acepté con mi silencio, ante la historia, que la resurrección que acababa de suceder en el Hospital de Santa María no hubiera sido lograda ni por los mismos médicos de la capital.

Decidí que mi coche podía amanecer otra vez frente al club y me hice llevar con la ambulancia hasta mi casa. La mañana, rabiosamente blanca, olía a madreselvas y se empezaba a respirar el río.

—Tiraron piedras y decían que iban a prenderle fuego al teatro —dijo el gallego cuando llegamos a la plaza—. Pero apareció la policía y no hubo más que las piedras que ya le dije.

Antes de tomar las píldoras comprendí que nunca podría conocer la verdad de aquella historia; con buena suerte y paciencia tal vez llegara a enterarme de la mitad correspondiente a nosotros, los habitantes de la ciudad. Pero era necesario resignarse, aceptar como inalcanzable el conocimiento de la parte que trajeron consigo los dos forasteros y que se llevarían de manera diversa, incógnita y para siempre.

Y en el mismo momento, con el vaso de agua en la mano, recordé que todo aquello había empezado a mostrárseme casi una semana antes, un domingo nublado y caluroso, mientras miraba el ir y venir en la plaza desde una ventana del bar del hotel.

El hombre movedizo y simpático y el gigante moribundo atravesaron en diagonal la plaza y el primer sol amarillento de la primavera. El más pequeño llevaba una corona de flores, una coronita de pariente lejano para un velorio modesto. Avanzaban indiferentes a la curiosidad que hacía nacer la bestia lenta de dos metros; sin apresurarse pero resuelto, el movedizo marchaba con una irrenunciable dignidad, con una levantada sonrisa diplomática, como flanqueado por soldados de gala, como si alguien, un palco con banderas y hombres graves y mujeres viejas, lo esperara en alguna parte. Se supo que dejaron la coronita, entre bromas de niños y alguna pedrada, al pie del monumento a Brausen.

A partir de aquí las pistas se embrollan un poco. El pequeño, el embajador, fue al Berna para alquilar una pieza, tomar un aperitivo y discutir los precios sin pasión, distribuyendo sombrerazos, reverencias e invitaciones baratas. Tenía entre cuarenta y cuarenta y cinco años, el tórax ancho, la estatura mediana; había nacido para convencer, para crear el clima húmedo y tibio en que florece la amistad y se aceptan las esperanzas. Había nacido también para la felicidad, o por lo menos para creer obstinadamente en ella, contra viento y marea, contra la vida y sus errores. Había nacido, sobre todo, lo más importante, para imponer cuotas de dicha a todo el mundo posible. Con una natural e invencible astucia, sin descuidar nunca sus fines personales, sin preocuparse en demasía por el incontrolable futuro ajeno.

Estuvo a mediodía en la redacción de El Liberal y volvió por la tarde para entrevistarse con Deportes y obtener el anuncio gratis. Desenvolvió el álbum con fotografías y recortes de diario amarillentos, con grandes títulos en idiomas extraños; exhibió diplomas y documentos fortalecidos en los dobleces por papeles engomados. Encima de la vejez de los recuerdos, encima de los años, de la melancolía y el fracaso, paseó su sonrisa, su amor incansable y sin compromiso.

—Está mejor que nunca. Acaso, algún kilo de más. Pero justamente para eso estamos haciendo esta tournée sudamericana. El año que viene, en el Palais de Glace, vuelve a conquistar el título. Nadie puede ganarle, ni europeo ni americano. ¿Y cómo íbamos a saltearnos Santa María en esta gira que es el prólogo de un campeonato mundial? Santa María. Qué costa, qué playa, qué aire, qué cultura.

El tono de la voz era italiano, pero no exactamente; había siempre, en las vocales y en las eses, un sonido inubicable, un amistoso contacto con la complicada extensión del mundo. Recorrió el diario, jugó con los linotipos, abrazó a los tipógrafos, estuvo improvisando su asombro al pie de la rotativa. Obtuvo, al día siguiente, un primer título frío pero gratuito: "Ex campeón mundial de lucha en Santa María". Visitó la redacción durante todas las noches de la semana y el espacio dedicado a Jacob van Oppen fue creciendo diariamente hacia el sábado del desafío y la lucha.

El mediodía del domingo en que los vi desfilar por la plaza con la coronita barata, el gigante moribundo estuvo media hora de rodillas en la iglesia, rezando frente al altar nuevo de la Inmaculada; dicen que se confesó, juran haberlo visto golpearse el pecho, presumen que introdujo después, vacilante, una cara enorme e infantil, húmeda de llanto, en la luz dorada del atrio.

2. Cuenta el narrador

Las tarjetas decían Comendador Orsini y el hombre conversador e inquieto las repartió sin avaricia por toda la ciudad. Se conservan ejemplares, algunos de ellos autografiados y con adjetivos.

Desde el primer —y último— domingo, Orsini alquiló la sala del Apolo para las sesiones de entrenamiento, a un peso la entrada durante el lunes y el martes, a la mitad el miércoles, a dos pesos el jueves y el viernes, cuando el desafío quedó formalizado y la curiosidad y el patriotismo de los sanmarianos empezó a llenar el Apolo. Aquel mismo domingo fue clavado en la plaza nueva, con el correspondiente permiso municipal, el cartel de desafío. En una foto antigua el ex campeón mundial de lucha de todos los pesos mostraba los bíceps y el cinturón de oro; agresivas letras rojas concretaban el reto: 500 pesos 500 a quien suba al ring y no sea puesto de espaldas en 3 minutos por Jacob van Oppen.

Una línea más abajo el desafío quedaba olvidado y se prometía una exhibición de lucha grecorromana entre el campeón —volvería a serlo antes de un año— y los mejores atletas de Santa María.

Orsini y el gigante habían entrado al continente por Colombia y ahora bajaban de Perú, Ecuador y Bolivia. En pocos pueblos fue aceptado el desafío y siempre van Oppen pudo liquidarlo en un tiempo medido por segundos, con el primer abrazo.

Los carteles evocaban noches de calor y griterío, teatros y carpas, públicos aindiados y borrachos, la admiración y la risa. El juez alzaba un brazo, van Oppen volvía a la tristeza, pensaba ansioso en la botella de alcohol violento que lo estaba esperando en la pieza del hotel y Orsini sonreía avanzando bajo las luces blancas del ring, tocándose con un pañuelo aún más blanco el sudor de la frente:

—Señoras y señores... —era el momento de dar las gracias, de hablar de reminiscencias imperecederas, de vivar al país y a la ciudad. Durante meses, estos recuerdos comunes habían ido formando América para ellos; alguna vez, alguna noche, ya lejos, antes de un año, podrían hablar de ella y reconocerla sin esfuerzo, sin más ayuda que tres o cuatro momentos reiterados y devotos.

El martes o el miércoles Orsini trajo en coche al campeón hasta el Berna, concluida la casi desierta sesión de entrenamiento. La gira se había convertido ya en un trabajo de rutina y los cálculos sobre los pesos a ganar tenían escasa diferencia con los pesos que se ganaban. Pero Orsini consideraba indispensable, para el mutuo bienestar, mantener su protección sobre el gigante. Van Oppen se sentó en la cama y bebió de la botella; Orsini se la quitó con dulzura y trajo del cuarto de baño el vaso de material plástico que usaba por las mañanas para enjuagarse la dentadura. Repitió amistoso la vieja frase:

—Sin disciplina no hay moral —hablaba el francés como el español, su acento no era nunca definitivamente italiano—. Está la botella y nadie piensa robártela. Pero si se toma con un vaso, es distinto. Hay disciplina, hay caballerosidad.

El gigante movió la cabeza para mirarlo; los ojos azules estaban turbios y parecía usar la boca entreabierta para ver. "Disnea otra vez, angustia", pensó Orsini. "Es mejor que se emborrache y duerma hasta mañana." Llenó el vaso con caña, bebió un trago y estiró la mano hacia van Oppen. Pero la bestia se inclinó para sacarse los zapatos y después, resoplando, segundo síntoma, se puso de pie y examinó la habitación. Al principio, con las manos en la cintura, miró las camas, la alfombra inútil, la mesa y el techo; luego caminó para comprobar con un hombro la resistencia de las puertas, la del pasillo y del cuarto de baño, la resistencia de la ventana que no daba a ninguna parte.

"Ahora empieza —continuó Orsini—; la última vez fue en Guayaquil. Tiene que ser un asunto cíclico, pero no entiendo el ciclo. Una noche cualquiera me estrangula y no por odio; porque me tiene a mano. Sabe, sabe que el único amigo soy yo."

El gigante volvió lentamente, descalzo, al centro de la habitación, con una sonrisa de burla y desprecio, los hombros un poco doblados hacia adelante. Orsini se sentó cerca de la mesa endeble y puso la lengua en el vaso de caña.

—Gott —dijo van Oppen y empezó a balancearse con suavidad, como si escuchara una música lejana e interrumpida; tenía la tricota negra, demasiado ajustada, y los pantalones de vaquero que le había comprado Orsini en Quito—. No. ¿Dónde estoy? ¿Qué estoy haciendo aquí? —con los enormes pies afirmados en el piso, movía el cuerpo, miraba la pared por encima de la cabeza de Orsini.

—Estoy esperando. Siempre estoy en un lugar que es una pieza de hotel de un país de negros hediondos y siempre estoy esperando. Dame el vaso. No tengo miedo; eso es lo malo, nunca va a venir nadie.

Orsini llenó el vaso y se puso de pie para acercárselo. Le examinó la cara, la histeria de la voz, le tocó la espalda en movimiento. "Todavía no —pensó—, casi en seguida."

El gigante se bebió el vaso de caña y estuvo tosiendo sin inclinar la cabeza.

—Nadie —dijo—. El footing, las flexiones, las tomas, Lewis. Por Lewis; por lo menos vivió y fue un hombre. La gimnasia no es un hombre, la lucha no es hombre, todo esto no es un hombre. Una pieza de hotel, el gimnasio, indios mugrientos. Fuera del mundo, Orsini.

Orsini hizo otro cálculo y se levantó con la botella de caña. Llenó el vaso que sostenía van Oppen contra la barriga y pasó una mano por el hombro y la mejilla del gigante.

—Nadie —dijo van Oppen—. Nadie —gritó. Tenía los ojos desesperados, después rabiosos. Hizo una sonrisa de broma y sabiduría y vació el vaso.

"Ahora", pensó Orsini. Le puso en una mano la botella y empezó a golpearlo con la cadera en el muslo para guiarlo hasta la cama.

—Unos meses, unas semanas —dijo Orsini—. Nada más. Después vendrán todos, estaremos con todos. Iremos nosotros allá.

Despatarrado en la cama, el gigante bebía de la botella y resoplaba sacudiendo la cabeza. Orsini encendió el velador y apagó la luz del techo. Sentado otra vez junto a la mesa, se compuso la voz y cantó suavemente:

> *Vor der Kaserne*
> *vor dem grossen Tor*
> *steht eine Laterne.*
> *Und steht sie noch davor*
> *wenn wir uns einmal widersehen,*
> *bei der Laterne wollen wir stehen*
> *wie einst, Lili Marlen*
> *wie einst, Lili Marlen.*

Dijo la canción una vez y media, hasta que van Oppen puso la botella en el suelo y empezó a llorar. Entonces Orsini se levantó con un suspiro y un insulto cariñoso y anduvo en puntas de pie hasta la puerta y el pasillo. Como en las noches de gloria, bajó la escalera del Berna secándose la frente con el pañuelo impoluto.

3

Bajaba la escalera sin encontrar gente para repartir sonrisas y sombrerazos, pero con la cara afable, en guardia. La mujer, que había esperado horas resuelta y sin impaciencia, hundida en un sillón de cuero del hall, no haciendo caso a las revistas de la mesita, fumando un cigarrillo tras otro, se puso de pie y lo enfrentó. El príncipe Orsini no tenía escapatoria y tampoco la buscaba. Escuchó el nombre, se quitó el sombrero y se inclinó rápidamente para besar la mano de la mujer. Pensaba qué favor podía hacerle y estaba dispuesto a hacerle el que pidiera. Era pequeña, intrépida y joven, muy morena y con la corta nariz en gancho, los ojos muy claros y fríos. "Judía o algo así", pensó Orsini. "Está linda." De inmediato el príncipe escuchó un lenguaje tan conciso que le resultaba casi incomprensible, casi inaudito.

—El cartel ese en la plaza, los avisos en el diario. Quinientos pesos. Mi novio va a pelear con el campeón. Pero hoy o mañana, mañana es miércoles, ustedes tienen que depositar el dinero en el Banco o en El Liberal.

—*Signorina* —el príncipe hizo una sonrisa y balanceó un gesto desolado—. ¿Luchar con el campeón? Usted se queda sin novio. Y lamentaría tanto que una señorita tan hermosa...

Pero ella, pequeña y más decidida ahora, sorteó sin esfuerzo la galantería quincuagenaria de Orsini.

—Esta noche voy al Liberal para aceptar el desafío. Lo vi al campeón en misa. Está viejo. Necesitamos los quinientos pesos para casarnos. Mi novio tiene veinte años y yo veintidós. El es dueño del almacén de Porfilio. Vaya y véalo.

—Pero, señorita —dijo el príncipe aumentando la sonrisa—. Su novio, hombre feliz, si me permite, tiene veinte años. ¿Qué hizo hasta ahora? Comprar y vender.

—También estuvo en el campo.

—Oh, el campo —susurró extasiado el príncipe—. Pero el campeón dedicó toda su vida a eso, a la lucha. ¿Que tiene algunos años más que su novio? Completamente de acuerdo, señorita.

—Treinta, por lo menos —dijo ella sin necesidad de sonreír, confiada en la frialdad de sus ojos—. Lo vi.

—Pero se trata de años que dedicó a aprender cómo se rompen, sin esfuerzo, costillas, brazos, o cómo se saca, suavemente, una clavícula de su lugar, cómo se descoloca una pierna. Y si usted tiene un novio sano de veinte años...

—Usted hizo un desafío. Quinientos pesos por tres minutos. Esta noche voy al Liberal, señor...

—Príncipe Orsini —dijo el príncipe.

Ella cabeceó, sin perder tiempo en la burla; era pequeña, hermosa y compacta, se había endurecido hasta el hierro.

—Me alegro por Santa María —sonrió el príncipe, con otra reverencia—. Será un gran espectáculo deportivo. ¿Pero usted, señorita, irá al diario en nombre de su novio?

—Sí, me dio un papel. Vaya a verlo. Almacén Porfilio. Le dicen el turco. Pero es sirio. Tiene el documento.

El príncipe comprendió que era inoportuno volver a besarle la mano.

—Bueno —bromeó—, soltera y viuda. Desde el sábado. Un destino muy triste, señorita.

Ella le dio la mano y caminó hacia la puerta del hotel. Era dura como una lanza, no tenía más que la gracia indispensable para que el príncipe continuara mirándola de espaldas. De pronto la mujer se detuvo y regresó.

—Soltera no, porque con esos quinientos pesos nos casamos. Tampoco viuda, porque ese campeón está muy viejo. Es más grande que Mario, pero no puede con él. Yo lo vi.

—De acuerdo. Usted lo vio salir de misa. Pero le aseguro que cuando la cosa empieza en serio, es una bestia; y le juro que conoce el oficio. Campeón del mundo y de todos los pesos, señorita.

—Bueno —dijo ella con un repentino cansancio—. Ya le dije, almacén de Porfilio Hnos. Esta noche voy al Liberal; pero mañana me encuentra, como siempre, en el almacén.

—Señorita... —volvió a besarle la mano.

Era evidente que la mujer buscaba un acuerdo. De modo que Orsini fue al restaurante y pidió un guiso con carne y pastas; luego, haciendo cuentas, chupando de su boquilla con anillo de oro, vigiló el sueño, los gruñidos y los movimientos de Jacob van Oppen.

A punto de dormirse sobre el silencio de la plaza, se adjudicó veinticuatro horas de vacaciones. No era conveniente apresurar la visita al turco. Pensó además, mientras apagaba la luz e interpretaba los ronquidos del gigante: "Ya ha sufrido bastante, Señor, hemos sufrido; y no veo motivo para apresurarme".

Al día siguiente Orsini asistió al despertar del campeón, trajo las aspirinas y el agua caliente, oyó satisfecho las malas palabras de van Oppen bajo la ducha, escuchó con júbilo la transformación de los ruidos groseros en una versión casi submarina de "Yo tenía un camarada". Como todos los hombres, había decidido mentir, mentirse a sí mismo y confiar. Organizó la mañana de van Oppen, la caminata a paso lento a través de la ciudad, con el enorme torso cubierto por la tricota de lana con la gran letra azul en el pecho, la C que significaba, para todo idioma y alfabeto concebible: Campeón Mundial de Lucha de Todos los Pesos. Lo acompañó, a buen paso, hasta la calle que bajaba en pendiente hacia la rambla. Allí, para los pocos curiosos de las ocho de la mañana, reiteró una de las escenas de la vieja farsa. Se detuvo para quitarse el sombrero y enjugarse la frente, sonrió con la admirada sonrisa del buen perdedor y manoteó la espalda de Jacob van Oppen.

—Qué hombre éste —murmuró para nadie; y su cabeza torcida, sus brazos vencidos, su boca ansiosa de aire repitieron para toda Santa María: qué hombre éste.

Van Oppen continuó con la misma discreta velocidad, los hombros hacia el futuro, la mandíbula colgante, en dirección a la rambla; tomó después hacia la fábrica de conservas, costeando el asombro de pescadores, vagos, empleados del ferry; era demasiado grande para que alguien se atreviera a burlarse.

Tal vez las burlas, nunca dichas en voz alta, rodearon todo el día al príncipe Orsini, a sus ropas, a sus modales, a su buena educación inadecuada. Pero él había apostado a ser feliz y sólo le era posible enterarse de las cosas agradables y buenas. En El Liberal, en el Berna y en el Plaza tuvo lo que él llamaría en el recuerdo conferencias de prensa; bebió y charló con curiosos y desocupados, contó anécdotas y atroces mentiras, exhibió una vez más los recortes de diarios, amarillentos y quebradizos. Algún día, esto era indudable, las cosas habían sido así: van Oppen campeón del mundo, joven, con una tuerca irresistible, con viajes que no eran exilios, asediado por ofertas que podían ser rechazadas. Aunque pasadas de moda, desteñidas, ahí estaban las fotografías y las palabras de los diarios, tenaces en su aproximación a la ceniza, irrefutables. Nunca borracho, después de la cuarta o quinta copa, Orsini creía que los testimonios del pasado garantizaban el porvenir. No necesitaba ningún cambio personal para habitar cómodamente el imposible paraíso. Había nacido con cincuenta años de edad, cínico, bondadoso, amigo de la vida, partidario de que sucedieran cosas. El milagro sólo exigía la transformación de van Oppen, su regreso a los años anteriores a la guerra, al vientre hundido, a la piel brillante, a la esclerótica limpia en la mañana.

Sí, la futura turca —una mujercita, con todo respeto, simpática y porfiada— había estado en El Liberal para formalizar el desafío. El jefe de Deportivas ya tenía fotos de Mario haciendo gimnasia; pero las fotografías costaron un discurso sobre la libertad de prensa, la democracia y la libre información. También sobre el patriotismo, contaba Deportivas:

—Y el turco nos hubiera roto la cabeza, a mí y al fotógrafo, a pesar de todo, si no interviene la novia y lo calma con dos palabras. Estuvieron cuchicheando en la trastienda y después salió el turco, no tan grande, creo, como van Oppen, pero mucho más bruto, más peligroso. Bueno, usted entiende de esto mejor que yo.

—Entiendo —sonrió el príncipe—. Pobre muchacho. No es el primero —paseó su tristeza encima de las papas fritas y las aceitunas del Berna.

—El hombre estaba furioso pero se aguantó y se puso los pantalones cortos de ir a pescar y se dedicó a hacer gimnasia al sol; toda la que Humberto, el fotógrafo, quiso o estuvo inventando, sólo por venganza y para desquitarse del susto que había pasado. Y todo el tiempo ella sentada en un barril, como si fuera la madre o la maestra, fumando, sin decir una palabra pero mirándolo. Y cuando uno piensa que ella no mide ni un metro cincuenta, ni pesa cuarenta kilos...

—Conozco a la señorita —asintió Orsini con nostalgia—. Y he visto tantos ejemplos... Ah, la personalidad es una cosa misteriosa; no sale de los músculos.

—No era para publicar, claro —dijo Deportivas—, ¿pero van a hacer el depósito?

—¿El depósito? —el príncipe, piadoso, abrió las manos—. Esta tarde, mañana de mañana. Depende del Banco. ¿Le parece bien, mañana de mañana, en El Liberal? Será una buena propaganda, y gratis. Resistirle tres minutos a Jacob van Oppen... Como yo digo siempre —mostró las muelas doradas y llamó al mozo—: el deporte de un lado, el negocio del otro. Qué puede hacer uno, qué podemos hacer nosotros, si al final de esta gira de entrenamiento aparece de golpe un suicida. Y si además lo ayudan.

4

La viuda había sido siempre difícil y hermosa, insustituible, y el príncipe Orsini no tenía los quinientos pesos. Conocía a la mujer, presentía un adjetivo exacto para definirla y llevarla al pasado; ahora comenzaba a pensar en el hombre que la mujer representaba y escondía, en el turco que había aceptado el desafío. Así que dio vacaciones a la displicencia y a la dicha y al caer la noche, luego de mentirle al campeón, vigilarle el ánimo y el pulso, empezó a caminar hacia el almacén de Porfilio Hnos, con el álbum amarillo bajo el brazo.

Primero el ombú carcomido, luego el farol que colgaba del árbol y su círculo de luz intimidada. En seguida los perros ladradores y los gritos de contención: juega, quieto, cucha. Orsini cruzó la luz primera, pudo ver la luna redonda y aguada, llegó hasta el letrero del almacén y entró con respeto. Un hombre de bombachas y alpargatas terminaba su ginebra junto al mostrador y se despedía. Quedaron solos, él, príncipe Orsini, el turco y la mujer.

—Buenas noches, señorita —volvió a reír Orsini con una reverencia. La mujer estaba sentada en un sillón de paja, tejiendo, apartó los ojos de las agujas para mirarlo, mover la cabeza y, tal vez, sonreírle. "Batitas —pensó Orsini indignado—; está preñada, está haciendo el ajuar del hijo, por eso quiere casarse, por eso me quiere robar los quinientos pesos."

Avanzó recto hacia el hombre que había dejado de llenar bolsas de papel con yerba y lo esperaba estólido del otro lado del mostrador.

—Este es el que te dije —pronunció la mujer—. El empresario.

—Empresario y amigo —corrigió Orsini—. Después de tantos años...

Estrechó la mano abierta y rígida del hombre, adelantó el brazo izquierdo para golpearle la espalda.

—A la orden —dijo el almacenero y levantó los gruesos bigotes negros para mostrar los dientes.

222

—Tanto gusto, tanto gusto —pero ya había respirado el olor agrio y mortecino de la derrota, ya había calculado la juventud sin desgaste del turco, la manera perfecta en que tenía distribuidos en el cuerpo los cien kilos de peso. "No hay ni un gramo de grasa de más, ni un gramo de inteligencia o sensibilidad; no hay esperanzas. Tres minutos; pobre Jacob van Oppen."

—Venía por esos quinientos pesos —empezó Orsini, tanteando la densidad del aire, la pobreza de la luz, la hostilidad de la pareja. "No es contra mí; es contra la vida."

—Venía a tranquilizarlos; mañana, en cuanto reciba un giro de la capital, el dinero quedará depositado en El Liberal. Pero también quería hablar de otras cosas.

—¿No hablamos ya todo? —preguntó la muchacha. Era demasiado pequeña para el silllón movedizo de paja; las agujas resplandecientes con que tejía, demasiado largas. Podía ser buena o mala; ahora había elegido ser implacable, superar alguna oscura y larga postergación, tomarse una revancha. A la luz de la lámpara, el dibujo de la nariz era perfecto y los ojos claros brillaban como vidrio.

—Todo, es cierto, señorita. No pienso decir nada que ya no haya dicho. Pero consideré mi deber decirlo de manera directa. Decirle la verdad al señor Mario —sonreía repitiendo los saludos con la cabeza; la truculencia vibraba apenas, honda y con sordina—. Por eso le pido, patrón, que sirva una vuelta para los tres. Yo invito, claro; pidan lo que gusten.

—El no toma —dijo la mujer, sin apresurarse, sin levantar los ojos del tejido, anidada en su clima de hielo y de ironía.

La bestia peluda de atrás del mostrador terminó de cerrar un paquete de yerba y se volvió lentamente para mirar a la mujer. "El pecho de un gorila, dos centímetros de frente, nunca tuvo expresión en los ojos", anotó Orsini. "Nunca pensó de verdad, ni pudo sufrir, ni se imaginó que el mañana puede ser una sorpresa o puede no venir."

—Adriana —barboteó el turco y se mantuvo inmóvil hasta que la mujer alzó los ojos—. Adriana, yo, vermut, sí tomo.

Ella le sonrió rápidamente y encogió los hombros. El turco redondeaba la boca para tomar el vermut a sorbitos. Apoyado en el mostrador, con el caluroso sombrero verde echado hacia la nuca, rozando el envoltorio del álbum, buscando inspiración y simpatía, el príncipe habló de cosechas, de lluvias y de sequías, de métodos de explotación y de líneas de transporte, de la belleza envejecida de Europa y de la juventud de América. Improvisaba, repartiendo presagios y esperanzas, mientras el turco asentía silencioso.

—El Apolo estuvo lleno esta tarde —atacó el príncipe de golpe—; desde que se supo que usted acepta el desafío, todos quieren ver el entrenamiento del campeón. Para que no lo molestaran demasiado, aumenté el precio de las entradas; pero la gente sigue pagando. Ahora —empezó a separar los papeles que envolvían el álbum— me gustaría que mirara un poco esto. —Acarició la tapa de cuero y la levantó—. Casi todo está en idioma; pero las fotos ayudan. Vea, se entiende. Campeón del mundo, cinturón de oro.

—Era, campeón del mundo —aclaró la mujer desde el crujido del sillón de paja.

—Oh, señorita —dijo Orsini sin volverse, exclusivamente para el turco, mientras movía las páginas de recortes cariados—. Volverá a serlo antes de seis meses. Un fallo equivocado, ya intervino la Federación Internacional de Lucha... Vea los títulos, ocho columnas, primeras páginas, vea las fotografías. Esto es un campeón, mire; no hay quien pueda con él en todo el mundo. No hay nadie que pueda aguantarle tres minutos sin la puesta de espaldas. Vamos: un solo minuto y ya sería un milagro. No podría el campeón de Europa, no podría el campeón de los Estados. Le estoy hablando en serio, de hombre a hombre; he venido a verlo porque en cuanto hablé con la señorita comprendí el problema, la situación.

—Adriana —corrigió el turco.

—Eso —dijo el príncipe—. Comprendí todo. Pero las cosas siempre tienen solución. Si usted sube el sábado al ring del Apolo... Jacob van Oppen es mi amigo y esta amistad sólo tiene un límite; esta amistad desaparece en cuanto suena la campana y él se pone a luchar. Entonces no es mi amigo, no es un hombre; es el campeón del mundo, tiene que ganar y sabe cómo hacerlo.

Decenas de viajantes habían detenido el Ford frente al almacén de Porfilio Hnos. para sonreír a los propietarios difuntos o a Mario, tomar un trago, exhibir muestras, catálogos y listas, vender azúcar, arroz, vinos y maíz. Pero el príncipe Orsini se afanaba, entre sonrisas, golpes amistosos y excepciones compasivas, por venderle al turco una mercadería extraña y difícil: el miedo. Alertado por la presencia de la mujer, avisado por los recuerdos y el instinto, se limitó a vender la prudencia, a intentar el trato.

Al turco le quedaba aún medio vaso de vermut; lo alzó para mojarse la boca pequeña y rosada, sin beber.

—Son quinientos pesos —dijo Adriana desde el sillón—. Es hora de cerrar.

—Usted dijo... —empezó el turco; la voz y el pensamiento intentaban comprender, acercarse a la ecuanimidad, separarse de tres generaciones de estupidez y codicia—. Adriana, primero tengo que bajar la yerba. Usted dijo si yo subo el sábado al escenario del Apolo.

—Dije. Si usted sube, el campeón le romperá algunas costillas, algún hueso; lo pondrá de espaldas en medio minuto. No hay quinientos pesos, entonces; aunque tal vez usted tenga que gastarse mucho más con los médicos. ¿Y quién le atiende el negocio mientras esté en el hospital? Todo esto sin hablar del desprestigio, del ridículo. —Orsini consideró que el momento era oportuno para la pausa y la meditación;

pidió ginebra, espió la cara impasible del turco, sus movimientos preocupados; escuchó una risita de la mujer que había dejado el tejido sobre los muslos.

Orsini bebió un trago de ginebra y se puso a envolver lentamente el álbum desvencijado. El turco olía el vermut y trataba de pensar.

—Y no quiero decir con esto —murmuró el príncipe en voz baja y distraída, que sonaba como la de un epílogo mutuamente aceptado—, no quiero decir que usted no sea más fuerte que Jacob van Oppen. Entiendo mucho de eso, he dedicado mi vida y mi dinero a descubrir hombres fuertes. Además, como me ha dicho inteligentemente la señorita Adriana, usted es mucho más joven que el campeón. Más vigor, más juventud; estoy dispuesto a escribirlo y firmarlo. Si el campeón —es un ejemplo— comprara este negocio, a los seis meses saldría a pedir limosna. Usted, en cambio, se hará rico antes de dos años. Porque usted, mi amigo Mario, entiende del negocio y el campeón no —el álbum ya estaba envuelto; lo puso en el mostrador y se apoyó sobre él para continuar con la ginebra y la charla—. De la misma manera, el campeón entiende de cómo romper huesos, de cómo doblarle las rodillas y la cintura para ponerlo de espaldas sobre el tapiz. Así se dice, o se decía. La alfombra. Cada cual en su oficio.

La mujer se había levantado y apagó una luz en un rincón; ahora estaba de pie, con el tejido entre su vientre y el mostrador, pequeña y dura, sin mirar a ninguno de los hombres.

El turco le examinó la cara y después gruñó:

—Usted dijo que si yo subía el sábado al escenario del Apolo...

—¿Dije? —preguntó Orsini con sorpresa—. Creo haberles dado un consejo. Pero en todo caso, si usted retira el desafío, puede haber un acuerdo, alguna compensación. Conversaríamos.

—¿Cuánto? —preguntó el turco.

La mujer alzó una mano y fue clavando las uñas en el brazo peludo de la bestia; cuando el hombre volvió la cabeza para mirarla, dijo:

—No hay más ni menos que quinientos pesos, ¿sí? No los vamos a perder. Si no vas el sábado, toda Santa María va a saber que tuviste miedo. Yo lo voy a decir, casa por casa, persona por persona.

No hablaba con pasión; seguía clavando las uñas en el brazo pero le conversaba al turco con paciencia y broma, como una madre conversa con su hijo, lo reprende y lo amenaza.

—Un momento —dijo Orsini; alzó una mano y con la otra se puso en la boca la copa de ginebra hasta vaciarla—. También en eso había pensado. En los comentarios del pueblo, de la ciudad, si usted no aparece el sábado por el Apolo. Pero todo se puede arreglar —sonrió a las caras hostiles de la mujer y el hombre, aumentó la cautela de su voz—. Por ejemplo... Supongamos en cambio que usted va, sube al ring. No trata de enfurecerlo al campeón, porque eso sería fatal para lo que planeamos. Usted sube al ring, reconoce al primer abrazo que el campeón sabe, y se deja poner de espaldas, limpiamente, sin un rasguño.

La mujer clavaba otra vez las uñas en el gigantesco brazo peludo; con un ladrido, el turco la apartó.

—Comprendo —dijo después—. Voy y pierdo. ¿Cuánto?

Repentinamente, Orsini aceptó lo que había estado sospechando desde el principio de la entrevista: que cualquiera fuese el acuerdo que lograra con el turco, la mujercita flaca y empecinada lo borraría en el resto de la noche. Comprendió, sin dudas, que Jacob van Oppen estaba condenado a luchar el sábado con el turco.

—Cuánto... —murmuró mientras se acomodaba el álbum bajo el brazo—. Podemos hablar de cien, de ciento cincuenta pesos. Usted sube al ring...

La mujer se apartó un paso del mostrador y clavó las

agujas en la pelota de lana. Miraba hacia el piso de tierra y cemento y la voz le sonó tranquila y con sueño:

—Necesitamos quinientos pesos y él se los va a ganar el sábado sin trampas, sin arreglos. No hay hombre más fuerte, nadie puede doblarlo. Menos que nadie ese viejo acabado, por más campeón que haya sido. ¿Vamos a cerrar?

—Tengo que bajar la yerba —volvió a decir el turco.

—Bueno, entonces es así —dijo Orsini—. Cóbrese y déme la última copa —puso un billete de diez pesos encima del mostrador y encendió un cigarrillo—. Vamos a celebrarlo; también ustedes están invitados.

Pero la mujer volvió a encender la luz del rincón y se instaló en el sillón de paja para seguir tejiendo y fumar un cigarrillo; y el turco sólo sirvió un vaso de ginebra. Empezó, bostezando, a llevar las bolsas de yerba, apiladas contra una pared, hacia la trampa del sótano.

Sin saber por qué, Orsini tiró una de sus tarjetas encima del mostrador. Estuvo diez minutos más en el almacén, fumando y bebiendo el gusto a pan de la ginebra, mirando con asombrado terror, con los ojos nublados, sudando, el trabajo metódico del turco con las bolsas, viendo que las movía con tanta facilidad, con tan visible esfuerzo como él, príncipe Orsini, movería un cartón de cigarrillos o una botella.

"Pobre Jacob van Oppen —meditó Orsini—. Hacerse viejo es un buen oficio para mí. Pero él nació para tener siempre veinte años; y ahora, en cambio, los tiene este gigante hijo de perra que gira alrededor del meñique de ese feto encinta. Los tiene este animal, nadie puede quitárselos para restituirlos, y los seguirá teniendo el sábado de noche en el Apolo."

5

Desde la redacción de El Liberal, casi codo a codo con

Deportivas, el príncipe llamó por teléfono a la capital, reclamando el envío urgente de mil pesos. Usó el teléfono directo para evitar la curiosidad de la telefonista; mintió a gritos frente a la redacción, poblada ahora por jóvenes flacos y bigotudos, alguna señorita que fumaba con boquilla. Eran las siete de la tarde; llegó casi a la grosería cuando se hizo evidente el titubeo del hombre que lo escuchaba en el teléfono remoto, en una habitación que no podía ser imaginada, muequeando su desconcierto en cualquier cubículo de la gran ciudad, en un anochecer de octubre.

Cortó la comunicación con una sonrisa de tolerancia y fastidio.

—Por fin —dijo, soplando el pañuelo de hilo—. Mañana de mañana tenemos el dinero. Contratiempos. Mañana a mediodía hago el depósito en la administración. En la administración me parece más serio, ¿no?... Aquí está el mozo. El que quiera pedir algo para refrescarse...

Le dieron las gracias, alguna de las máquinas de escribir interrumpió su ruido; pero nadie aceptó la invitación. Deportivas inclinaba sobre su mesa los gruesos anteojos mientras marcaba fotografías.

Apoyado en una mesa, fumando un cigarrillo, Orsini miró a los hombres doblados hacia las máquinas y la tarea. Supo que para ellos él ya no existía, que no estaba en la redacción. "Y tampoco mañana", pensó con débil tristeza, sonriente y resignado. Porque todo había sido postergado hasta la noche del viernes y la noche del viernes empezaba a crecer, en el fin de un crepúsculo rojizo y dulce, fuera de los ventanales de El Liberal, en el río, encima de la primera sombra que rodeaba las sirenas graves de las barcazas.

Atravesó la indiferencia y la desconfianza, obligó a Deportivas a estrecharle la mano.

—Espero que mañana será una gran noche para Santa María; espero que gane el mejor.

Esa frase no sería reproducida por el diario, no serviría

de soporte a su cara sonriente y bondadosa. Desde el vestíbulo del Apolo —Jacob van Oppen, Campeón del Mundo, se entrena aquí de 18 a 20, tres pesos la entrada —oyó los murmullos del público y el golpeteo de los pies del campeón sobre el ring improvisado. Van Oppen no podía luchar, romper huesos o arriesgar que se los rompieran. Pero podía saltar a la cuerda, infinitamente, sin cansancio.

Sentado en la estrecha oficina de la boletería, Orsini revisó el borderó y sacó cuentas. Sin considerar la noche triunfal del sábado, plateas a cinco pesos, la visita a Santa María dejaba alguna ganancia. Orsini convidó con café y puso su firma al pie de las planillas luego de contar el dinero.

Quedó solo en la oficina oscura y mal oliente. Llegaba el ruido a compás de los pies de van Oppen en la madera.

—Ciento diez animales abriendo la boca porque el campeón salta a la cuerda, como saltan, y mejor, todas las niñas en los patios de las escuelas.

Recordó a van Oppen joven, o por lo menos aún no envejecido; pensó en Europa y en los Estados, en el verdadero mundo perdido; trató de convencerse de que van Oppen era tan responsable del paso de los años, de la decadencia y la repugnante vejez, como de un vicio que hubiera adquirido y aceptado. Trató de odiar a van Oppen para protegerse.

"Tendría que haberle hablado antes, en alguna de esas caminatas por la rambla que hace con pasitos de mujer gorda; ayer o esta mañana; hablarle al aire libre, el río, árboles, el cielo, todo eso que los alemanes llaman naturaleza. Pero llegó el viernes: la noche del viernes."

Palpó suavemente los billetes en el bolsillo y se puso de pie. Afuera, puntual y tibia, lo estaba esperando la noche del viernes. Los ciento diez imbéciles gritaban dentro del cine-teatro; el campeón habría empezado el número final, la sesión de gimnasia en que todos los músculos crecían y desbordaban.

Orsini caminó lentamente hacia el hotel, las manos en la espalda, buscando detalles de la ciudad para recordar y despedirse, para mezclarlos con los de otras ciudades lejanas, para unir todo y continuar viviendo.

El mostrador del bar del hotel se alargaba hasta tocar el del conserje. Mientras bebía un trago con mucha soda, el príncipe organizó su batalla. Ocupar una colina puede ser más importante que perder un parque de municiones. Puso unos billetes sobre el mostrador y pidió la cuenta de los días vividos en el hotel.

—Es por mañana, excúseme, para evitarme apuros. Mañana, en cuanto termine la lucha, tenemos que salir en automóvil, a medianoche o en la madrugada. Hoy hablé por teléfono desde El Liberal y supe que hay nuevos contratos. Todo el mundo quiere ver al campeón, se explica, antes del torneo en Amberes.

Pagó con una propina exagerada y subió al cuarto con una botella de ginebra bajo el brazo para hacer las valijas. Había una negra y vieja, de Jacob, que no podía tocarse; estaba, además, el montón de objetos impresionantes —batas, tricotas, tensores, sogas, zapatos con forro de piel— en el escenario del Apolo. Pero todo esto podía ser recogido después con cualquier pretexto. Terminó con sus valijas y con las que Jacob no había declarado sagradas; estaba bajo la ducha, resoplando de alivio, barrigón y resuelto, cuando oyó el golpe de la puerta del cuarto. Más allá del rumor del agua escuchó los pasos y el silencio. "Es la noche del viernes; y ni siquiera sé si es mejor emborracharlo antes o después de hablarle. O antes y después."

Jacob estaba sentado en la cama, con las piernas cruzadas, mirando con alegría infantil la marca en la suela de sus zapatos, la palabra Champion; alguien, acaso el mismo Orsini, había dicho alguna vez en broma que esos zapatos se fabricaban exclusivamente para uso de van Oppen, para recordarlo y rendirle homenaje en millares de pies ajenos.

Envuelto en el ropón de baño, chorreando agua, Orsini entró en la habitación, jovial y dicharachero. El campeón había manoteado la botella de ginebra y después de tomar un trago continuó mirándose el zapato sin escuchar a Orsini.

—¿Por qué hiciste las valijas? La pelea es mañana.

—Para ganar tiempo —dijo Orsini—. Empecé a hacerlas por eso. Pero después...

—¿Es a las nueve? Pero siempre empieza más tarde. Y después de los tres minutos tengo que hacer clavas y levantar las pesas. Y también festejar.

—Bueno —dijo Orsini, mirando la botella inclinada contra la boca del campeón, contando los tragos, calculando—. Claro que vamos a festejar.

El campeón dejó la botella y estuvo sobándose la suela de goma blanca del zapato. Sonreía, misterioso e incrédulo, como si estuviera escuchando una música lejana y no oída desde la infancia. De pronto se puso serio, tomó con ambas manos el pie con la marca que lo aludía y lo bajó lentamente hasta colocar la suela contra la estrecha alfombra junto a la cama. Orsini vio la mueca corta y seca que había quedado en el lugar de la desvanecida sonrisa; se fue aproximando indeciso a la cama del campeón y alzó la botella. Mientras fingía beber pudo comprobar, por el ruido y el peso, que quedaban dos tercios del litro de ginebra.

Inmóvil, derrumbado, con los codos apoyados en las piernas, el campeón rezaba:

—Verdammt, verdammt, verdammt.

Sin hacer ruido, Orsini arrastró los pies por el suelo; de espaldas al campeón, con un bostezo, extrajo el revólver de su saco colgado en la silla y lo guardó en un bolsillo de la bata de baño. Luego se sentó en su cama y esperó. Nunca había tenido necesidad del revólver, ni siquiera de mostrarlo, frente a Jacob. Pero los años le enseñaron a prever las acciones y las reacciones del campeón, a estimar su violencia, su grado de locura y también el punto exacto de la brújula que señala el principio de la locura.

—Verdammt —siguió rezando Jacob. Se llenó los pulmones de aire y se puso de pie. Juntó las manos en la nuca y balanceó el tórax, pesadamente, bajando por la izquierda y la derecha hacia la cintura.

—Verdammt —gritó, como si mirara a alguien desafiándolo; luego rehizo la sonrisa desconfiada y empezó a desnudarse. Orsini encendió un cigarrillo y puso una mano en el bolsillo de la bata, los nudillos quietos contra la frescura del revólver. El campeón se quitaba la tricota, la camiseta, los pantalones, los zapatos con su marca; todo golpeaba contra el ángulo del placard y la pared y formaba un montón en el piso.

Apoyado en la cama y en las almohadas, Orsini buscaba otras cóleras, otros prólogos, y quería compararlos con lo que estaba viendo. "Nadie le dijo que nos vamos. ¿Quién puede haberle dicho que nos vamos esta noche?"

Jacob sólo tenía puesto el slip de combate. Levantó la botella y bebió la mitad del resto. Después, manteniendo su sonrisa de misterio, de alusiones y recuerdo, se puso a hacer gimnasia estirando y doblando los brazos mientras doblaba las rodillas para agacharse.

"Toda esta carne —pensaba Orsini, con el dedo en el gatillo del revólver—; los mismos músculos, o más, de los veinte años; un poco de grasa en el vientre, en el lomo, en la cintura. Blanco, enemigo temeroso del sol, gringo y mujer. Pero esos brazos y esas piernas tienen la misma fuerza de antes, o más. Los años no pasaron por allí; pero siempre pasan, siempre buscan y encuentran un sitio para entrar y quedarse. A todos nos prometieron, de golpe o tartamudeando, la vejez y la muerte. Este pobre diablo no creyó en promesas; por lo tanto el resultado es injusto."

Iluminado por la última luz del viernes en la ventana y por la luz que Orsini había dejado encendida en el baño, el gigante brillaba de sudor. Terminó la sesión de gimnasia tirándose de espaldas al suelo y rebotando en las manos. Luego hizo un breve y lento saludo con la cabeza hacia el montón de ropas junto al placard. Jadeante, volvió a beber de la botella, la levantó en el aire ceniciento, y sin dejar de mirarla fue acercándose a la cama que ocupaba Orsini. Quedó de pie, enorme y sudoroso, respirando con esfuerzo y ruido, con una expresión boquiabierta de principio a final de furia. Seguía mirando la botella, buscaba explicaciones en la etiqueta, en la forma redonda y secreta.

—Campeón —dijo Orsini retrocediendo hasta tocar la pared, levantando una pierna para empuñar el revólver más cómodamente—. Campeón. Tenemos que pedir otra botella. Tenemos que festejar desde ahora.

—¿Festejar? Yo gano siempre.

—Sí, el campeón gana siempre. Y también va a ganar en Europa.

Orsini se incorporó en la cama y fue ayudándose con las piernas hasta quedar sentado, la mano siempre hundida en el bolsillo de la bata.

Frente a él se abrían los enormes muslos de Jacob, los músculos contraídos. "No hubo piernas mejores que éstas", pensó Orsini con miedo y tristeza. "Le basta bajar la botella para aplastarme; para romper una cabeza con el fondo de una botella se necesita mucho menos de un minuto." Se levantó despacio y fue rengueando, exhibiendo una sonrisa paternal y feliz hasta el otro rincón de la pieza. Se apoyó en el borde de la mesita y estuvo un momento con los ojos entornados, bisbiseando una fórmula católica y mágica.

Jacob no se había movido; continuaba de pie junto a la cama, dándole ahora la espalda, la botella siempre en el aire. La habitación estaba casi en penumbra, la luz del cuarto de baño era débil y amarilla.

Maniobrando con la mano izquierda Orsini encendió un cigarrillo. "Nunca hice esta prueba."

—Podemos festejar ahora mismo, campeón. Festejamos hasta la madrugada y a las cuatro tomamos el ómnibus. Adiós Santa María. Y muchas gracias, no nos fue mal del todo.

Blanco, agrandado por la sombra, Jacob bajó lentamente el brazo con la botella e hizo sonar el vidrio contra una rodilla.

—Nos vamos, campeón —agregó Orsini. "Ahora está pensando. Tal vez comprenda antes de tres minutos."

Jacob giró el cuerpo como en una pileta de agua salada y lo dobló para sentarse en la cama. El pelo escaso pero aún sin canas señalaba en la noche la inclinación de la cabeza.

—Tenemos contratos, verdaderos contratos —continuó Orsini— si viajamos hacia el sur. Pero tiene que ser en seguida, tienen que ser en el ómnibus de las cuatro. Esta tarde hablé por teléfono desde el diario con un empresario de la capital, campeón.

—Hoy. Ahora es viernes —dijo Jacob lentamente, sin borrachera en la voz—. Entonces, la lucha es mañana de noche. No nos podemos ir a las cuatro.

—No hay lucha, campeón. No hay problemas. Nos vamos a las cuatro; pero primero festejamos. Ahora mismo pido otra botella.

—No —dijo Jacob.

Orsini volvió a inmovilizarse contra la mesa. De la lástima al campeón, tan exacerbada y sufrida durante los últimos meses, pasó a compadecer al príncipe Orsini, condenado a cuidar, mentir y aburrirse como una niñera con la criatura que le tocó en suerte para ganarse la vida. Después su lástima se hizo despersonalizada, casi universal. "Aquí, en un pueblito de Sudamérica que sólo tiene nombre porque alguien quiso cumplir con la costumbre de bautizar cualquier montón de casas. El, más perdido y agotado que yo; yo, más viejo y más alegre y más inteligente, vigilándolo con un revólver que no sé si funciona o no, dispuesto a mostrar el revólver si se hace necesario, pero seguro de que nunca apretaré el gatillo. Lástima por la existencia de los hombres, lástima por quien combina las cosas de esta manera torpe y absurda. Lástima por la gente que he tenido que engañar sólo para seguir viviendo. Lástima por el turco del almacén y por su novia, por todos los que no tienen de verdad el privilegio de elegir."

Llegaba desde lejos, interrumpido, el piano del conservatorio; a pesar de la hora, se sentía aumentar el calor en la pieza, en las calles arboladas.

—No entiendo —dijo Jacob—. Hoy es viernes. Si el loco ese ya no quiere el desafío, igual tengo que hacer la exhibición, a cinco pesos la entrada.

—El loco ese... —empezó Orsini; de la lástima pasaba a la rabia y al odio—. No; somos nosotros. No tenemos interés en el desafío. Nos vamos a las cuatro.

—¿El hombre quiere luchar? ¿No se arrepintió?

—El hombre quiere luchar y no le dan permiso para arrepentirse. Pero nosotros nos vamos.

—¿Sin luchar, antes de mañana?

—Campeón —dijo Orsini. La cabeza de Jacob se movía colgada y negadora.

—Yo me quedo. Mañana a las nueve lo estaré esperando en el ring. ¿Voy a estar solo?

—Campeón —repitió Orsini mientras se acercaba a la cama; rozó cariñoso un hombro de Jacob y levantó la botella para tomar un pequeño trago—. Nos vamos.

—Yo no —dijo el gigante, y empezó a levantarse, a crecer—. Voy a estar solo en el ring. Déjeme la mitad del dinero y váyase. Dígame por qué quiere escapar, por qué quiere que también yo me escape.

Olvidado del revólver, sin dejar de apretarlo, el príncipe hablaba contra el arco de las costillas del campeón.

—Porque hay contratos que nos esperan. Porque lo de mañana no es una lucha, es un desafío estúpido.

236

Sin mostrar apuro, Orsini se alejó hacia la ventana, hacia la cama de Jacob van Oppen. No se atrevía a encender la luz, no tenía ánimos para conquistar con sonrisas y muecas.

Prefirió la sombra y la persuasión de los tonos de voz. "Acaso sea mejor terminar con todo esto ahora mismo. Siempre tuve suerte, siempre apareció algo nuevo y muchas veces mejor que lo recién perdido. No mirar hacia atrás, dejarlo como a un elefante sin dueño."

—Pero el desafío lo hicimos nosotros —decía la voz de Jacob, sorprendida, casi riendo—. Siempre lo hacemos nosotros. Tres minutos. En los diarios, en las plazas. Dinero al que aguante tres minutos. Y yo gané siempre, Jacob van Oppen gana siempre.

—Siempre —dijo Orsini; de pronto se sintió débil y hastiado; puso el revólver sobre la cama y juntó las manos entre las rodillas desnudas—. Siempre gana el campeón. Pero también, todas las veces, yo vi antes al hombre que había aceptado el desafío. Tres minutos sin ser puesto de espaldas sobre el tapiz —recitó—. Y nunca nadie duró medio minuto y yo lo sabía mucho antes de que sonara la campana. "No puedo decirle que alguna vez tuve éxito amenazando y también pagué para que la cosa no durara más de treinta segundos; pero acaso no tenga más remedio que decírselo." Y ahora, también, cumplí con mi deber. Fui a ver al hombre que había aceptado el desafío, lo pesé y lo medí. Con los ojos. Por eso hice las valijas, por eso aconsejo tomar el ómnibus de las cuatro.

Van Oppen se había estirado en el piso, la cabeza apoyada en la pared, entre la mesa de noche y la luz del cuarto de baño.

—No entiendo. Y éste sí, este almacenero de un pueblo cualquiera, que nunca vio una lucha, ¿éste le va a ganar a Jacob van Oppen?

—Nadie puede ganarle una lucha al campeón —pronunció Orsini con paciencia—. Pero no se trata de una lucha.

—Es un desafío —exclamó Jacob.

—Eso mismo. Un desafío. Quinientos pesos si aguanta de pie tres minutos. Yo lo vi al hombre —Orsini hizo una pausa y encendió otro cigarrillo; estaba tranquilo y desinteresado; era como contar una historia a un niño para ayudarlo a dormir, era como cantar Lili Marlen.

—¿Y éste me aguanta tres minutos? —se burló van Oppen.

—Bueno. Es una bestia. Veinte años, ciento diez kilos; no hice más que calcular, pero nunca me equivoco.

Jacob dobló las piernas hasta quedar sentado en el suelo. Orsini lo oyó respirar.

—Veinte años —dijo el campeón—. Yo también tuve veinte años y era menos fuerte que ahora, sabía menos.

—Veinte años —repitió el príncipe, transformando un bostezo en suspiro.

—¿Y eso es todo? ¿No hay nada más? ¿A cuántos hombres de veinte años puse de espaldas en menos de veinte segundos? ¿Y por qué este imbécil va a durar tres minutos?

"Es así —pensaba Orsini con el cigarrillo en la boca—; tan sencillo y terrible como descubrir de golpe que una mujer no nos gusta y quedarse impotente y comprender que nada puede corregirse o ser aliviado por medio de explicaciones; tan sencillo y terrible como decirle a un enfermo la verdad. Todo es sencillo cuando le ocurre a los otros, cuando nos conservamos ajenos y podemos comprender y lamentar, repetir consuelos."

El pianito del conservatorio había desaparecido en el calor de la noche retinta; se oían grillos, giraba, mucho más lejos, un disco de jazz.

—¿Me va a durar tres minutos? —insistió Jacob—. Yo también vi. Vi las fotografías en el diario. Un buen cuerpo para mover barriles.

—No —repuso Orsini, sincero y ecuánime—. Nadie puede resistirle tres minutos al campeón del mundo.

—No entiendo —dijo Jacob—. Entonces no entiendo. ¿Hay algo más?

—El hombre no puede aguantar tres minutos. Pero estoy seguro de que aguanta más de uno. Y hoy, cosa pasajera pero indiscutible, el campeón del mundo no tiene aliento para luchar más de un minuto.

—¿Yo? —Jacob se había puesto de rodillas, apoyándose en los puños—. ¿Yo?

—Sí —dijo Orsini; hablaba con suavidad e indiferencia, quitándole importancia al tema—. Cuando terminemos esta gira de entrenamiento, todo cambiará. También será necesario suprimir el alcohol. Pero hoy, mañana, sábado de noche en Santa María o como se llame este agujero del mundo, Jacob van Oppen no puede abrazar y resistir un abrazo por más de un minuto. El pecho de van Oppen no puede; los pulmones no pueden. Y esa bestia no se deja voltear en un minuto. Por eso tenemos que tomar el ómnibus de las cuatro de la mañana. Las valijas están hechas, pagué la cuenta del hotel. Todo arreglado.

Orsini oyó el gruñido y la tos a su izquierda, fue midiendo la extensión del silencio en el cuarto. Volvió a tomar el revólver y lo calentó entre las rodillas.

"Después de todo —pensó— es curioso haber dado tantos rodeos, tomar tantas precauciones. El lo sabe mejor que yo y desde hace tiempo. Pero tal vez haya sido justamente por eso que elegí rodeos y busqué precauciones. Y aquí estoy, a mi edad, tan lamentable y ridículo como si le hubiera dicho a una mujer que se acabó el amor y estuviese esperando, con aprensiones y curiosidad, la reacción, las lágrimas, las amenazas."

Jacob había replegado el cuerpo; pero la franja de luz del cuarto de baño revelaba, en la cabeza echada hacia atrás, el brillo del llanto. Orsini guardó el revólver y fue hasta el teléfono para pedir otra botella. Rozó al pasar el cabello cortado al rape del campeón y regresó a la cama. Alzando las piernas, podía sentir contra los muslos la rotunda pesadez de su barriga. Del hombre arrodillado le llegaba el rumor de un jadeo, como si van Oppen hubiera llegado al epílogo de una jornada de entrenamiento o de una lucha particularmente larga y difícil.

"No es el corazón —recordó Orsini—, no son los pulmones. Es todo; un metro noventa y cinco de hombre que empezó a envejecer."

—No, no —dijo en voz alta—. Sólo un descanso en el camino. Dentro de unos meses todo volverá a ser como antes. La calidad; eso es lo definitivo, eso es lo que nunca puede perderse. Aunque uno quiera, aunque se empeñe en perderla. Porque en toda vida de hombre hay períodos de suicidio. Pero esto se supera, esto se olvida.

La música de baile se había ido fortaleciendo a medida que crecía la noche. La voz de Orsini vibraba satisfecha, demorándose, en la garganta y el paladar.

Llamaron a la puerta y el príncipe caminó silencioso para recibir la bandeja con la botella, los vasos y el hielo. La dejó en la mesita y prefirió montarse en una silla para continuar la velada y la lección de optimismo.

El campeón se había sentado en la sombra, en el suelo, apoyado en la pared; ya no se le escuchaba respirar; sólo existía para Orsini por medio de su enorme, indudable presencia agazapada.

—La calidad, eso —reanudó el príncipe—. ¿Quién la tiene? Se nace con calidad o se muere sin calidad. Por algo todos se inventan un sobrenombre imbécil y cómico, unas palabritas, para que las pongan en los carteles. El Búfalo de Arkansas, el Triturador de Lieja, el Mihura de Granada. Pero Jacob van Oppen sólo se llama, además, el Campeón del Mundo. Calidad.

El discurso de Orsini desfalleció en el silencio y en la fatiga. El príncipe llenó un vaso, puso la lengua dentro y se levantó para llevárselo al campeón.

—Orsini —dijo Jacob—. Mi amigo el príncipe Orsini.

Van Oppen se oprimía las rodillas con las grandes manos; como los dientes de una trampa, las rodillas sujetaban la cabeza inclinada. Orsini dejó el vaso en el suelo después de arrastrarlo por la nuca y la espalda del gigante.

—Un trago, campeón —murmuró dulce y paternal—. Siempre hace bien.

Se incorporaba con una mueca, tocándose el cansancio en la cintura, cuando sintió los dedos que le rodeaban un tobillo y lo clavaban al piso. Oyó la voz lenta, alegre, despreocupada y perezosa de Jacob:

—Ahora el príncipe se toma todo el trago de un solo trago.

Orsini echó el cuerpo hacia atrás para asegurar el equilibrio. "Era lo poco que me faltaba; que esta bestia crea que lo quiero dormir o envenenar." Se fue agachando despacio, recogió el vaso y lo bebió rápidamente, sintiendo que los dedos de Jacob se le aflojaban en el tobillo.

—¿Está bien, campeón? —preguntó. Ahora veía los ojos del otro, un pedazo de sonrisa levantada.

—Bien, príncipe. Un vaso lleno para mí.

Con las piernas separadas, buscando no tambalearse, Orsini fue hasta la mesita y llenó nuevamente el vaso. Se apoyó para prender un cigarrillo y pudo ver, en la pequeña luz del encendedor, que las manos le temblaban de odio. Regresó con el vaso, el cigarrillo en la boca, un dedo en el gatillo del revólver escondido en la bata de baño. Cruzó la franja de luz amarilla y vio a Jacob de pie, blanco y enorme, balanceándose con suavidad.

—Salud, campeón —dijo Orisini ofreciendo la bebida con el brazo izquierdo.

—Salud —repitió desde arriba la voz de van Oppen con un rastro débil de excitación—. Yo sabía que iban a llegar. Yo estuve en la iglesia pidiendo que llegaran.

—Sí —dijo Orsini.

Hubo una pausa, el campeón suspiró, la noche les trajo gritos y aplausos desde la sala de baile lejana, un remolcador llamó tres veces en el río.

—Ahora —pronunció Jacob con dificultad— el príncipe se toma el vaso de un trago. Los dos somos borrachos. Pero yo no tomo esta noche porque es viernes. El príncipe tiene un revólver.

Durante un segundo, con el vaso en el aire y mirando el ombligo de van Oppen, Orsini se inventó una biografía de humillación perpetua, saboreó el gusto del asco, supo que el gigante no estaba siquiera desafiándolo, que sólo le ofrecía un blanco para el revólver enderezado en el bolsillo.

—Sí —dijo un segundo después; escupió el cigarrillo y volvió a tragarse la ginebra. El estómago le subía en el pecho mientras tiraba el vaso vacío hacia la cama, mientras retrocedía trabajosamente para dejar el revólver encima de la mesa.

Van Oppen no había cambiado de lugar; continuaba balanceándose en la penumbra, con lentitud burlona, como si remedara la gimnasia clásica para los músculos de la cintura.

—Estamos locos —dijo Orsini. No le servían para nada los recuerdos, el débil hervor de la noche de verano que tocaba la ventana, los planes del futuro.

—Lili Marlen, por favor —aconsejó Jacob.

Apoyado en la mesita, Orsini abandonó el cigarrillo que pensaba encender. Cantó con voz asordinada, con una última esperanza, como si nunca hubiera desempeñado otro oficio que canturrear las palabras imbéciles, la música fácil, como si nunca hubiera hecho otra cosa para ganarse la vida. Se sentía más viejo que nunca, empequeñecido y ventrudo, ajeno a sí mismo.

Hubo un silencio y después el campeón dijo "gracias". Dormido y débil, manoteando el cigarrillo que había dejado sobre la mesa, junto al revólver, Orsini miró acercarse el gran cuerpo blancuzco, aliviado de la edad por la penumbra.

—Gracias —repitió van Oppen, casi tocándolo—. Otra vez.

Atónito, indiferente, Orsini pensó: "Ya no es una canción de cuna, ya no lo obliga a emborracharse, a llorar, a dormir". Volvió a carraspear y empezó:

—Vor der Kaserne, vor dem grossen Tor...

Sin necesidad de mover el cuerpo, el campeón alzó un brazo desde la cadera y golpeó la mandíbula de Orsini con la mano abierta. Una vieja tradición le impedía usar los puños, salvo en circunstancias desesperadas. Con el otro brazo sostuvo el cuerpo del príncipe y lo estiró en la cama.

El calor de la noche y de la fiesta había hecho abrir las ventanas. La música de jazz del baile parecía estar naciendo ahora en el hotel, en el centro de la habitación semioscura.

6. Cuenta el príncipe

Era una ciudad alzada desde el río, en setiembre, a cinco centímetros más o menos al sur del ecuador. Me desperté, sin dolores, en la mañana del cuarto del hotel, llena de claridad y calor. Jacob me masajeaba el estómago y reía para ayudar la salida de los insultos que terminaron en un solo, repetido hasta que no pude fingir el sueño y me enderecé:

—Viejo puerco —en alemán purísimo, casi en prusiano. El sol lamía ya la pata de la mesita y pensé con tristeza que nada podía salvarse del naufragio. Por lo menos —empezaba a recordar—, eso era lo que convenía ser pensado y a esa tristeza debían ajustarse mi cara y mis palabras. Algo previó van Oppen porque me hizo tragar un vaso de jugo de naranja y me puso un cigarrillo encendido en la boca.

—Viejo puerco —dijo, mientras yo me llenaba los pulmones de humo.

Era la mañana del sábado, estábamos aún en Santa María. Moví la cabeza y lo miré, hice un balance rápido de la sonrisa, la alegría y la amistad. Se había puesto el traje gris claro, los zapatos de antílope, equilibraba en la nuca el Stetson. Pensé de golpe que él tenía razón, que en definitiva la vida siempre tiene razón, sin que importaran las victorias o las derrotas.

—Sí —dije, apartándole la mano—, soy un viejo puerco. Los años pasan y empeoran las cosas. ¿Hay lucha hoy?

—Hay —cabeceó con entusiasmo—. Te dije que iban a volver y volvieron.

Chupé el cigarrillo y me estiré en la cama. Me bastó verle la sonrisa para comprender que Jacob, aunque le rompieran el espinazo en la cálida noche de sábado que cualquiera podía predecir, había ganado. Tenía que ganar en tres minutos; pero yo cobraba más. Me senté en la cama y me estuve sobando la mandíbula.

—Hay lucha —dije—, el Campeón decide. Pero, por desgracia, el manager ya no tiene nada que decir. Ni una botella ni un golpe bastan para suprimir todo.

Van Oppen se puso a reír y el sombrero cayó sobre la cama. Su risa había sido descuidada por los años, era la misma.

—Ni un golpe ni una botella —insistí—. Quedamos en que el Campeón no tiene aliento, por ahora, para soportar una lucha, un esfuerzo verdadero, que dure más de un minuto. Eso queda. El Campeón no podría doblar al turco. El Campeón se morirá de una muerte misteriosa cuando llegue el segundo cincuenta y nueve. Veremos en la autopsia. Creo que, por lo menos, en eso quedamos.

—En eso quedamos. No más de un minuto —asintió van Oppen; alegre otra vez, joven, impaciente. La mañana llenaba ahora toda la habitación y yo me sentía humillado por mi sueño, por mis reparos, por mi bata con el peso del revólver descargado.

—Y hay —dije lentamente, como queriendo vengarme—, que no tenemos los quinientos pesos. De acuerdo, todo el mundo lo sabe, el turco no puede ganar. Pero tenemos que hacer, y ya es sábado, el depósito de quinientos pesos. Sólo nos queda para los pasajes y para una semana en la capital. Y después que Dios diga.

Jacob recogió el sombrero y volvió a reírse. Movía la cabeza como un padre sentado en el banco de un parque junto a su pequeño hijo desconfiado.

—¿Dinero? —dijo sin preguntar—. ¿Dinero para hacer el depósito? ¿Quinientos pesos?

Me dio otro cigarrillo encendido y puso el pie izquierdo, que es más sensible, encima de la mesita. Deshizo el nudo del zapato gris, se descalzó y vino para mostrarme un rollo de billetes verdes. Era dinero de verdad. Me dio cinco billetes de diez dólares y tuvo un fanfarronear.

—¿Más?

—Está bien —dije—. Sobra.

Mucho dinero volvió al zapato; entre trescientos y quinientos dólares.

De modo que al mediodía cambié el dinero; y como el campeón había desaparecido —no hubo tricotas con iniciales ni trotecitos por la rambla aquella mañana— me fui al restaurante del Plaza y comí como un caballero, como hacía mucho tiempo no comía. Tuve un café hecho en mi mesa y licores apropiados y un habano muy seco pero que se podía fumar.

Completé el almuerzo con una propina de borracho o de ladrón y llamé al hotel; el campeón no estaba; los restos de la tarde eran frescos y alegres, Santa María iba a tener su gran noche. Dejé al conserje el número del diario para que Jacob combinara conmigo la ida al Apolo y un rato después me senté en la mesita del archivo, con Deportivas y dos caras más. Mostré el dinero:

—Para que no haya ninguna duda. Pero prefiero entregarlo personalmente en el ring. Si es que van Oppen muere de un síncope; o si tiene que contribuir a los gastos del velorio del turco.

Jugamos al póker, perdí y gané, hasta que avisaron que van Oppen estaba en el cine. Faltaba media hora larga para las nueve; pero nos pusimos los sacos y tomamos autos viejos, para recorrer las pocas cuadras del pueblito que nos separaban del cine, para acentuar el carnaval, el ridículo.

Entré por la puerta trasera y fui al cuarto abrumado de carteles y fotografías, furiosamente invadido por un olor de mingitorio y engrudo rancio. Allí estaba Jacob: con el slip celeste, color dedicado a Santa María, y el cinturón de Campeón del Mundo que brillaba como el oro, haciendo flexiones. Me bastó verlo —los ojos aniñados, limpios y sin nada; la corta curva de la sonrisa— para entender que no quería hablar conmigo, que no deseaba prólogos, nada que lo separara de lo que había resuelto ser y recordar.

Me senté en un banco, sin escuchar si contestaba o no a mi saludo, y me puse a fumar. Ahora en este momento, dentro de unos minutos, llegaba el final de la historia. De ésta, la del Campeón Mundial de Lucha. Pero habría otras, habría también una explicación para El Liberal, Santa María y pueblos vecinos.

"Pasajera indisposición física" me gustaba más que "exceso de entrenamiento provocó el fracaso del Campeón". Pero mañana no publicarían la C mayúscula y acaso ni siquiera el discutible título. Van Oppen continuaba haciendo flexiones y yo combatía el olor a amoníaco encendiendo un cigarrillo con el anterior, sin olvidar que la limpieza del aire es la primera condición para un gimnasio.

Jacob subía y bajaba como si estuviera solo, movía horizontales los brazos, parecía, a la vez, más flaco y más pesado. A través de la catinga, a la que se estaba incorporando su sudor, yo trataba de oírlo respirar. También el ruido de la sala invadía el cuarto maloliente. Tal vez el campeón tuviera resuello para un minuto y medio, nunca para dos o tres.

El turco permanecería de pie hasta que sonara la campana, con sus enfurecidos bigotes negros, con los púdicos pantalones hasta media pierna que yo le imaginaba —y no me equivoqué—, con la novia pequeña y dura aullando de triunfo y rabia junto a las tablas del escenario del cine Apolo, junto a la alfombra calva que seguiré llamando tapiz. No quedaban esperanzas, no rescataríamos nunca los quinientos pesos. El ruido chusma de la sala llena e impaciente iba creciendo.

—Hay que ir —le dije al difunto que hacía calistenia. Eran las nueve en punto en mi reloj; salí del mal olor y anduve por los corredores oscuros hasta llegar a la boletería. Antes de las nueve y cuarto había terminado de revisar y firmar el borderó. Volví al cuarto hediondo —el griterío anunciaba que van Oppen ya estaba en el ring—, me puse en mangas de camisa después de guardarme el dinero en un bolsillo del pantalón y anduve al revés los corredores hasta entrar en la sala y subir al escenario. Me aplaudieron y me insultaron, agradecí con cabezadas y sonrisas, seguro de que en el Apolo había más de setenta personas que no habían pagado entrada. Por lo menos, no me llegaría nunca el cincuenta por ciento correspondiente.

Le quité la bata a Jacob, crucé el ring para saludar al turco y tuve tiempo apenas para otro par de payasadas.

Sonó la campana y ya era imposible no respirar y entender el olor de la muchedumbre que llenaba el Apolo. Sonó la campana y dejé a Jacob solo, mucho más solo y para siempre que como lo había dejado en tantas madrugadas, en esquinas y bares, cuando yo empezaba a tener sueño y aburrirme. Lo malo era que aquella noche, mientras me separaba de él para sentarme en una platea de privilegio, no estaba dormido ni me sentía aburrido. La primera campana era para despejar el ring. La segunda para que empezara la lucha. Engrasado, casi joven, sin mostrar los kilos, Jacob fue girando, encorvado, hasta ocupar el centro del ring y esperó con una sonrisa.

Abrió los brazos y esperó al turco que parecía haberse ensanchado. Lo esperó sonriendo hasta que lo tuvo cerca, hizo un paso hacia atrás y de pronto avanzó para dejarse abrazar. Contra todas las reglas, Jacob mantuvo los brazos altos durante diez segundos. Después afirmó las piernas y giró; puso una mano en la espalda del desafiante y la otra, también el antebrazo, contra un muslo. Yo no entendía aquello y seguí sin entender durante el exacto medio minuto que duró la lucha. Entonces vi que el turco salía volando del ring atravesando con esfuerzo los aullidos de los sanmarianos y desaparecía en el fondo oscuro de la platea.

Había volado, con los grandes bigotes, con la absurda flexión de las piernas que buscaban en el aire sucio apoyo y estabilidad. Lo vi pasar cerca del techo, entre los reflectores, manoteando. No habíamos llegado a los cincuenta segundos y el campeón había ganado o no, según se mirara. Subí al ring para ayudarlo a ponerse la bata. Jacob sonreía como un niño, no escuchaba los gritos y los insultos del público, el clamor creciente. Estaba sudado pero poco; y en cuanto le oí la respiración supe que la fatiga le venía de los nervios y no del cansancio.

En seguida empezaron a caer sobre el ring pedazos de madera y botellas vacías; yo tenía mi discurso completo, mi exagerada sonrisa para extranjeros. Pero continuaban cayendo los proyectiles y los gritos no me hubieran dejado hablar.

Entonces los milicos se movieron con entusiasmo, como si no hubieran hecho otra cosa desde el día en que consiguieron empleo, dirigidos o no, supieron distribuirse y organizarse y comenzaron a romper cabezas con los palos flamantes hasta que sólo quedamos en el Apolo el campeón, el juez y yo sobre el ring, los milicos en la sala, el pobre muchacho muerto, de veinte años, colgado sobre dos sillas. Fue entonces, y nadie supo de dónde, y yo sé menos que nadie, que apareció junto al turco la mujer chiquita, la novia, y se dedicó a patear y a escupir al hombre que había perdido, al otro, mientras yo felicitaba a Jacob sin alardes y asomaban por la puerta los enfermeros o médicos cargados con la camilla.

TAN TRISTE COMO ELLA

Para M. C.

Querida Tan Triste:

Comprendo, a pesar de ligaduras indecibles e innumerables, que llegó el momento de agradecernos la intimidad de los últimos meses y decirnos adiós. Todas las ventajas serán tuyas. Creo que nunca nos entendimos de veras; acepto mi culpa, la responsabilidad y el fracaso. Intento excusarme —sólo para nosotros, claro— invocando la dificultad que impone navegar entre dos aguas durante X páginas. Acepto también, como merecidos, los momentos dichosos. En todo caso, perdón. Nunca miré de frente tu cara, nunca te mostré la mía.

J.C.O.

Años atrás, que podían ser muchos o mezclarse con el ayer en los escasos momentos de felicidad, ella había estado en la habitación del hombre. Un dormitorio imaginable, un cuarto de baño en ruinas y desaseado, un ascensor trémulo; sólo eso recordaba de la casa. Fue antes del matrimonio, pocos meses antes.

Quería ir, deseaba que ocurriera cualquier cosa —la más brutal, la más anémica y decepcionante—, cualquier cosa útil para su soledad y su ignorancia. No pensaba en el futuro y se sentía capaz de negarlo. Pero un miedo que nada tenía que ver con el dolor antiguo la obligó a decir no, a defenderse con las manos y la rigidez de los muslos. Sólo obtuvo, aceptó, el sabor del hombre manchado por el sol y la playa.

Soñó, al amanecer, ya separada y lejos, que caminaba sola en una noche que podía haber sido otra, casi desnuda con su corto camisón, cargando una valija vacía. Estaba condenada a la desesperación y arrastraba los pies descalzos por calles arboladas y desiertas, lentamente, con el cuerpo erguido, casi desafiante.

El desengaño, la tristeza, al decir que sí a la muerte, sólo podían soportarse porque, a capricho, el gusto del hombre renacía en su garganta en cada bocacalle que ella lo pedía y ordenaba. Los pasos doloridos se iban haciendo lentos hasta la quietud. Entonces, a medias desnuda, rodeada por la sombra, el simulacro del silencio, alguna pareja lejana de faroles, se detenía para absorber ruidosa el aire. Cargada con la valija sin peso, saboreaba el recuerdo y continuaba caminando de regreso.

De pronto vio la enorme luna que se alzaba entre el caserío gris, negro y sucio; era más plateada a cada paso y disolvía velozmente los bordes sanguinolentos que la habían sostenido. Paso a paso, comprendió que no avanzaba con la valija hacia ningún destino, ninguna cama, ninguna habitación. La luna ya era monstruosa. Casi desnuda, con el cuerpo recto y los pequeños senos horadando la noche, siguió marchando para hundirse en la luna desmesurada que continuaba creciendo.

El hombre estaba más flaco cada día y sus ojos grises

perdían color, aguándose, lejos ya de la curiosidad y la súplica. Nunca se le había ocurrido llorar y los años, treinta y dos, le enseñaron, por lo menos, la inutilidad de todo abandono, de toda esperanza de comprensión.

La miraba sin franqueza ni mentira todas las mañanas, por encima de la poblada, renga mesa del desayuno que había instalado en la cocina para la felicidad del verano. Tal vez no fuera totalmente suya la culpa, tal vez resulte inútil tratar de saber quién la tuvo, quién la sigue teniendo.

A escondidas ella le miraba los ojos. Si puede darse el nombre de mirada a la cautela, al relámpago frío, a su cálculo. Los ojos del hombre, sin delatarse, se hacían más grandes y claros, cada vez, cada mañana. Pero él no trataba de esconderlos; sólo quería desviar, sin grosería, lo que los ojos estaban condenados a preguntar y decir.

Tenía entonces treinta y dos años y se iba extendiendo, desde las nueve hasta las cinco, a través de oficinas de un local enorme. Amaba el dinero, siempre que fuera mucho, así como otros hombres se sienten atraídos por mujeres altas y gordas, tolerando que sean viejas, sin importarles. Creía también en la felicidad de los fatigosos fines de semana, en la salud que descendía para todos desde el cielo, en el aire libre.

Estaba allá o aquí, presentía el dominio sobre cualquier forma de dicha, de tentación. Había amado a la pequeña mujer que le daba comida, que había parido una criatura que lloraba incesante en el primer piso. Ahora la miraba con asombro: era, fugazmente, algo peor, más abajo, más muerto que una desconocida cuyo nombre no nos llegó nunca.

A la hora irregular del desayuno el sol entraba por las altas ventanas; los olores del jardín se complicaban en la mesa, desfallecidos aún, como el fácil principio de una sospecha. Ninguno de ellos podía negar el sol, la primavera; en último caso, la muerte del invierno.

A los pocos días de la mudanza, cuando nadie había pensado aún en transformar el jardín salvaje y enmarañado en una sucesión tumularia de peceras, el hombre se levantó de madrugada y aguardó el alba. Con las primeras luces, clavó una lata en la araucaria y tomó distancia con el diminuto revólver nacarado colgando de una mano. Alzó el brazo y sólo pudo oír los golpecitos frustrados del percutor. Volvió a la casa con una exagerada sensación de ridículo y mal humor; sin cuidado, sin respeto por el sueño de la mujer, tiró el arma en un rincón del ropero.

—¿Qué pasa? —murmuró ella mientras el hombre comenzaba a desnudarse para entrar al baño.

—Nada. O las balas están picadas, no hace ni un mes que las compré, me estafaron, o el revólver se terminó. Era de mi madre o de mi abuela, tiene el gatillo flojo. No me gusta que estés sola aquí, de noche, sin algo para defenderte. Pero me voy a ocupar de eso hoy mismo.

—No tiene importancia —dijo la mujer mientras caminaba descalza para traer al niño—. Tengo buenos pulmones y los vecinos me van a oír.

—Estoy enterado —dijo el hombre y rio.

Se miraron con cariño y burla. La mujer estuvo esperando el ruido del coche y volvió a dormirse con el niño colgado de un pezón.

La sirvienta entraba y salía y no era posible saber siempre por qué. La mujer estaba acostumbrada, no creía ya en la súplica de los ojos del hombre, tantas veces entrevista, como si la mirada, la expresión, el húmedo silencio no importaran más que el color del iris, la inclinación heredada de los párpados. El, por su parte, era incapaz, ahora, de aceptar el mundo; ni los negocios, ni la hija inexistente, con frecuencia olvidada, con frecuencia viva, tenaz, endurecida, distinta a pesar de las premeditadas borracheras, los ineludibles negocios, las compañías y las soledades. Es probable, también, que ni ella ni él creyeran ya del todo en la realidad de las noches, en sus felicidades cortas y previsibles.

No tenían nada que esperar de las horas en que estaban juntos, pero tampoco aceptaban esa pobreza. El continuaba jugando con el cigarrillo y el cenicero; ella estiraba manteca y jalea sobre el pan tostado. Durante aquellas mañanas él no trataba, en realidad, de mirarla; se limitaba a mostrarle los ojos, como un mendigo casi desinteresado, sin fe, que exhibiera una llaga, un muñón.

Ella hablaba de los restos del jardín, de los proveedores, del niño rosado en la habitación de arriba. Cuando el hombre se hartaba de esperar la frase, la palabra imposible, se movía para besarle la frente y dejaba órdenes para los obreros que construían las peceras.

El hombre comprobaba todos los meses que estaba más rico, que sus cuentas en los bancos iban creciendo sin esfuerzo ni propósitos. No lograba inventar un destino cierto, ambicioso, para el dinero nuevo.

Hasta las cinco o seis de la tarde vendía repuestos de automóvil, de tractores, de cualquier clase de máquina. Pero a partir de las cuatro usaba el teléfono, paciente y sin rencor, para asegurarse contra la angustia, para asegurarse una mujer en una cama o en una mesa de restaurante. Se conformaba con poco, estrictamente con lo que le era necesario: una sonrisa, una caricia en los pómulos que pudiera ser confundida con la ternura o la comprensión. Después, claro, los actos de amor, escrupulosamente pagados con ropas, perfumes, objetos inútiles. Pagados también —el vicio, el dominio, la noche entera— con la resignación a las charlas versátiles e imbéciles.

Al regreso, en la madrugada, ella le respiraba los olores ordinarios, inocultables, y le espiaba la cara huesuda que perseguía, tan equivocada, la placidez. El hombre no traía nada para contarle. Miraba la fila de botellas en el armario y elegía, al azar, cualquiera. Hundido en el sillón, calmoso, con un dedo entre las páginas de un libro, bebía frente al silencio de ella, frente a sus simulacros de sueño, frente a sus ojos inmóviles y fijos en el techo. Ella no gritaba; durante un tiempo trató de comprender sin desprecio, quiso acercarle parte de la lástima que sentía por sí misma, por la vida y su final.

A mediados de setiembre, imperceptiblemente al principio, la mujer empezó a encontrar consuelo, a creer que la existencia está, como una montaña o una piedra, que no la hacemos nosotros, que no la hacían ni el uno ni el otro.

Nadie, nadie puede saber cómo ni por qué empezó esta historia. Lo que tratamos de contar se inició una tarde quieta de otoño, cuando el hombre sombreó el crepúsculo aún soleado del jardín y se detuvo para mirar alrededor, para olisquear el pasto, las últimas flores de los arbustos mal crecidos y salvajes. Estuvo inmóvil un rato, la cabeza caída sobre un costado, los brazos colgando y como muertos. Después avanzó hasta el cerco de cinacina y desde allí comenzó a medir el jardín con pasos regulares, contenidos, de alrededor de un metro cada uno. Caminó de sur a norte, después desde el este al oeste. Ella lo miraba protegida por las cortinas del piso alto; cualquier cosa fuera de la rutina podía ser el nacimiento de una esperanza, la confirmación de la desgracia. El niño chillaba sobre el fin de la tarde; tampoco nadie puede afirmar si estaba vestido ya de rosa, si lo habían vestido así desde el nacimiento o desde antes.

Aquella noche de domingo, el día más triste de la semana, el hombre dijo en la cocina mientras revolvía la taza de café:

—Tanto terreno y no sirve para nada.

Ella le espió la cara ascética, su diluido tormento incomprendido. Vio una novedosa languidez maligna, un nacimiento de la voluntad.

—Siempre pensé... —dijo la mujer, comprendiendo mientras hablaba que en realidad estaba mintiendo, que no había tenido tiempo ni ganas de pensarlo, comprendiendo que la palabra siempre había perdido todo sentido—. Siempre pensé en árboles frutales, en canteros hechos con un plan, en un jardín de verdad.

Aunque ella había nacido allí, en la casa vieja alejada del agua de las playas que había bautizado, con cualquier pretexto, el viejo Petrus. Había nacido, se había criado allí. Y cuando el mundo vino a buscarla, no lo comprendió del todo, protegida y engañada por los arbustos caprichosos y mal criados, por el misterio —a luz y sombra— de los viejos árboles torcidos e intactos, por el pasto inocente, alto, grosero. Tuvo una madre que compró una máquina para el césped, un padre que supo prometer, en cada sobremesa nocturna, que el trabajo comenzaría mañana. Nunca lo hizo. Aceitaba a veces la máquina durante horas o la prestaba a un vecino durante meses.

Pero el jardín, el contrahecho remedo de selva, nunca fue tocado. Entonces la chiquilina aprendió que no hay palabra comparable a mañana: nunca, nada, permanencia y paz.

Muy niña descubrió la broma cariñosa de los arbustos, el pasto, cualquier árbol anónimo y torcido; descubrió con risas que amenazaban invadir la casa, para retroceder a los pocos meses, encogidos, satisfechos.

El hombre bebió el café y luego estuvo moviendo la cabeza con lentitud y resuelto. Hizo una pausa o la dejó llegar y extenderse.

—Puede quedar, cerca de los ventanales, un rincón para estirarse y tomar cosas frescas cuando vuelva el verano. Pero el resto, todo, hay que aplastarlo con cemento. Quiero hacer peceras. Ejemplares raros, difíciles de criar. Hay gente que gana mucho dinero con eso.

La mujer sabía que el hombre estaba mintiendo; no creyó en su interés por el dinero, no creyó que nadie pudiera talar los viejos árboles inútiles y enfermos, matar el pasto nunca cuidado, las flores sin nombre conocido, pálidas, fugaces, cabizbajas.

Pero los hombres, los obreros, tres, se acercaron a conversar una mañana de domingo. Ella los miraba desde el piso alto; dos estaban de pie, rodeando el casi horizontal sillón del jardín de donde se alzaban las instrucciones, las preguntas sobre precio y tiempo; el tercero, agachado, con boina, enorme y plácido, mascaba un tallo.

Lo recordó hasta el final. El más viejo, el jefe, encorvado, con el pelo abundante y blanco, con las manos colgantes, se detuvo un rato de espaldas al portón enrejado. Contempló sin asombro los árboles despojados, la vasta superficie de yuyos entremezclados. Los otros dos avanzaron, cargados inútilmente con guadañas y palas, con picos, y el desconcierto que iba trabándoles las piernas. El más joven y grande, el más perezoso, continuaba mordisqueando el tallo rematado por la florcita sonrosada. Era una mañana de domingo y la primavera estremecía las hojas del jardín; ella los miraba tratando de equivocarse, la boca del niño colgada de un pecho.

Ella conocía el rencor, las ganas de dañarla del hombre. Pero todo había sido conversado tantas veces, comprendido hasta donde uno cree comprenderse y entender al otro, que no creyó posible la venganza, la destrucción del jardín y de su propia vida. A veces, cuando ambos aceptaban el sueño de haber olvidado, el hombre la encontraba tejiendo en algún lugar del jardín y reanudaba sin prólogo:

—Todo está bien, todo está tan muerto como si nunca hubiera sucedido —la cara flaca y obsesiva se negaba a mirarla—. Pero, ¿por qué tuvo que nacer varón? Tantos meses comprándole lanas rosadas y el resultado fue ése, un varón. No estoy loco. Sé que lo mismo da, en el fondo. Pero una niña podría llegar a ser tuya, exclusivamente tuya. Ese animalito, en cambio...

Ella estuvo un rato quieta, sosegó las manos y por fin lo miró. Más flaco, más grandes los ojos claros, perniabierto a su lado, desolándose y burlón. Mentía, ambos sabían que el hombre estaba mintiendo; pero lo comprendían de manera muy distinta.

—Ya hablamos tanto de esto —dijo aburrida la mujer—. Tantas veces tuve que escucharte...

—Es posible. Menos veces, siempre, que mis impulsos de volver al tema. Es un varón, tiene mi nombre, yo lo mantengo y tendré que educarlo. ¿Podemos tomar distancia, mirar desde afuera? Porque, en ese caso, yo soy un caballero o un pobre diablo. Y vos, una putita astuta.

—Mierda —dijo ella, suavemente, sin odio, sin que pudiera saberse a quién hablaba.

El hombre volvió a mirar el cielo que se apagaba, la primavera indudable. Giró y se puso a caminar hacia la casa.

Tal vez toda la historia haya nacido de esto, tan sencillo y terrible; depende, la opción, de que uno quiera pensarlo o se distraiga: el hombre sólo creía en la desgracia y en la fortuna, en la buena o en la mala suerte, en todo lo triste y alegre que puede caernos encima, lo merezcamos o no. Ella creía saber algo más; pensaba en el destino, en errores y misterios, aceptaba la culpa y —al final— terminó admitiendo que vivir es culpa suficiente para que aceptemos el pago, recompensa o castigo. La misma cosa, al fin y al cabo.

A veces el hombre la despertaba para hablarle de Mendel. Encendía la pipa o un cigarrillo y aguardaba para asegurarse de que ella estaba resignada y escuchando. Tal vez esperara, él, un milagro en su alma o en el de su mujer desnuda, cualquier cosa que pudiera ser exorcizada y les diera la paz o un engaño equivalente.

—¿Por qué con Mendel? Podías haber elegido entre tantos mejores, entre tantos que me avergonzaran menos.

Quería volver a escuchar el relato de los encuentros de la mujer con Mendel; pero, en realidad, retrocedía siempre, miedoso de saber del todo, definitivamente; resuelto, en el fondo, a salvarse, a ignorar el porqué. Su locura era humilde y podía ser respetada.

Mendel o cualquier otro. Lo mismo daba. No tenía nada que ver con el amor. Una noche el hombre trató de reír:

—Y, sin embargo, así estaba escrito. Porque las cosas se han enredado, o se pusieron armónicas, de tal manera que hoy puedo mandarlo a Mendel a la cárcel. A Mendel, a ningún otro. Un papelito falsificado, una firma dibujada por él. Y no me muevo por celos. Tiene una mujer y tres hijos totalmente suyos. Una casa o dos. Sigue pareciendo feliz. No se trata de los celos sino de la envidia. Es difícil de entender. Porque a mí, personalmente, de nada me sirve destrozar todo eso, hundir o no a Mendel. Deseaba hacerlo desde mucho antes del descubrimiento, desde antes de saber que era posible. Imagino, ¿sabés?, la posibilidad de la envidia pura, sin motivos concretos, sin rencor. A veces, muy pocas, la encuentro posible.

Ella no contestó. Acurrucada contra el primer frío del alba pensaba en el niño, esperaba el primer llanto del hambre. El, en cambio, esperaba el milagro, la resurrección de la chica encinta que había conocido, la suya propia, la del amor que se creyeron, o fueron construyendo durante meses, con resolución, sin engaño deliberado, abandonados tan cerca de la dicha.

Los hombres empezaron a trabajar un lunes, aserrando sin prisa los árboles que se llevaban al final de la jornada en un camión destartalado, rugiente de vejez, siempre torcido. Días después comenzaron a guadañar los yuyos floridos, el pasto que se había hecho jugoso y recto. No cumplían ningún horario regular; tal vez hubieran contratado la totalidad del trabajo, directamente, dejando de lado el engorro de los jornales, las faltas y las perezas. Sin embargo, tampoco mostraron nunca apresurarse.

El hombre no le hablaba nunca de lo que estaba ocurriendo en el jardín. Seguía flaco y callado, fumaba y bebía. El cemento se extendía ahora sobre la tierra y sus recuerdos, blanco, grisáceo en seguida.

Entonces, al final de un desayuno, rencoroso e incauto, el hombre apagó el cigarrillo en el fondo de una taza y, casi sonriendo, como si comprendiera de verdad el destino de sus palabras, dijo lento, sin mirarla:

—Sería bueno que vigilaras el trabajo de los poceros. Entre una y otra mamadera. No veo que el portland avance.

Desde aquel momento los tres peones se convirtieron en poceros. Ahora traían grandes chapas de vidrio para hacer las peceras, enormes, distribuidas con deliberada asimetría, desproporcionadas para toda clase de fauna que quisiera criarse allí.

—Sí —dijo ella—. Puedo hablar con el viejo. Ir al lugar donde estaba el jardín y mirarlos trabajar.

—El viejo —se burló el hombre—. ¿Sabe hablar? Creo que los dirige moviendo las manos y las cejas.

Empezó a bajar diariamente al cemento, de mañana y de tarde, aprovechando los horarios caprichosos que ellos elegían. Acaso también podía decirse de ella que estaba rencorosa e incauta.

Caminaba despacio, más crecida ahora sobre el piso duro y parejo, desconcertada, moviéndose en sesgo, restaurando los antiguos desvíos, los perdidos atajos que habían impuesto alguna vez los árboles y los canteros. Miraba a los hombres, veía erguirse las enormes peceras. Olía el aire, esperaba la soledad de las cinco de la tarde, el rito diario, el absurdo conquistado, hecho casi costumbre.

Primero fue la incomprensible excitación del pozo por sí mismo, el negro agujero que se hundía en la tierra. Le hubiera bastado. Pero pronto descubrió, en el fondo, la pareja de hombres trabajando, con los torsos desnudos. Uno, el del yuyo mascado, moviendo con descuido los enormes bíceps; el otro, largo y flaco, más lento, más joven, provocando la lástima, el afán de ayudarlo y pasarle un trapo por la frente sudada.

No sabía cómo alejarse y mentirse a solas.

El viejo fumaba mal acomodado en un tronco. La miraba impasible.

—¿Trabajan? —preguntó ella, sin interés.

—Sí señora, trabajan. Exactamente lo que tienen que hacer cada día, cada jornada. Para eso estoy yo. Para eso, y otras cosas que adivino. Pero no soy Dios. Presiento, apenas, y ayudo cuando puedo.

Los poceros la saludaban moviendo una vez las cabezas cordiales y taciturnas. Muy pocas veces podían inventar un tema de conversación, pretextos que rebotaran algunos minutos. Ella y la pareja de poceros, el gigante tranquilo, con la boina siempre puesta y mascando un yuyo que ya no podía haber arrancado del jardín cegado, el otro, muy joven y delgado, tonto de hambre, enfermo. Porque el viejo no hablaba y podía pasar inmóvil la jornada entera, de pie o sentado en la tierra, haciéndose cigarrillos, uno tras otro.

Cavaban, medían y sudaban como si algo de esto pudiera importarle a ella, como si estuviera viva y fuese capaz de participar. Como si hubiera sido dueña algún día de los árboles desaparecidos y los pastos muertos. Hablaba de cualquier cosa, exagerando la cortesía, el respeto, esa forma de la tristeza que ayuda a unir. Hablaba de cualquier cosa y dejaba siempre sin final las frases, esperando las cinco de la tarde, esperando que los hombres se fueran.

La casa estaba rodeada por un cerco de cinacinas. Ya eran árboles, de casi tres metros de altura, aunque los troncos conservaban una delgadez adolescente. Los habían plantado muy juntos pero supieron crecer sin estorbarse, apoyándose uno en el otro, entreverando las espinas.

A las cinco de la tarde los poceros imaginaban escuchar una campana y el viejo alzaba un brazo. Guardaban, tiraban las herramientas en la sombra fresca del galpón, saludaban y se iban. El viejo adelante, el animal de la boina y el flaco encorvado después, para que las nubes y el resto del sol se enteraran del respeto a las jerarquías. Lentos los tres, fumando calmosos, sin ganas.

En el piso alto, de espaldas al griterío en la cuna, la mujer los espiaba para asegurarse. Aguardaba inmóvil diez o quince minutos. Entonces bajaba hacia lo que había sido en un tiempo su jardín, esquivando obstáculos que ya no existían, taconeaba sobre el cemento hasta llegar al cerco de cinacinas. No ensayaba siempre el mismo lugar, claro. Podía marcharse por el gran portón de hierro que usaban los poceros, las imaginarias visitas; podía escapar por la puerta del garaje, siempre abierta cuando el coche estaba afuera.

Pero elegía, sin convicción, sin deseo de verdad, el juego inútil y sangriento con las cinacinas, contra ellas, plantas o árboles. Buscaba, para nada, sin ningún fin, abrirse un camino entre los troncos y las espinas. Jadeaba un tiempo, abriéndose las manos. Concluía siempre en el fracaso, aceptándolo, diciéndole que sí con una mueca, una sonrisa.

Después atravesaba el crepúsculo, lamiéndose las manos, mirando el cielo de esta primavera recién nacida y el cielo tenso, promisorio, de primaveras futuras que tal vez transcurriera su hijo. Cocinaba, atendía al niño, y con un libro siempre mal elegido comenzaba la espera del hombre, en uno de los dos sillones floreados o tendida en la cama. Escondía los relojes y esperaba.

Pero todas las noches, los regresos del hombre eran idénticos, confundibles. Cerca de octubre le tocó leer: "Figúrense ustedes el pesar creciente, el ansia de huir, la repugnancia impotente, la sumisión, el odio". El hombre escondió el coche en el garaje, cruzó el cemento y subió. Era el mismo de siempre, la frase recién leída por ella no logró transformarlo. Se paseaba por el dormitorio haciendo sonar el llavero, contando historias simples o complejas de la jornada, mintiéndole, inclinando a veces en las pausas la cara pomulosa, los ojos crecientes. Tan triste como ella, acaso.

Aquella noche la mujer se abandonó, exigió, como no lo

había hecho desde muchos meses antes. Todo lo que los hiciera felices o los ayudara a olvidar era bienvenido, sagrado. Bajo la pequeña luz semiescondida, el hombre terminó por dormirse, casi sonriente, aquietado. Insomne, regresando, ella descubrió sin asombro, sin tristeza, que desde la infancia no había tenido otra felicidad verdadera, sólida, aparte de los verdes arrebatados al jardín. Nada más que eso, esas cosas cambiantes, esos colores. Y estuvo pensando, hasta el primer llanto del niño, que él lo había intuido, que quiso privarla de lo único que le importaba en realidad. Destruir el jardín, continuar mirándola manso con los ojos claros y ojerosos, jugar su sonrisa, indirecta, ambigua.

Cuando empezaron los ruidos de la mañana, la mujer mostraba los dientes al techo, pensando, una vez y otra, en la primera parte del Ave María. Nada más, porque no podía admitir la palabra muerte. Reconocía no haber sido engañada nunca, aceptaba haber acertado en los desconciertos, los miedos, las dudas de la infancia: la vida era una mezcla de imprecisiones, cobardías, mentiras difusas, no por fuerza siempre intencionadas.

Pero recordaba, aún ahora y con mayor fuerza, la sensación de estafa iniciada al final de la infancia, atenuada en la adolescencia gracias a deseos y esperanzas. Nunca había pedido nacer, nunca había deseado que la unión, tal vez momentánea, fugaz, rutinaria, de una pareja en la cama (madre, padre, después y para siempre) la trajeran al mundo. Y sobre todo, no había sido consultada respecto a la vida que fue obligada a conocer y aceptar. Una sola pregunta anterior y habría rechazado, con horror equivalente, los intestinos y la muerte, la necesidad de la palabra para comunicarse e intentar la comprensión ajena.

—No —dijo el hombre cuando ella trajo el desayuno desde la cocina—. No pienso hacer nada contra Mendel. Ni siquiera ayudar.

Estaba vestido con un cuidado extraño, como si no fuera

a la oficina sino a una fiesta. Ante el traje nuevo, la camisa blanca, la corbata nunca usada, ella gastó minutos en recordar y creer en su recuerdo. Así había estado para ella durante el noviazgo. Estuvo moviéndose deslumbrada e incrédula, aliviada de angustias y de años.

El hombre mojó un pedazo de pan en la salsa y apartó el plato. La mujer vio brillar tímida, tanteadora, la nueva mirada que le llegaba desde la mesa o que ella tuvo que inventarse.

—Voy a quemar el cheque de Mendel. O puedo regalártelo. De todos modos, es cuestión de días. El pobre hombre.

Ella tuvo que esperar un tiempo. Luego consiguió apartarse de la chimenea y fue a sentarse frente al hombre flaco, sin sufrir y paciente, esperando que se fuera.

Cuando escuchó morir el ruido del coche en la carretera, subió al dormitorio; encontró en seguida el pequeño inútil revólver con cachas de nácar y estuvo mirándolo sin tocarlo. Fuera de ella, tampoco había llegado el verano, aunque la primavera avanzaba enfurecida y los días, las pequeñas cosas, no podían ni hubieran querido detenerse.

Por la tarde, luego del rito con las espinas y las perezosas líneas de sangre en las manos, la mujer aprendió a silbar con los pájaros y supo que Mendel había desaparecido junto con el hombre flaco. Era posible que nunca hubieran existido. Quedaba el niño en la planta alta y de nada le servía para atenuar su soledad. Nunca había estado con Mendel, nunca lo había conocido ni le había visto el cuerpo corto y musculoso; nunca supo de su tesonera voluntad masculina, de su risa fácil, de su despreocupada compenetración con la dicha. El tajo de la frente goteaba ahora con lentitud a lo largo de la nariz.

Lloró el niño y tuvo que subir. El viejo fumaba sentado en una piedra, tan quieto, tan nada, que parecía formar parte de su asiento. Los otros dos estaban invisibles en el fondo de un pozo. Arriba, consoló al niño y vio en el suelo el traje arrugado del hombre. Estuvo escarbando, miró papeles llenos de cifras, monedas, un documento. Por fin, la carta.

Estaba hecha con una letra femenina, muy hermosa y clara, impersonal. No llegaba a las dos carillas y la firma ostentaba un significado incomprensible: *Másam*. Pero el sentido de la carta, la acumulación de tonterías, de juramentos, de frases que pretendían, simultáneamente, el ingenio y el talento, era muy claro. "Debe ser muy joven —pensó la mujer, sin lástima ni envidia—; así escribía yo, le escribía." No encontró fotografías.

Al pie de *Másam* el hombre había escrito con tinta roja: "Tendrá dieciséis años y vendrá desnuda por encima y debajo de la tierra para estar conmigo tanto tiempo como duren esta canción y esta esperanza".

Nunca llegó a tener celos del hombre ni pudo odiarlo; acaso, un poco, a la vida, a su propia incomprensión, a una indefinida mala jugada que le había hecho el mundo. Durante semanas continuaron viviendo como siempre. Pero él no tardó en sentir el cambio, en percibir que los rechazos y los perdones se iban transformando en una lejanía mansa, sin hostilidad.

Decían cosas, pero en realidad ya no conversaban. Ella soslayaba impasible las chispas de súplica que a veces saltaban de los ojos del hombre. "Es lo mismo que si estuviera muerto desde meses atrás, que no nos hubiéramos conocido nunca, que no se encontrara a mi lado." Ninguno de los dos tenía nada que esperar. La frase no vendría, esquivaban los ojos. El hombre jugaba con el cigarrillo y el cenicero; ella estiraba manteca y jalea sobre el pan.

Cuando él regresaba a medianoche, la mujer dejaba de leer, fingía dormir o hablaba del trabajo en el jardín, de las camisas mal lavadas, del niño y del precio de la comida. El la escuchaba sin hacer preguntas, incurioso, sin traer nada verdadero para contar. Después sacaba una botella del armario y bebía en la madrugada, solo o con un libro.

Ella, en el aire nocturno de verano, le espiaba el perfil aguzado, la parte posterior de la cabeza, donde aparecían canas imprevistas días antes, donde el cabello empezaba a ralear. Dejó de tenerse lástima y la colocó en el hombre. Ahora, en los regresos, él se negaba a comer. Iba hasta el armario y bebía en la noche, en el alba. Tendido en la cama, hablaba a veces con una voz ajena, sin dirigirse a ella ni al techo; contaba cosas felices e increíbles, inventaba personas y acciones, circunstancias simples o dudosas.

Se decidió una noche en que el hombre llegó muy temprano, no quiso leer ni desvestirse, le estuvo sonriendo antes de hablar. "Quiere ayudar el paso del tiempo. Me contará una mentira exactamente tan larga como le convenga. Algo incrustado absurdamente en nuestras vidas, en la mortecina historia que estamos viviendo." El hombre trajo una copa apenas mediada y le ofreció otra llena. Sabía, desde años atrás, que ella no iba a tocarla. No le había dado tiempo a meterse en la cama, la sorprendió en el gran sillón mientras ella miraba una vez y otra el libro, las palabras que conocía de memoria: "Figúrense ustedes el pesar creciente, el ansia de huir, la repugnancia impotente, la sumisión, el odio".

El hombre se sentó frente a ella, escuchó las rutinarias novedades, asintiendo en silencio. Cuando se acercaba la muerte de la pausa, dijo, con otras palabras:

—El viejo. Ese que cobra, fuma, mira despreocupado el trabajo de los peones. Estudió un año en el seminario, estudió arquitectura unos meses. Habla de un viaje a Roma. ¿Con qué dinero, el pobre diablo? No sé cuánto tiempo después, varios años en todo caso, eligió reaparecer por estos lugares, por la ciudad. Estaba disfrazado de cura. Mentía, sin alarde, confundiendo y despistando. No se sabe cómo, pudo vivir dos días y dos noches en el seminario. Trató de conseguir ayuda para construir una capilla. Exhibía, desplegaba, con una obstinación semejante al furor, planos azulosos. Finalmente, volvieron a echarlo, a pesar de que él ofreció hacerse cargo de los gastos, reunir personalmente el dinero necesario.

—Tal vez haya sido entonces, no antes, que se disfrazó con la sotana y anduvo golpeando puerta por puerta para pedir ayuda. No para él sino para la capilla. Parece que lograba convencer con su fervor y con la vaga historia de su fracaso. Había tenido la astucia de ir depositando en el juzgado el dinero que recibía. De modo que cuando intervinieron los verdaderos curas no hubo más remedio que conformarse con una multa, que no pagó él, y algunos días de cárcel. Después, nadie pudo impedirle que se dedicara a hacer casas. Puso el techo a tantos horrores que nos rodean, aquí, en Villa Petrus, que la gente le dice "el constructor". Tal vez alguno le llame "señor arquitecto". No sé si es verdad o mentira. Quién perdería tiempo en averiguarlo.

—¿Y si fuera verdad? —murmuró ella sobre el vaso.

—De todos modos, no es historia nuestra.

Ella giró en la cama. Pensó en cualquiera que estuviera vivo o hubiera cumplido el rito incomprensible de vivir, en cualquiera que estuviera viviendo o lo hubiera hecho siglos atrás, con preguntas que sólo obtenían el consabido silencio. Hombre o mujer, ya daba lo mismo. Pensó en el pocero gigantesco, en cualquiera, en la compasión.

—Mientras cumpla... —comenzó a decir él; entonces sonó el teléfono y el hombre se levantó, delgado y ágil, retardando los largos pasos. Habló en el corredor oscuro y volvió al dormitorio con cara de fastidio, casi rabioso.

—Es Montero, desde la oficina. Se había quedado por el balance y ahora... Ahora me dice que hay algo raro, que necesita verme en seguida. Si no te molesta...

Ella no tuvo necesidad de examinarle la cara para comprender, para recordar que había sabido desde el principio el porqué del incongruente relato sobre el viejo; que él había hablado y ella escuchó sólo para esperar juntos el llamado telefónico, la confirmación de la cita.

—Más Am —pronunció la mujer, sonriendo apenas, sintiendo que la lástima crecía sin volver hacia ella. Tomó su vaso de un trago y se alzó para traer la botella y colocarla en la pequeña mesa, a su lado.

El hombre no entendió, se mantuvo sin entender ni contestar.

—Pero si te parece mejor que me quede... —insistió.

La mujer volvió a sonreír mirando recta hacia la cortina que se movía con pereza en la ventana.

—No —repuso. Volvió a llenar su vaso y se inclinó para beber sin derramar, sin ayuda de las manos.

El hombre permaneció un rato de pie, silencioso e inmóvil. Después volvió al corredor para buscar un sombrero y un abrigo. Ella esperó quieta el ruido del coche; luego, casi feliz en el centro exacto de la soledad y del silencio, estuvo sacudiendo la cabeza atontada y otra vez más puso coñac en la copa. Estaba decidida, segura ya de que era inevitable, sospechando que lo había querido desde el momento que vio el pozo y, adentro, el tórax del hombre que cavaba, los brazos enormes y blancos cumpliendo sin esfuerzo el ritmo del trabajo. Pero no podía renunciar a la desconfianza: no lograba convencerse de que era ella quien estaba eligiendo, pensaba que alguien, otros o algo había decidido por ella.

Fue fácil y ella lo sabía de tiempo atrás. Esperó en el jardín, en sus restos, tejiendo sin interés como siempre, hasta que la bestia salió de la cueva, tomó un jarro de agua y anduvo buscando la manguera para refrescarse. Le hizo una seña y lo trajo. Junto al garaje, aventuró preguntas tontas. No se miraban. Ella preguntó si podrían volver a trepar allí flores y plantas, arbustos o yuyos, cualquier forma vegetal y verde.

El hombre se agachó, estuvo escarbando con las uñas sucias y roídas el pedazo de tierra arenosa que le ofrecían.

—Puede —dijo al levantarse—. Es cuestión de querer, un poco de paciencia y cuidado.

Rápida y susurrante y voluntariosa, sin haberlo oído, con las manos unidas en la espalda, mirando el cielo nuboso y su amenaza, la mujer ordenó:

—Después que se vayan. Y que nadie lo sepa. ¿Jura?

Impasible, ajeno, sin enterarse, el hombre se tocó la sien y asintió con su voz pesada.

—Vuelva a la seis y entre por el portón.

El gigante se alejó sin despedirse, lento, balanceándose. El viejo estuvo escuchando a los ángeles que anunciaban las cinco de la tarde y ordenó el regreso. Aquella tarde ella dejó en paz las cinacinas; lenta, sonámbula, arrepentida e incrédula fue trepando la escalera y cuidó al niño. Luego, desde la ventana, se puso a vigilar el camino, a mirar el creciente añil del cielo. "Estoy loca, o estuve y lo sigo estando y me gusta", se repetía con una invisible sonrisa feliz. No pensaba en la venganza, en el desquite; apenas, levemente, en la infancia lejana e incomprensible, en un mundo de mentira y desobediencia.

El hombre llegó al portón a las seis, con el yuyo mascado adornándole una oreja. Ella lo dejó caminar, muy lento, un rato, sobre el cemento que cubría el jardín asesinado. Cuando el gigante se detuvo, bajó corriendo —el tambor veloz y acompasado de los peldaños bajo sus tacos— y se acercó empequeñecida, hasta casi tocar el cuerpo enorme. Le olió el sudor, estuvo contemplando la estupidez y la desconfianza en los ojos parpadeantes. Empinándose, con un pequeño furor, sacó la lengua para besarlo. El hombre jadeó y fue torciendo la cabeza hacia la izquierda.

—Está el galpón —propuso.

Ella rio suavemente, breve; estuvo mirando calmosa las cinacinas, como si se despidiera. Había manoteado una muñeca del hombre.

—No en el galpón —repuso por fin y con dulzura—. Muy sucio, muy incómodo. O arriba o nada —como a un ciego lo guió hasta la puerta, lo ayudó a subir la escalera. El niño dormía. Misteriosamente, el dormitorio se conservaba idéntico, invicto. Persistían la cama ancha y rojiza, los escasos muebles, el armario de las bebidas, las cortinas inquietas, los mismos adornos, floreros, cuadros, candelabro.

Sorda, lejana, lo dejó hablar sobre el tiempo, jardines y cosechas. Cuando el pocero estaba terminando la segunda copa se le acercó a la cama y dio otras órdenes. Nunca había imaginado que un hombre desnudo, real y suyo pudiera ser tan admirable y temible. Reconoció el deseo, la curiosidad, un viejo sentimiento de salud dormido por los años. Ahora lo miraba acercarse; y empezó a tomar conciencia del odio por la superioridad física del otro, del odio por lo masculino, por el que manda, por quien no tiene necesidad de hacer preguntas inútiles.

Lo llamó y tuvo al pocero con ella, hediondo y obediente. Pero no se pudo, una vez y otra, porque habían sido creados de manera definitiva, insalvable, caprichosamente distinta. El hombre se apartó rezongando, con la garganta atascada y odiosa:

—Siempre es así. Siempre me pasó —hablaba con tristeza y recordando, sin rastro de orgullo.

Oyeron el llanto del niño. Sin palabras, sin violencia, ella consiguió que el hombre se vistiera, le dijo mentiras mientras le acariciaba la mejilla barbuda:

—Otra vez —murmuró como despedida y consuelo.

El hombre se metió de regreso en la noche, mordiendo acaso un yuyo, pisoteando la ira, el antiguo, injusto fracaso.

(En cuanto al narrador, sólo está autorizado a intentar cálculos en el tiempo. Puede reiterar en las madrugadas, en vano, un nombre prohibido de mujer. Puede rogar explicaciones, le está permitido fracasar y limpiarse al despertar lágrimas, mocos y blasfemias.)

Tal vez haya sucedido al día siguiente. Tal vez el viejo, la cara flaca, más vieja que él, libre de expresión, haya esperado un tiempo más. Media semana, supongamos. Hasta que la vio ambular por lo que había sido jardín, entre la casa y el galpón, colgando pañales de un alambre.

Encendió el flojo cigarrillo y, antes de moverse, susurró malhumorado a los peones:

—Quiero saber si nos adelantan la quincena.

Muy lento, casi gimiendo logró desprenderse del asiento y anduvo rengueando hacia la mujer. La encontró sin esperanza, más infantil que nunca, casi tan liberada del mundo y sus promesas como él mismo. El seminarista arquitecto la miró con lástima, fraternal.

—Escuche, señora —pidió—. No necesito respuesta. Ni siquiera, con usted, palabras.

Trabajosamente extrajo de un bolsillo del pantalón un puñado de rosas recién abiertas, pequeñas hasta el prodigio, vulgares, con los tallos quebrados. Ella las tomó sin vacilar, las envolvió en un trapo húmedo y continuó esperando. No desconfiaba; y los ojos cansados del viejo sólo servían para dar paso a unas antiguas ganas de llorar que no estaban ya relacionadas con su vida actual, con ella misma. No dijo gracias.

—Escuche, hija —volvió a pedir el viejo—. Eso, las rosas, son para que usted olvide o perdone. Es lo mismo. No importa, no queremos saber de qué estamos hablando. Cuando las flores se mueran y tenga que tirarlas, piense que somos, nos guste o no, hermanos en Cristo. Le habrán dicho muchas cosas de mí, aunque usted vive sola. Pero no estoy loco. Miro y soporto.

Agachó la cabeza para saludar y se fue. Fatigado por el monólogo empezaba a escuchar en el aire quieto y tormentoso de la tarde el preludio de las cinco campanadas.

—Vamos —dijo a los poceros—. No hay quincena adelantada, parece.

Después de varias noches entre la espera y una esperanza sin destino, una, antes del aburrimiento del libro y el sueño indominable, oyó el ruido del coche en el garaje, el atenuado silbido que trepaba cuidadoso la escalera. Ignorante, inocente en definitiva de tantas cosas, el hombre silbaba "The man I love".

Ella lo miró moverse, le hizo una mueca de saludo, aceptó la copa que le acercaron.

—¿Fuiste al médico? —preguntó la mujer—. Lo habías prometido, ¿o lo juraste?

El perfil huesudo sonrió sin volverse, feliz por darle algo.

—Sí. Fui. No pasa nada. Un hombre esquelético desnudo frente a un gordo apacible. La rutina de las placas y los análisis. Un hombre gordo en guardapolvo, tal vez no exageradamente limpio, que no creía en su martillito, en su estetoscopio, en las órdenes que se puso a escribir. No; no pasa nada que ellos puedan comprender, curar.

Ella aceptó, por primera vez, otra copa rebosante. Movió los dedos y tuvo un cigarrillo. Estuvo riendo y envaró el cuerpo para suprimir la tos. El hombre la miraba, asombrado, casi feliz. Dio un paso para sentarse en la cama, pero ella, lenta, se fue apartando de las sábanas, de la caricia paternal. Conservaba medio cigarrillo encendido y continuó fumando, cautelosa.

Estaba de espaldas cuando dijo:

—¿Por qué te casaste conmigo?

El hombre le miró un rato las formas flacas, el pelo enrevesado en la nuca; luego caminó hacia atrás, hacia el sillón y la mesa. Otra copa, otro cigarrillo, rápido y seguro. La pregunta de la mujer había envejecido, marcaba arrugas, se extendía en desorden como una planta de hiedra aferrada a un muro con sus uñas. Pero tuvo que ganar tiempo; porque la mujer, aunque nunca llegaron a saberlo ellos, aunque nunca lo supo nadie, era más inteligente y desdichada que el hombre flaco, su marido.

—No tenías dinero, no fue por eso —trató de bromear el hombre—. El dinero vino después, sin culpa mía. Tu madre, tus hermanos.

—Ya estuve pensando en eso. Nadie lo hubiera adivinado. Y además, no te interesa el dinero. Lo que es peor, se me ocurre a veces. Entonces vuelvo: ¿por qué te casaste conmigo?

El hombre fumó un rato en silencio, diciendo que sí con la cabeza, dilatando los labios exangües encima de la copa.

—¿Todo? —preguntó por fin; estaba lleno de cobardía y de lástima.

—Todo, claro —la mujer se incorporó en la cama para verle enflaquecer la cabeza endurecida y resuelta.

—Tampoco lo hice porque estuvieras esperando un hijo de Mendel. No hubo piedad, ningún deseo de ayudar al prójimo. Entonces era muy simple. Te quería, estaba enamorado. Era el amor.

—Y se fue —afirmó ella desde la cama, casi gritando. Pero, inevitablemente, también preguntaba.

—Con tanta astucia y disimulo y traición. Se fue; no podría decir si eligió semanas o meses o prefirió desvanecerse suavemente, una hora y otra. Es tan difícil de explicar. Suponiendo que yo sepa, que entienda. Aquí, en el balneario que inventó Petrus, eras la muchacha. Con o sin el feto removiéndose. La muchacha, la casi mujer que puede ser contemplada con melancolía, con la sensación espantosa de que ya no es posible. El pelo se va, los dientes se pudren. Y, sobre todo, saber que para vos nacía la curiosidad y yo empezaba a perderla. Es posible que mi matrimonio contigo haya sido mi última curiosidad verdadera.

Ella continuó esperando, en vano. Por fin se levantó, se puso una bata y enfrentó al hombre en la mesa.

—¿Todo? —preguntó—. ¿Estás seguro? Te pido por favor. Y si es necesario que me arrodille... Por este pequeño pasado que nos ayudamos a pisotear, sin acuerdo, libres, por este pasado encima del cual, hombro contra hombro, por razones de espacio, nos agachamos para aliviarnos...

El hombre, con el cigarrillo colgando de la boca adelgazada, se volvió hacia ella y las vértebras le sonaron en la nuca. Sin piedad ni sorpresa, apagada por la costumbre, ella estuvo mirando el rostro de cadáver.

—¿Todo? —se burló el hombre—. ¿Más todo? —hablaba hacia la copa en alto, hacia momentos perdidos, hacia lo que creía ser—. ¿Todo? Tal vez no lo comprendas. Ya hablé, creo, de la muchacha.

—De mí.

—De la muchacha —porfió él.

La voz, las confusiones, la cuidada lentitud de los movimientos. Estaba borracho y próximo a la grosería. Ella sonrió, invisible y feliz.

—Eso dije —continuó el hombre, despacio, vigilante—. La que todo tipo normal busca, inventa, encuentra, o le hacen creer que encontró. No la que comprende, protege, mima, ayuda, endereza, corrige, mejora, apoya, aconseja, dirige y administra. Nada de eso, gracias.

—¿Yo?

—Sí, ahora; y todo el maldito resto —se apoyó en la mesa para ir al baño.

Ella se quitó la bata, el camisón de pupila de orfelinato y lo estuvo esperando. Lo esperó hasta verlo salir desnudo y limpio del baño, hasta que le hizo una vaga caricia y, tendido a su lado en la cama, comenzó a respirar como un niño, en paz, sin recuerdo ni pecado, inmerso en el silencio inconfundible donde una mujer ahoga su llanto, su exasperación domada, su sentido atávico de la injusticia.

El segundo pocero, el flaco y lánguido, el que parecía no entender la vida y pedirle un sentido, una solución, resultó más fácil, más suyo. Acaso por la manera de ser del hombre, acaso porque lo tuvo muchas veces.

Después de las cinco se hería con las cinacinas, cerrando los ojos. Se lamía lentamente las manos y las muñecas. Desgarbado, vacilante, sin comprender, el segundo pocero llegaba a las seis y se dejaba llevar al galpón que olía a encierro y oveja.

Desnudo, se hacía niño y temeroso, suplicante. La mujer usó todos sus recuerdos, sus repentinas inspiraciones. Se acostumbró a escupirlo y cachetearlo, pudo descubrir, entre la pared de zinc y el techo, un rebenque viejo, sin grasa, abandonado.

Disfrutaba llamándolo con silbidos como a un perro, haciendo sonar los dedos. Una semana, dos semanas o tres.

Sin embargo, cada golpe, cada humillación, cada cobro y alegría la introducían en la plenitud y el sudor del verano, en la culminación que sólo puede ser continuada por el descenso.

Había sido feliz con el muchacho y a veces lloraron juntos, ignorando cada uno el porqué del otro. Pero, fatalmente y lenta, la mujer tuvo que regresar de la sexualidad desesperada a la necesidad de amor. Era mejor, creyó, estar sola y triste. No volvió a ver a los poceros; bajaba en el crepúsculo, después de las seis, y se acercaba cautelosa a los árboles del cerco.

—Sangre —la despertaba el hombre al volver de madrugada—; sangre en las manos y en la cara.

—No es nada —respondía ella esperando el regreso del sueño—. Todavía me gusta jugar con los árboles.

Una noche el hombre volvió para despertarla; se sirvió una copa mientras se aflojaba la corbata. Sentada en la cama, la mujer le oyó la risa y la estuvo comparando con el ruido claro, fresco, incontenible que le había escuchado años atrás.

—Mendel —dijo por fin—. Tu maravilloso, irresistible amigo Mendel. Y, en consecuencia, mi amigo del alma. Está preso desde ayer. Y no por mis papeles, documentos, sino porque era forzoso que terminara así.

Ella pidió una copa sin soda y la tomó de un trago.

—Mendel —dijo con asombro, incapaz de entender, de adivinar.

—Y yo —murmuró el hombre en tono de verdad— no sabiendo todo el día si le hago un favor entregándole al juez los sucios papeles o quemándolos.

Hasta que, en mitad del verano, llegó la tarde prevista mucho tiempo antes, cuando tenía su jardín salvaje y no habían llegado poceros a deshacerlo.

Caminó por el jardín que aplastaba el cemento y se arrojó sonriente, con técnica muy vieja y sabida, contra las cinacinas y sus dolores.

Rebotó en blanduras y docilidades, como si las plantas se hubieran convertido repentinamente en varas de goma. Las espinas no tenían ya fuerza para herir y goteaban, apenas, leche, un agua viscosa y lenta, blancuzca, perezosa. Probó otros troncos y todos eran iguales, manejables, inofensivos, rezumantes.

Se desesperó al principio y terminó por aceptar; tenía la costumbre. Ya habían pasado las cinco de la tarde y los peones se habían ido. Arrancando al paso algunas flores y hojas se detuvo para rezar, de pie, debajo de la araucaria inmortal. Alguien gritaba, hambriento o asustado en el primer piso. Con una flor magullada en la mano, comenzó a subir la escalera.

Amamantó al niño hasta sentirlo dormido. Después se bendijo y fue refregando los pasos hacia el dormitorio. Escarbó en el ropero y pudo encontrar, casi en seguida, entre camisas y calzoncillos, el Smith and Wesson, inútil, impotente. Todo era un juego, un rito, un prólogo.

Pero volvió a rezar, mirando el brillo azuloso del arma, dos primeras mitades del Ave María; fue resbalando hasta caer en la cama, reconstruyó la primera vez y tuvo que abandonarse, llorar, ver de nuevo la luna de aquella noche, entregada, como una niña. El caño helado del revólver muerto atravesó los dientes, se apoyó en el paladar.

De vuelta al cuarto del niño le robó la bolsa de agua caliente. En el dormitorio, envolvió en ella el Smith and

Wesson, aguardando con paciencia que el caño adquiriera temperatura humana para la boca ansiosa.

Admitió, sin vergüenza, la farsa que estaba cumpliendo. Luego escuchó, sin prisa, sin miedo, los tres golpes fallidos del percutor. Escuchó, por segundos, el cuarto tiro de la bala que le rompía el cerebro. Sin entender, estuvo un tiempo en la primera noche y la luna, creyó que volvía a tener derramado en su garganta el sabor del hombre, tan parecido al pasto fresco, a la felicidad y al veraneo. Avanzaba pertinaz en cada bocacalle del sueño y el cerebro deshechos, en cada momento de fatiga mientras remontaba la cuesta interminable, semidesnuda, torcida por la valija. La luna continuaba creciendo. Ella, horadando la noche con sus pequeños senos resplandecientes y duros como el zinc, siguió marchando hasta hundirse en la luna desmesurada que la había esperado, segura, años, no muchos.

JUSTO EL TREINTAIUNO

Cuando toda la ciudad supo que había llegado por fin la medianoche yo estaba, solo y casi a oscuras, mirando el río y la luz del faro desde la frescura de la ventana mientras fumaba y volvía a empeñarme en buscar un recuerdo que me emocionara, un motivo para compadecerme y hacer reproches al mundo, contemplar con algún odio excitante las luces de la ciudad que avanzaban a mi izquierda.

Había terminado temprano el dibujo de los dos niños en pijama que se asombraban matinalmente ante la invasión de caballos, muñecos, autos y monopatines sobre sus zapatos y la chimenea. De acuerdo con lo convenido, había copiado las figuras de un aviso publicado en Companion. Lo más difícil fue la expresión babosa de los padres espiando desde una cortina y abstenerme de usar el carmín para cruzar el dibujo con letras peludas, de pincel de marta: "Biba la felisidá".

Pero en cambio pude dedicar los cuarenta minutos que me separaban del año nuevo, de mi cumpleaños y del promedio regreso de Frieda pintando en letras verdes un nuevo cartelito para el cuarto de baño. El viejo estaba desteñido, salpicado, con manchas de jabón y dentífrico. Además, había sido hecho con letras cursivas y espantosas, con esa caligra-

279

fía que se emplea en las tablitas que cuelgan los cretinos en las paredes: casa chica, corazón grande, bienvenidos, barco joven, capitán viejo.

Había comprado para Frieda un regalo que la estaba esperando, envuelto en papel celeste, junto a su vaso, a la botella de caña, al platito con frutas abrillantadas, turrón y nueces, en el lugar de la mesa que ella acostumbraba ocupar. También le había comprado un toscano y un paquete de hojas de afeitar para que se cortara el pelo. Aunque hacía pocos meses que vivíamos juntos, estos regalos eran tradicionales para los aniversarios que respetábamos o inventábamos. Ella los agradecía con insultos de obscenidad asombrosa, a veces convincentes, prometía venganzas, terminaba siempre aceptando mi buena voluntad, mi estima y mi comprensión descuidada. Sus regalos, en cambio, eran empleos, formas de ganar poco dinero, artilugios para que yo olvidara que estaba viviendo del suyo.

Los sábados de noche, cuando había mucha gente, cuando empezaba a estar borracha, Frieda iba a sentarse en el inodoro y durante minutos o cuartos de hora, mientras no fuera nadie a buscarla, se estaba casi inmóvil, con las bombachas en las rodillas, cortándose con una hojita de afeitar, con avaricia, el pelo que le cubría la frente, mirando con sus ojos alerta de pájaro el cartelito clavado entre el botiquín y la pileta, el mismo que yo estaba renovando para sorprenderla, los versos de Baudelaire que dicen: "Gracias, Dios mío, por no haberme hecho mujer, ni negro ni judío ni perro ni petizo". Nadie que usara el inodoro podía alejarse sin haberlos rezado.

Pero en aquella víspera de año nuevo habíamos querido —o nos habíamos envuelto en mentiras hasta comprometernos— estar solos e intentar sentirnos felices. Ella había jurado dejarlo todo, alumnas de baile, clientas del taller de vestidos, proposiciones inesperadas, para estar sola conmigo antes de la medianoche. Yo no tenía muchas cosas que dejar para corresponder; en la noche de fin de año alguien, alguna, de la tribu siniestra se dedicaría a contemplar hasta el alba las oscilaciones de la cabeza del viejo.

No era la felicidad pero era el menor esfuerzo. Frieda llegaría, pero no llegó, antes del año nuevo. Comeríamos algo y nos dedicaríamos, expertos, demorando las cosas para no estropearlas, a emborracharnos; yo haría preguntas de interés fingido para animarla a repetir el monólogo sobre su infancia y su adolescencia en Santa María, la historia de su expulsión, las caprichosas, variables evocaciones del paraíso perdido.

Tal vez, al final de la noche, hiciéramos el amor en la cama grande, la alfombra del primer cuarto o en el balcón. A mí me daría lo mismo hacerlo o no; pero nunca había conocido a una mujer tan capacitada para seguir sorprendiendo, tan dispuesta a confesarse. Cuando se le ocurría acostarse conmigo y la borrachera la obligaba a conversar, era como poseer a decenas de mujeres y saber de ellas. Tal vez, además, aceptara celebrar el año nuevo colocándose de espaldas al piso o al colchón.

Estaba fumando y bebiendo con mucha agua, en la ventana, cuando empezaron a sonar las bocinas y los tiros. Me era imposible ocuparme de mí; de modo que pensé en María Eugenia y en Seoane, mi hijo, me esforcé en sufrir y en acusarme, recordé anécdotas que nada lograban significar.

Todo, simplemente, había sido o era así, de tal manera, aunque acaso fuera de otra, aunque cada persona imaginable pudiera dar una versión distinta. Y yo, definitivamente, no sólo no podía ser compadecido sino que ni siquiera resultaba creíble. Los demás existían y yo los miraba vivir, y el amor que les dedicaba no era más que la aplicación de mi amor por la vida.

Ya se habían olvidado en Montevideo de la medianoche. Las luces del lado de Ramírez comenzaban a ralear y ya estarían las parejas del baile en el Parque Hotel yendo y viniendo de la arena, cuando empezó de veras el año nuevo. Algún tamboril de negro volvió a sonar, profundo, solitario, no vencido, en las proximidades del cuartel, e hizo confusas las palabras.

Pero reconocía la voz de Frieda, insegura, entregándose, perdiendo la energía. Gritó "Himmel" y yo crucé el departamento, bajé sin ruido unos peldaños de la escalera de ladrillos, a oscuras, que llevaba al jardín y a la entrada.

Allí no había más luz que la que llegaba, diluida, del Proa. Pero pude verla, bien plantada entre dos canteros secos, atlética, balanceando su vigor, mientras un aborto de padres tuberculosos, negruzco y con polleras, con la cabeza fantásticamente agrandada por una jornada de trabajo de un peluquero barato, le decía: "porque a mí, guacha, porque si te creíste que me vas a tomar para la farra, porque si andás conmigo no andás con nadie más". Le golpeaba la cara con la mano y Frieda se dejaba; luego empezó a pegarle con la cartera, metódica y sin descanso.

Me senté en un peldaño y encendí un cigarrillo. "Frieda puede aplastarla con sólo mover un brazo —pensé—. Frieda puede hacerla llegar al río con sólo una patada."

Pero Frieda había elegido empezar así el año: con las manos en las nalgas, exagerando la anchura de los hombros del traje sastre, dejándose pegar y gozándolo, contestando a los carterazos con sus roncos "Himmel" que parecían sonar para pedir más golpes.

Cuando la inmundicia se cansó de pegar, lloraron las dos y salieron del jardín a la calle. Las vi detenerse, jadeantes, y caminar después abrazadas. Entonces subí para prender todas las luces y ofrecerle a Frieda una buena recepción de año nuevo.

La tuve bajo el lujo de la lámpara de pie, o sólo ella estuvo allí, en el sillón, con su pelo rubio, tapándole la frente, la boca torcida en vicio y amargura, la ceja derecha alzada como siempre y curvándose ahora sobre un ojo amoratado. Con los labios partidos y sangrantes que no quiso curarse, me obligó a entrar en el año nuevo hablando de Santa María. Su familia la había echado de allí y le giraba dinero todos los meses porque desde los catorce años ella se había dedicado a emborracharse y a practicar el escándalo y el amor con todos los sexos previstos por la sabiduría divina.

Digo esto en homenaje a ella, que se mostraba más católica cada domingo y que me llenaba cada sábado, cada madrugada de sábado, el departamento —pagado por ella— de mujeres cada vez más viejas, asombrosas y abyectas. Habló de su infancia provinciana y de su familia de junkers, absolutamente culpable de que ahora, en Montevideo, ella no tuviera más camino que emborracharse y reiterar el escándalo y el crapuloso amor. Habló hasta la madrugada de ese primero de enero, de desencuentros y culpas ajenas, borracha desde antes de llegar, acariciándose el ojo casi cerrado del todo, disfrutando del dolor de los labios partidos e hinchados.

—Me pareció —dijo, sonriendo—, no vas a creerme, me pareció que estaba Seoane en la esquina.

—¿A estas horas? Además, hubiera subido a verme.

—A lo mejor no vino para verte.

—Sí, querida —dije.

—No para visitarte. Tal vez para espiar la casa, por si salías o entrabas.

—Puede ser —asentí, porque no me gustaba hablar de Seoane con Frieda y tal vez con nadie.

Hablaba, como todas las mujeres, de una Frieda ideal, se admiraba del triunfo incesante de la injusticia y la incomprensión, buscaba, ofrecía culpables, sin odiarlos.

No dijo nada de la repugnancia inexplicable que le había estado golpeando la cara con la cartera. Yo ya estaba acostumbrado a su necesidad de traerse amantes cada vez más sucias y baratas. Como el tiempo carece de importancia, como la simultaneidad es un detalle que depende de los caprichos de la memoria, me era fácil evocar noches en que el departamento donde Frieda me permitía vivir estaba poblado por numerosas mujeres que ella se había traído de la calle, de bares del puerto, del Victoria Plaza. Las hubo hermosas y bien vestidas, con pocas joyas, con ajorcas, con trajes oscuros completados por perlas.

Pero en los últimos tiempos abundaron las mestizas insolentes y sucias, las malas palabras, los cigarrillos quemándose colgados de la boca. Con frecuencia, los diálogos enconados me impedían dormir y saltaba de la cama y recorría el departamento mordiendo un cigarrillo como una ramita de olivo, desplazándome con trabajo entre las mujeres en cuclillas, sentadas sobre la mesa, abiertas en el diván, arrodilladas en la cocina, cambiándose en el cuarto de baño, recibiendo el sol o la luna en las baldosas coloradas del balcón.

—Herrera pagó —dijo Frieda—. Hizo bien, así empieza mejor el año y tal vez le traiga suerte.

Los billetes habían caído de mi pecho a la mesa. Los levanté sin aflojar la goma que los rodeaba; eran de cien pesos.

—¿Pagó todo? —pregunté.

Frieda se puso a reír y después se chupó el labio partido.

—Dame un trago y un pucho. Esa pobre atorranta. Pero es tan lindo dejar y dejar, que te hagan lo que quieran, que ni sospechan siquiera quién sos vos. Dejar hasta que de pronto a alguien se le ocurre que se acabó y entonces uno deja de soportar y de tener placer en dejarse y hace con todas las ganas y la felicidad del mundo la barbaridad más grande. En revancha; y no por orgullo ni por ganas de desquitarse, sino porque de pronto el placer consiste en pegar y no en dejarse golpear. ¿Sí?

—Entiendo —dije. La escuchaba haciendo bailar sobre mi mano el cilindro de billetes.

—¿Me vas a ayudar? Cuando llegue el momento, digo, si llega.

—Claro —me guardé el dinero en el bolsillo del pantalón, llené un vaso de caña y se lo di, le puse un cigarrillo en la boca y le acerqué un fósforo—. Cuando quieras. ¿Pagó o no? Quiero decir, ¿pagó todo y para siempre?

Frieda se incorporó con un ataque de risa y se dejó caer de costado salpicando el piso con la baba.

—Creo que esa sucia... —se apretó las costillas y puso después una cara infantil para escuchar lo que iba quedando de la noche—. Que esa perra inmunda me dio un rodillazo en el vientre. No es nada. Sí, pagó todo. Yo le dije que era la última cuota. No sé si es cierto, no sé si dentro de una semana, cuando esté jugando con los hijos y los regalos de Reyes no me aparezco para pedirle más dinero. Y no me importa el dinero de Herrera. Ya ves, ya te lo guardaste. Me importa joderlo, esa es mi relación con él y tendrá que seguir así.

—Frieda —dije en voz muy alta. Se removió en el sillón y terminó por levantar la cabeza. Estaba borracha, tenía la sonrisa de niña, empezaban a caerle las lágrimas. Puse el dinero sobre la mesa, cuidando que no rodara—. Está mal. Hay que dar por terminado el asunto de Herrera.

Se encogió de hombros y me estuvo mirando como si me quisiera, con una sonrisa tan triste y asombrada, mientras movía perezosa la lengua para tocarse las lágrimas.

—Como quieras —dijo—. Dame otro trago, vamos a festejar el año.

LA NOVIA ROBADA

En Santa María nada pasaba, era en otoño, apenas la dulzura brillante de un sol moribundo, puntual, lentamente apagado. Para toda la gama de sanmarianos que miraban el cielo y la tierra antes de aceptar la sinrazón adecuada del trabajo.

Sin consonantes, aquel otoño que padecí en Santa María nada pasaba hasta que un marzo quince empezó sin violencia, tan suave como el Kleenex que llevan y esconden las mujeres en sus carteras, tan suave como el papel, los papeles de seda, sedosos, arrastrándose entre nalgas.

Nada sucedió en Santa María aquel otoño hasta que llegó la hora —por qué maldita o fatal o determinada e ineludible—, hasta que llegó la hora feliz de la mentira y el amarillo se insinuó en los bordes de los encajes venecianos.

Me dijeron, Moncha, que esta historia ya había sido escrita y también, lo que importa menos, vivida por otra Moncha en el sur que liberaron y deshicieron los yanquis, en algún fluctuante lugar del Brasil, en un condado de una Inglaterra con la Old Vic.

Dije, Moncha, que no importa porque se trata, apenas, de una carta de amor o cariño o respeto o lealtad. Siempre supiste, creo, que yo te quería y que las palabras que preceden y siguen se debilitan porque nacieron de la lástima. Piedad, preferías. Te lo digo, Moncha, a pesar de todo. Muchos serán llamados a leerlas pero sólo tú, y ahora, elegida para escucharlas.

Ahora eres inmortal y, atravesando tantos años que tal vez recuerdes, conseguiste esquivar las arrugas, los caprichosos dibujos varicosos en las piernas hinchadas, la torpeza lamentable de tu pequeño cerebro, la vejez.

Hace unas horas apenas que tomé café y anís rodeado por brujas que sólo dejaban de hablar para mirarte, Moncha, para ir al baño o sorberse los mocos detrás de un pañuelo. Pero yo sé más y mejor, yo te juro que Dios aprobó tu estafa y, también, que supo premiarla.

Me dicen, además, que, si persisto, debo comenzar por el final, volver a tus marchas incomprensibles, en cuatro patas, de cuando tenías un año de edad, saltar sobre tu susto de la primera menstruación, tocar otra vez con misterio y trampa el final, regresar a tus veinte años y al viaje, moverme de inmediato hacia tu primer, siniestro, desconsolado aborto.

Pero tú y yo, Moncha, hemos coincidido tantas veces en la ignorancia del escándalo que prefiero contarte desde el origen que importa hasta el saludo, la despedida. Me darás las gracias, te reirás de mi memoria, no moverás la cabeza al escuchar lo que acaso no deba decirte. Como si ya estuvieras capacitada para saber que las palabras son más poderosas que los hechos.

No, nunca, para ti. Nunca entendiste, en el fondo, palabras que no anunciaran, afónicas, dinero, seguridad, alguna cosa que te permitiera acomodar las grandes nalgas de tu cuerpo flaco en un amplio, dócil sillón de viuda reciente.

No es carta de amor ni elegía; es carta de haberte querido y comprendido desde el principio inmemorable hasta el beso reiterado sobre tus pies amarillos, curiosamente sucios y sin olor.

Moncha, otra vez, recuerdo y sé que regimientos te vieron y usaron desnuda. Que te abriste sin otra violencia que la tuya, que besaste en mitad de la cama, que te hicieron, casi, lo mismo.

Ahora llegan las señoras para verte una desnudez novedosa y definitiva; para limpiarte con las carcomidas esponjas y una puritana concentrada obstinación. Tus pies continúan consumidos y sucios.

Comparado con tu boca, por primera vez suave y bondadosa, nada que pueda decirte recordando tiene importancia. Comparándolo con el olor que te invade y te rodea, nada importa. Menos yo, claro, entre todos, yo que empiezo a oler la primera, tímida, casi grata avanzada de tu podredumbre. Porque yo siempre estuve viejo para ti y no me inspiraste otro deseo posible que el de escribirte algún día lejano una orillada carta de amor, una carta breve, apenas un alineamiento de palabras que te dijeran todo. La corta carta, insisto, que yo no podía prever te veía pasar, grotesca y dolorosa por las calles de Santa María, o te encontraba grotesca y dolorosa, impasible, con la terca resolución de tu disfraz entre la nunca revelada burla en cualquier rincón, y yo contribuía sin palabras a crear e imponer un respeto que se te debía desde siglos por ser hembra y transportar recatada e ineludible tu persona entre las piernas.

Y es mentira pero te vi desfilar frente a la iglesia, cuando Santa María se sacudió el primer, tímido, casi inocente prostíbulo, joven, vigorosa y torpe equivocando el paso, con tu expresión de prescindencia y desafío, detrás del cartelón donde flameaban con audacia y timidez las altas, estrechas letras negras: "Queremos novios castos y maridos sanos".

La carta, Moncha, imprevisible, pero que ahora invento haber presentido desde el principio. La carta planeada en una isla que no se llama Santa María, que tiene un nombre que se pronuncia con una efe de la garganta, aunque tal vez sólo se llame Bisinidem, sin efe posible; una soledad para nosotros, una manía pertinaz de obseso y hechizado.

Por astucia, recurso, humildad, amor a lo cierto, deseo de ser claro y poner, dejo el yo y simulo perderme en el nosotros. Todos hicieron lo mismo.

Porque es fácil la pereza del paraguas de un seudónimo, de firmas sin firma: J. C. O. Yo lo hice muchas veces.

Es fácil escribir jugando; según dijo el viejo Lanza o algún irresponsable nos dijo que informó de ella: una mirada desafiante, una boca sensual y desdeñosa, la fuerza de la mandíbula.

Ya se hizo una vez.

Pero la vasquita Moncha Insurralde o Insaurralde volvió a Santa María. Volvió, como volvieron, vuelven todos, en tantos años, que tuvieron su fiesta de adiós para siempre y hoy vagan, vegetan, buscan sobrevivir apoyados en cualquier pequeña cosa sólida, un metro cuadrado de tierra, tan lejos y alejados de Europa, que se nombra París, tan lejos del sueño, el gran sueño. Podría decir regresan, retornan. Pero la verdad es que volvemos a tenerlos en Santa María y escuchamos sus explicaciones sobre el olvidable fracaso, sobre el injusto por qué no. Protestan desde la iracundia en voz de bajo hasta el gemido de recién nacidos. En todo caso, protestan, explican, se quejan, desprecian. Pero nos aburrimos, sabemos que mascarán con placer el fracaso y las embellecidas memorias, falsificadas por necesidad, sin intención pensada. Sabemos que volvieron para quedarse y, otra vez, seguir viviendo. De modo que la clave, para un narrador amable y patriótico, es, tiene que ser, la incomprensión ajena e incomprensible, la mala suerte, también ajena, igualmente incomprensible. Pero vuelven, lloran, se revuelven, se acomodan y se quedan.

Por eso en esta Santa María de hoy, con carreteras altas, tan distinta, tenemos, sin necesidad de trámites de expropiación y a precio triste pero barato lo que puede y tiene cualquier gran ciudad. Reconocemos la proporción adecuada: diez a cien, cien a mil, millar al millón. Pero hay y habrá siempre en Santa María, con nuevas caras y codos que sustituyen al último desaparecido, nuestro Picasso, nuestro Bela Bártok, nuestro Picabia, nuestro Lloyd Wright, nuestro Ernesto Hemingway, peso pesado, barbudo y abstemio, tan saludable cazador de moscas paralizadas por el frío.

Muchos más fracasos, caricaturas que ofrecen pensar, réplicas torpes y obstinadas. Decimos que sí, aceptamos, y hay, parece, que intentar seguir viviendo.

Pero todos volvieron aunque no hayan viajado todos. Díaz Grey vino sin habernos dejado nunca. La vasquita Insurralde estuvo pero nos cayó después desde el cielo y todavía no sabemos; por eso contamos.

Misteriosamente, todavía, Moncha Insurralde volvió de Europa para no hablar con ninguno de nosotros, los notables. Se encerró, con llave, en su casa, no quiso recibir a nadie, por tres meses la olvidamos. Después, sin buscarlas, las noticias llegaron al Club y al bar del Plaza. Era inevitable, Moncha, que nos dividiéramos. Unos no creíamos y pedíamos otra copa, naipes, un tablero de ajedrez para matar el tema. Otros creíamos desapasionados y dejábamos arrastrarse las ya muertas tardes de invierno al otro lado de los vidrios del hotel, jugando al póker, aguardando con la cara inmóvil una confirmación esperada e indudable. Otros sabíamos que era cierto y flotábamos entre la lujuria imposible de entender y un secreto sellado.

Las primeras noticias nos pusieron incómodos, pero traían esperanza, volaban nacidas en otro mundo, tan aparte, tan ajeno. Aquello, el escándalo, no llegaría a la ciudad, no iba a rozar los templos, la paz de las casas sanmarianas, especialmente la paz nocturna de las sobremesas, las horas perfectas de paz, digestión e hipnotismo frente al mundo absurdo por torpe, de la imbecilidad crasa y jubilosamente compartida que parpadeaba y decía tartamuda en los aparatos de televisión.

Los muros, ociosamente altos, de la casa del muerto vasco Insaurralde nos protegían del grito y la visión. El crimen, el pecado, la verdad y la débil locura no podían tocarnos, no se arrastraban entre nosotros dejando, para injuria o lucidez, una fina, temblorosa baba de plata.

Moncha estaba encerrada en la casa, excluida por los cuatro muros de ladrillos y de altura insólita. Moncha, guardada, además, por ama de llaves, cocinera, chófer inmóvil, jardinero, peonas y peones, era una mentira lejana, fácil de olvidar y no creer, una leyenda tan remota y blanca.

Sabíamos, se supo, que dormía como muerta en la casona, que en las noches peligrosas de luna recorría el jardín, la huerta, el pasto abandonado, vestida con su traje de novia. Iba y regresaba, lenta, erguida y solemne, desde un muro hasta el otro, desde el anochecer hasta la disolución de la luna en el alba.

Y nosotros a salvo, con permiso de ignorancia y olvido, nosotros, Santa María toda, resguardados por el cuadrilátero de altas paredes, tranquilos e irónicos, capaces de no creer en la blancura lejana, ausente, en la raya blanca ambulante bajo la blancura siempre mayor de la luna redonda o cornuda.

La mujer bajando del coche de cuatro caballos, del olor de azahares, del cuero de Rusia. La mujer, en el jardín que ahora hacemos enorme y donde hacemos crecer plantas exóticas, avanzando implacable y calmosa, sin necesidad de desviar sus pasos entre rododendros y gomeros, sin rozar siquiera los rectos árboles de orquídeas, sin quebrar su aroma inexistente, colgada siempre y sin peso del brazo del padrino. Hasta que éste murmuraba, sin labios, lengua o dientes, palabras rituales, insinceras y antiguas para entregarla, sin violencia, apenas un inevitable y elegante rencor de macho, para entregarla al novio en los jardines abandonados, blancos de luna y de vestido.

Y luego, lentamente, cada noche clara, la ceremonia de la mano, ya infantil, extendida con su leve, resucitado temblor, a la espera del anillo. En este otro parque solitario y helado ella, de rodillas junto a su fantasma, escuchando las ingastables palabras en latín que resbalaban del cielo. Amar y obedecer, en la dicha y en la desgracia, en la enfermedad y en la salud, hasta que la muerte nos separe.

Tan hermoso e irreal todo esto, repetido sin fatiga ni verdadera esperanza en cada inexorable noche blanca. Encerrado en la insolente altura de cuatro muros, aparte de nuestra paz, nuestra rutina.

Había entonces tantos médicos nuevos y mejores en Santa María, pero la vasquita, Moncha Insaurralde, casi en seguida de su regreso de Europa, antes de la clausura entre los muros, llamó por teléfono al doctor Díaz Grey, pidió consulta, trepó una siesta los dos tramos de escalera y sonrió estupidizada, sin aliento, la mano apretada contra el pecho para levantar la teta izquierda y apoyarla sobre donde ella creía tener el corazón, excesivamente próxima al hombro.

Dijo que iba a morirse, dijo que iba a casarse. Estaba o era tan distinta. El inevitable Díaz Grey trató de recordarla, algunos años atrás, cuando la huida de Santa María, del falansterio, cuando ella creyó que Europa garantizaba, por lo menos, un cambio de piel.

—Nada, no hay síntomas —dijo la muchacha—. No sé por qué vine a visitarlo. Si estuviera enferma hubiera ido a ver un médico de verdad. Perdóneme. Pero algún día sabrá que usted es más que eso. Mi padre fue amigo suyo. Tal vez haya venido por eso.

Se levantó flaca y pesada, balanceándose sin coquetería, empujando con resolución envejecida al cuerpo desparejo.

"Una todavía linda potranca, yegua de pura sangre, con sobrecañas dolorosas", pensó el médico. "Si pudiera lavarte la cara y auscultarla, nada más que eso, tu cara invisible debajo del violeta, el rojo, el amarillo, las rayitas negras que te alargan los ojos sin intención segura o comprensible."

"Si pudiera verte otra vez desafiando la imbecilidad de Santa María, sin defensa ni protección ni máscara, con el pelo mal atado en la nuca, con el exacto ingrediente masculino que hace de una mujer, sin molestia, una persona. Eso inapresable, ese cuarto o quinto sexo que llamamos una muchacha."

"Otra loca, otra dulce y trágica loquita, otra Julita Malabia en tan poco tiempo y entre nosotros, también justamente en el centro de nosotros y no podemos hacer más que sufrirla y quererla."

Avanzó hasta el escritorio mientras Díaz Grey se desabrochaba la túnica y encendía un cigarrillo; abrió la cartera boca abajo para derramar todo y algún tubo, algún fetiche femenino rodó sin prisa. El médico no miró: sólo le veía, quería verle la cara.

Ella apartó billetes, los barajó con un gesto de asco y los puso junto al codo del médico.

"Loca, sin cura, sin posibilidad de preguntas."

—Pago —dijo Moncha—. Pago para que me recete, me cure, repita conmigo: me voy a casar, me voy a morir.

Sin tocar el dinero, sin rechazarlo, Díaz Grey se puso de pie, se arrancó la túnica, tan blanca, tan almidonada, y miró el perfil crispado, la grosera pintura que cambiaba ahora, contra la luz del ventanal, sus asombrosas combinaciones de color.

—Usted se va a casar —recitó dócil.

—Y me voy a morir.

—No es diagnóstico.

Ella sonrió brevemente, recuperando la adolescencia, mientras volvía a llenar la cartera. Papeles, carnets, joyas, perfume, papel higiénico, una polvera dorada, caramelos, pastillas, un bizcocho mordido, acaso algún sobrecito arrugado, mustio por el tiempo.

—Pero no alcanza, doctor. Tiene que venir conmigo. Tengo el coche abajo. Es cerca, estoy viviendo, unos días o siempre, no se sabe quién gana, en el hotel.

Díaz Grey fue y vio como un padre. Mientras miraba el secreto acarició distraído la nuca inquieta de Moncha; le rozó los codos, tropezó sus ademanes contra un pecho.

Vio, Díaz Grey, la décima parte de lo que hubiera visto y podido explicar una mujer. Sedas, encajes, puntillas, espuma sinuosa sobre la cama.

—¿Comprende ahora? —dijo la mujer sin preguntar—. Es para mi vestido de novia. Marcos Bergner y el Padre Bergner —se rio mirando la blancura encrespada en la colcha oscura—. Toda la familia. El padre Bergner me va a casar con Marquitos. Todavía no fijamos fecha.

Díaz Grey encendió un cigarrillo mientras retrocedía. El cura había muerto en sueños dos años antes; Marcos había muerto seis meses atrás, después de comida y alcohol, encima de una mujer. Pero, pensó, nada de aquello tenía importancia. La verdad era lo que aún podía ser escuchado, visto, tocado acaso. La verdad era que Moncha Insaurralde había vuelto de Europa para casarse con Marcos Bergner en la Catedral, bendecida por el cura Bergner.

Aceptó y dijo, acariciándole la espalda:

—Sí. Es cierto. Yo estaba seguro.

Moncha se puso de rodillas para besar los encajes, suave y minuciosa.

—Allá no pude ser feliz. Lo arreglamos por carta.

Era imposible que toda la ciudad participara en el complot de mentira o silencio. Pero Moncha estaba rodeada, aún antes del vestido, por un plomo, un corcho, un silencio que le impedían comprender o siquiera escuchar las deformaciones de la verdad suya, la que le habíamos hecho, la que amasamos junto con ella. El Padre Bergner estaba en Roma, siempre regresando de coloreadas tarjetas postales con el

Vaticano al fondo, siempre pasando de una cámara a otra, siempre diciendo adiós a cardenales, obispos, sotanas de seda, una teoría infinita de efebos con ropas de monaguillos, vinajeras, espirales veloces del humo del incienso.

Siempre estaba Marcos Bergner volviendo con su yate de costas fabulosas, siempre atado al palo mayor en las tormentas ineludibles y cada vez vencidas, cada día o noche jugando con la rueda del timón, un poco borracho, acaso, la cara inolvidable entrando en el regreso, en la sal y el iodo que le hacían crecer y enrojecían la barba como en el final feliz de una marca inglesa de cigarrillos.

Esto, la ignorancia de las fechas de los seguros regresos, la validez indudable, inconstable de la palabra o promesa de un Insaurralde, palabra vasca o de vasco que caía y pesaba sin necesidad de ser dicha y de una vez para siempre en la eternidad. Un pensamiento, apenas, tal vez no pensado nunca por entero; una ambición de promesa puesta en el mundo, colocada allí e indestructible, siempre en desafío, más fuerte y rotunda si llegaba a cubrirla el mal tiempo, la lluvia, el viento, el granizo, el musgo y el sol enfurecido, el tiempo, solo.

De modo que todos nosotros, nosotros, la ayudamos, sin presentir ni remordernos, a hundirse en la breve primera parte, en el prólogo que se escribe para beneficio de ignorantes. Le dijimos sí, aceptamos que era urgente y necesario y es posible que le tocáramos un hombro para que subiera al tren, es posible que esperáramos, deseáramos no volver a verla.

Y así, impulsada apenas por nuestra buena voluntad, por nuestra bien merecida hipocresía, Moncha, Moncha Insaurralde o Insurralde, bajó a la Capital —en el lenguaje de los escribas de El Liberal— para que Mme. Caron convirtiera sus sedas, encajes y puntillas en un vestido de novia digno de ella, de Santa María, del difunto Marcos Bergner, muerto pero en el yate, del difunto Padre Bergner, muerto pero despidiéndose sin fin en el Vaticano, en Roma, en la carcomida iglesia de pueblo que fuéramos capaces de soñar.

Pero, otra vez, ella fue a la Capital y regresó a nosotros con un vestido de novia que las decaídas cronistas de notas sociales podrían describir en su hermético, añorante estilo:

"El día de su casamiento celebrado en la basílica Santísimo Sacramento, lució vestido de crepé con bordado de strass que marcaba el talle alto. Una vincha de strass en forma de cofia adornaba la cabeza y sostenía el velo de tul de ilusión; en la mano llevó un ramo de phaleopnosis y en la basílica Nuestra Señora del Socorro fue bendecido su matrimonio, llevando la novia traje realizado en organza bordada, de corte princesa. El peinado alto tenía motivos de pequeñas flores alrededor del rodete, de donde partía el velo de tul de ilusión, y en la mano llevó un rosario. Mientras en San Nicolás de Bari llevó la novia traje de línea enteriza de tela bordada, con sobrepollera abierta que dejaba entrever en el ruedo un zócalo de camelias de raso, detalle que se repetía en el tocado que sujetaba un manto de tul de ilusión; y de nuevo en la Iglesia Matriz de Santa María lució un original vestido de corte enterizo, velo largo de tul de ilusión tomado al peinado con flores de nácar que se prolongaban sobre los lados formando mangas sujetas a los puños, y en la mano llevó un ramo de tulipanes y azahares."

Fue, golpeó, rebotó, como una pelota de fútbol notablemente rellena de aire, no aplastada y muerta todavía. Fue y vino a nosotros, a Santa María.

Y entonces todos pensamos; nos enfrentamos con la culpa inverosímil. Ella, Moncha, estaba loca. Pero todos nosotros habíamos contribuido por amor, bondad, buenos propósitos, lánguida burla, deseo respetable de sentirnos cómodos y abrigados, deseo de que nadie ni Moncha, loca, muerta, viva, bien, admirablemente vestida, nos quitara minutos de sueño o de placeres normales.

La aceptamos, en fin, y la tuvimos. Dios, Brausen, nos perdone.

No nos habló de cielorrasos de hoteles, ni de partidas campestres, ni monumentos, ruinas, museos, nombres históricos que refirieran batallas, artistas o despojos. Nos daba, cuando el viento o la luz o el capricho lo imponían. Nos dio, nos estuvo dando sin preguntas, sin comienzos ni finales:

"Había llegado a Venecia al alba. Casi no pude dormir en toda la noche, la cabeza apoyada contra la ventana, viendo pasar las luces de ciudades y pueblos que veía por primera y última vez, y cuando cerraba los ojos olía el fuerte olor a madera, a cuero, de los incómodos asientos y oía las voces que murmuraban de vez en cuando frases que no comprendía. Cuando bajé del tren y salí de la estación con las luces todavía encendidas eran ahí por las cinco y media de la mañana. Caminé medio en sueños por las calles vacías hasta el San Marcos que estaba absolutamente desierto, excepto por las palomas y algunos mendigos echados contra las columnas. Desde lejos, era tan idéntico a las fotos de las postales que había visto, tan perfectos los colores, la complicada silueta de los techos curvados contra el sol naciente, era tan irreal como el hecho que yo estuviese allí, que yo fuese la única persona allí en ese momento. Caminé despacio, como una sonámbula y sentía que lloraba y lloraba —era como si la soledad, verlo tan perfecto como esperaba, lo convirtiese en parte mía para siempre aunque era lo más cerca de un sueño despierto que se puede tener. Y después —lo fue antes, una noche en Barcelona— el muchacho que bailó, vestido de torero, con ajustados pantalones rojos, en el círculo formado por las mesas. Recuerdo cuando fuimos arriba, a una mesa que daba sobre la pista de baile, cuando ya casi no quedaba gente y a los dos muchachos bailando juntos, muy apretados, de la misma altura, morochos, y el dueño que me ofrecía una pareja y el susto que tenía, no sabiendo si me ofrecía un hombre o una mujer. Y una calle, no sé dónde, las viejas casas pintadas con pintura chillona descolorida, la ropa colgada de un lado a otro de la estrecha vereda, los chicos haraposos, los pies descalzos resbalando sobre los adoquines mojados entre los puestos de pescados y pulpos de extrañas formas y colores."

Para entonces, después del indudable suplicio de meses que se llamaron, llamamos los notables para olvidar Juntacadáveres, el mancebo o manceba de la botica de Barthé había crecido, era ancho y fuerte y sólo disponía de la pronta blancura de su sonrisa para recordar su timidez de años atrás.

—Barthé jugó con fuego —dijo una vez sin fecha el más imbécil de nosotros mientras repartía naipes en la mesa del club.

Nosotros. Nosotros sabíamos que sí, que el boticario Barthé había jugado con fuego, o con el robusto animal que fue chiquilín en un tiempo, que había jugado y terminó quemándose.

Pero, entre paréntesis, puede ser conveniente señalar que la cara, la sonrisa del mancebo de botica no tenían nunca el resplandor brillante del cinismo. Exhibía, mostraba, sin propósito, bondad y la simple aceptación de estar ubicado, o amoldarse, a la vida, al mundo para él ilimitado, a Santa María.

Alguno de nosotros, mientras daba o recibía cartas en el juego del póker, habló del brujo ausente, del solitario aprendiz de brujo. No comentamos porque cuando se trata de póker está prohibido hablar.

—Veo.

—No veo. Me voy.

—Veo y diez más.

La crónica policial no dijo nada y la columna de chismes de El Liberal no se enteró nunca. Pero todos sabíamos, unidos en la mesa de juego o de bebidas, que la vasquita Insaurralde, tan distinta, se encerraba de noche en la botica con Barthé —que tenía encuadrado y a la vista su título de farmacéutico, indudable y muy alto detrás del mostrador— y con el mancebo-manceba que ahora sonreía con distracción a todo el mundo y que era, en los hechos sin base conocida, el dueño de la farmacia. Los tres adentro y sólo quedaba para nuestra curiosidad avejentada, para adivinanzas y calumnias, el botón azul sobre la pequeña chapa iluminada: Servicio de urgencia.

Movíamos fichas y naipes, murmurábamos juegos y desafíos, pensábamos sin voz: los tres; dos, y uno mira, dos y mira el que dijo estoy servido, me voy, no veo pero siempre mirando. O nuevamente, los tres y las drogas, líquidos o polvos escondidos en la farmacia del propietario confuso, equívoco, intercambiable.

Todo posible, hasta lo físicamente imposible, para nosotros, cuatro viejos rodeando naipes, trampas legítimas, bebidas diversas.

Como podría decir Francisco, jefe de camareros, cada uno de los cuatro habíamos aprendido, acaso antes de conocer el juego, a mantener inmóviles los músculos de la cara, a perpetuar un mortecino, invariable brillo de los ojos, a repetir con indiferencia voces arrastradas, monótonas y aburridas.

Pero al matar toda expresión que pudiera trasmitir alegría, desencanto, riesgos calculados, grandes o pequeñas astucias, nos era forzoso, inevitable mostrar en las caras otras cosas, las que estábamos resueltos, acostumbrados a esconder diariamente, durante años, cada día, desde el final del sueño, todas las jornadas, hasta el principio del sueño.

Porque fue muy pronto que supimos y reímos discretos, sacudiendo las cabezas con fingida lástima, con simulacro de comprensión, que Moncha se encerraba en la botica con Barthé y el mancebo; siempre, ella, vestida de novia, siempre el muchacho mostrando sin recordar el torso desnudo, siempre el boticario con gota, pantuflas y el eterno, indefinible malhumor de las solteronas.

Inclinados los tres encima de cartas de tarot y brujería, simulando creer en retornos, golpes de suerte, muertes esquivadas, traiciones previsibles y aguardadas.

Un momento no más; la gordura blanda de Barthé, su boca expectante y fruncida; los músculos crecientes del muchacho que ya no necesitaba alzar la voz para dar órdenes; el inverosímil traje de novia que Moncha arrastraba entre mostradores y estantes, frente a los enormes frascos color caramelo y con etiquetas blancas, todas o casi incomprensibles.

Pero siempre estaban sobre la mesa los extraños naipes del tarot y era irresistible volver a ello, asombrarse, temer o vacilar.

Y hay que señalar, para beneficio y desconcierto de futuros, tan probables, exégetas de la vida y pasión de Santa María, que los dos hombres habían dejado de pertenecer a la novela, a la verdad indiscutible.

Barthé, gordo y asmático, en retirada histérica, con estallidos tolerados y grotescos, no era ya concejal, no era más que el diploma de farmacéutico sucio de años y moscas que colgaba detrás del mostrador, no era más que líder esporádico de alguno de los diez grupos trotskistas, completado cada uno por tres o cuatro peligrosos revolucionarios que redactaban y firmaban, con ritmo menstrual, manifiestos, declaraciones y protestas sobre temas exóticos y diversos.

El muchacho no era ni fue más que el exacerbado tímido cínico que se acercó un invierno, al caer la tarde, a la cama de un Barthé aterrorizado por el miedo, la gripe, la sucia conciencia, el más allá, treinta y ocho grados de fiebre, para recitar claro y cauteloso:

—Dos cosas, señor, y disculpe. Usted me hace socio y ya tengo el escribano. O me voy, cierro la botica. Y el negocio se acabó.

Firmaron el contrato y sólo le quedó a Barthé, para creer en la supervivencia, la tristeza de que las cosas no hubieran tenido un origen distinto, que la sociedad en la que él había pensado desde mucho tiempo atrás como en un tardío regalo de bodas hubiera sido impuesta por la extorsión y no por la armoniosa madurez del amor.

De modo que, de los tres, Moncha, a pesar de la parcial locura y de la muerte que sólo puede estimarse como un detalle, una característica, un personal modo de ser, fue la única que se mantuvo, Brausen sabrá hasta cuándo, viva y actuante.

¿Como un insecto? Puede ser. También se acepta, por igualmente novedosa, la metáfora de la sirena puesta sin compasión fuera del agua, soportando paciente los bandazos y el mal de tierra en el antro de la botica. Como un insecto, se insiste, atrapado en la media luz pringosa por los extraños naipes que destilaban el ayer y el hoy, que exhibían confusos, sin mayor compromiso, el futuro inexorable. El insecto, con su caparazón de blancura caduca, revoloteando sin fuerzas alrededor de la luz triste que caía sobre la mesa y las cuatro manos, alejándose para golpear contra garrafas y vitrinas, arrastrando sin prisas y torpe la cola larga, silente, tan desmerecida, que un día lejano diseñó e hizo Mme. Caron en persona.

Y cada noche, después de cerrada la botica y encendidas en la pared externa las luces violetas que anunciaban el servicio nocturno, el largo insecto blanquecido recorría los habituales grandes círculos y pequeños horizontes para volver a inmovilizarse, frotando o sólo uniendo las antenas, sobre las promesas susurradas por el tarot, sobre el balbuceo de los naipes de rostros hieráticos y amenazantes que reiteraban felicidades logradas luego de fatigosos laberintos, que hablaban de fechas inevitables e imprecisas.

Y, aunque sea lo menos, le dejó al muchacho semidesnudo una sensación no totalmente comprendida de fraternidad: y le dejó al resto de vejez de Barthé un problema irresoluble para masticar sin dientes, hundido en el sillón en que se trasladó a vivir, girando los pulgares sobre el vientre nunca enflaquecido:

—Si estaba aquí y la casa era como suya. Si andaba y curioseaba y revolvía. Si nosotros dos la quisimos siempre, por qué no robó veneno, que de ninguna manera hubiera sido robar, y terminó más rápido y con menor desdicha.

Y entonces empezó a sucedernos y nos siguió sucediendo hasta el final y un poco más allá.

Porque, insistimos, así como una vez Moncha regresó del falansterio, golpeó en Santa María y se nos fue a Europa, ahora llegaba de Europa para bajar a la Capital y volver a nosotros y estar, convivir en esta Santa María que, como alguno dijo, ya no es la de antes.

No podíamos, Moncha, ampararte en los grandes espacios grises y verdes de las avenidas, no podíamos aventar tantos miles de cuerpos, no podíamos reducir la altura de los incongruentes edificios nuevos para que estuvieras más cómoda, más unida o en soledad con nosotros. Muy poco, sólo lo imprescindible, pudimos hacer contra el escándalo, la ironía, la indiferencia.

Dentro de la ciudad que alzaba cada día un muro, tan superior y ajeno a nosotros —los viejos—, de cemento o cristal, nos empeñábamos en negar el tiempo, en fingir, creer la existencia estática de aquella Santa María que vimos, paseamos; y nos bastó con Moncha.

Hubo algo más, sin importancia. Con la misma naturalidad, con el mismo esfuerzo y farsa que usábamos para olvidar la nueva ciudad indudable, tratamos de olvidar a Moncha encima de las copas y los naipes, en el bar del Plaza, en el restaurante elegido, en el edificio flamante del club.

Tal vez alguno impuso el respeto, el silencio con alguna mala frase. Aceptamos, olvidamos a Moncha, y conversamos nuevamente de cosechas, del precio del trigo, del río inmóvil y sus barcos —y de lo que entraba y salía de las bodegas de los barcos— del subibaja de la moneda, de la salud de la esposa del Gobernador, la señora, Nuestra Señora.

Pero nada servía ni sirvió, ni trampas infantiles ni caídas en el exorcismo. Aquí estábamos, el mal de Moncha, la enfermedad de setenta y cinco mil dólares de la Señora, primera cuota.

De modo que tuvimos que despertar y creer, decirnos que sí, que ya lo veíamos desde tantos meses atrás y que Moncha estaba en Santa María y estaba como estaba.

La habíamos visto, sabido que paseaba en taxis o en el ruinoso Opel 1951, que hacía desgastadas visitas de cumplido, recordando —tal vez con organizada maldad— fechas muertas e ilevantables de aniversarios. Nacimientos, bodas y defunciones. Posiblemente— exageran— el día exacto en que era aconsejable y bueno olvidar un pecado, una fuga, una estafa, una ensuciada forma del adiós, una cobardía.

No supimos si todo esto estaba en su memoria y nunca encontramos una libreta, un simple almanaque con litografías optimistas que pudiera explicarlo.

Santa María tiene un río, tiene barcos. Si tiene un río tiene nieblas. Los barcos usan bocinas, sirenas. Avisan, están, pobre bañista y mirador de agua dulce. Con su sombrilla, su bata, su traje de baño, canasta de alimentos, esposa y niños, usted, en un instante en seguida olvidado de imaginación o debilidad, puede, pudo, podría pensar en el tierno y bronco gemido del ballenato llamando a su madre, en el bronco, temeroso llamado de la ballena madre. Está bien; así, más o menos, sucede en Santa María cuando la niebla apaga el río.

La verdad, si pudiéramos jurar que aquel fantasma estuvo entre nosotros y nos duró tres meses, es que Moncha Insaurralde viajaba, casi diariamente, desde su casa, en taxi o en el Opel, vestida siempre y con el olor y aspecto de eternidad —tal como resultó— con el vestido de novia que le había hecho en la Capital Mme. Caron, cosiendo las sedas y encajes que se había traído de Europa para la ceremonia de casamiento con alguno de los Marcos Bergner que hubiera inventado en la distancia, bendecida por un Padre Bergner inmodificable, grisáceo y de piedra. Sólo a ella le faltaba morir.

Todas las cosas son así y no de otro modo; aunque sea posible barajar cuatro veces trece después que ocurrieron y son irremediables.

Asombros varios, afirmaciones rotundas de ancianos negados a la entrega, confusiones inevitables impiden fechar con exactitud el día, la noche del primer gran miedo. Moncha llegó al hotel del Plaza en el coche bronquítico, hizo desaparecer al chófer y avanzó en sueños hasta la mesa de dos cubiertos que había reservado. El traje de novia cruzó, arrastrándose, las miradas y estuvo horas, más de una hora, casi sosegado ante el vacío —platos, tenedores y cuchillos— que sostuvo enfrente. Ella, apenas contenta y afable, preguntó a la nada y detuvo en el aire algún bocado, alguna copa, para escuchar. Todos percibieron la raza, la mamada educación irrenunciable. Todos vieron, de distinta manera, el traje de novia amarillento, los encajes desgarrados y en parte colgantes. Fue protegida por la indiferencia y el temor. Los mejores, si estuvieron, unieron el vestido con algún recuerda de dicha, también agotado por el tiempo y el fracaso.

No muy temprano ni tarde, el maître en persona —Moncha se llama Insaurralde— trajo la cuenta doblada sobre un platito y la dejó exactamente entre ella y el otro ausente, invisible, separado de nos, de Santa María, por una incomprensible distancia de millas marinas, por las hambres de los peces. Preguntó, apenas estuvo, inclinó la gorda, impasible cabeza sonriente. Parecía bendecir y consagrar, parecía habituado. El smoking de verano otoño también pudo ser entendido como una sobrepelliz convincente.

Era necesario organizar secretas y solitarias peregrinaciones al restaurante donde había comido con Marcos. Tarea difícil y compleja porque no se trataba de un simple traslado físico. Requería la creación previa y duradera de un estado de ánimo, a veces, sentía, perdido para siempre, un espíritu adecuado para la espera de la cita y para saber que iba a prolongarse, gozoso, indeclinable, hasta el final de la noche, hasta la hora exacta en que puede afirmarse en Santa María que todo está cerrado. Y más allá; el estado de ánimo debía mantenerse y atravesar la hora del cierre general, permanecer en la soledad nocturna y engendrar la dulzura de los sueños. Porque debe entenderse que todo lo demás, lo que nosotros, sanmarianos, insistimos en llamar realidad, era para Moncha tan simple como un acto fisiológico cumplido con buena salud. Llamar al maître del Plaza, pedirle una mesa "ni muy cerca ni muy lejos", anunciarle el regreso de Marcos y el festejo correspondiente, discutir, provocando, sobre las posibilidades de la comida, reclamar el vino favorito de Marcos, vino que ya no existía, que ya no nos llegaba, vino que había sido vendido en botellas alargadas que ofrecían etiquetas confusas.

Envejecido y sin sonrisas Francisco, el maître, mantenía calmoso el juego telefónico, no abandonaba sus tan antiguas convicciones, reiteraba que el vino imposible debía ser servido, de acuerdo, sin dudas, chambré, no demasiado lejos, no demasiado cerca del punto de temperatura ideal, inalcanzable.

La fecha consta al pie irrevocable. Sin embargo, alguien, alguno puede jurar que vio, cuarenta años después de escrita esta historia, a Moncha Insaurralde en la esquina del Plaza. No interesan los detalles de la visión, los progresos edilicios de Santa María que festejaría El Liberal. Sólo importa que todos contribuyan a verla y sepan coincidir. Mucho más pequeña, con el vestido de novia teñido de luto, con un sombrero, un canotier con cintas opacas excesivamente pequeño aun para la moda de cuarenta años después, apoyada casi en un delgado bastón de ébano, en el forzoso mango de plata, sola y resuelta en el comienzo de una noche de otoño —tan suave el aire, tan discretos los mugidos de los remolcadores en el río—, esperando con ojos pacientes y burlones que se fueran los ocupantes de exactamente aquella mesa, situada ni muy cerca ni muy lejos de la puerta de entrada y de la cocina. Y siempre, en aquel tiempo infinito que existirá cuando pasen cuarenta años, llegaba el momento verdadero y prometido, el momento en que la mesa quedaba desocupada y ella podía avanzar, fingiendo por coquetería ayudarse con el bastón, saludar a Francisco o al nieto tan crecido de Francisco, avanzar hasta la impaciencia de Marcos y excusarse sin énfasis por haberse retrasado. Dios estaba en los cielos y reinaba sobre la tierra, Marcos, ya borracho, inmarcesible, la perdonaba entre bromas y palabras sucias acercándole sobre el mantel un ramito de las primeras violetas de aquel otoño cuarentón.

Como estaba dispuesto, nosotros, los viejos, nos separamos. Ni hubo necesidad de palabras para el respeto y la comprensión. Algunos olvidaron mientras les fue necesario y hubieran podido continuar durante cuarenta años la construcción de su olvido. Olvidaron, no supieron que Moncha Insaurralde se paseaba por las calles de Santa María, entraba en negocios, visitaba exacta caserones de ricos y los ranchos que intentan bajar hasta la costa vestida siempre con su traje de novia que esperaba el regreso de Marcos para incorporarse las prescritas flores blancas, frescas y duras.

Algunos pensaron en el también muerto vasco Insaurralde, en lealtad a una memoria, en la misma mujer alucinada que arrastraba, adhería la inevitable mugre a la cola de su vestido. Y éstos eligieron también cuidar del fantasma, simular que creían en él, usar la riqueza, el prestigio, los restos aún no cubiertos de ceniza de la tierna brutalidad adolescente.

Hubo poco, para unos y otros; en todo caso, vieron y se enteraron de mucho menos. Vieron, simplemente.

Si hay nardos y jazmines, si hay cera o velas, si hay una luz sobre una mesa y papeles vírgenes en la mesa, si hay bordes de espuma en el río, si hay dentaduras de muchachas, si hay una blancura de amanecer creciendo encima de la blancura de la leche que cae caliente y blanca en el frío del balde, si hay manos envejecidas de mujeres, manos que nunca trabajaron, si hay un corto filo de enagua para la primera cita de un muchacho, si hay un ajenjo milagrosamente bien hecho, si hay camisas colgadas al sol, si hay espuma de jabón y pasta para afeitarse o pasta para el cepillito, si hay escleróticas falsamente inocentes de niños, si hay, hoy, nieve intacta, recién caída, si el Emperador de Siam conserva para el Virrey o Gobernador una manada de elefantes, si hay capullos de algodón rozando el pecho de negros que sudan y cortan, si hay una mujer en congoja y miseria capaz de negativa y surgimiento, capaz de no contar monedas ni el futuro inmediato para regalar una cosa inútil.

Esto, tan largo, en la imposibilidad de contar la historia del inadmisible vestido de novia, corroído, tuerto y viejo, en una sola frase de tres líneas. Pero fue así, vestido, salto de cama, camisón y mortaja. Para todos, los que habían preferido con prudencia refugiarse en la ignorancia, para los que habían elegido formar una dislocada guardia de corps, reconocer su existencia y proclamar que protegeríamos, en lo que nos fuera posible, el vestido de novia que envejecía diariamente, que se acercaba sin remedio a una condición de trapo, proteger el vestido y lo ignorado, imprevisible, que llevaba dentro.

Las estériles, silenciosas, opuestas, nunca bélicas posiciones de los viejos que nos reuníamos en el Plaza o en el nuevo edificio del club, duraron poco. Menos de tres meses, como ya se dijo.

Porque suavemente y de pronto, tan suavemente que se nos hizo de pronto después, cuando lo supimos, o cuando empezamos a olvidar, todas las imaginables blancuras moribundas, cada día más amarillentas y con el irreversible tono de ceniza, crecieron inexorables, las tomamos como verdad.

Porque Moncha Insaurralde se había encerrado en el sótano de su casa, con algunos —pero no bastantes— seconales, con su traje de novia que podía servirle, en la placidez velada del sol del otoño sanmariano como piel verdadera para envolver su cuerpo flaco, sus huesos armónicos. Y se echó a morir, se aburrió de respirar.

Y fue entonces que el médico pudo mirar, oler, comprobar que el mundo que le fue ofrecido y él seguía aceptando no se basaba en trampas ni mentiras endulzadas. El juego, por lo menos, era un juego limpio y respetado con dignidad por ambas partes: Diosbrausen y él.

Quedaban Insaurraldes lejanos, fanáticos, deseosos de colocar en la muerta un síncope imprevisible. En todo caso, lo consiguieron, no habría autopsia. Por eso es posible que el médico haya vacilado entre la verdad evidente y la hipocresía de la posteridad. Prefirió, muy pronto, abandonarse al amor absurdo, a una lealtad inexplicable, a una forma cualquiera de la lealtad capaz de engendrar malentendidos. Casi siempre se elige así. No quiso abrir las ventanas, aceptó respirar en comunión intempestiva el mismo aire viciado, el mismo olor a mugre rancia, a final. Y escribió, por fin, después de tantos años, sin necesidad de demorarse pensando.

Temblaba de humildad y justicia, de un raro orgullo incomprensible cuando pudo, por fin, escribir la carta prometida, las pocas palabras que decían todo: nombres y apellidos del fallecido: María Ramona Insaurralde Zamora. Lugar de defunción: Santa María, Segunda Sección Judicial. Sexo: femenino. Raza: blanca. Nombre del país en que nació: Santa María. Edad al fallecer: veintinueve años. La defunción que se certifica ocurrió el día del mes del año a la hora y minutos. Estado o enfermedad causante directo de la muerte: Brausen, Santa María, todos ustedes, yo mismo.

MATIAS EL TELEGRAFISTA

Cuando en casa de María Rosa, Jorge Michel contó una vez más, ante varios testigos, la historia o sucedido a Atilio Matías y María Pupo, sospeché que el narrador había llegado a un punto de perfección admirable, amenazado sin dudas por la declinación y la podre en previsibles, futuras reiteraciones.

Por eso, sin propósito mayor, intento transcribir ahora mismo la versión referida para preservarla del tiempo; de sobremesas futuras.

El sucedido, que no es relato ni roza la literatura, es, más o menos, éste:

Para mí, ya lo saben, los hechos desnudos no significan nada. Lo que importa es lo que contienen o lo que cargan; y después averiguar qué hay detrás de esto y detrás hasta el fondo definitivo que no tocaremos nunca. Si algún historiador atendiera el viaje del telegrafista quedaría satisfecho consignando que durante el Gobierno de Iriarte Borda, el paquebote "Anchorena" partió del puerto de Santa María con un cargamento de trigo y lana destinado a países del este de Europa.

No mentiría; pero la mejor verdad está en lo que cuento aunque, tantas veces, mi relato haya sido desdeñado por anacronismos supuestos.

El viaje habrá durado unos noventa días y tal vez pueda, con algún trabajo, recitar el rol de la tripulación; el nombre de él, del telegrafista, se me olvidó en el principio, arrastrado por un odio supersticioso. Lo bautizo Aguilera en esta página para contar cómodo. Del nombre de ella, aunque no llegué a verla, no me olvidaré nunca: María Pupo, de Pujato, departamento de Salsto.

—Qué querés. Se llama apenas María Pupo —como decía el telegrafista, Aguilera.

"A la luz de las estrellas es forzoso navegar", empezó a cantar alguno una mañana, mientras blanqueaba una puerta y de inmediato se corrió la infección, todos canturreando lo mismo, usando la frase como saludo, respuesta, broma y consuelo. A la luz de las estrellas es forzoso navegar. Misteriosamente, la tonada lograba ser más estúpida que la letra.

Usted, uno, cuando le llega la hora de siempre es de amanecer, trepa la planchada con un rollo obligadamente azul golpeando desafiante en el lomo, insomne, hambriento pero con náuseas, todavía un poco borracho y vigilando los movimientos de la cerveza tibia en el estómago, atento también al lento desvanecer del recuerdo, cara, pelo, piernas, mano contraída y maternal de la puta que le tocó en suerte bajo un techo de lata ondulante. Son los ritos, no más, una tímida, inflada prepotencia, tradición marinera.

Y usted, uno, ya pesado de pronósticos sobre la suerte del carguero y las peripecias húmedas, muestra documentos y saludos humildes mientras examina, casi sin mover los ojos, las caras novedosas y va tanteando lo que ellas pueden ofrecerle como ayuda, molestia o desgracia.

Reunidos, hipócritas y propensos a la paciencia, escuchamos al capitán que habló de patria, sacrificios y confianza. Hombre discreto y aburrido levantó un brazo, nos deseó un buen viaje y nos pidió, sonriendo, que procuráramos darle un buen viaje también a él.

Estábamos tan agradecidos porque no había bobeado más de tres minutos, que hicimos, firmes, la venia militar en un barco mercante y balamos un hurra.

Corrí para asegurarme al gringo Vast como compañero de cabina. Pero era tarde, los lugares habían sido distribuidos un día antes y en la puerta de mi vomitario encontré una tarjeta con dos nombres: Jorge Michel-Atilio Matías.

Bañados y frescos, era inevitable que estuviéramos a las siete y treinta frente a frente, cada uno sentado en su cucheta, cada uno con la inutilidad pesada de las quietas manos de hombre entre las rodillas. De manera que Matías, el telegrafista —"tengo que irme en seguida al puesto"— tosió sin flemas, y dijo:

(Era, y para siempre, diez años más viejo que yo; tenía la nariz larga, los ojos sin sosiego, una boca fina y torcida de ladrón, de tramposo, de adicto a la mentira, un cutis protegido del sol desde la pubertad, una blancura conservada en la sombra del chambergo. Pero encima de todo esto, como un abrigo permanente, hacía flotar la tristeza, la desgracia, la mala suerte encarnizada. Era pequeño, frágil, con bigotes caídos y suaves.)

—Tengo que tomar turno —repitió.

Pero faltaba media hora para su idiotez de recibir telegramas sin sentido y teníamos una botella de ron puertorriqueño entre uno y otro.

Mi primer embarque no tuvo otro origen que la necesidad de moverse. Este tercer embarque era distinto: era la huida por tres meses de La Banda, del patronazgo inverosímil del Multi, de las genuflexiones exactas de gente que yo había respetado y, en algunos casos, querido.

Bajo la luz débil teníamos el ron, los vasos, los cigarrillos, mi ancla azul tatuada en el antebrazo.

Dentro de media hora. De modo que Aguilera, Matías el telegrafista, dijo el principio de la verdad que él creía indudable, sin necesidad de presiones. Cautelosamente protegido por una fantástica desdicha empeñada en su ruina, algo habló, hizo confesión.

Faltaban veinte minutos para empezar su guardia cuando balbució el olor del ron mientras hablaba. No era, lo supo él mismo, algo que pudiera clasificarse como manía de persecución, poner de lado y pasar a otra cosa. Porque, escuchen, Matías dijo, aproximadamente, o yo le estuve mirando en la cara triste —con su firme mueca de indignación infantil— las palabras que se le atoraban sin ser pronunciadas. Por ejemplo:

—Usted conoce Pujato —entre seguridad y pregunta—. Usted que conoce Pujato, se tiene que dar cuenta de la diferencia y la estafa, entre el gris y el verde, por lo menos. Fue la Dirección de Telecomunicaciones y aquí le puedo mostrar los documentos, uno por uno, con el orden de las fechas, que por algo se me ocurrió guardar. Dirección Nacional o General de Telecomunicaciones. Llamado primero: llámase a concurso para proveer vacantes, creaciones, de radiotelegrafistas en el orden nacional. No le niego que yo tenía un amigo que manejaba el morse, receptaba y transmitía con tanta facilidad y sin siquiera darse cuenta, como usted respira o camina o cuenta cosas. También de Pujato el amigo y por siglos de años telegrafista de la estación de ferrocarril. Con felicitaciones de los ingleses en cada inspección. Pujato, no se olvide, casi sin superior como la misma Santa María. Y el amigo quería jubilarse y dejarme el puesto como herencia de amistad. Así que en cuanto supo del aviso primero, aquí lo tienes, me dijo, el puesto es tuyo, se puso a practicarme y mucho antes del plazo reglamentario yo oía en morse y movía los dedos en morse. No era piano, no importaba que los hubiera estropeado, los dedos, en el trabajo de la chacra.

Lo que había era un empleo de telegrafista en la estación de ferrocarril de Pujato. Lo que había era Pujato en paz hasta el fin de la vida. Pujato y mi casamiento con María, que no le hablo porque son cosas sagradas para un hombre.

Pero de Pujato sí, una palabra que ya se lo dice todo. Ponga el dedo donde quiera: una mañana, una tarde. Alguna vez, quién sabe, en la misma madrugada. Pujato verde y amarillo, los chacareros mandando trigo y maíz con los camiones que algunos vuelcan a granel, hasta los silos cerca de la estación, pidiendo día, turno y vagones. Yo ahí, que les resuelvo los problemas con el morse, mitad fastidiado, mitad divertido, nunca fastidiado de veras. Yo, y míreme como me vi, telegrafista y dueño, casado con María, que puede residir en la misma estación o estarme esperando en un chalet junto a la carretera.

Usted lo ve, puede vernos, Pujato, mi señora y yo. Ahora vea el otro documento, que es el tercero, y el cuarto, donde está la trampa. Por el tercero, entre más de doscientos aspirantes yo quedo clasificado y dueño. Y en el cuarto documento, diez meses después, me mandan a radiotelegrafiar un barco, éste, tan lejos de todo lo que le dije. Alemania, Finlandia, Rusia, tantos nombres que tuve que aprender creyendo siempre que nada tenían que ver conmigo, ni en la escuela ni después.

—Qué quiere que haga —desafió Matías el telegrafista—. ¿Que esté contento?

Lo dejé ir, siguió con el ron, me dormí sospechando enfermedades. A las seis de la mañana me despertaron con las adocenadas palabras groseras y muertas; foguista o fogonero bajé hasta mi infierno sin ver a Matías y casi olvidado.

Alguien dispuso para los días siguientes que ocupáramos el camarote en horas distintas y apenas nos viéramos separados por la mesa larga del almuerzo. De modo que el destino vigiló atento la existencia de Matías y me obligó a postergar mi réplica optimista y cristiana, mi alborada del gracioso hasta pocas horas antes de Hamburgo, calor, pequeñas faltas de disciplinas, odios imprecisos, salivazos por palabras.

Ya dije o pensé que era una historia de embarcados y

sólo ellos podrán entenderla de verdad. Agrego, sin disculpa, que muchas veces, en puertos o verdadera tierra firme quise explicar y convencer que todos, ciudadanos, montañeses y labriegos de llanura somos embarcados. Muchas veces y fracasando siempre.

Esto se dice para que ustedes se acerquen a comprender por qué desde que el barco salió del puerto de Santa María empecé a sentir la indiferencia, el desvío, el mal cubierto desprecio de los tripulantes, de mis amigos de otros viajes.

Tal vez exagere porque las palabras son siempre así, nunca exactas, un poco más o un poco menos. Pero sí, estoy seguro, saludos más cortos, silencios soportados con paciencia, sonrisas sin ojos, conversaciones desviadas.

Porque yo, sin otra culpa que la de vivir en el camarote que me habían impuesto, era para ellos el amigo de Matías el telegrafista, el socio del fracaso, la sombra de la mala suerte.

Y de nada me servía burlarme de Matías frente a ellos y el mismo Matías. La enfermedad, el destino enemigo del hombre de Pujato se me habían contagiado —ellos lo creían o sospechaban— y era prudente imponerme el cordón sanitario, la cuarentena. De modo que injustamente tuve que sentirme emparentado con Atilio Matías y navegar a su lado en un mar de hostilidad y persecuciones. El, Matías el telegrafista, desde su principio hasta su fin; yo, durante un viaje de tres meses.

—Y fíjese adónde nos mandan —me dijo en algún encuentro inevitable—. Nos mandan al frío, un frío de muerte tan distinto al que tenemos, un suponer, en un invierno de Pujato. Piense en la piecita del radiotelegrafista en la estación del ferrocarril, con mate hirviendo y el brasero y algún amigo con temas de verdad para conversar, que a lo mejor trajo una botella de grapa, aunque yo no soy tomador.

Y era inútil exagerar el número de veces que yo había

hecho el mismo rumbo, los mismos puertos, en idéntico mes del año.

—Mire que ahora en Finlandia mismo, en Hamburgo, en Bakú, la gente anda en mangas de camisa y las mujeres en los balnearios esperan la luz de la luna para bañarse desnudas.

No me creía, simplemente; le estaba prohibido aceptar la bondad del verano y alzaba los hombros para sacudirse toda posibilidad de optimismo. Ni siquiera contestaba; yo le sabía pensar: María Pupo, Pujato, o al revés.

Por allá arriba del incendio de las calderas alguien llevaba con escrúpulo al día, a la hora, el diario de bitácora. El mío era distinto, como siempre sucede en Hamburgo.

Cuando en la rada, una mañana casi mediodía de verano, caminé enérgico para buscar la parada de tranvías, oigo los pasos persecutorios, la voz resuelta:

—Oiga, Michel. ¿Usted para dónde va?

—Para el otro lado. Estoy enfermo de ganas de Sanpauli. Mujeres y algo más fuerte que cerveza para olvidarme que soy un embarcado, y que otra vez mañana de noche las calderas. Pero usted, Matías, va al hotel Kaiser, le oí decir. Tiene que cruzar la calle, va para el otro lado, toma otro tranvía.

Estuvo bamboleando la sonrisa que se opone, aceptando, sin embargo, a la mala suerte. Debe ser fácil si uno se acostumbra. Después dijo y no llegaba ningún tranvía:

—Hágame un favor.

—No —le dije—, me voy a Sanpauli, tengo hambre de Sanpauli y si quiere venga.

Fue inútil, porque él no me oyó, porque él, Matías, llevaba años en el ejercicio de la desesperación impura.

—Usted puede hacerme un favor y después va y se emborracha. No se lo dije en toda la navegación, pero hoy es el cumpleaños de María. Si me ayuda le mando un telegrama.

—Perdone. ¿Por qué no manda un radio desde el barco? ¿Por qué no se vuelve y lo manda?

Ni siquiera me miró. Hizo una sonrisa mientras caminaba y me habló paciente, de padre a hijo:

—Catorce. El artículo catorce prohíbe toda comunicación de carácter personal, salvo situaciones de gravedad manifiesta que deben contar con el visto bueno por escrito del capitán o el jefe de estación.

—Claro, perdone —traduje.

Desde donde estábamos no se podía ver la ciudad; apenas unas torres cuadradas metidas en el sol. Pero yo la estaba oliendo, le sentía el gusto en la boca seca y puedo jurar o prometer que Sanpauli me llamaba. Pero no; su desdicha, la de Matías el telegrafista, fue más poderosa que mi hambre de humo y venga lo que venga junto a una enorme mesa redonda. Vencieron Pujato y María Pupo.

—¿Telégrafos? —empecé, para ceder y cubrir la vergüenza—. Sí, aquí cerca, dos cuadras, tenemos uno.

—Entonces, si me acompaña. Es un momento. Fíjese que no hablo el idioma y usted sí se defiende.

De manera que caminamos hacia Correos y Telégrafos, a cada paso más lejos de Sanpauli.

Consideremos, entonces, que la *fraulein* del mostrador de Telégrafos había nacido allí, cuarenta o cincuenta años atrás, y que los anteojos, las arrugas, la boca en media luna blanca y amarga, la mismísima voz de macho pederasta eran, como su alma, un producto de suelo miserable, de amor absurdo por el trabajo y la eficiencia, de una fe indestructible acrecida por el misterio que prometían y vedaban las letras T.T.

Así, y con rapidez satisfactoria, desde el dialecto pujatense, atravesando mi inglés de marinero, hasta el alemán perfecto de la *fraulein,* el mensaje decía, traducido, algo como María Pupo. Pujato. Santa María. Felicidades te desea Matías.

Ella lo escribió con tres carbónicos, cobró tres marcos o cuatro y nos dio copia y recibo.

Estábamos otra vez en la calle y era el tiempo del hambre del almuerzo, y todos los tranvías se pusieron a correr hacia Sanpauli y sus promesas. Ahora la voz no estaba saliendo de Matías el telegrafista, sino de mi hambre, mi debilidad, mi apaciguada nostalgia. La voz decía:

—Oiga, Michel. ¿Usted entiende de grafología?

—En un tiempo jugué a que sabía. Pero nunca supe de verdad.

—Pero, claro, usted sabe o por lo menos se da cuenta. Piense en la cara de la mujer.

—No.

—Sí, también a mí me repugna. Tres marcos cuarenta y un marco es más que un dólar. Y ni siquiera pasó el telegrama a máquina, lo escribió con birome y aquí tenemos la copia. Mire un poco, aunque siga porfiando que no entiende.

En un cruce de calles, en el temor de que la tarde empiece con los estómagos vacíos. Quise pegarle y no pude, dije palabras sucias y lo llevé de un brazo.

Todo, cualquier cosa; pero siempre en Hamburgo, en la más increíble esquina, habrá un delicatessen esperando. Cerveza y platitos escandinavos. Ahí, sobre la mesa, sostenida abierta por los pulgares de Matías estaba la copia del telegrama a María Pupo, Pujato.

—Fíjese con calma —dijo Matías—. Primero, la mujer, la cara de mal bicho atravesado que usted comparte conmigo.

Tomé cerveza, me llené la boca con mariscos de nombre ignorado y me rendí a una súbita, irresistible admiración por la inteligencia sutil de Matías, revelada a cambio de cuarenta y seis días de quemarme las manos en las tripas del barco, consciente de que en la misma cáscara, sobre la misma ola, separado apenas por chapas delgadas de acero y madera, viajaba la tristeza inconsolable del hombre de la radio.

—La cara para empezar —siguió Matías— y ahora tenemos la grafología, y aunque usted me porfíe que no entiende, las dos cosas se juntan y son indiscutibles. Resultado, y disculpe, que la gringa esa me quiere joder. Más claro: que ya me jodió y se quedó con el dinero, que no me importa porque tengo mucho, y no mandó ningún telegrama. Por la cara, por la grafología, y porque yo soy radiotelegrafista diplomado y algo entiendo de esas cosas.

El inglés de los embarcados es un idioma universal; y siempre sospeché que algo semejante ocurre con el whisky en toda latitud y altura, se trate de alegría, desdicha, cansancio, aburrimiento. Matías estaba loco y yo no tenía a nadie próximo para unirlo al asombro y regocijo del descubrimiento. De modo que asentí moviendo la cabeza, aparté la jarra de cerveza y pedí whisky. Lo servían así: una botella, un balde con pedazos de hielo, un sifón.

Y yo no tenía un amigo para susurrarle la locura deslumbrante de Matías que había decidido callarse por un tiempo, tragar frutos del mar y cerveza.

Seguía siendo casi el mismo: diez años más viejo que yo, la nariz larga, los ojos inquietos, una boca fina y torcida de ladrón, de tramposo, de adicto a la mentira, pequeño, frágil, con bigotes caídos y suaves. Pero ahora había enloquecido o ahora mostraba sin pudor una locura antigua y encubierta.

Era ya de tarde cuando decidí interrumpirle las reiteraciones respecto a caras, intuiciones, tildes sobre las letras.

—A la luz de las estrellas es forzoso navegar —le dije—. Y como usted tiene tanto dinero, lo mejor, lo único que puede hacer, si aprecia respetuosamente el cumpleaños de su novia, lo único que puede hacer es caminar de vuelta al monstruo T.T. y pedir comunicación telefónica con Pujato.

—Desde Hamburgo —preguntó amargo, con la ironía sin gracia de los perseguidos.

—Desde Hamburgo y por T.T. Lo hice mil veces. Se oye mejor que si usted hablara desde la misma Santa María.

Su lucha era entre la esperanza y la incredulidad atávica. Burlándose, se golpeó el rollo de billetes en el bolsillo del pantalón y me dijo: "Bueno, vamos", como si desafiara a un niño.

Fuimos, yo apenas borracho y él con la resolución de que fuera demostrada, de una vez y para siempre y para él mismo, que toda máscara de la felicidad le había sido negada desde el principio de los días y que nada podría atenuar aquella su maldición particular de que sacaba orgullo y distinción bastantes para continuar viviendo.

Las oficinas telefónicas funcionaban en el mismo edificio de los telégrafos, de la solterona que había estafado a Matías en algo así como tres marcos cuarenta guardándose por revancha y avaricia las palabras de feliz cumpleaños para María Pupo, Pujato.

Pero los teléfonos estaban en otra ala, a la izquierda; uno remolcó al otro hasta llegar al mostrador, a la rubia delgada, joven y sonriente con ganas. Era una T.T.

Dije, traduje, expliqué y ella me miraba lentamente y sin fe verdadera. Dije otra vez, silabeando, demostrándole sinceridad y una paciencia adecuada al paso del tiempo hasta el fin del mundo.

Dudaba, ella, y terminó aceptando, blanqueándose la cara con la sonrisa exagerada y tal vez dolorosa. Es cierto que, todavía, vaciló un momento antes de la creencia y nos pidió:

—Un momento, por favor —antes de saludar con la cabeza y abandonarnos el mostrador para desaparecer, también ella, tan joven, detrás de puertas y cortinas, más allá de la gran T.T.

Luego apareció un T. T. mayor con anteojos rodeados de oro delgado y nos preguntó si era verdad lo que encontraba imposible:

—Esta coincidencia, señores...

Yo supe. No puedo saber qué pasaba dentro de Matías, de qué modo iba acomodando las postergaciones a su destino personal preferido. Yo estaba, dije, un poco borracho y brillante. Soportando otros interrogatorios, otros T. T. progresivamente mayores. Y yo repetí con candor, sin dudas, las respuestas correctas, porque al fin tuvimos, también nosotros, el privilegio de empujar cortinas y atravesar puertas hasta enfrentar al T.T. mayor, el verdadero y definitivo.

Estaba, ya de pie, detrás de un escritorio enano, de madera negra, en forma de media herradura. Ayudado por el calor, el whisky de dos años, la locura recién llegada de Matías, pude creer un momento que el hombre nos estaba esperando desde que salimos de Santa María. Era alto y grueso, el hombre que fue campeón en las canchas de la Universidad de Greifswald y abandonó el deporte dos años atrás.

Rubio, rojo, pecoso, amable y repugnante.

—Señores —dijo. Yo simulé creer—. Me han dicho que quieren una ligazón telefónica con América del Sur.

—Ya —dije, y nos pidió que usáramos las sillas.

—Con América del Sur —repitió sonriéndole al techo.

—Pujato, señor, en Santa María —le dije volviéndome para mirar a Matías y pedirle apoyo.

Pero no había nada por ese lado. La locura del telegrafista había preferido, con astucia o rebelión definitiva, una expresión de ausencia, unos ojos vacíos, unos bigotes de seda, mustios y ajenos, estremecidos por el viento de la refrigeración. El, Matías, no participaba, sólo era un testigo atento, zumbón, seguro de la derrota, indiferente, lejano.

El hombre corpulento recitaba rodeado por la semiherradura de su mesa. Era mayor que nosotros, y muy pronto la alegría fraternal de su discurso se fue transformando en decencia y hastío.

Ya estaba rodeado de funcionarios con expresiones dichosas y todos tomábamos café mientras él explicaba que la T.T. Telefunken, de la cual era un simple engranaje, acababa de poner a punto una nueva línea de comunicaciones entre Europa y Southamérica; y que esta ocasión, la estremecida nostalgia de Matías, debía ser celebrada porque el llamado de amor que pretendíamos era el primero que iba a cumplirse, en realidad, aparte, claro, de las innumerables pruebas de los técnicos.

Cuando se echó hacia atrás levantando un brazo vimos que toda la pared a sus espaldas era un enorme planisferio en el cual los rigores de la geometría decorativa no respetaban los caprichos de las costas. Y volvió a sonreír para decirnos que la celebración agregaba a las tazas de café su carácter de gratuito, no más de tres minutos.

Asentí con entusiasmo, dije palabras de gracias y felicitación, mientras pensaba que todo aquello era normal, que las inauguraciones siempre habían sido gratuitas para mí, mientras miraba la cara furtiva del telegrafista, su expectación acusadora.

Hubo una pausa y el hombre grande empujó uno de los teléfonos hasta Matías. Era blanco, era negro y era rojo.

Matías continuó inmóvil; y, si una burla puede ser seria, había burla en su perfil escurrido y en su voz.

—María no tiene teléfono —dijo—. Llame usted, Michel. Llama al almacén y les pide que la busquen aunque no sé qué horas serán. Pregúnteles porque en una de esas es muy tarde y está durmiendo.

Quería decir Pujato duerme. Hablé con el gerente, consultamos con Greenwich y supimos que apenas empezaba a ponerse el sol en Santa María. Mugidos de terneros por el lado de Pujato, las barreras de la estación cayendo con pereza y chirridos para esperar el tren de las 18.15 rumbo adentro, capital.

Entonces, lento por premoniciones que actuaban como artritis, pensando en la libertad y Sanpauli, alargué el brazo y traje el teléfono hasta casi tocarme el pecho. Rígido, sin mirar nada que estuviera en la habitación, Matías habló con mis manos.

—Es el 314 de Pujato. El almacén. Usted pide que la llamen.

Luego de concretar instrucciones con el alemán principal hablé con la operadora. Con paciencia y reiteración el problema no fue difícil.

No sé cada cuántos segundos y durante cuántos minutos la mujer me estuvo diciendo: "No se retire; llamando", o palabras equivalentes. Y entonces hasta el mismo Matías tuvo que alzar los ojos y apreciar el milagro que se iba extendiendo en la pared que era un planisferio. Vimos encenderse, allí mismo, en Hamburgo, la diminuta lámpara enrojecida; vimos otra que iluminaba Colonia; vimos sucesivamente, a veces con parpadeos, otras nuevas con una segura velocidad inverosímil; París, Burdeos, Alicante, Argel, Canarias, Dakar, Pernambuco, Bahía, Río, Buenos Aires, Santa María. Un tropiezo, un vaivén, la voz de otra señorita; "No se retire, llamando a Pujato, tres uno cuatro".

Y por fin: Villanueva hermanos, Pujato. Era una voz tranquila y gruesa, de indiferencia y primer vermut. Pedí por María Pupo y el hombre prometió llamarla. Esperé sudoroso, resuelto a ignorar a Matías hasta el fin de la ceremonia, mirando el mundo iluminado con puntos de incendio detrás de la cara ancha, la sonrisa feliz del gerente rodeada, derecha, izquierda, por las sonrisas respectuosamente menores de los robots de la T.T. Telefunken.

Hasta que hubo María Pupo en el teléfono y dijo: "Habla María Pupo, quién es".

Soy inocente. Hablé amistoso pero nada atrevido, expliqué que su novio, Atilio Matías, deseaba saludarla desde Hamburgo, Alemania. Pausa y la voz de contralto de María Pupo, atravesando el mundo y los ruidos temblorosos de sus océanos:

—Por qué no te vas a joder a tu madrina, guacho de mierda.

Colgó el teléfono rabiosa y las lamparitas rojas se fueron apagando velozmente, en orden inverso al anterior, hasta que la pared planisferio volvió a incrustarse en las sombras y tres continentes confirmaron en silencio que Atilio Matías tenía razón.

EL PERRO TENDRA SU DIA

Para mi Maestro, Enrico Cicogna

El capataz, descubierto por respeto, le fue pasando mano a mano los pedazos de carne sangrienta al hombre de la galera y la levita. Al fin de la tarde y en silencio. El hombre de la levita hizo un círculo con los brazos encima de la perrera y se alzó en seguida la ráfaga oscura de los cuatro doberman, casi flacos, huesos y tendones, y la ciega ansiedad de los hocicos, los dientes innumerables.

El hombre de la levita estuvo un rato viéndolos comer, tragar, mirándolos después pedir más carne.

—Bueno —le dijo al capataz—, lo que le ordené. Toda el agua que quieran pero nada de comida. Hoy es jueves. Los suelta el sábado a esta hora más o menos, cuando caiga el sol. Y que todo el mundo se vaya a dormir. El sábado, sordos aunque oigan desde los galpones.

—Patrón —asintió el capataz.

Ahora el hombre de la levita le pasó al otro billetes color carne sin escucharle las palabras agradecidas. Bajó hacia la frente la galera gris y dijo mirando a los perros. Los cuatro doberman estaban separados por tejidos de alambre; los cuatro doberman eran machos.

—Subo a la casa dentro de media hora. Que tengan listo el coche. Voy a la capital. Asuntos. No sé cuántos días estaré allá. Y no olvides. Hay que cambiarle toda la ropa, después. Quemá los documentos. La plata es tuya y todo lo que te guste, anillos, gemelos, reloj. Pero no uses nada hasta que hayan pasado meses. Yo te diré cuándo. El dinero es tuyo —reiteró—. A los cajetillas nunca les faltan. Y las manos; no te olvides de las manos.

Entonces era bajo y fuerte, vestido con bordados grises, cinturón ancho pesado de esterlinas, poncho oscuro y una corbata negra cuyo color le fue impuesto a los trece años y ya había olvidado por qué y por quién. El facón de plata, a veces, por alarde o adorno y el sombrero con el ala hacia atrás. Sus ojos, como los bigotes, tenían el color del alambre nuevo y la misma rigidez.

Miraba sin verdadero odio ni dolor, invariable para los demás como si estuviera seguro de que la vida, la suya, acumularía rutinas plácidas hasta el final. Pero estaba mintiendo. Apoyado en la chimenea veía mintiendo la habitación, las butacas de seda y dorado donde nunca aceptó sentarse, los muebles de patas retorcidas, con puertas de vidrio, llenos de servicios para té, café y chocolate que tal vez nunca hubieran sido usados. La enorme pajarera con su temeroso estruendo, las curvas del sillón confidente, las bajas mesitas frágiles sin destino conocido. Las gruesas cortinas vinosas suprimían el tranquilo atardecer; sólo existía el bricabrac asfixiante.

—Me voy para Buenos Aires —repitió el hombre, como todos los viernes con su voz lenta y grave—. El buque sale a las diez. Negocios, la estafa que me quieren hacer con tus campos del norte.

Miraba los dulces, las láminas de jamón, los pequeños quesos triangulares, la mujer manejando la tetera: joven, rubia, siempre pálida, equivocada ahora sobre su futuro inmediato.

Miraba al niño de seis años nervioso y enmudecido, más

blanco que su madre, siempre vestido por ella con ropas femeninas, excesivas en terciopelos y encajes. No dijo nada porque todo había sido dicho mucho tiempo atrás. La repugnancia
de la mujer, el odio creciente del hombre, nacidos en la misma
extravagante noche de bodas en que fue engendrado el niño-
niña que se apoyaba ahora boquiabierto en el muslo de su
madre mientras enroscaba con dedos inquietos los gruesos
bucles amarillos que caían hasta el cuello, hasta el collar de
pequeñas medallas benditas.

El milord era negro y lustroso y brillaba siempre como
recién barnizado; tenía dos enormes faroles que muchos años
después se disputaría la gente rica de Santa María para ador-
nar portales con una bombita eléctrica en lugar de velas. Lo
arrastraba un tordillo hecho de plata o estaño. Y el coche no
lo había hecho Daglio; fue traído desde Inglaterra.

A veces medía con envidia y casi con odio el ímpetu, la
juventud ciega de la bestia; otras, imaginaba contagiarse de su
salud, de su ignorancia del futuro.

Pero tampoco aquel viernes —y menos que nunca aquel
viernes— fue a Buenos Aires. Ni siquiera, en realidad, estuvo
en Santa María; porque al llegar al principio de Enduro hizo
que el tordillo joven que tiraba del birlocho torciera hacia la
izquierda y lo arrastrara, haciendo volar terrones por el camino de barro seco que llevaba, atravesando paisajes de pasto
quemado y algunos árboles solitarios y siempre distantes, hacia la playa sucia que muchos años después, convertida en
balneario, poblada de chalets y comercios, llevaría su nombre, ayudaría en parte ínfima a cumplir su ambición.

Más adelante, en una extensión exagerada, el caballo trotó
flanqueado por la mansedumbre de los trigales, de las granjas
que parecían desiertas, blanqueando tímidas, hundidas en el
calor creciente de la tarde.

Dejó el coche frente al rancho más grande del rancherío
y, sin contestar saludos, alargó diez billetes al hombre oscuro

que había salido a recibirlo. Pagaba el pienso de la bestia, el alojamiento en el corral, el secreto, el silencio que ambos sabían mentira.

Después caminó hasta la casita nueva y encalada, rodeada de yuyos, casi apoyada en un pino recto y gigantesco, plantado por nadie medio siglo atrás.

Por costumbre, imperioso y displicente, golpeó tres veces la puerta frágil con el mango del rebenque. Tal vez también esto formara parte implícita del rito: la mujer silenciosa, acaso ausente, demorándose. El hombre no volvió a llamar. Esperaba inmóvil, bebiendo en el jadeo esta primera cuota del sufrimiento semanal que ella, Josephine, le servía obediente y generosa.

Sumisa, la muchacha abrió la puerta, escondiendo el hastío y el asco, que había sido lástima, se desprendió la bata, la dejó caer al suelo y volvió desnuda a la cama.

Un viernes lejano, inquieta porque temía a otro hombre, había consultado el relojito: supo así que la operación completa duraba dos horas. El se quitó el saco, lo unió al rebenque y al sombrero y fue colocando todo, ya tembloroso, sobre una silla. Luego se acercó y, como siempre, empezó por los pies de la muchacha, sollozando con su voz ronca, pidiendo perdón con bramidos incomprensibles por una culpa viejísima y sin remisión, mientras la baba caía mojando las uñas pintadas de rojo.

Casi en la totalidad de tres días la muchacha lo tuvo de espaldas, enrollando cigarrillos, silencioso, vaciando sin prisa ni borrachera los porrones de ginebra, levantándose para ir al baño o para acercarse rabioso y dócil al suplicio de la cama.

Traída por las semillas envueltas en blancos cabellos de seda, volando apoyada sobre el capricho del aire, la noticia llegó a Santa María, a Enduro, a la casita blanca próxima a la costa. Cuando el hombre la recibió —el cuidador del tordillo se animó a rascar la puerta y dio las nuevas desviando los ojos, la boina estrangulada en las grandes manos oscuras —comprendió que, increíblemente, la mujer desnuda y prisionera en la cama ya lo sabía.

De pie, afuera, inclinado sobre el murmullo servil y en decadencia, el dueño de los bigotes acerados, del milord, del caballito de plata, de más de la mitad de las tierras del pueblo, habló lentamente y habló demasiado:

—Ladrones de fruta. Para ellos tengo los mejores perros, los más asesinos de los perros. No atacan. Defienden. —Miró un instante el cielo impasible, sin sonrisa ni tristeza; sacó más billetes del cinto—. Pero yo no sé nada, no lo olvide. Yo estoy en Buenos Aires.

Era mediodía del domingo; pero el hombre no dejó la casita hasta la mañana del lunes. Ahora el caballito se sujetaba al trote, sin necesidad de ser dirigido, rítmico, volviendo a la querencia con un algo de animal mecánico, de juguete de feria.

—Un milico —pensó despreocupado el hombre cuando vio, apoyado en la pared, cerca del gran portón negro de hierro, con el ostentoso entrevero doble de una jota con una pe, a un policía joven y aburrido, con un uniforme que había sido azul y de un desaparecido más corpulento y alto.

—El primer milico —pensó el hombre casi sonriendo y llenándose lentamente de un entusiasmo, de un principio de diversión.

—Perdone señor —dijo el uniforme, cada vez más joven y tímido a medida que se acercaba, casi un niño al final—. Me dijo el comisario Medina que le pidiera de darse una vuelta por el Destacamento. A voluntad de usted.

—Otro milico —murmuró el hombre, enredado en el vaho y el olor del caballo—. Pero usted no tiene la culpa. Dígale a Medina que estoy en mi casa. Todo el día. Si quiere verme.

Sacudió apenas las riendas y el animal lo arrastró jubiloso, más allá del jardín y la arboleda, hasta la media luna de tierra seca donde estaban las cocheras.

Cabizbajos y diestros, ninguno de los hombres que se acercaron para recibirlo y desensillar habló de la noche del sábado ni de la madrugada del domingo.

Petrus no sonreía porque había descargado la burla desde años atrás, y tal vez para siempre, a los bigotes de viruta de acero. Recordaba impreciso su aproximación a la cincuentena; sabía todo lo que le faltaba hacer o intentar en aquel extraño lugar del mundo que aún no figuraba en los mapas; consideraba que no enfrentaría nunca un obstáculo más terco y viscoso que la estupidez y la incomprensión de los demás, de todas las otras con que estaría obligado a tropezar.

Y así, por la tarde, cuando el bochorno comenzaba a ceder bajo los árboles, llegó Medina, el comisario, intemporal, pesado e indolente, manejando el primer coche modelo T que logró vender Henry Ford en 1907.

El capataz lo saludó haciendo una venia demasiado lenta y exagerada. Medina lo midió con una sonrisa burlona y le dijo suavemente:

—Te espero a las siete en el Destacamento, Petrus o no Petrus. Te conviene ir. Te juro que no te va a convenir si me obligás a mandarte buscar.

El hombre dejó caer el brazo y aceptó moviendo la cabeza. No estaba intimidado.

—El patrón dijo que si usted venía él estaba en la casa.

Medina taconeó sobre la tierra reseca y subió la escalera de granito, excesivamente larga y ancha. "Un palacio; el gringo cree vivir en un palacio aquí, en Santa María."

Todas las puertas estaban cerradas al calor. Medina golpeó las manos como advertencia y se introdujo en la gran sala de las vitrinas, los abanicos y las flores. Con un traje distinto al de la mañana pero tan cuidado como si se hubiera vestido para un paseo inminente, ensombrerado, fumando en el único asiento que parecía capaz de soportar el peso de un hombre,

Jeremías Petrus dejó en la alfombra el libro que estaba leyendo y alzó dos dedos como saludo y bienvenida.

—Siéntese, comisario.

—Gracias. La última vez que nos vimos yo me llamaba Medina.

—Pero hoy resolví ascenderlo. Ya sé lo que lo trajo.

Medina miró dudoso la profusión de butaquitas doradas.

—Siéntese en cualquiera —insistió Petrus—. Si la rompe me hace un favor. Y ante todo, ¿qué tomamos? Estoy pasado de ginebra.

—No vine a tomar.

—Ni tampoco a contarme que en horas de servicio nada de alcohol. Hace meses que no me llegan botellas de Francia. Algún milico estará tomándose mi Moet Chandon en rueda de chinas. Pero tengo un bitter Campari que me parece justo para esta hora.

Movió una campanilla y vino el mucamo que estaba escuchando detrás de una cortina. Joven, moreno, el pelo aplastado y grasiento. Medina lo conocía como carne de reformatorio, como mensajero de putas clandestinas —¿y qué mujer no lo es?—, como ladrón en descuidos. Recordó, buscándole sin triunfo los ojos, la frase ya clásica y deformada: "Te conozco, Mirabelles". Era cómico verlo con la chaqueta blanca y la corbata de smoking. "Se trajo de Europa juegos de muebles, una esposa, una puta, un cochecito y un potrillo. Pero no consiguió un sirviente exportable; tuvo que buscarlo en el basural de Santa María."

Habían desfilado recuerdos de cosechas perdidas, de cosechas asombrosas, de subidas y caídas de precios de vacunos; habían sido barajados veranos e inviernos lejanos, gastados por el tiempo hasta ser irreales, cuando la botella anunció que sólo quedaban dos vasos del líquido rojo, suave como un agua dulce. Ninguno de los dos hombres había cambiado, ninguno revelaba la burla ni el dominio.

—La señora y el chico fueron a Santa María. Tal vez sigan

más lejos. Nunca se sabe. Quiero decir que nunca se sabe con las mujeres —dijo Petrus.

—Le pido perdón, no le pregunté por la salud de la señora— dijo Medina.

—No tiene importancia. Usted no es médico, usted vino porque mis perros se comieron a un ladrón de gallinas.

—Perdón, don Jeremías. Vine a molestarlo por dos cosas. Nos llevamos al difunto disfrazado. Sus peones le embarraron la cara y las manos, lo vistieron con la ropa del capataz, le robaron lo que tenía. Anillos; bastó mirarle las marcas en los dedos. Bastó lavarlo para saber que vino limpito y bañado. Se olvidaron del perfume, tan fino y marica como el que usa su señora, Madame. Una trampa torpe hecha por la peonada. Con esto me basta porque ya le conozco el nombre. Es muy posible que usted no sepa quién era y es posible que lo ubique cuando yo quiera decírselo o cuando vea, si quiere molestarse, el expediente en el Destacamento. Los perros le comieron la garganta, las manos, la mitad de la cara. Pero el difunto no vino a robar gallinas. Vino de Buenos Aires y usted no fue a Buenos Aires el viernes.

Una pausa mordida por los dos, un miedo compartido.

Petrus olía un peligro pero ningún temor. Sus peones habían sido torpes y también él por haber confiado en ellos y en la farsa grotesca.

—Medina o comisario. Yo me fui a Buenos Aires el viernes. Casi todos los viernes voy. Pagué mucho dinero para que todos lo juren.

—Y todos juraron, don Jeremías. Nadie lo estafó, ni siquiera en un peso. Juraron por el miedo, por la Biblia y por las cenizas de sus putas madres. Aunque no todos eran huérfanos. Pero, sin adular, yo sentí que juraban comprometidos con otra cosa, con algo más que el dinero.

—Gracias —dijo Petrus sin mover la cabeza, con una línea burlona empujando los duros bigotes—. Historia terminada, sumario cerrado, yo estaba en Buenos Aires.

—Sumario cerrado porque el muerto estaba dentro de su casa, su tierra, su bendita propiedad privada. Y el asesinato no lo hizo usted. Lo hicieron los perros. Probé, don Jeremías. Pero sus perros se niegan a declarar.

—Doberman —asintió Petrus—. Raza inteligente. Muy refinados. No hablan con los perros policía.

—Gracias. Tal vez no sea por desprecio. Simple discreción. Otra vez: asunto archivado. Pero algunas cosas deben quedar claras. Usted no estaba por aquí la noche del sábado. Usted no estaba, tampoco, en Buenos Aires. Usted no estuvo, no vivió, no fue, de viernes a lunes. Curioso. Una historia sobre un fantasma desaparecido. Eso no lo escribió nadie, nunca, y nadie me lo contó.

Entonces Jeremías Petrus abandonó el asiento y quedó de pie, inmóvil, mirando con fijeza la cara de Medina, el látigo inútil colgando de su antebrazo.

—Tuve paciencia —dijo lentamente, como si hablara a solas, como si murmurara frente al espejo ampliatorio que usaba para afeitarse por las mañanas—. Todo esto me aburre, me entorpece, me mata el tiempo. Quiero, tengo que hacer tantas cosas que tal vez no puedan caber en la vida de un hombre. Porque en esta tarea estoy solo—. Se interrumpió por minutos en la gran sala poblada de cosas, objetos, nacidos e impuestos de y por la nunca derrotada historia femenina, su voz había sonado, levemente, como plegaria y confesión. Ahora se hizo fría, regresó a la estupidez cotidiana para preguntar sin curiosidad, sin insulto: —¿Cuánto?

Medina rio suavemente, matizó su pobre alegría al ambiente de insoportables vitrinas, japonerías, abanicos, dorados, mariposas muertas y sujetas.

—¿Dinero? Nada para mí. Si quiere liquidar la hipoteca es cosa ajena, don Jeremías. Es del Banco o de nadie. Me queda el catre del Destacamento.

—Hecho —dijo Petrus.

—Como quiera. En pago quiero decirle algo que lo molestará tal vez al principio, desde esta noche o mañana, digamos...

—A usted nunca le gustó perder el tiempo. A mí tampoco. Tal vez por eso lo aguanté tantos años. Tal vez por eso lo escucho ahora. Hable.

—Usted manda. Creí que un poco de prólogo, entre dos caballeros que tienen las manos limpias... El caso es que Mamuasel Josefina no quiso decir ni escuchar palabra. Perdón, dijo algo así, y una sola vez, como "Se petígarsón". Un poco lloró. Después desparramó libras arriba de la cama. Están todavía en el Destacamento, junto al sumario, esperando al juez que fue a una cuadrera y tal vez se dé una vuelta por aquí, de paso.

—Es justo —dijo Petrus—. Que la hayan escuchado, no importa. Las libras, un poco menos de ciento treinta y siete, tampoco importan y no tienen relación con el asunto.

—Otra vez perdón —dijo Medina tratando de endulzar la voz—, menos de la mitad de cien.

—Entiendo, siempre hay gastos.

—Claro. Y sobre todo en los viajes. Porque Mamuasel estuvo consultando desde el teléfono del ferrocarril. Usted lo conoce al pobre Masiota y sabe cómo trata el pobre Masiota a todas las mujeres, siempre que no sea la suya, claro, como todos sabemos y basta mirarle el ojo izquierdo los lunes después de la borrachera conyugal del sábado. A todas las mujeres menos a la que soporta y a la que tuvo la suerte de encontrarlo semidespierto esta mañana de lunes en la estación, cuando usted reapareció. Le bastó una moneda, una sonrisa, un mesié le chef, para que el tipo le regalara todas las líneas telefónicas, todos los vagones de bolsas y vacas que esperaban en el desvío, todos los infinitos rieles que no sé adónde van, los de la izquierda y los de la derecha.

—¿Y? —dijo Petrus interrumpiendo y apurando con un talerazo en sus botas.

—Demoraba porque hablé de caballeros. Disculpe. Ya sé

que no nos gusta perder el tiempo. Ahí va: Mamuasel debe haber agotado las pilas de nuestro jefe de estación. Pero en una o dos horas consiguió lo que quería. Tren, hotel, barco para Europa. Lo supe hace unos minutos, nunca falta un borracho o un vago en los bancos de la estación.

Petrus había estado mordiendo la plata del mango del talero, meditativo, privado de las ganas de golpear, mientras Medina, no seguro ni en descuido, resbalaba el pulgar por el gatillo en la cintura. Sin previo acuerdo los dientes y el pulgar, lentos, prolongaron la pausa; tanto, que no sirvió para esta historia. Al fin habló Petrus; usaba una voz despaciosa y ronca, una voz de mujer acosada por la menopausia. Tenía el orgullo de no preguntar.

—Josephine sabía el nombre. Conocía el nombre del ladrón de gallinas y, estoy seguro, mucho más. No veo otra razón para irse.

—Puede ser, don Jeremías —silabeó Medina atento a la verticalidad del rebenque—. ¿Por qué se habría ido?

Hacía tanto tiempo que Petrus no reía que su boca abierta y negra empezó con un mugido largo y se fue apagando como un ternero perdido.

—¿Para qué explicar, comisario? Todas las mujeres son unas putas. Peor que nosotros. Mejor dicho, yeguas. Y ni siquiera verdaderas putas. He conocido algunas ante las cuales me parecía correcto sacarme el sombrero. Eran damas, eran señoras. Pero las de ahora no pasan de putitas, pobres putitas.

—Cierto, don Jeremías —reculó ante el recuerdo lejano de la señora Petrus ofreciéndole té y tartas en aquella misma habitación—. Casi todas. Pobres, que no nacieron para otra cosa. Usted pelea para hacer un astillero. Contra todo el mundo. Yo peleo, los sábados para dormir borracho, a veces para enterarme de quién era el dueño de las ovejas robadas. También necesito tiempo para pintar. Pintar el río, pintarlos a ustedes.

—Le compré dos cuadros —dijo Petrus—. Dos o tres.

—Es cierto, don Jeremías; y los pagó bien. Pero no están en esta sala. Están en el galpón de los peones. Eso no importa. Usted tenía razón en lo que estaba diciendo. Ellas no tienen ni un gramo de cerebro para ser algo más que lo que usted dijo.

El rebenque cayó entre las piernas, después al suelo, y Petrus, sentándose, invitó:

—¿Y si nos tomáramos otra, comisario?

Al salir Medina vio que una de las bestias dormía una siesta larga, protegida del sol.

Compuesto e impreso
en el mes de febrero de 1976
por Leopoldo Martínez
Enrique Granados, 149
Barcelona

Palabra en el Tiempo